Zoë Beck

Wenn es dämmert

Roman

BASTEI
LÜBBE
TASCHENBUCH

BASTEI LÜBBE TASCHENBUCH
Band 15 900

2. Auflage: September 2010

Vollständige Taschenbuchausgabe

Bastei Lübbe Taschenbuch in der Bastei Lübbe GmbH & Co. KG

Originalausgabe

Lektorat: Birgit Volk
Autorenfoto: © Victoria Tomaschko
Satz: hanseatenSatz-bremen, Bremen
Gesetzt aus der Adobe Garamond PostScript
Druck und Verarbeitung: Norhaven A/S
Printed in Denmark
ISBN 978-3-404-15900-0

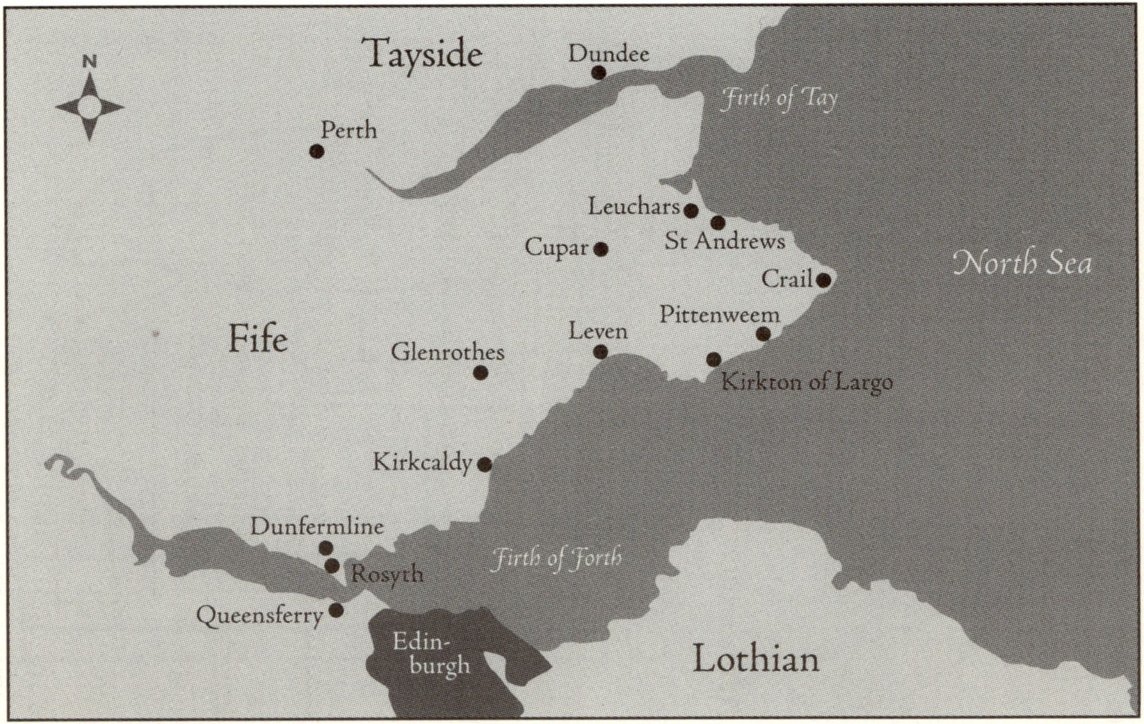

N
Tayside
Dundee
Perth
Firth of Tay
Leuchars
St Andrews
Cupar
Crail
North Sea
Pittenweem
Leven
Fife
Glenrothes
Kirkton of Largo
Kirkcaldy
Dunfermline
Firth of Forth
Rosyth
Queensferry
Edin-
burgh
Lothian

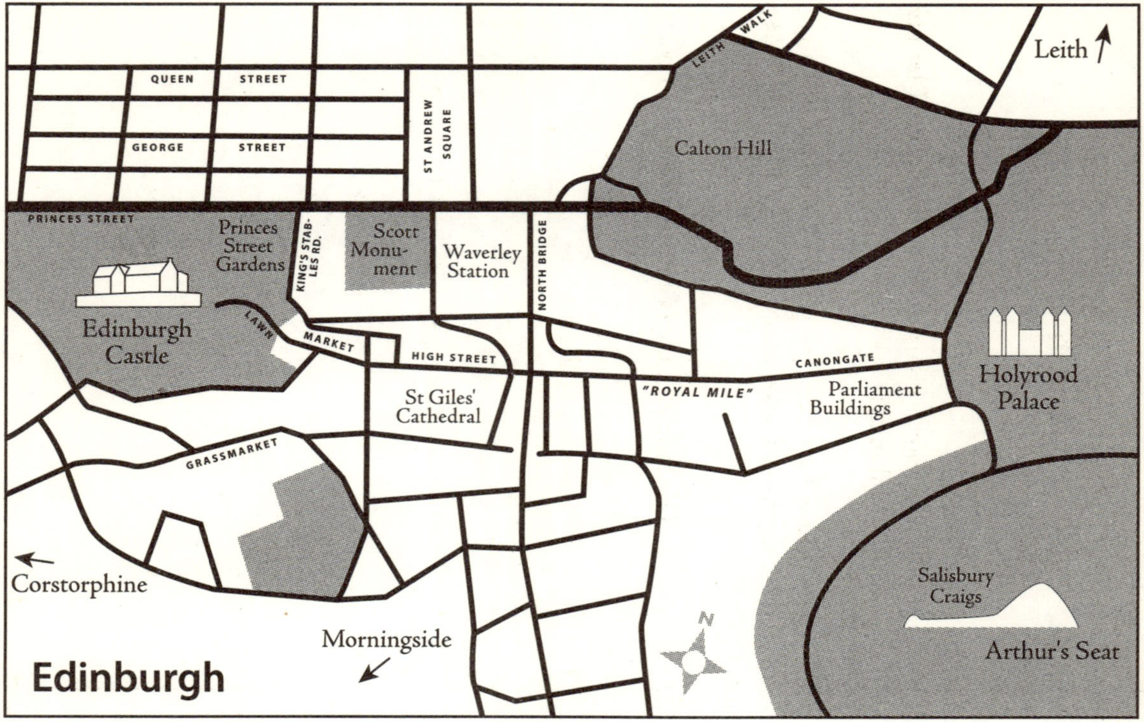
Edinburgh
Leith
Queen Street
George Street
St Andrew Square
Calton Hill
Leith Walk
Princes Street
Princes Street Gardens
King's Stables Rd.
Scott Monument
Waverley Station
North Bridge
Edinburgh Castle
Lawnmarket
High Street
Canongate
"Royal Mile"
Holyrood Palace
Parliament Buildings
St Giles' Cathedral
Grassmarket
Corstorphine
Morningside
N
Salisbury Craigs
Arthur's Seat

Buch I

»I incline to Cain's heresy«, he used to say quaintly: »I let my brother go to the devil in his own way.«

»Ich verstehe Kains Ketzerei«, pflegte er mit seiner etwas gezierten Art zu sagen. »Ich lasse meinen Bruder auf seine Weise zum Teufel gehen.«

Mr Utterson in »The Strange Case of Dr Jekyll and Mr Hyde«

Berlin, September 1948

»Dann lass ihn dafür bezahlen.«

»Wofür?«

»Du hast gesagt, er interessiert sich für dich. Lass ihn dafür bezahlen!«

»Was meinst du? Wofür bezahlen?«

»Das merkst du schon, wenn es so weit ist. Was weißt du über ihn?«

»Ich weiß nicht … Er ist Offizier. Bei den Fliegern.«

»Wie alt?«

»Ich weiß nicht …«

»Vierzig? Fünfzig?«

»Nein, nein, jünger …«

»Sieht er gut aus?«

»Ich weiß nicht …«

»Ichweißnichtichweißnicht! Kannst du auch etwas anderes sagen als immer nur Ichweißnicht? Ständig jammern! Sollen wir verhungern? Stell dich nicht so an. Mach, was er von dir will, und lass dich dafür bezahlen. Zigaretten, Schokolade, Strümpfe, alles, was du von ihm bekommen kannst.«

»Er denkt, ich bin schon viel älter.«

»Natürlich denkt er das. Du hast ja allen erzählt, du wärst älter. Sonst hättest du nicht im Kasino arbeiten können. Oder denkst du, sie hätten einer Vierzehnjährigen diese Arbeit gegeben?«

»Du hast mir gesagt, ich soll sagen, ich sei älter.«

»Und? Haben sie es dir geglaubt? Na also. Und ohne deine Zöpfe siehst du wirklich viel älter aus. Du hast doch gesagt, dir gefällt deine neue Frisur.«

Sie zuckte die Schultern.

»Du hast jetzt Locken wie eine erwachsene Frau, und du hast Arbeit wie eine erwachsene Frau. Also benimm dich auch wie eine erwachsene Frau. Ist sonst noch was?«

Sie schwieg. Malte mit dem Zeigefinger Figuren auf den leeren Küchentisch, ohne Spuren zu hinterlassen. Malte ein Herz auf den Tisch, das niemand sehen konnte. Wischte es schnell wieder weg.

Ihre Tante fragte wieder: »Ist sonst noch was?«

»Muss ich alles machen, was er von mir will?«

»Mach einfach mit, denk nicht darüber nach, denk nur daran, dass er dir immer etwas dafür gibt.«

»Und wie lange …«

Ihre Tante antwortete mit einem kurzen, trockenen Lachen. »Frag die Russen, wann sie die Blockade aufheben!«

»Machen das alle Frauen?«

»Ja, Schätzchen, das machen alle Frauen.«

Wieder schwieg sie, und als ihre Tante schon aus der Küche gehen wollte, fragte sie: »Glaubst du, er liebt mich?«

Ihre Tante blieb stehen, aber sie drehte sich nicht zu ihr um. »Egal, was er sagt, er wird dich nicht heiraten.«

»Wieso …«

»Verstehst du denn gar nichts? Wir sind immer noch der Feind.«

1.

Die schwarze Wolke hob sich langsam und wurde zu einem Raben, der mit ausgebreiteten Schwingen in den Nebel flog. Sie hörte ihn rufen, selbst dann noch, als ihn der Nebel verschluckt hatte und sie ihn nicht mehr sehen konnte. In die Rufe des Raben mischte sich ein Knall, und jetzt lag der Rabe vor ihr auf dem Rasen, die Flügel gebrochen. Dickes, dunkelrotes Blut quoll über sein nachtschwarzes Gefieder, und er starrte sie mit toten Augen an. Sie hörte seine Rufe noch immer, und da begriff sie, dass etwas nicht stimmte. Mit ihr. Sie wand sich vor Schmerz, als sie zu sich kam.

Der Schmerz saß in ihrem Unterleib, stechend und krampfend. Sie fühlte, dass ihr Körper mit Schweiß bedeckt war, obwohl sie fror. Sie konnte den Schweiß riechen, es war nicht ihr Geruch. Als sie mit der linken Hand nach ihrem Bauch tastete, bemerkte sie etwas Klebriges, Feuchtes, das langsam an ihr herunterlief. Ihre Hand zuckte zurück, und sie drehte sich von der Seite auf den Rücken.

Das war besser. Die Schmerzen ließen etwas nach, aber sie fror noch immer. Der Boden, auf dem sie lag, fühlte sich wie Teppich an: etwas rau. Sie winkelte ihre Beine an und konzentrierte sich auf die Schmerzen, um herauszufinden, woher sie kamen.

Es fühlte sich an, als hätte sie ein Messer verschluckt. Aber der Schmerz in ihrem Unterleib war nicht der einzige.

Zwischen ihren Beinen war noch ein anderer. Viel dumpfer. Mit der rechten Hand tastete sie hinab zu ihren Schamlippen: Sie waren geschwollen und wund. Im selben Moment fiel ihr noch ein Geruch auf – erst jetzt, weil ihre Sinne sich entschieden hatten, sie nicht weiter zu betrügen. Erbrochenes. Das also war das feuchte Zeug auf ihrem Körper.

Sie öffnete vorsichtig die Augen. Ihre Lider waren so schwer wie der Samtvorhang einer alten Theaterbühne. Die Haut in ihrem Gesicht spannte. Sie sah sich um, konnte aber kaum mehr erkennen, als dass sie in einem Badezimmer war. Es war zu dunkel. Durch das Milchglasfenster drang kaum Licht. Sie war irgendwo zwischen Tag und Nacht. Oder Nacht und Tag.

Unsicher stemmte sie sich vom Boden hoch und setzte sich auf. Musste sich an den Badewannenrand lehnen und warten, bis das Summen in ihren Ohren nachließ und keine Heerscharen von Sternschnuppen mehr vor ihren Augen herunterfielen, bis die Dunkelheit in ihrem Kopf aufhörte, sich zu drehen, und die Badewanne keine Nussschale mehr auf offener See war.

Sie stellte sich hin, hielt sich aber noch fest, denn der Boden wankte hinterhältig. Eine Hand legte sie auf das Waschbecken, die andere auf den Wannenrand. Vor dem Milchglasfenster hing eine weiße Gardine, und hinter dem Fenster wurde es noch ein klein wenig heller. Hell genug, um zu erkennen, was sie schon die ganze Zeit wusste, aber nicht erklären konnte: Dies war nicht ihr Badezimmer.

Sie kletterte in die Wanne, ihre Knie knickten ein, und sie setzte sich hin. Sie duschte sich im Sitzen ab, drehte dabei das Wasser immer heißer, bis sie es nicht mehr aushielt. Noch ein bisschen mehr, und ihre Haut würde Blasen schlagen.

Goldene Wasserhähne, dachte sie, auch wenn sie sie nicht richtig sehen konnte. Dann dachte sie an das Erbrochene und überlegte, warum sie solche Schmerzen hatte, aber diese Gedanken wollten nicht den ganzen Weg gehen, nahmen eine Seitenstraße, verliefen sich in Sackgassen, kehrten wieder um und verschmolzen mit den goldenen Wasserhähnen.

Als sie den Duschvorhang wegschob, sah sie wieder den Nebel und bekam Angst vor dem toten Raben, bis sie begriff, dass es nur Wasserdampf war und alles andere ein Traum. Sie wischte den beschlagenen Spiegel nicht frei, wozu auch, es war zu dunkel. Sie wusste nicht, wo hier ein Lichtschalter war. Wo hier überhaupt irgendetwas war. Wo *hier* war.

Als Nächstes suchte sie Handtücher und fand keine. Vielleicht draußen. Langsam und leise öffnete sie die Tür. Sie wollte nicht, dass jemand sie hörte, obwohl sie nicht wusste, wer da sein könnte, um sie zu hören. Oder warum es nicht gut war, gehört zu werden.

Draußen war es totenstill. In ihren Ohren rauschte es dumpf. Sie ging den Flur entlang, die Schmerzen ließen nur vorsichtige Schritte zu. Durch das Fenster am Ende des Gangs sah sie, wie ein dunkelblauer Himmel versuchte, sich von schwarzen, hohen Bäumen abzuheben. Die Äste bewegten sich ganz leicht, als wollten sie den Himmel dirigieren.

Alle Türen, die von dem Flur abgingen, waren geschlossen. Sie wusste nicht, was sich hinter den schweren, dunklen Holztüren befand, wusste nur, dass es schwere, dunkle Holztüren waren. An den Wänden hingen Ölgemälde, doch nur die vergoldeten Rahmen traten eitel aus dem Dämmerlicht hervor, die Leinwände wollten nicht gesehen werden und drückten sich in den Schatten.

Sie hinterließ kleine Wasserpfützen, während sie sich langsam vorarbeitete. Sie fror jetzt wieder. Verdunstungskälte, dachte sie und wunderte sich, während sie die Treppe hinunterging, über diesen Gedanken. Auf der Hälfte blieb sie stehen, direkt vor einem der Ölbilder, und starrte es so lange an, bis sich die Leinwand aus der Dunkelheit hervortraute. Ein blasser Mann mit dunklem Spitzbart starrte zurück, nein – knapp an ihr vorbei. Als gäbe es hinter ihr etwas Wichtiges zu sehen. Sie konnte nicht anders und drehte sich um, aber sie sah nichts.

Sie ging hinunter in eine Halle, fand einen Schalter, klickte ihn nach oben, dann wieder nach unten. Die Dunkelheit blieb.

Es roch komisch, aber sie kannte den Geruch nicht. Die Haustür war nur angelehnt. Vielleicht kam der Geruch von draußen. Sie versuchte, sich zu orientieren, ohne darauf zu achten, wo ihre Füße Halt fanden. Sie stolperte. Sie fing sich, trat in etwas Klebriges, Feuchtes.

Nicht schon wieder, dachte sie, hab ich hier auch hingekotzt? Roch es deshalb so komisch? Nein, es roch anders. Sie wollte sich hinknien und nachsehen, worüber sie gestolpert war, als sie der Strahl einer Taschenlampe ins Gesicht traf.

Die Tür. Jemand musste die Tür leise aufgedrückt haben. Sie hatte nichts gehört. Sie stand nur da und bewegte sich nicht. Dachte daran, dass sie Schmerzen hatte. Fühlte sich so elend, dass sie sich wieder hinlegen wollte, gleich hier auf den Boden. Der Lichtstrahl wanderte an ihr herab. Sie folgte ihm mit den Augen, dachte: Ich bin immer noch nackt, ich wollte doch ein Handtuch holen. Bis der Lichtstrahl an ihren Füßen angelangt war und sie sah, was das Klebrige, Feuchte unter ihren Füßen war. Kein Erbrochenes, sondern Blut. Es sickerte aus dem, was vor ihr lag. Es war nicht der Rabe aus ihrem Traum. Das Rauschen in ihren Ohren wurde lauter, das Licht der Taschenlampe verdunkelte sich.

Der Mann hinter der Lampe kam in die Halle. Er trug eine Uniform und bewegte seinen Mund. Dabei sah er aus, als hätte er Angst vor ihr. Hinter ihm standen noch mehr Männer, auch sie bewegten ihre Münder, wie ein Chor, aber sie hörte nichts, immer noch nichts, außer dem Rauschen, das sie so wohlig umschloss, als käme es direkt von den Wellen der Nordsee. Ihr Blutdruck sank weiter ab, die Sternschnuppen fingen wieder an zu tanzen, und sie fiel zu Boden.

2.

Es wurde gerade erst hell, und der Hafen von Rosyth war noch nicht aufgewacht, als der Mann seinen Range Rover bis zu dem Gebäude der Zollbehörde fuhr und davor anhielt. Er liebte den Anblick der schlafenden Kräne und lächelte, als er sein Autoradio andrehte. Nikolai Tokarew spielte »La Campanella« von Franz Liszt. Er ließ das Fenster einen Spaltbreit herunter und wartete darauf, dass sich die Beifahrertür öffnete.

Es dauerte nicht lange, bis der andere kam. Er drehte das Radio aus. »Setz dich«, forderte er ihn auf. »Schön, dich zu sehen.«

»Guten Morgen, Art, du bist früh dran.«

Art nickte. »Viel zu tun, Duncan. Bin gerade aus Newcastle hochgekommen. Aber ich wusste ja, dass ich dich hier treffe. Sag mal, mein Freund, wie war dein Kurzurlaub in Brighton?«

Duncans Grinsen war eine Meile breit. »Hervorragend. Hätte nicht besser sein können.«

Nun grinste auch Art. »Es hat die ganze Zeit geregnet, wenn man dem Wetterbericht für Südengland glauben darf! Ein Scheißwetter hattet ihr da unten an der Küste, mein Freund!«

»Keine Ahnung, ich war nicht ein einziges Mal vor der Tür.«

Beide Männer lachten.

»Dann war deine … Begleitung also ganz zu deiner Zufriedenheit?«

»Art, du weißt, wie du mich glücklich machst.«

Art nickte. »Nachher kommen drei LKWs aus Deutschland.

Holzmüller International Transports, schwarze Schrift auf Gelb. Die Kennzeichen beginnen mit F für Frankfurt. Diese Deutschen mit ihren seltsamen Nummernschildern! Musst du sonst noch irgendetwas wissen?«

Duncan schüttelte den Kopf. »Geht alles klar. Wie viele sind drin?«

Art sah ihn tadelnd an. »Keine Details, mein Freund, daran hat sich nichts geändert.«

Der andere Mann war mit den Gedanken schon längst woanders. Er fuhr nervös mit dem Zeigefinger eine unsichtbare Linie auf dem Armaturenbrett nach. »Sag mal, Art, ich hätte am Dienstag frei, meinst du, ich könnte wieder ...«

Duncan unterbrach sich, weil Arts Handy klingelte. Art nahm den Anruf entgegen, hörte zu, steckte das Handy wieder weg, ohne ein Wort gesagt zu haben. Dann sah er Duncan an und legte Trauer, tiefer als Loch Ness, in seinen Blick.

»Das wird heute das letzte Mal sein«, sagte er und erkannte, dass Duncans Überraschung echt war.

»Was ist passiert?«

»Mir scheint, jemand ist unruhig geworden und will, dass deine Leute ab sofort gründlicher vorgehen.«

»Da... davon weiß ich nichts«, stotterte Duncan, und von dem Grinsen, mit dem er Art begrüßt hatte, war nicht einmal mehr ein Schatten übrig.

»Nein? Das hoffe ich für dich. Denn wenn heute einer von meinen Fahrern kontrolliert wird, sind wir keine Freunde mehr.«

»Was ... willst du jetzt machen?«, fragte Duncan.

»Es gibt mehr als einen Weg auf diese Insel. Und immer dran denken, mein Freund: Neugier ist der Katze Tod!«

Duncan zögerte. »Also wird es nichts mit Dienstag.« Es klang kleinlaut und war mehr Feststellung als Frage.

»Wenn heute alles glattgeht ...«, begann Art.

»Das wird es! Verlass dich auf mich! Ich … ganz ehrlich, von mir hat niemand was erfahren.«

Art bedeutete ihm auszusteigen. Duncan gehorchte und trabte zurück in Richtung seines Büros.

Er wusste, dass Duncan nichts verraten hatte, weil er sonst alles verlieren würde. Nicht nur seinen Job, seine Frau, seine Kinder. Vor allem würde er nie wieder so ein Rendezvous haben, wie Art sie ihm vermittelte. Stattdessen würde er ins Gefängnis gehen, wegen Unzucht. Die Männer im Gefängnis würden nicht seinem Geschmack entsprechen. Sie würden alle um einiges zu alt für ihn sein.

Unzucht. Was für ein seltsames Wort, dachte Art, aber es passte zu Duncan, in dessen Keller sich die Leichen nur so stapelten. Nein, Duncan hatte nichts verraten.

Er sollte ruhig schwitzen, das schadete ihm nicht. Art würde herausfinden, wo das Leck war. Und keine Stelle war so undicht, dass er sie nicht flicken konnte. Außerdem hatte er einen konkreten Verdacht. Er öffnete sein Handschuhfach und kontrollierte den Inhalt. Ein kurzer Schlagstock aus Eisen. Eine Pistole. Pfefferspray. Ein Schlagring. Ein Klappmesser. Für jede Gelegenheit das Richtige. Zufrieden schloss er es wieder, startete den Wagen und verließ das Hafengelände.

Die Küstenstraße, dachte er. Das ist der beste Weg nach Leven – und in diesem Licht auch die schönste Strecke. Er ließ Hillend und Aberdour hinter sich und war kurz vor Kirkcaldy, als er Polizeisirenen hörte. Art sah in den Rückspiegel: Ein Streifenwagen war hinter ihm. Er blinkte links und hielt an.

Die beiden Polizisten stiegen aus und kamen auf seinen Range Rover zu. Einer blieb im Hintergrund, ging um das Auto herum, notierte sich das Kennzeichen und kontrollierte die Beleuchtung. Der andere beugte sich zu ihm hinunter.

»Officer, was kann ich für Sie tun?«, fragte Art liebenswürdig.

»Ihre Papiere bitte.«

Er gab sie ihm und wartete mit einem Lächeln.

»Haben Sie etwas getrunken?«

»Ich trinke nie.«

»Dann wären Sie mit einem Test einverstanden?«

»Natürlich.« Art stieg aus und blies in das Testgerät. Null komma null. Er trank wirklich nie.

»Vielen Dank, Sir. Sie sind ein wenig zu schnell in die Kurve gefahren, deshalb haben wir uns Sorgen gemacht. Wir hatten gestern Nacht auf dieser Strecke einen schlimmen Unfall. Zwei Jugendliche sind gestorben.«

»Schrecklich«, murmelte Art. »Es ist aber auch eine vertrackte Kurve.«

»Fahren Sie bitte vorsichtig, Sir.«

»Das werde ich. Danke, Officer. Einen schönen Tag noch.«

Art ließ sich seine Papiere zurückgeben und stieg ein. Er startete den Range Rover. Da er nicht wusste, ob ihn die Polizisten beobachteten, fuhr er zunächst weiter in Richtung Kirkcaldy. Von dort aus würde er eine Straße nehmen, die ihn auf die Autobahn brachte.

Jetzt, da man ihn kontrolliert hatte, konnte er nicht mehr nach Leven fahren. Das musste er verschieben. Aber bei Art hatte noch jeder Verräter seine Strafe bekommen. Auf einen Tag kam es nicht an.

Eine Stunde später war er in seinem Haus in Corstorphine angekommen. In den klaren frühen Morgenstunden, wenn noch alles ruhig war, aber die ersten Sonnenstrahlen bereits über die Stadt krochen, konnte man die Tiere im Zoo besonders gut hören. Sie wachten gerade auf. Art liebte diese Geräusche.

Er fühlte sich wohl in dieser ruhigen Mittelklassegegend im Westen Edinburghs. Von hier aus war er schnell auf der Autobahn in Richtung Glasgow oder in die Highlands, schnell auf der Straße zur Forth Road Bridge, die ihn nach Fife brachte, schnell auf dem City Bypass, falls er nach England wollte. Und es gab keinen besseren Unterschlupf als zwischen Doppelverdienern – mit oder ohne Nachwuchs –, die in ihrem durchgeplanten Alltag keine Zeit hatten, sich um das Kommen und Gehen der Nachbarn zu kümmern.

Art schloss seine Haustür auf, erklärte der Alarmanlage, dass er wieder zurück war, und ging in die Küche, um sich einen Kaffee zu kochen. Er schaltete das Radio ein und wartete auf die Fünfuhrnachrichten.

Die erste Meldung galt dem Tod des amerikanischen Spitzengolfers Matthew Barnes. Er war in dieser Nacht von einem oder mehreren unbekannten Tätern in seinem Haus in St. Andrews ermordet worden. Verwundert schüttelte Art den Kopf: Matt? Warum Matt? Wer würde denn ausgerechnet Matt …?

Er schaltete das Radio aus und seufzte kopfschüttelnd.

Ein sehr guter Kunde weniger.

Armer Matt.

Nun, es würden neue kommen.

3.

Als sie diesmal zu sich kam, waren die Schmerzen ganz weit weg. Sie waren hinter der Nebelwand verschwunden und trieben sich dort irgendwo herum. Jemand hatte sie auf ein Sofa gelegt und eine Decke über sie gepackt. In ihrer Armbeuge sah sie ein Heftpflaster: Sie hatte eine Spritze bekommen. Sie blinzelte, sah einen Mann, der in dem Zimmer herumging, sich bückte und etwas aufhob. Sie versuchte, sich zu bewegen, gab einen Laut von sich, und sofort kam er zu ihr. Das, was er aufgehoben hatte, ließ er in einer schwarzen Arzttasche verschwinden. Sie deutete auf ihre Armbeuge.

»Bleiben Sie ruhig«, sagte der Mann, nahm ihre Hand und fühlte den Puls. »Noch ein bisschen schwach. Wir bringen Sie jetzt ins Krankenhaus.«

»Nein, nicht …« Es bereitete ihr Mühe zu sprechen, und ihre Stimme klang ungewohnt tief und rau. »Was ist passiert?«

»Der Krankenwagen steht bereits draußen. Es ist das Beste. Wären Sie zwei Minuten später zu sich gekommen, hätten wir Sie bereits …«

»Aber jetzt bin ich wach«, sagte sie und bemühte sich, resolut zu klingen.

Der Mann sah sie an, holte Luft, um etwas zu sagen, überlegte es sich anders, holte wieder Luft und sagte: »Gut. Also dann. Der Chief Inspector will mit Ihnen reden.«

Chief Inspector? »Sie sind …?«

»Dr. Ian McCallum. Und Sie?«

Ein Arzt. Er war noch jung, braunes Haar zu hellen, grünen Augen. Das Gesicht aus Eis.

»Was ist passiert?«, fragte sie noch einmal.

»Ich hole Chief Inspector Brady«, sagte er. »Brady? Kommen Sie? Sie ist wach.«

Der Mann, der nun in das Zimmer kam, war sehr groß und breitschultrig. Auch er verbreitete nicht gerade ein mediterranes Klima. Eher Nordpolarluft. »Wie heißt sie?«, fragte er McCallum, während er sie ansah.

»Hat sie mir noch nicht verraten.«

»Mina Williams«, sagte sie.

»Waren Sie seine … Freundin?«

»Wessen Freundin?«

Brady und McCallum warfen sich Blicke zu, die sie nicht deuten konnte. McCallum nahm daraufhin seine Arzttasche und verließ das Zimmer.

Mina sah sich um: zerschlissene Polstermöbel, Chippendale, sehr alt, irgendwann einmal sehr teuer. Ölgemälde an den Wänden. Nichts Bekanntes, aber Originale. Stofftapeten. Auf dem Boden dicke, weiche Orientteppiche, die – wie die Möbel – schon bessere Tage gesehen hatten. Das Fenster gab den Blick in einen wunderbaren Garten frei: perfekter Rasen, gepflegte Blumenbeete, alte Bäume. Die frühe Sonne setzte postkartentaugliche Lichteffekte. Der Ruf des Raben war den Schreien der Möwen gewichen – auch wenn sie einen großen schwarzen Vogel durch das Gras hüpfen sah.

Eine Erinnerung lugte durch den Nebel, nur um gleich wieder den Kopf einzuziehen, als Mina nach ihr greifen wollte.

»Miss …?«

Sie brauchte einen Moment, um zu verstehen, dann nickte sie. »Miss.«

»Miss Williams«, sagte Brady. »Sie kennen Matthew Barnes?«

»Den Golfer«, sagte sie. »Natürlich.«

»Ich meine persönlich.«

Mina dachte darüber nach, was er mit »kennen« wohl meinte, und entschied sich zu nicken.

»Was ist mit ihm?«

Brady zögerte. Ging zur Tür, durch die McCallum verschwunden war, und rief einen Namen. Eine Frau in Minas Alter kam herein. Die beiden setzten sich auf ein Sofa, das jenem gegenüberstand, auf dem sie lag.

»Das ist Detective Sergeant Hepburn.«

Die Frau lächelte Mina zu, und schon stieg die Raumtemperatur.

»Audrey oder Katherine?«, fragte Mina, und die Frau lachte. Warm.

»Isobel. Weder verwandt noch verschwägert. Wie geht es Ihnen?«

»Ich weiß es nicht. Eben war mir schlecht, daran erinnere ich mich. Jetzt fühle ich mich noch ziemlich benebelt, aber nicht mehr so mies. Was ist passiert? Wo bin ich?«

Diesmal war es Hepburn, die Brady einen seltsamen Blick zuwarf, jedoch ganz ohne Temperaturverlust. Hepburn glaubte ihr.

»Das ist das Haus von Mr Barnes. Wissen Sie noch, wie Sie hierhergekommen sind?«

Mina schüttelte langsam den Kopf, als wieder eine Erinnerung aus dem Nebelvorhang hervortrat. Diesmal blieb sie etwas länger, lachte schrill und wurde zu einem Grinsen auf Matts verzerrtem Gesicht, das aussah, als sei es durch ein Fischauge fotografiert. Dann verbeugte sich die Erinnerung, nahm ihren Hut und trat zurück in den Dunst, als wäre sie nie da gewesen. Kein *encore* konnte sie zurückholen.

»Woher kannten Sie ihn?«

»Ich habe ihn auf einer Party getroffen. Wo ist er?«, fragte sie und hob die Decke, unter der es ihr mittlerweile zu warm geworden war. Sie sah an sich herunter: Sie war immer noch nackt, die Beine voller Blut.

Sie ließ die Decke mit einem stummen Schrei wieder fallen und spürte Panik in sich aufsteigen. Voller Angst sah sie die beiden Detectives an. »Ich muss mich waschen«, sagte sie.

»Eine Minute noch, Miss Williams«, sagte Brady. »Sie müssen uns sagen, was heute Nacht passiert ist.«

»Ich kann mich an nichts erinnern!«

»Hören Sie, DS Hepburn bleibt bei Ihnen. Sie gibt Ihnen etwas zum Anziehen und fährt mit Ihnen nach Hause, und dann …«

»Wo sind meine Sachen?«

»Die müssen wir noch eine Weile behalten, für die forensische Untersuchung.«

»Kann ich ins Bad?«

»Das ist noch nicht freigegeben. Sie haben heute Nacht schon einmal geduscht? Sie waren ganz nass, als wir Sie gefunden haben.«

Mina nickte langsam und tastete mit einer Hand nach ihrem Kopf. Ihre Haare waren noch feucht.

»Wann und warum?«

»Ich weiß nicht. Ich war ohnmächtig und bin im Bad zu mir gekommen. Ich fürchte, ich hatte mich übergeben, und deshalb musste ich duschen.«

Brady sah sie an, und Mina wurde es wieder kalt. »Gut. Hepburn kümmert sich um Sie.«

Hepburn kümmerte sich. Sie ließ sich Minas Hände zeigen und erklärte, dass der Mann in dem seltsamen weißen Anzug einen Test auf Schmauchspuren machen musste. Sie sprach beruhigend auf Mina ein, erklärte ihr, was mit Matt passiert war, klang verständnisvoll, sagte, Mina solle sich Zeit lassen, es sei in Ordnung, wenn sie sich jetzt noch nicht erinnern konnte.

Wollte Mina ins Krankenhaus? Oder erst nach Hause, ein paar Sachen holen? Oder zu Hause bleiben? Dr. McCallum könnte dort nach ihr sehen.

Die Polizistin hatte Kleidung für sie. Einen Trainingsanzug, den sie noch von ihrer letzten Joggingrunde im Auto hatte, erklärte sie, als Mina ihn anzog.

»Ich fahre Sie nach Hause. Wenn Sie ein bisschen schlafen, kommt Ihre Erinnerung sicher zurück. Wenn Sie wollen, bleibe ich solange bei Ihnen. Bestimmt wird alles wieder gut«, sagte DS Hepburn, jetzt ganz Kindergärtnerin.

Etwas tief in ihr wusste, dass nur dann alles wieder gut werden würde, wenn sich ihre Erinnerungen für immer im Nebel versteckten.

»Ich kenne Sie«, sagte Hepburn, als Mina aus dem Bad kam, noch in Handtücher und Bademantel gewickelt. Diesmal hatte sie das Bad als das ihre erkannt und war beinahe erleichtert gewesen.

»Das kann ich mir nicht vorstellen«, sagte Mina, während sie ihre Haare trocken rieb.

»Doch, wir können lesen bei der Polizei.« Hepburn lächelte. »Also, manche können es.«

»Und dann gleich so was Langweiliges.« Mina probierte ebenfalls ein Lächeln.

»Ich bin nicht die Einzige, die Ihre Bücher liebt. Ich dachte, Sie seien mittlerweile in Hollywood und würden über große Verträge verhandeln.« Sie zwinkerte Mina zu.

»Tja. Ich fand es dann offensichtlich doch spannender, im Haus eines Weltranglistengolfers in St. Andrews ohnmächtig zu werden, während dieser sich in meinem Beisein ermorden lässt.« Sie verzog das Gesicht. »Streichen Sie das.«

»Der Schock«, sagte Hepburn verständnisvoll. »Können Sie sich wirklich an nichts erinnern?«

Mina schloss die Augen, zuckte die Schultern.

»Hat er Sie …«, begann Hepburn leise, ohne den Satz zu beenden.

Mina setzte sich auf ihr Sofa. Auf *ihr* Sofa. Gut zu wissen, dass sie nicht alles vergessen hatte in diesem Leben.

»Hören Sie, ich hab ihn gestern im Bertrand Hotel an der Bar getroffen, wir haben geredet und etwas zusammen getrunken. Dann sind wir zu ihm gegangen, haben weitergeredet, und ungefähr ab da verschwimmt so ziemlich alles bis zu dem Zeitpunkt, als Ihre Kollegen mit den Taschenlampen aufgetaucht sind.« Mina hob die Schultern, merkte, dass Tränen in ihren Augen aufstiegen, und wusste, dass sie nicht mehr länger die Starke spielen konnte. Also ließ sie ihren Tränen freien Lauf, das feuchte Handtuch, mit dem sie sich eben noch die Haare getrocknet hatte, vor dem Gesicht.

»Ich schicke Ihnen noch mal Dr. McCallum.«

Mina schüttelte den Kopf, das Gesicht noch immer in das Handtuch gepresst.

»Das dumme Gerede von wegen Hollywood … Es tut mir leid. Ich dachte nur, ich lenke Sie ein bisschen ab«, murmelte die Polizistin. Mina nahm das Handtuch herunter.

»Ich weiß schon. Danke. Ich würde jetzt gerne ein wenig schlafen. Das werde ich schon ohne McCallums Spritze hinbekommen.«

Hepburn stand unschlüssig auf. Blieb stehen, statt zur Tür zu gehen, und sah Mina an.

»Ich freue mich, Sie persönlich kennengelernt zu haben«, sagte sie und klang ein bisschen ehrfürchtig. Mina musste lächeln, trotz allem.

»Immer dran denken, ich bin, wie es aussieht, Ihre Verdächtige Nummer eins.«

»Wie es aussieht.«

Hepburn ging zur Haustür.

»Was hat mir Ihr Doktor eben eigentlich gespritzt?« Sie hatte es die ganze Zeit schon fragen wollen.

Hepburn drehte sich zu ihr um und sah sie mit zusammengezogenen Brauen an. »Gespritzt?«

Mina zeigte auf den Einstich in ihrer Armbeuge.

»Er hat Ihnen Blut abgenommen.«

Mina schluckte. »Darf er das? Ohne Einverständnis?«

Hepburn sah sie lange an, jetzt ganz Polizistin und gar nicht mehr Fan. »Gibt es etwas, worüber Sie mit mir reden möchten?«

»Er darf das gar nicht«, sagte Mina leise.

»Doch, Miss Williams. Doch.« Hepburn drehte sich um und ging zu ihrem Auto.

4.

Sie war in seinem Haus, und er hatte keine Ahnung, wie er sie wieder herausbekommen sollte. Zwei Wochen schon. Seit zwei Wochen wohnte sie in einem der vier Schlafzimmer des Hauses, und er wurde sie nicht wieder los. Ihre Haare klebten auf den Polstern der Sofas. Der Geruch ihres viel zu süßen Parfüms hing im Flur. Ihre schmuddelige Jacke, wahrscheinlich von Woolworth oder Asda, die seit ihrer Herstellung noch keine Reinigung von innen gesehen hatte, hing an der Garderobe. Und dann diese Stiefel: Plastik. Schlangenlederimitat. Kein Tag, an dem sie sie nicht voller Stolz trug, und er hatte noch nie gesehen, dass sie sie geputzt hätte. Entsetzlich.

Entsetzlich auch, was sie mit der Küche machte. Überhaupt mit jedem Raum, den sie betrat. Sie machte nicht sauber, sie verteilte nur den Dreck und half den Bakterien, sich zu vermehren.

Es ging einfach nicht, und er hatte keine Ahnung, wie er es seinem Vater sagen sollte. Oder ihr. Aber sie musste raus aus diesem Haus. Er konnte sie nicht mehr ertragen.

Vor zwei Wochen war sein Vater in dem herrschaftlich anmutenden viktorianischen Haus in Donaldson Gardens vorbeigekommen. Am Steuer des Bentleys saß Malcolm, auf dem Rücksitz ein junges Mädchen. Lord Darney war zunächst alleine hereingekommen, um mit seinem Sohn zu sprechen. Ein Gesicht wie Weihnachten hatte er gemacht: strahlend vor Verlogenheit.

»Ich hab was für dich. Eine Überraschung.« Er hatte gegrinst und sich die Hände gerieben. »Du hast es zwar nicht verdient, aber du bist mein einziger Sohn, und da jetzt hoffentlich das Ende deines Studiums naht ... Es sind doch nur noch drei Monate? Nicht wahr?«, hatte er begonnen. Cedric hatte nur genickt und abgewartet.

»Jedenfalls dachte ich mir, ihr mit eurem Junggesellenhaushalt, ihr lebt ja nun sehr studentisch, sicher könntet ihr etwas Hilfe vertragen. Und bevor ich euch eine dicke, alte polnische Putzfrau zweimal die Woche vorbeischicke«, er grinste verschwörerisch und klopfte seinem Sohn auf die Schulter, »da dachte ich mir, ein nettes, hübsches Au-pair ist euch sicher lieber, nicht wahr?«

Ohne eine Antwort abzuwarten, ging er hinaus, um das Mädchen aus dem Bentley hereinzuholen. »Das«, sagte sein Vater, »ist Pepa. Sie kommt aus Rumänien. Heißen wir unsere neue EU-Mitbürgerin herzlich willkommen.« Er schob Pepa in Cedrics Richtung.

Das Erste, was ihm auffiel, war ihr Geruch, das billige, süßliche Parfüm, das für ihn schon bald das aufdringlichste Zeichen ihrer Anwesenheit werden würde. Dann, dass ihre langen dunklen Haare wohl nur schwer zu bändigen waren. Zwei einzelne Haare hatten sich gelöst, als sie sich mit einer Hand durch die Mähne gefahren war, eine Geste der Unsicherheit, während sie ohne Freude vage in seine Richtung lächelte. Er sah den Rest ihrer Kleidung an: eine Fliegerjacke mit groben Reißverschlüssen, ein kurzer Jeansrock, schwarze Strumpfhosen, die an den Knien ausgebeult waren, und die Schlangenlederstiefel, die natürlich in Wirklichkeit aus Plastik waren. Alles in allem wirkte sie irgendwie schmutzig. Ihr Make-up ließ sie wie einen kleinen, hilflosen Clown aussehen: dunkelrote Lippen mit einem noch dunkleren Lipliner, der weit über die natürliche Form ihres Munds hinausging. Ein dicker schwarzer Strich um die Augen. Dunkelblauer Lidschatten. Zu viel Mascara. Noch viel mehr Puder und Abdeckcreme, die die Reste einer Pubertätsakne verschwinden lassen sollten.

Ohne die Farbe im Gesicht würde sie wahrscheinlich jünger aussehen. Wie fünfzehn. Mit Farbe sah sie aus wie knapp achtzehn.

»Cedric«, sagte Cedric und entschied sich dagegen, ihr die Hand zu geben. Seine Hände blieben tief in den Hosentaschen verborgen und umklammerten zur Sicherheit die Desinfektionstücher, die er immer bei sich trug.

Sein Vater hatte Cedrics Mitbewohner geholt, Pete und Doug. »Das ist Pepa«, sagte er stolz, als zeigte er den beiden ein neues Auto. »Sie geht euch von nun an im Haushalt zur Hand.«

»Hey, cool!«, rief Doug und sah sie von oben bis unten an. »Nur im Haushalt?«, fragte er mit einem anzüglichen Grinsen in Richtung Cedrics Vater und zwinkerte ihm zu, während er Pepa die Hand schüttelte. Lord Darneys Augen verengten sich.

»Sie ist in erster Linie dazu da, *Cedric* das Leben zu erleichtern. Vielleicht habe ich mich gerade etwas unklar ausgedrückt.«

Doug zwinkerte wieder, und Pete stand noch immer in der Tür zum Wohnzimmer, wo die Begrüßungszeremonie stattfand. Er starrte das junge Mädchen unverwandt an. Cedric spürte, wie sich Pepa unter Petes Blick zunehmend unwohl zu fühlen begann. Noch unwohler, als ihr vermutlich ohnehin schon zumute war. Kein Wunder, Pete sabberte bereits. Wie immer. Pete war nicht wählerisch.

Cedric bemühte sich um Höflichkeit. »Vater, ich habe nie etwas Derartiges …«, begann er, aber wie immer kam er nicht dazu, auszureden.

»Vier Wochen Probezeit, in Ordnung?«, sagte sein Vater und klopfte ihm wieder auf die Schulter. Dann drehte er sich zum Fenster und gab Malcolm ein Zeichen, woraufhin dieser mit dem Koffer des Mädchens hereinkam. »Erster Stock, erste

Tür links«, sagte sein Vater knapp, und Malcolm nickte, bevor er nach oben verschwand.

»Spricht sie Englisch?«, fragte Cedric, dem aufgefallen war, dass das Mädchen noch keinen einzigen Ton von sich gegeben hatte.

»Geht so. Sie ist natürlich unter anderem hier, um die Sprache zu lernen. Das ist der Sinn eines Au-pair-Aufenthalts, wir verstehen uns?«, sagte sein Vater, wartete noch kurz auf Malcolm und verschwand.

Doug nahm das Mädchen an die Hand und führte sie durchs Haus, als gehöre es ihm. Pete trottete den beiden hinterher und versuchte, nicht zu sabbern. Und Cedric setzte sich vorsichtig auf eines der Sofas. Genau in die Mitte. Gerader Rücken, die Hände noch immer in den Hosentaschen. Und dachte nach.

Sie war noch keine zehn Minuten im Haus, da wusste er schon, dass er sie loswerden musste. Seither war in den zwei Wochen kein Tag vergangen, an dem er nicht darüber nachgedacht hatte, aber er war noch zu keinem Ergebnis gekommen.

Doug riss ihn aus diesen Gedanken, als er in die Küche gepoltert kam.

»Ah, der kleine Lord, wieder bei der Arbeit?«

Cedric sah kurz von dem Bildschirm seines Laptops hoch, auf den er die ganze Zeit gestarrt hatte, ohne etwas zu sehen. Dougs Haare waren triefnass. Er bemerkte, wie die Tropfen auf den Küchenboden fielen, als Doug den Kühlschrank öffnete und wieder einmal Sachen herausnahm, die ihm nicht gehörten. Dabei ging es Cedric gar nicht um das Geld. Er konnte es nur nicht ertragen, wenn ein anderer seine Sachen anfasste. Ein eigener kleiner Kühlschrank in seinem Zimmer wäre die Lösung. Wenn das mit Doug so weiterging, würde er sich irgendwann einen kaufen.

»Wo ist denn unser Sonnenschein, schläft sie immer noch?«

Doug warf zwei Scheiben Weißbrot in den Toaster und fing an, sich Spiegeleier zu machen. Cedric klappte seinen Laptop zu. Er konnte sich ohnehin auf nichts konzentrieren. Nicht mit ihr im Haus. Als seien Doug und Pete nicht schon schlimm genug. Er musste mit seinem Vater reden.

»Ich habe sie noch nicht gesehen. Aber ich frage mich, was dich davon abhält, in ihr Zimmer zu gehen.«

»Eifersüchtig?« Doug schob die Pfanne mit den Eiern auf der Herdplatte herum. Das Fett spritzte auf Herd, Wand und Boden.

»Machst du nachher sauber, bitte?«, sagte Cedric während er aufstand, den Laptop nahm und die Küche verließ. »Und ich meine *sauber.*«

»Das macht Sonnenschein!«, rief Doug ihm nach.

Sonnenschein. Doug hatte für jeden einen Namen, so subtil wie die Leuchtreklame am Piccadilly Circus: »Der kleine Lord« für Cedric. »Working Class Hero« für Pete. Warum ausgerechnet »Sonnenschein« für das Mädchen?

Cedric brachte den Laptop in sein Zimmer, nahm seine Schlüssel und verließ das Haus. Sein Wagen stand direkt vor der Tür. Er fuhr langsam vom Grundstück. Vor dem Nachbarhaus standen Polizeiautos. Vielleicht hatte jemand versucht, bei Matt einzubrechen, was ungewöhnlich wäre. Vielleicht hatten sich Nachbarn über seine laute Musik beschwert, was normal wäre.

Er machte sich auf den Weg in Richtung Largo, wo sein Vater ein Cottage hatte, wie er es euphemistisch nannte. Er verbrachte hier hin und wieder die Wochenenden. Keine halbe Stunde von St. Andrews entfernt, wo er für Cedric das Haus gekauft hatte. »Eine Investition nicht nur in deine Zukunft«, hatte er gesagt. »Wenn du dort nicht mehr studierst, vermiete ich es an diese schwachsinnigen Amerikaner. Sie zahlen jeden Preis für ein paar Tage Golf.«

Wie wahr. Cedric wusste nicht, wem das Haus neben ihm in Donaldson Gardens gehörte, aber darin wohnten tatsächlich immer Amerikaner, die Golf spielten. Seit einem halben Jahr: Matthew Barnes, Weltrangliste Platz zwei, aber bald Platz eins, wie er Cedric erklärt hatte. Nächstes Jahr würde er einfach alle Turniere gewinnen, und das wäre es dann mit Tiger Woods.

Wie eine Schmeißfliege war Matthew Barnes immer wieder in Cedrics Garten aufgetaucht, um mit ihm ins Gespräch zu kommen. »Echte Engländer, wann trifft man die schon mal«, hatte er gesagt und versucht, Cedrics Akzent nachzumachen.

»Es soll, abgesehen von mir, vereinzelt noch lebende Exemplare in einem fernen Land mit Namen England geben. Man sagt, es liegt südlich von hier hinter den Hügeln, aber vielleicht ist das auch nur eine schottische Legende. Du weißt sicher, dass wir hier in Schottland sind?«

Aber Matthew hatte sich nicht provozieren lassen, er hatte immer nur gelacht und gelacht. Ein einfaches Hallo von Cedric reichte, und der Golfer hatte Tränen in den Augen.

»Ihr seid echt genau so, wie sie es im Fernsehen immer zeigen«, hatte Matthew sogar einmal gesagt.

»Du meine Güte, Fernsehen? So etwas kennen wir hier gar nicht. Bei Gelegenheit solltest du mir mehr davon erzählen.«

»Ich wette, du warst auf einer dieser uralten Schulen«, hatte Matt geantwortet, »so eine mit Uniformen, wo auch die Kinder der Königin hingehen.«

»Eton?«

»Von mir aus auch Eton.«

»Da war ich, ja.«

»Nur Jungs, was? Keine Mädchen erlaubt. Da wundert es doch niemanden, dass ihr alle so schwul drauf seid!« Und dann hatte er sich vor Lachen kaum mehr halten können. »Nichts für ungut, Kumpel, ich mach nur Spaß«, hatte er noch gesagt, aber Cedric war schon gegangen.

Cedric schüttelte sich, um diese Gedanken loszuwerden, blinzelte, achtete konzentriert auf den Verkehr.

Das Landhaus seines Vaters lag etwas außerhalb von Kirkton of Largo und war von der Hauptstraße aus nicht gleich zu sehen. Lediglich zwei Steinpfosten markierten die Zufahrt. Dazwischen verlief ein Schotterweg, der über grüne Felder und Hügel hinführte. Cedric bog in den engen Weg ein und fuhr etwa eine Meile an der großzügigen Pferdekoppel vorbei, bis er vor dem Landhaus hielt. Sooft er auch herkam, der weite Blick über den Firth of Forth, der sich von dem sanften Hügel bot, auf dem das Cottage lag, bereitete ihm jedes Mal Unbehagen. Bevor ihm schwindlig wurde, sah er schnell wieder weg.

Sein Vater hatte ihn gehört und kam ihm entgegen.

»Malcolm, fahr das Auto meines Sohnes in die Garage«, rief er, nickte Cedric zu und ging wieder ins Haus. Dort bat er seinen Sohn in den Salon und goss beiden einen Whisky ein.

»Was führt dich zu mir, so ganz ohne Vorwarnung?«, fragte er und kippte den Whisky herunter, als sei es Wasser. Er schenkte sich gleich wieder nach. Cedric stellte sein Glas auf den Tisch, steckte die Hände zurück in die Hosentaschen und setzte sich auf eines der Sofas. Genau in die Mitte.

»Es ist wegen …«, begann er und wusste nicht weiter.

Sein Vater wartete einen Moment, ob Cedric noch etwas sagen würde, dann setzte er sich ihm gegenüber. »Schaffst du deinen Abschluss nicht?« Die Hoffnung in seiner Stimme war kaum zu überhören. »Sind doch nur noch …? Was? Etwas über zwei Monate? Bis Ende August?«

Cedric nickte, dann schüttelte er sofort wieder den Kopf. »Darum geht es nicht. Es ist wegen des Hauses.«

»Ist etwas kaputt?«

Cedric konnte den Whisky riechen, obwohl das Glas noch auf dem Tisch stand: Er roch torfig. Am Glasrand sah er die Spur eines Fingerabdrucks, nicht von ihm.

»Es funktioniert nicht«, sagte er vorsichtig.

»Mit dem Mädchen?«

Cedric zuckte vage die Schultern.

»Macht sie ihren Job nicht? Oder meinst du – mit *dir* und dem Mädchen?«

»Ich will, dass sie geht.«

Sein Vater zog die Augenbrauen hoch. »Sie gefällt dir nicht? Ist sie unhöflich zu dir? Oder …«

»Nein, sie ist nett.«

»Machen sich deine Freunde an sie heran?«

»Das ist nicht der Punkt.«

»Sag ihnen, sie sollen sie in Ruhe lassen. Ich habe sie für dich eingestellt. Nicht für die anderen.«

»Vater, ich will einfach nur …«

»Wir haben vier Wochen gesagt. Jetzt sind erst zwei um.«

»Wo hast du sie eigentlich her?«, fragte Cedric.

»Au-pair-Agentur. Wieso interessiert dich das?«

Cedric zuckte die Schultern. »Ich kann mich nicht konzentrieren, wenn sie da ist.«

Sein Vater lächelte. »Ach? Liegt da etwas in der Luft? Sind die … Spannungen zwischen euch ganz besonderer Natur? Ich sag dir was, Junge. Sprich sie ruhig darauf an. Ich wette, da lässt sich was machen.«

Cedrics Augen weiteten sich. »Du schlägst mir nicht im Ernst vor, mit diesem Mädchen …« Er brachte es kaum über die Lippen: »… etwas anzufangen?«

Lord Darney zuckte nur die Schultern. »Die Studentenzeit ist dazu da, sich richtig auszutoben. Und du studierst nun wahrlich schon länger, als vorgesehen war. Vor allem solltest du auch daran denken, dass ich dich etwas studieren lasse, von dem ich ganz und gar nichts halte.«

»Danke, dass du mich daran erinnerst. Fast hätte ich es vergessen«, gab Cedric kühl zurück.

»Ich erwarte von dir, dass du nach diesem … Abschluss, von dem ich wohl nie wissen werde, was du dir davon erhoffst, in einer meiner Redaktionen in London anfängst und das Geschäft von der Pike auf kennenlernst.«

»Ich weiß.«

»Und ich will nicht, dass du mir in dieser Zeit mit irgendwelchen Skandälchen das Leben schwer machst. Also tob dich aus, solange du noch kannst.«

»Bist du sicher, dass wir verwandt sind?«

»Cedric!«, brüllte Lord Darney, wurde aber sofort wieder ganz still und erhob sich. Irritiert erhob sich auch Cedric und folgte dem Blick seines Vaters: Lillian stand in der Tür. Wie lange schon, war schwer zu sagen. Cedric nickte ihr zu, sah wieder zu seinem Vater, dessen Blick weiter auf Lillian ruhte.

»Ich fahre jetzt. Ich bin verabredet«, log er und ging.

Als er in der Garage seinen Wagen startete, klopfte sein Vater gegen die Scheibe. Er hinterließ Abdrücke auf dem Glas. Cedric ließ die Scheibe herunter.

»Wir sprechen uns in zwei Wochen«, sagte sein Vater. »Und bis dahin hast du dich besser an sie gewöhnt. Glaub mir, es ist die beste Lösung für dich. Schließlich hast du bisher noch kein Mädchen gefunden, das zu dir …«

»Ich muss los«, sagte Cedric, ließ die Scheibe wieder hochfahren und trat auf das Gaspedal.

Er würde sie nie loswerden, er wusste es. Als er von dem Privatweg auf die Straße in Richtung St. Andrews abbiegen wollte, fielen ihm wieder die Fingerabdrücke ein, die sein Vater an der Scheibe hinterlassen hatte.

Die Waschstraße bei Morrisons hatte sonntags zum Glück geöffnet.

5.

Gegen halb fünf parkte er seinen Wagen wieder vor der Haustür. Die Polizeiautos standen noch immer vor dem Nachbargrundstück. Er ging ins Haus, wo alle Türen offen standen. Wie oft musste er es Doug und Pete noch sagen: Der Wind würde Dreck und Laub hereinwehen, und an die Tiere, die hereinkriechen und hereinfliegen könnten, wollte er erst gar nicht denken.

»Cedric«, rief Doug aus dem vorderen Wohnzimmer, das links von der Eingangshalle abging. Doug musste ihn durch das Fenster gesehen haben. Cedric zog seine Straßenschuhe aus, die Hausschuhe an, ging zum Wohnzimmer und blieb abrupt in der Tür stehen.

»Guten Tag«, sagte er zu den beiden Fremden, die dort mit Doug und Pete saßen. »Cedric Darney, was kann ich für Sie tun?« Er ließ die Hände in den Hosentaschen und bewegte sich keinen Schritt auf sie zu. Nicht, bevor er wusste, wer sie waren.

»Chief Inspector Brady«, sagte der Mann und zeigte dann auf die Frau, die neben ihm saß. »Das ist Sergeant Hepburn. Würden Sie sich zu uns setzen?«

Mein Haus, dachte Cedric. Und er sagt mir, was ich tun soll. Widerstrebend betrat er den Raum. Die beiden Polizisten saßen auf einem Sofa, Doug und Pete auf dem anderen, das rechtwinklig dazu stand. Die Polizisten saßen näher zusammen als Doug und Pete. Ohne Symmetrie. Cedric blieb nur der Sessel. Er schob ihn so, dass er dem Winkel der beiden Sofas direkt gegenüber stand.

Seine beiden Mitbewohner sahen schlecht aus: blass und mit tiefen Rändern unter den Augen. Sie hatten wohl letzte Nacht sämtliche Abschlusspartys mitgenommen, die es gab. Ihr Restalkohol würde reichen, um ein gesamtes Studentenwohnheim betrunken zu machen. Hatte Doug heute Morgen in der Küche schon so ausgesehen? Er hatte ihn nicht richtig angesehen. Pete sah schlimmer aus als Doug, aber Pete trank immer viel mehr als alle anderen, obwohl er weniger vertrug.

Sergeant Hepburn hatte ein hübsches rundes Gesicht mit blassen Sommersprossen, eingerahmt von fransig geschnittenen, kinnlangen dunklen Haaren. Sie war sehr groß und dünn, verstand es aber, mit ihrer Kleidung ihre Weiblichkeit zu unterstreichen.

Chief Inspector Brady trug einen schlecht sitzenden, billigen Anzug und ein Hemd, das eine Nummer zu klein war. Es spannte über dem Bauch, und die Krawatte schaffte es nicht ganz bis zum Hosenbund. Das Jackett war an den Ellenbogen speckig und glänzend. Die Schuhe waren staubig. Sein Gesicht war übersät mit alten Aknenarben.

»Life on Mars«, dachte Cedric. Der Mann sah aus wie DCI Gene Hunt in »Life on Mars«, einer Fernsehserie, die in den 70er-Jahren spielte. Hunt war darin der harte Cop, aber ein harter Cop mit Humor. Cedric überlegte, ob Brady es auf diese Ähnlichkeit anlegte. Das würde das enge Hemd erklären: Er probierte den 70er-Stil.

Und er sagte Cedric, dass Matt tot war.

Beobachtete ihn dabei genau.

Cedric jedoch war zu keiner Reaktion in der Lage. Er wusste, er musste etwas sagen. Sie warteten. Er fühlte vier Augenpaare auf sich gerichtet.

»Das ist unfassbar«, sagte er endlich. »Sind Sie sicher?«

Was für ein Unsinn. Natürlich waren sie sich sicher, sonst wären sie nicht hier.

»Kannten Sie ihn gut? Sein Tod scheint Sie sehr zu berühren, Sie alle hier«, sagte die Frau, die neben Brady wirkte, als käme sie aus einem anderen Universum.

»Nun, wir haben ihn öfter getroffen. Auf Partys.«

»Ich hab schon gesagt, dass wir immer mit ihm gefeiert haben«, sagte Doug, schniefte und hustete kurz.

»Wie ist er gestorben?«

»Er wurde erschossen«, sagte Brady.

Cedric schluckte. »Erschossen. Das erscheint mir ...« Er suchte das passende Wort.

»Ja?«

»Ungewöhnlich.«

Brady zog die Augenbrauen hoch und beugte sich vor. »Das erklären Sie mir mal, Mr Darney.«

Cedric sah zu Doug und Pete hinüber, die ihn mit großen Augen anstarrten. Schnell sah er wieder weg. »Erschießen setzt den Besitz einer Waffe voraus, und korrigieren Sie mich, wenn ich falschliege, aber ich dachte immer, es sei nicht besonders leicht, an eine Waffe heranzukommen. Besonders hier in St. Andrews finde ich das sehr – ja, ungewöhnlich. Oder ist es das nicht? Wer hat ihn erschossen? Ein Einbrecher?«

»Mr Darney, wer eine Waffe haben will, kommt auch an eine ran. Was ich«, er zögerte effektvoll, »*ungewöhnlich* finde, ist, dass Sie als Erstes auf einen solchen Gedanken kommen. Wo waren Sie gestern Nacht? Offenbar ja nicht auf derselben Party wie Ihre Freunde.«

»Ich bezweifle, dass meine Mitbewohner nur auf *einer* Party waren. Aber, ja, es ist richtig, ich war nicht mit ihnen unterwegs. Ich war hier, zu Hause.«

»Klar. An einem Samstagabend.« Brady klang jetzt auch noch, wie eine schlechte Parodie aus »Life on Mars«. Fehlte nur noch der Manchester-Akzent.

»Ich bin als Engländer offen gestanden mit der schottischen

Gesetzgebung nicht vertraut. Gibt es Gesetze, die einem untersagen, den Samstagabend zu Hause zu verbringen?«

»Ein Student, der am Samstagabend zu Hause herumsitzt? Sie verstehen schon, dass mich das wundert. Es ist aber gut für unsere Ermittlungen. Dann haben Sie sicher etwas gehört oder gesehen?« Brady lächelte kalt.

»Nein, tut mir leid. Mein Zimmer geht nach hinten raus. Ich kann nur den Garten des anderen Nachbargrundstücks sehen. Da ist mir nichts aufgefallen.«

»Haben Sie sich gut mit Barnes verstanden?«, fragte Brady weiter. Sergeant Hepburn machte Notizen. Sie sah manchmal auf, so auch jetzt. Cedric spürte, wie auch Pete und Doug ihn wieder anstarrten.

»Matt war ein interessanter Kerl, doch. Wir haben uns in dem halben Jahr, in dem er mein Nachbar war, öfter gesehen und auch gut verstanden.«

»Kein Streit?«

»Warum sollte …?«

»Nun, ich frage nur. Mr Darney, haben Sie dieses Haus gemietet?«

»Es gehört meinem Vater.«

»Ah, Ihrem Vater. Ihm scheint halb St. Andrews zu gehören.«

»Weil er dieses Haus gekauft hat? Er sieht es als Spekulations- oder Abschreibungsobjekt, ich kenne mich damit nicht aus. Er benutzt die Mieteinnahmen, um die Hypothek zu tilgen, sonst würde ich kaum Mitbewohner haben.« Er hörte, wie Doug laut schnaufte, sprach aber einfach weiter. »Als ich anfing, hier zu studieren, kaufte er es. Wenn ich hier raus bin, vermietet er es wohl an Golfer wie Matt.«

»Dessen Haus gehört ihm auch.«

Cedric schwieg einen Moment und versuchte zu verstehen. »Das Haus, in dem Matt wohnte?«, fragte er dann und hatte das Gefühl, auf Glatteis gelandet zu sein.

»Mr Darney, zwei Dinge: Die Vergangenheitsform geht Ihnen verdammt leicht über die Lippen, wenn Sie von Ihrem Nachbarn sprechen. Und dass die Hütte nebenan Ihrem Vater gehört, scheint Sie mehr zu beeindrucken als der Tod von Mr Barnes. Was sagt mir das jetzt?«, fragte Brady und legte den Kopf schief.

»Dass Sie aufgrund unzusammenhängender Informationen und völlig haltlos ein haarsträubendes Motiv zusammenzubasteln versuchen, damit Sie Ihre schlechte Laune an einem Vertreter der englischen Oberschicht auslassen können?«, sagte Cedric und legte ebenfalls den Kopf schief, mehr aus Gründen der Symmetrie als aus Provokation. Sein Blick fiel wieder auf Bradys staubige Schuhe, dann auf die zu kurze Krawatte, und nun entdeckte er darauf etwas, das wie ein Ketchupfleck aussah. Er ertrug Brady nicht mehr. Er wollte ihn aus dem Haus haben.

Brady presste die Lippen fest zusammen und dachte über eine angemessene Erwiderung nach, aber dazu gab Cedric ihm keine Gelegenheit. »Ich verstehe mich mäßig mit meinem Vater, weil ich etwas studiere, was mir Spaß macht, und nicht das, was er für mich vorgesehen hatte. Das kommt, wie Sie sehen, in den besten Familien vor.« Brady holte tief Luft, und Cedric sprach weiter: »Ich habe mich mit Matt nicht so gut verstanden, dass es für eine Freundschaft gereicht hätte, weil er sich deutlich mehr für Partys und Ähnliches interessierte als ich. Aus diesen beiden Umständen können Sie sich gerne zusammenreimen, was Ihnen Freude bereitet.«

»Große Freude«, betonte Brady.

»Dass ich eine andere Art habe, auf mir überbrachte Nachrichten zu reagieren als andere Menschen und dass ich in der Lage bin, die grammatikalisch richtige Vergangenheitsform zu benutzen, hängt unter anderem damit zusammen, dass ich einen deutlich höheren IQ habe als die meisten Menschen, inklusive Ihnen.«

Hier fing Sergeant Hepburn an zu husten. Unbeirrt fuhr Cedric fort: »Aber das wissen Sie vielleicht auch schon, wo Sie doch sonst so viel über mich und meine Familie wissen. Und da keiner von uns weiter etwas zu Ihren Ermittlungen beitragen kann, bitte ich Sie, dieses Haus zu verlassen. Ich habe Sie nicht hereingebeten, und ich denke, dass selbst die Polizei kein Recht hat, in fremden Häusern herumzusitzen, solange sie will. Guten Tag.« Cedric erhob sich. Es war vermutlich ein Höflichkeitsreflex, dass auch die beiden Polizisten aufstanden. Widerwillig gingen sie zur Tür, Brady mit rotem Gesicht, Hepburn mit einem Ausdruck von Mitleid. Für wen?

»Ist Ihr Zimmer eigentlich schalldicht?«, fragt Brady, als er schon in der Eingangshalle war.

»Leider nicht, aber es ist sehr gut isoliert. Ich wünsche Ihnen noch einen guten Tag.« Cedric schloss die Tür hinter den beiden. Als er sich umdrehte, sah er Pete und Doug hinter sich.

»Bist du wahnsinnig, du kannst doch so nicht mit den Cops reden?«, rief Doug. »Die buchten dich noch ein!«

»Ihr seht alle zu viel fern«, sagte Cedric nur und dachte dabei an »Life on Mars«. Er überlegte gerade, warum er diese Serie so gut kannte, als es klingelte. Er öffnete die Tür. Es war Hepburn, und sie war alleine. Aber Cedric konnte sehen, dass Brady auf der Straße in einem Wagen auf sie wartete.

»Entschuldigen Sie, Sir«, sagte Hepburn. »Nur noch eins. Kennen Sie eine Mina Williams?«

»Natürlich.«

»Persönlich oder aus der Presse?«

»Sie hat den Creative-Writing-Kurs von Professor Scott übernommen und betreut damit auch meine Abschlussarbeit.«

»Wussten Sie, dass Sie Matthew Barnes kannte?«

Cedric zuckte die Schultern. »Das Privatleben von Miss Williams hat mich bisher nur mäßig interessiert. Wenn noch etwas ist, rufen Sie bitte vorher an.«

Er schloss die Tür und machte die Augen für einen Moment ganz fest zu, wartete, bis sich die Anspannung wieder löste. Was hatte er für einen Unsinn von sich gegeben? »… dass ich einen deutlich höheren IQ habe als andere Menschen …« Warum sagte er so etwas?

Als er die Augen wieder aufmachte und sich umdrehte, waren Doug und Pete verschwunden.

6.

Diesmal war wieder alles anders. Diesmal saß ihre Mutter an ihrem Bett. Sicher träumte sie. Die Polizistin, die Hepburn hieß und ein Fan von ihr war. Der tote Golfer, dem sie ins Bad gekotzt hatte. Nun ihre Mutter an ihrem Bett. Vielleicht war sie wieder fünf Jahre alt. Realität war schließlich nichts, worauf man sich allzu sehr verlassen konnte.

»Sag mir nur grob, in welchem Jahr und auf welchem Planeten wir sind«, sagte sie.

Ihre Mutter lachte. »Du solltest nicht meine Handynummer als ›Im-Notfall-zu-verständigen‹-Nummer aufschreiben, wenn du nicht willst, dass ich auftauche.«

»Und wer hat entschieden, dass die ›Im-Notfall-zu-verständigen‹-Nummer angerufen werden muss? Warte, ich weiß. Sie heißt Hepburn.«

»Reizendes Mädchen«, sagte Margaret Williams.

»Das *Mädchen* ist nicht viel jünger als ich. Wenn überhaupt.«

»Sag ich doch. Reizendes Mädchen.«

Mina rollte mit den Augen. »Was hat das reizende Mädchen denn der Mama von dem ungezogenen Mädchen erzählt?«

»Nur, dass ich nach dir sehen soll. Also hab ich meinen Urlaub noch ein paar Tage verlängert.«

Margaret Williams arbeitete für das British Council und lebte schon seit Jahrzehnten nicht mehr in Großbritannien. Vor vier Tagen war sie zur Beerdigung ihres Vaters aus Wien angereist. Auf dem Friedhof von Morningside hatte man ihn bestattet. Die Urne wurde im Grab seiner Frau beigesetzt. Nur deshalb war Margaret überhaupt in Schottland. Sie hatte bis zum Wochenende bleiben wollen.

Mina zog sich ihren Bademantel über, froh über die Ablenkung, froh, dass sie nicht über die Schmerzen nachdenken musste, die sie noch immer hatte. Ihr war zwar nicht mehr schlecht, aber ein dumpfes Pochen zwischen ihren Beinen war geblieben.

»Du sagst, wenn du …«, begann Margaret.

»Ja. Lass uns lieber über dich reden. Wie geht es dir jetzt?«

»Wegen Vater?« Margaret war ins Gästezimmer gegangen, wo sie gerade ein Kissen in einen Bezug stopfte. Sie setzte sich auf das Bett, das Kissen noch in den Händen, und starrte mit einem erschöpften Blick an die Wand, während ihre Tochter begann, einen recht aussichtslosen Kampf gegen Bettdecke und Überzug auszutragen. »Ihn jetzt auch noch zu verlieren, zwei Jahre nach Mutter, ist hart, aber er war immerhin neunundachtzig. Mich stört trotzdem, wie er gestorben ist.«

»Weil ihr nie richtig geredet habt?«, fragte Mina und dachte: Weil er dich nie geliebt hat?

»Ach, einen fast Neunzigjährigen bringst du nicht mehr dazu, mit seiner Tochter Frieden zu schließen, vor allem, wenn er nie eine Tochter wollte.«

»Noch dazu eine, die immer alles falsch gemacht hat«, lächelte Mina.

»Kein Vergleich mit ihren mustergültigen Brüdern.« Nun lächelten beide. »Wenn ich ehrlich bin, hab ich mich zwar jahrelang danach gesehnt, seine Aufmerksamkeit zu bekommen, aber ich habe schon sehr lange aufgehört, ihn zu lieben. Darf man so etwas über seinen Vater sagen?«

Woher soll ich das wissen?, dachte Mina, und sagte: »Sei ehrlich mit dir, das ist das Einzige, was zählt. Also, was stört dich?«

»Es kam so unerwartet. Robert meinte, er hätte den Tod

unserer Mutter nicht verwunden, aber das glaube ich nicht. Nicht nach zwei Jahren.« Robert war der älteste von Margarets Brüdern.

»Was glaubst du, warum er gestorben ist? Der Arzt hat nichts Ungewöhnliches festgestellt«, sagte Mina und dachte an Matt. »In dem Alter, ist es da nicht …« Normal, hätte sie fast gesagt.

Margaret zuckte die Schultern. »Seine Nachbarin hat etwas Merkwürdiges gesagt.«

»Welche?«

»Mrs Sedgwick-Boyle.«

»Die Mrs Sedgwick-Boyle, die dreimal in der Woche die Polizei ruft, weil sie denkt, jemand wolle bei ihr einbrechen?«, fragte Mina und gab den Kampf gegen die Bettdecke auf.

»Nur weil sie sich einsam fühlt, heißt das noch nicht, dass sie spinnt.«

»Entschuldige. Also, was hat sie gesagt?«

»Sie sagte, er hätte einen Tag vor seinem Tod Besuch gehabt.«

»Von wem?«

Margaret stand vom Bett auf und nahm Mina die Bettdecke aus den Händen. »Sie sagte: ›Ihre Lordschaft hat sich selbst ins Gesicht gesehen.‹ Ich fragte sie, was sie damit meinen würde, und sie antwortete nur, ein Mann sei zu Besuch gewesen, aber mein Vater hätte die Tür gleich wieder zugeschlagen.«

Mina zuckte unbeeindruckt die Schultern. »Jemand von der Kirche vielleicht oder von einer Wohltätigkeitsorganisation, eben die Sorte Leute, denen er nicht mal guten Tag gesagt hätte.«

»Aber sie sagte, er hätte sich selbst ins Gesicht gesehen. Sie hat es mir bei der Beerdigung erzählt. Ich konnte sie nicht mehr weiter danach fragen, weil David und Robert kamen, und sie war ganz ›Eure Lordschaft‹ mit Robert. Das hast du doch mitbekommen?«

»Als sie vor Robert geknickst hat und nicht mehr hochkam?« Mina kicherte unwillkürlich bei der Erinnerung. Robert war der Erbe des Titels und damit 4. Earl of Herton. »Frag sie einfach, wenn du sie wieder siehst«, schlug sie vor. »Oder ruf sie an, wenn es dir so sehr auf der Seele brennt. Sie hat doch Telefon?«

Die beiden Frauen sprachen noch eine Weile über die Beerdigung, über Margarets Brüder und deren Familien, mit denen sie beide nur wenig Kontakt hatten. Mina öffnete das Fenster, um zu lüften, und die Schreie der Möwen drangen in den Raum. Keine Raben, dachte Mina und war froh.

Es war dunkel geworden. Ihre Mutter stellte sich ans Fenster, von dem aus man die Ruinen der Kathedrale und den St. Rule's Tower sehen konnte.

»Es wird nicht richtig dunkel«, sagte sie und deutete nach Nordwesten, wo der Himmel noch tintenblau war.

»Nein, wenn wir noch ein bisschen durchhalten, dann siehst du, wie es auf der anderen Seite gleich wieder hell wird.«

»Wann ist Mittsommer?«

»Vor drei Tagen«, sagte Mina.

Aber sie hielten nicht bis Sonnenaufgang durch. Margaret wurde müde, bevor die Morgendämmerung kam. Mina legte sich in ihr Bett und dachte daran, dass Matt vor vierundzwanzig Stunden noch gelebt hatte. Das Fenster ging zur Straße hinaus, aber sie ließ die Vorhänge offen, denn sie liebte das orangefarbene Licht der Sodiumlampen. Sie scheute die Dunkelheit, hatte die Kinderangst vor der Nacht und ihren wispernden Kreaturen nie verloren.

Mina fragte sich, ob die Stunden, die sie in der Nacht zuvor in absoluter Dunkelheit verbracht hatte, jemals wieder zurückkommen würden. Sie fasste sich mit der rechten Hand zwischen ihre Beine, wie um sich dort zu schützen, und rollte sich auf die Seite. Bevor sie die Augen schloss, sah sie die Reflexion ihrer selbst im Spiegelschrank, der dem Bett gegenüberstand. Eine zusammengekauerte Gestalt mit riesigen, ängstlichen Augen starrte zurück und flehte sie an, bloß nicht einzuschlafen.

Sie lag in ihrem Bett in der Charlottenburger Wohnung. Dort hatte sie mit ihrer Mutter am längsten zusammen gewohnt, bevor sie getrennt wurden. Fünf Jahre waren es immerhin gewesen. Dann hatte Margaret Thomas Williams geheiratet und war mit ihm nach Israel gegangen. Mina wurde in ein privates Internat in Oxfordshire gesteckt, und ein neues Leben hatte begonnen. Doch das war später. Charlottenburg bedeutete Kindheit, Geborgenheit, Sicherheit.

Und dann kam Matt in dieses Kinderzimmer, grinste sie an, wie er immer alle angegrinst hatte, wirkte größer, als er in Wirklichkeit gewesen war, wirkte riesig, so riesig mit einem Mal, dass er nicht mehr aufrecht in ihrem Zimmer stehen konnte, sich setzen musste, auf ihr Gesicht, bis sie keine Luft mehr bekam.

Sie wachte um halb vier Uhr morgens mit rasendem Herzen auf. Wusste nicht, wo sie war, erkannte erst nach einer Weile ihr neues Zuhause. Graublaues Licht drang von außen herein. Es wurde Tag.

Wenn es Tag wurde, war alles gut, dachte sie. Niemand war in ihrem Zimmer, und Matt war tot. Es waren nur die Kreaturen der Nacht gewesen, die sie geplagt hatten, die sie immer wieder heimsuchten, wenn sie sich einsam fühlte. Mina erinnerte sich daran, dass ihre Mutter im Zimmer nebenan schlief. Ihre Mutter war noch nie besonders gut darin gewesen, ihr die Angst zu nehmen.

7.

McCallum stand gegen halb neun vor ihrer Tür und fragte missmutig, ob er eintreten dürfe. Mina war früh aufgestanden und hatte Fotos auf ihren Laptop geladen, um sie für ihr elektronisches Tagebuch zu ordnen. Seit sie nach St. Andrews gezogen war, hatte sie zwar hunderte Fotos gemacht, war aber noch nicht dazu gekommen, sie zu sortieren. Sie machte die Fotos, um nicht zu vergessen.

»Sie haben mir Blut abgenommen, ohne mein Einverständnis und mit Sicherheit auch ohne richterlichen Beschluss«, sagte Mina, klang vorwurfsvoll statt wie geplant kühl und ging ihm voran ins Wohnzimmer.

»Ich wusste nicht, ob und wann Sie wieder zu sich kommen. Ich wollte es analysieren, um zu sehen, was mit Ihnen nicht stimmte«, antwortete er, und es hörte sich nach dem an, was es war: zurechtgelegt. »In Ausnahmefällen kann auch ein Polizist ohne richterlichen Beschluss entscheiden. Und ich bin außerdem Polizeiarzt.« McCallum rutschte unruhig auf dem Stuhl herum, den Mina ihm angeboten hatte. »Ich wollte nur sehen, wie es Ihnen geht. Offensichtlich sind Sie wieder wohlauf, also physisch. Das freut mich, und ich darf mich wieder verabschieden.« Er nahm seine abgewetzte schwarze Arzttasche, die wie ein Theaterrequisit an dem jungen Mann wirkte, und wollte gehen.

»Sie könnten mir den Blutdruck messen«, sagte Mina, und McCallum blieb stehen. Drehte sich misstrauisch um, ging langsam auf sie zu, so als wüsste er, was sie vorhatte. Bevor er ihr die Manschette um den Arm legte, beugte sie sich hinunter und nahm etwas aus seiner Tasche: einen kleinen goldenen Ring.

»Dass Frauen auch immer ihre Eheringe verlieren müssen, wenn sie fremdgehen«, sagte Mina kopfschüttelnd und sah auf McCallums Hand. »Das ist doch der Ring Ihrer Frau?« Sie steckte den Ring in die Tasche ihrer Jeans.

»Sind Sie jetzt völlig verrückt geworden? Geben Sie ihn her!«, rief der Arzt und wollte ihren Arm packen. Darauf war sie vorbereitet. Sie sprang auf und flüchtete sich zur Wohnzimmertür.

»Kommen Sie einen Schritt näher, und ich schreie. Meine Mutter ist im Haus, und ich würde ihr sagen, Sie hätten sich nicht wie ein Gentleman benommen. Wie sähe das wohl aus?«

McCallum versuchte, die Fassung zu wahren, und steckte das Blutdruckmessgerät in seine Tasche zurück. Wohl um Mina nicht ansehen zu müssen.

»Was wollen Sie?«, brummte er.

»Ich hab gesehen, wie Sie diesen Ring gestern in Matts Haus aufgehoben und eingesteckt haben«, sagte Mina. »Weiß Ihr Freund Chief Inspector Brady davon?«

»Dass ich den Ehering meiner Frau mit mir herumtrage? Das kann er ruhig wissen. Der Zustand, in dem Sie gestern waren – Brady wird Ihnen sicher jedes Wort glauben.«

»Wenn er die Fotos von ihr und Matt sieht, wie sie auf einer Strandparty vor zwei Wochen herumgeknutscht haben, wird er mir bestimmt glauben.« Sie zog ihr Handy aus der Hosentasche. »Ihre Frau, das ist doch diese niedliche Blonde? Die Auflösung ist übrigens großartig, wenn man die Bilder erst mal auf einem Rechner betrachtet. Man kann den Ring ganz genau sehen.«

Sie gab ihm ihr Handy, damit er sich das Bild ansehen konnte.

»Ein Missverständnis«, murmelte er und warf das Handy aufs Sofa.

»Dass Matt seine Hände auf den Brüsten Ihrer Gattin parkt und sie dabei küsst, ist ein Missverständnis? Ich bin beeindruckt. Es gibt nicht viele Ehemänner wie Sie. Aber ich dachte mir schon, dass Sie es die ganze Zeit gewusst haben. Sonst hätten Sie den Ring Ihrer Frau kaum so dezent eingesteckt.«

»Das geht Sie gar nichts an.«

»Wissen Sie was? Es geht mich nicht nur nichts an, es interessiert mich sogar überhaupt nicht. Aber irgendwas haben Sie und dieser Chief Inspector doch vor, sonst hätten Sie mir nicht einfach Blut abgenommen, ohne einen Ton zu sagen. Ich will wissen, was Sie damit gemacht haben. Ins Labor gegeben? Irgendwas gefunden?«

McCallum nickte langsam, ging zu dem Sofa, nahm das Handy und betrachtete noch einmal das Foto seiner Frau. »Wir haben nichts vor, das sind Ihre Fantasien. Wir haben uns um Sie gesorgt.« Dann sprach er von einem starken Beruhigungsmittel, das er in ihrem Blut gefunden hatte. Außerdem Alkohol: 1,5 Promille. Er hatte noch einen weiteren Stoff gefunden: Fluoxetin.

»Keine gute Mischung«, sagte er. »Nehmen Sie das auf Rezept?«

Mina antwortete nicht.

»Sie nehmen es und trinken trotzdem?«

Ich hab nichts getrunken, dachte sie. Und wieso Beruhigungsmittel?

»Was hatte dieser Mann, dass sich ihm alle Frauen an den Hals geworfen haben?«, sagte McCallum unvermittelt, und Mina sah ihm direkt in die Augen.

»Das fragen Sie besser Ihre Frau.«

»Sie standen doch auch auf seiner Liste«, entgegnete er kühl.

Sie schwieg. Dachte nach. Überlegte sich eine Strategie.

Sagte schließlich leichthin: »Ein attraktiver Mann, charmant, witzig. Warum nicht?«

Es war ein Fehler gewesen. Sie sah in McCallums Gesicht, dass er jetzt alles wusste. Sie log einfach zu schlecht.

»Er hat Ihnen das ins Glas gemischt. Er wusste nicht, dass Sie außerdem noch auf Prozac sind. Hat er Sie …«

Schon wieder diese unausgesprochene Frage. Irgendwann musste sie antworten.

»Ich weiß es nicht«, sagte sie, wie schon zu Hepburn. »Tut mir leid. Ich wünschte, ich wüsste irgendetwas.«

»Aber wenn er … Sie müssen das doch hinterher gemerkt haben.«

»Dr. McCallum, wir machen einen Deal. Ich sage Ihrem Freund Brady nichts von Matt und Ihrer Frau. Das ist ein großes Zugeständnis, denn ich bin wahrscheinlich im Moment die Einzige, hinter der Brady her ist. Wüsste er davon, würde er sich auch auf Sie oder Ihre Frau stürzen. Und weil ich so nett bin und das Ganze für mich behalte, lassen Sie mich in Ruhe, bis mir wieder alles eingefallen ist. Falls Sie Brady sagen, was Sie in meinem Blut gefunden haben, erfährt er von mir, dass Sie Beweismittel vom Tatort entfernt haben, und außerdem verklage ich Sie wegen … irgendwas fällt mir bestimmt ein. Wir verstehen uns?«

McCallum nickte widerstrebend. »Aber warum wollen Sie das? Ich verstehe Sie nicht, es würde Sie sogar entlasten, wenn Brady wüsste, dass …«

»Ich dachte, ich hätte mich klar ausgedrückt!« Fassung zu bewahren war nichts, was ihr dieser Tage besonders gut gelang.

»Miss Williams, wenn Sie Prozac nehmen – gibt es da eine Vorgeschichte? Es ist Ihnen doch verschrieben worden, ja?«

»Einen schönen Tag noch, Dr. McCallum. Und grüßen Sie Ihre Frau.« Mina ging zur Haustür und hielt sie auf. Wartete, bis er aus dem Wohnzimmer kam und verschwand.

Sie hatte nur zwei Möglichkeiten: Wenn sie sagte, sie hätte eine Affäre mit Matt gehabt und an dem Abend zu viel getrunken, würden sie ihr vielleicht glauben und sie in Ruhe lassen. Wenn sie sagte, Matt hätte sie betrunken gemacht und ihr etwas in den Drink geschüttet, dann wäre sie das Opfer und hätte das allerbeste Motiv auf dieser Welt. Dann würden sie sie nie wieder in Ruhe lassen. Möglichkeit Nummer eins schien ihr der bessere Weg zu sein. Auch deshalb, weil so niemand herausfinden würde, dass sie Prozac nahm. Oder warum. Sonst würde alles wieder von vorne beginnen.

Sie sah McCallum nach, wie er ins Auto stieg, wegfuhr und nach weniger als fünfzig Yards vom Nichts verschluckt wurde.

Der Nebel war wieder da. Er war so dicht wie in ihrem Traum. Er kam vom Meer, das nur gute zweihundert Yards von Minas Haus entfernt war. Der Nebel war weiß und dicht wie Watte und schluckte jedes Geräusch. Die Schreie der Möwen klangen, als seien die Vögel mit Mina zusammen in einem engen, kleinen Raum. Die ganze Welt schien verschluckt. Nur noch dieser enge, kleine Raum existierte. Ihr Haus und fünfzig Yards um das Haus herum. Dahinter: nichts.

Eine große Krähe landete auf dem Hausdach gegenüber. Mina rannte ins Haus zurück und warf die Tür zu.

Berlin, November 1948

»Wenigstens hast du heute mal nicht geweint«, sagte er. »Verstehst du eigentlich, was ich sage? Du verstehst mich nicht richtig, stimmt's?«

Sie schwieg und zog sich den Strumpfhalter zurecht. Schob den Rock über ihre Hüften, strich ihn glatt.

»Das mag ich an dir. Du stellst keine Fragen, du zierst dich nicht, du gehorchst und machst keine Probleme. So hab ich das gerne.«

Sie ordnete ihr Haar, ohne sich sehen zu können. Es gab keinen Spiegel in seinem Raum. Nur einen Schreibtisch und Stühle und Schränke und das Sofa.

»Gehorchen könnt ihr ja gut.« Er zündete sich eine Zigarette an.

Sie machte einen Knicks, wie er es ihr gezeigt hatte, und ging.

8.

St. Andrews war kein Ort, an dem man sich verstecken konnte. Dazu war es viel zu klein. Im Wesentlichen bestand es aus drei Straßen, in denen die meisten Geschäfte und Pubs, das Kino und zentrale studentische Einrichtungen angesiedelt waren: South Street, Market Street und North Street. Sie verliefen parallel zueinander und waren durch enge Seitenstraßen und winzige Gässchen miteinander verbunden. Im Osten endeten sie an den Ruinen der einstigen Kathedrale und dem Friedhof. Westlich und südlich lagen die moderneren Wohngebiete. Modern konnte in St. Andrews allerdings durchaus noch viktorianisch bedeuten.

Direkt an der Nordseesteilküste, parallel zu diesen drei Straßen, war The Scores. Dort war in beeindruckend verwinkelten alten Anwesen die Mehrzahl der geisteswissenschaftlichen Institute untergebracht. In einigen Häusern wohnten auch Privatleute. Filmstars, munkelte man. Popstars. Amerikanische Ölmilliardäre. Cedric wusste nicht, ob das stimmte. Er wusste nur, dass die Besitzer sehr reich sein mussten. The Scores wurde eingerahmt von dem Castle im Osten und dem Golfplatz im Westen. In dessen Nachbarschaft hatten sich unzählige Bed and Breakfasts und Hotels angesiedelt. Schon während der Hauptsaison kostete eine Übernachtung dort Unsummen, während der Golfturniere jedoch wurde dieser Teil von St. Andrews zu einer wahren Goldgrube.

Der Royal and Ancient Golf Club, zu dessen Clubhaus Frauen keinen Zugang hatten, entschied über die Golfregeln in der ganzen Welt (die USA bildeten lange Zeit eine Ausnahme, mittlerweile sprach sich aber auch die United States Golf Association mit dem R & A ab). Der Old Course war der älteste Golfplatz der Welt. Man redete sich gerne ein, er sei durch seine Lage an der Nordsee auch der schönste. In jedem Fall war es der begehrteste. Hier hatten sich schon Staatspräsidenten (amerikanische) in die Hose gemacht. Vor Angst, den Ball zu verschlagen.

St. Andrews hatte noch weitere Superlative zu bieten. Dazu gehörte die älteste und prestigeträchtigste Universität Schottlands, die Pubs bestanden darauf, zu den besten des Landes zu gehören, oder wenigstens die besten Biere der Welt auszuschenken, und viele der kleinen Geschäfte im Zentrum warben damit, die besten Was-auch-immer-Einzelhändler zu sein. Superlative waren wichtig. Cedric, der hier seit fünf Jahren lebte, fand heute einen neuen Superlativ: St. Andrews war der öffentlichste Ort auf den britischen Inseln.

Er hatte sich bisher wohlgefühlt. Die Überschaubarkeit, die Berechenbarkeit des Lebens in einer Kleinstadt mit zehntausend Einwohnern und siebentausend Studenten hatte ihm Sicherheit gegeben. Nur, dass jetzt nach dem Mord alles anders war.

St. Andrews war kein Ort, an dem man sich verstecken konnte. In St. Andrews kam alles irgendwann ans Licht. In diesem Ort war jede Sicherheit so trügerisch wie der Nebel, der von der Nordsee kam und den man *haar* nannte. Einen Moment lang glaubte man, von ihm verschluckt zu werden und die Orientierung zu verlieren. Dann verschwand er so plötzlich wieder, wie er gekommen war, und die Sonne schien, als sei nie etwas gewesen.

Heute verschwand der *haar* nicht so schnell. Er war gekommen, als Cedric in der samtblauen Dunkelheit der Nacht die Stadt verlassen hatte, und er war jetzt am Morgen immer noch da, als Cedric über die Landstraße von Cupar auf St. Andrews zufuhr.

Wenn Cedric nachts nicht geschlafen hatte, fühlte er sich noch weniger im Gleichgewicht als sonst. Er verspürte den Drang, in der Mitte der Straße zu fahren, um Symmetrie herzustellen. Aber er zwang sich, auf seiner Spur zu bleiben, auch wenn er dabei das Gefühl hatte, als würden sich seine Körperhälften seltsam verziehen. Er musste duschen, unbedingt. Er fühlte, wie sich ganze Armeen von Bakterien und Bazillen auf seinen Händen tummelten, und nicht nur da. Auch das Auto war verseucht. Er musste es reinigen lassen, sonst würde ihn der Gedanke daran gleich nicht einschlafen lassen.

Diesmal fuhr er nicht zu Morrisons. Er brauchte eine Innenreinigung. Die gründlichste, die er bekommen konnte. In der Largo Road, nicht weit von Morrisons entfernt, war eine Waschstraße. Dort brachte er seinen Mercedes immer hin, wenn er besonders sauber sein musste. Sie kannten ihn schon und wussten, was er wollte.

Wie immer ging er, während er warten musste, zu Morrisons. Doch heute waren die vielen Menschen fast nicht zu ertragen. Er fragte sich, warum an einem Montagmorgen so viele Leute Zeit hatten, um einzukaufen. Der Gedanke, dass er einen Tragekorb anfassen musste, den schon hunderte andere vor ihm angefasst hatten, ließ Übelkeit in ihm aufsteigen. Aber er hatte keine Wahl. Er hatte außerdem schon so viele Bazillen und Bakterien an den Händen, dass es keinen Unterschied mehr machen würde.

Trotzdem achtete er beim Einkaufen darauf, nur Dinge zu nehmen, die ganz hinten im Regal standen. Er kaufte Wasser, denn nichts auf der Welt konnte ihn dazu bringen, Leitungswasser zu trinken. Er kaufte Brot und Butter, obwohl er nicht wusste, ob er beides brauchte. Er kaufte schließlich Hygienetücher, um seine Hände und die Einkäufe desinfizieren zu können. Die Tücher waren ihm heute Nacht ausgegangen.

Die mehr als hundert Meilen Autofahrt hatten ihm zugesetzt, denn er fuhr nicht gerne selbst, hatte aber zu wenig Vertrauen in andere, als dass er das Steuer aus der Hand geben würde. Am anstrengendsten aber war gewesen, dass er die Hälfte der Strecke mit Pepa hatte verbringen müssen. Allein mit ihr in seinem Wagen. Er hatte ihr billiges Parfüm einatmen müssen. Ihre Kleidung hatte Flusen auf seinem Beifahrersitz hinterlassen. Sicher hatte sie wieder Haare verloren, sie verlor dauernd Haare, kein Wunder, bei dieser Mähne, die ihr schmales Gesicht noch kleiner wirken ließ.

Nachdem er bezahlt hatte – mit Karte, Geld konnte er heute nicht auch noch anfassen –, räumte er alles wieder in seinen Korb, legte ein paar der frischen, neuen Plastiktüten dazu und suchte sich eine unbesetzte Kasse, um seine Einkäufe und Hände in Ruhe mit Desinfektionstüchern abwischen zu können. Dann verstaute er alles in den Plastiktüten und ging zum Ausgang. Den Korb ließ er stehen.

Auf dem Weg nach draußen versuchte er, niemandem zu nahe zu kommen. Er passte genau auf, konnte es aber doch nicht vermeiden, zwischen Zeitungsständern und Grußkartenregalen von einem alten Mann leicht am linken Oberarm gestreift zu werden. Nicht hinsehen, ermahnte sich Cedric, nicht den Mann ansehen, und rannte hinaus an die Luft, nur um dort gegen zwei mit mehreren Einkaufstüten beladene Frauen zu stoßen, die auf ein Taxi warteten. Er entschuldigte sich hastig und rannte über den Parkplatz, die Stufen zur Straße hinunter, über den Zebrastreifen, die Largo Road entlang, bis die Werkstatt in Sicht war. Er wurde langsamer und versuchte, seinen Atem zu kontrollieren, um sich nicht völlig in seiner Panikattacke zu verlieren. Es war gerade noch einmal gut gegangen.

Cedric wusste, was mit ihm los war. Er wusste, dass es sich um Zwangshandlungen handelte und wo sie herkamen. Er wusste, wann sie schlimmer wurden und wann er sie besser kontrollieren konnte. Bei Stress war es am schlimmsten, denn dann verlor er schneller die Kontrolle. Er hatte sich aus dem Internet alles zusammengesucht, was es darüber zu wissen gab, und hatte eine Reihe Bücher zu dem Thema gelesen. Überall stand das Gleiche: Sie können sich alleine nicht helfen. Machen Sie eine Therapie.

Doch genau davor hatte er die größte Angst.

Also musste er sich doch alleine helfen. Es war in den vergangenen Jahren gut gegangen, es würde noch zwei weitere Monate gut gehen. Danach hatte er einen Job und eine eigene Wohnung, beides in London, und vielleicht würde dann alles anders sein. Er könnte abends und an den Wochenenden schreiben, wenn andere zum Tennis oder zum Golfen gingen oder sich in Pubs die Zeit vertrieben. So würde es gehen: ein geregeltes Leben in einem sicheren Umfeld. Er würde klarkommen, und irgendwann würde es schon von selbst aufhören.

Ein eigenes Büro und eine eigene Wohnung bedeuteten, dass er nicht mehr länger den Dreck der anderen ertragen musste und ganz für sich sein konnte. Sein Vater würde für all das sorgen, das stand schon fest, seit Cedric zur Welt gekommen war. Nur noch diese zwei Monate im selben Haus mit Doug und Pete, ein Arrangement, zu dem er von seinem Vater zu Studienzeiten gezwungen war, weil dieser meinte, Cedric dürfe nicht als verschrobener Einzelgänger enden und eine Wohngemeinschaft sei eine gute Erfahrung, ein soziales Training sozusagen. Cedric hatte zum Glück sein eigenes Bad. Nur noch diese zwei Monate. Jetzt, da Pepa weg war, würde ohnehin alles leichter werden.

Cedric musste bei der Werkstatt noch ein paar Minuten warten, bis sein Wagen fertig war.

»Blitzeblank, wie immer, Sir«, sagte der Besitzer der Werkstatt, »kein Staubkörnchen, da können Sie mit der Lupe suchen und finden nichts.« Er zeigte Cedric mit ernstem Stolz die tadellos gereinigten Sitze und Fußmatten, den saubersten aller Kofferräume und freute sich mit angemessener Zurückhaltung über sein wie gewohnt stattliches Trinkgeld.

Was würde er den anderen sagen, wo Pepa war?, überlegte Cedric. Zu Hause bei ihren Eltern. Eine kranke Mutter. Das schien glaubhaft. Dauernd reisten Menschen zu ihren kranken Eltern. Kranke Eltern waren eine gute Ausrede. Wenn er Glück hatte, schliefen seine Mitbewohner noch und hatten nicht einmal bemerkt, dass er über Nacht weg gewesen war. Wenn er Glück hatte. Und wenn nicht? Dann würde er sagen, er hätte sie zum Bahnhof gebracht. Unsinn, zum Flughafen. Das war eine logische Erklärung.

Nur, dass die Polizei vielleicht davon erfahren würde. Sie würden nach Pepa suchen und herausfinden, dass es keine Buchung für sie gegeben hatte. Und niemand würde von Schottland nach Rumänien mit dem Zug fahren, um die kranke Mutter …

Nein. Das ging nicht. Er würde Unwissenheit über Pepas Verschwinden vortäuschen müssen. Er durfte kein Risiko eingehen. Doug und Pete waren nicht seine Freunde, waren es noch nie gewesen. Ihnen konnte er auf keinen Fall vertrauen.

Cedric parkte auf dem Grundstück vor dem Haus, schloss den Mercedes ab und ging hinein. Er hatte kein Glück. Die beiden saßen in der Küche. Wie es aussah, waren sie gerade erst aufgestanden.

»Ah, du warst einkaufen. Hast du Schinken mitgebracht? Es ist keiner mehr da«, begrüßte ihn Doug. »Und unser Sonnenscheinchen ist auch nicht da, sonst hätte ich sie geschickt.« Als ob er das Mädchen je zum Einkaufen geschickt hatte.

»Ich habe Pepa seit gestern nicht mehr gesehen«, sagte Cedric und konzentrierte sich genau auf jede seiner Bewegungen.

Er war erschöpft, er stand unter Stress, er würde nicht mehr lange durchhalten. Er musste schlafen. Langsam stellte er seine Einkaufstüten vor dem Kühlschrank ab.

»Gestern? Gestern hab ich sie auch schon nicht gesehen«, sagte Pete.

»Vorgestern meinte ich«, korrigierte sich Cedric und öffnete den Kühlschrank, um die Sachen einzuräumen.

»Was ist mit dem Schinken?«, fragte Doug.

»Ich habe keinen gekauft. Ich esse keinen. Aber Tesco ist ja zum Glück nur eine halbe Meile entfernt, nicht wahr? Ich habe schon von Leuten gehört, die diese Distanz zu Fuß zurückgelegt haben – mit Einkaufstüten.«

Doug brummte schlecht gelaunt etwas vor sich hin, und Pete fing wieder von Pepa an. Er überlegte, wo sie sich herumtreiben könnte. Seine Fragen klangen durchweg rhetorisch, sodass Cedric keine Veranlassung sah, etwas zu erwidern. Er musste endlich schlafen, sonst würde er es nicht mehr aushalten. Er sah überall nur noch Dreck, Staubkörner so groß wie Zwei-Pfund-Stücke, Milben, Bakterien … Er fühlte sie auf sich herumkriechen. Noch länger, und er würde sich Kakerlaken auf dem Fußboden einbilden. Eine Dusche vorm Schlafengehen wäre das Richtige. Die beiden würden nichts bemerken, sie würden denken, er arbeite.

Cedric öffnete die Tür zu seinem Badezimmer und fing an, sich auszuziehen. Gerade faltete er seine Hosen zusammen, als er im Waschbecken ein fremdes Haar entdeckte. Ein kurzes, schwarzes Haar.

Doug.

Cedric stürmte halb ausgezogen, wie er war, hinunter in die Küche, packte Doug am Shirt, zerrte ihn vom Tisch weg und schrie: »Du warst in meinem Badezimmer!«

»Hey, koch mal wieder runter«, schrie Doug zurück, und jeder andere hätte gesehen, dass er in diesem Moment Angst vor

Cedric hatte. Vor einem schmächtigen, feingliedrigen Jungen, den der durchtrainierte Amerikaner um einen Kopf überragte. Nur Cedric sah nichts davon, er dachte einzig daran, dass diese verlogene Kreatur in seine privaten Räume eingedrungen war und sie verseucht hatte, sodass er keinen Platz mehr hatte, an dem er sich sicher fühlen konnte. »Pete war in unserem Bad, und ich musste ganz dringend …«

Cedric schlug ihm so lange mit der Faust ins Gesicht, bis Doug zu Boden ging.

Pete zog Cedric von Doug runter. Was er dabei sagte, hörte Cedric nicht. Er hörte nichts mehr. Nur ein Rauschen in seinen Ohren. Dann fand er sich auf dem Boden vor dem Kühlschrank sitzend und merkte, dass er weinte.

Pete kümmerte sich um Doug, oder vielmehr sorgte er dafür, dass Doug nicht auf Cedric losging. Als seine Sinne wieder halbwegs funktionierten, hörte er, wie Pete zu Doug sagte: »Du bist selbst schuld, du weißt, dass er diesen Sauberkeitszwang hat!«

Diesen Sauberkeitszwang. Es war das erste Mal, dass es jemand in seiner Gegenwart aussprach.

»Ich gehe nach oben«, sagte Cedric leise und stand langsam auf. Und zu Doug sagte er: »Es tut mir leid. Wir reden später, in Ordnung?«

»Nichts ist in Ordnung!«, schrie Doug, und Pete musste wieder dazwischengehen. Cedric hatte keine Kraft, noch länger zu bleiben.

Er musste schlafen.

Gerade wollte er sein Mobiltelefon ausschalten, als es klingelte. Es war reiner Reflex, dass er den Anruf beantwortete – es musste die Müdigkeit sein, denn normalerweise ließ er Anrufe mit unterdrückter Nummer auf seiner Mailbox stranden.

»Hallo«, sagte er leise. Nichts, nur dumpfes Rauschen und

statisches Knistern. »Hallo«, sagte er wieder, diesmal etwas lauter. Am anderen Ende räusperte sich jemand. Er hörte die Stimme eines Mädchens sagen: »Danke.« Dann wurde die Verbindung beendet.

Cedric schaltete das Gerät aus und schlief sofort ein.

9.

Pete bestellte ein Taxi, das sie ins Krankenhaus bringen sollte. Doug hatte sich eine Packung tiefgekühlten Fisch aus dem Gefrierfach genommen und hielt sie abwechselnd auf sein anschwellendes rechtes Auge und seine blutende Nase.

»Ehrlich gesagt weiß ich nicht, ob das so eine gute Idee war«, sagte Pete mit Blick auf den Fisch. »Wenn der anfängt zu tauen …«

»Mir egal. Wir sind gleich da.« Doug starrte ein paar Sekunden aus dem Fenster, dann fing er wieder an. »Dieser widerliche, stinkende, arrogante Sack. Was denkt der sich eigentlich!«

Pete räusperte sich. »Du provozierst ihn immer. Du weißt, es macht ihn krank, wenn jemand sein Bad benutzt. Und ich glaube, heute kam einfach eine Menge für ihn zusammen.«

»Ach ja? Was denn? Hat er vielleicht auch noch einen Möwenschiss auf dem Auto gehabt?«

Pete schüttelte den Kopf. »Ich weiß es nicht, aber er war anders als sonst. Er hatte so etwas …« Er suchte nach dem richtigen Wort: »… Gehetztes.«

»Interessiert mich einen Dreck«, knurrte Doug, legte den Kopf zurück und hielt den Tiefkühlfisch auf sein Auge. Er zog den Ärmel seines Sweaters über die Hand und versuchte damit, die Blutung aus der Nase zu stoppen. Als sie vor dem Krankenhaus ankamen, sprang Doug einfach raus und überließ es Pete, die Rechnung zu bezahlen.

Das war typisch für Doug. Um Beträge unter tausend Pfund kümmerten sich diese reichen Schnösel erst gar nicht. Für Pete waren fünf Pfund eine Menge Geld, aber er schaffte es nicht, etwas zu sagen. Er wusste, er setzte sich viel zu selten durch. Genauer gesagt setzte er sich nie gegen andere durch. Er selbst nannte es Harmoniesucht. In Wirklichkeit aber hatte er Angst davor, dass die Aggressionen der anderen etwas in seinem Innersten weckten, von dem er das deutliche Gefühl hatte, dass es besser weiterschlummerte.

Pete wusste nicht genug über Cedric. Sie waren keine Freunde. Aber Pete vermied es nach Möglichkeit, etwas zu tun, von dem er dachte, dass es für Cedric zum Problem werden konnte. Doug hingegen steuerte direkt darauf zu. Er machte Dreck in der Küche und räumte erst Stunden später auf. Er hinterließ matschige Fußspuren in der Eingangshalle. Er ließ Türen und Fenster sperrangelweit offen stehen. Legte die parallel angeordneten Sofakissen einige Fingerbreit zur Seite oder verschob ein Bild gerade so weit, dass es nicht mehr genau gerade hing.

Es war nicht das erste Mal gewesen, dass er Cedrics Badezimmer benutzt hatte. Doug hatte es sich zum Sport gemacht, in Cedrics Bad zu gehen und hinterher wieder aufzuräumen, nur um sich zu beweisen, dass er von Cedric unbemerkt alle Räume betreten und nutzen konnte, wie es ihm gerade passte. Niemand, so sagte Doug, konnte ihm Vorschriften machen. Dasselbe galt für Pepa. Doug hatte sich darüber aufgeregt, dass Cedric sie offenbar als seinen Besitz ansah.

»Lässt sich von seinem Daddy jetzt auch noch 'ne Frau besorgen, weil er zu blöd ist, selbst eine Freundin zu finden, oder was.«

Doug war von dieser Idee nicht abzubringen, und insgeheim musste Pete zugeben, dass er Cedrics Vater so etwas zutraute. Lord Darney hatte an seinem Sohn so einiges auszusetzen: Cedric studierte Literatur, was in seinen Augen ein Frauenfach war, feierte keine Partys, hatte keine Freundin. Natürlich hatte Lord Darney Angst, Cedric könnte schwul sein. Er hatte Doug und Pete einmal beiseitegenommen und versucht, aus ihnen etwas herauszubekommen. Kurz darauf war Pepa aufgetaucht.

Und Doug hatte es sich zum Ziel gesetzt, sie zu besitzen. Heimlich natürlich. Obwohl das gar nicht nötig war. Pete hatte sofort gesehen, dass sich Cedric für das Mädchen gar nicht interessierte. Doug war für solche Beobachtungen zu unsensibel. Er hatte sein Ziel einfach anvisiert und war darauf losgesteuert. Hatte Pepa die Stadt gezeigt, war mit ihr ins Kino gegangen, an den Strand. Wie weit er bei ihr gekommen war, wusste Pete nicht. Er war sich aber sicher, dass Doug im Erfolgsfall den Mund nicht hätte halten können.

Doug kam gerade von der Erstversorgung durch eine Krankenschwester zurück. Sie hatten ihm den Fisch abgenommen und ihm stattdessen einen Beutel mit Kühlgel gegeben. Während sie auf einen Arzt warteten, fragte Pete:

»Wo ist Pepa eigentlich?«

Doug zuckte die Schultern und presste sich mit der Dramatik eines Opernstars den Gelbeutel aufs Auge. »Hat vielleicht ein paar Tage freigenommen. Frag Cedric, sie gehört schließlich ihm.«

»Ich hab sie nicht mehr gesehen, seit das mit Matt passiert ist.«

»Du hast Ideen! Frag doch mal die Cops, ob sie noch einen wie dich gebrauchen können.«

»Du hast doch mehr Zeit mit Pepa verbracht als jeder andere, da müsstest du doch wissen, wo sie …«

»Hör mal, Pete, ich bin nicht ihr Kindermädchen.« Doug legte sich über drei der Wartesitze und schwang die Beine über eine Lehne.

»Wir haben der Polizei gar nicht gesagt, dass sie bei uns wohnt.«

»Dann geh zu diesem Chief Inspector, wie hieß er, Brandy oder so was, und sprich mit ihm«, antwortete er genervt.

»Kann uns doch egal sein. Wir haben ihm gesagt, wo wir waren, und damit ist es gut.« Ein Arzt kam auf Doug zu. Doug setzte sich wieder auf und fing sofort an, über seine Verletzungen zu jammern.

»Genau das haben wir nicht gesagt«, murmelte Pete, der in Gedanken noch bei Matts Tod war, während Doug mit dem Arzt in Richtung der Behandlungsräume verschwand. Mit einem Seufzer lehnte er sich zurück und sah sich um. Eine junge Krankenschwester ging gerade zur Rezeption. Sie lächelte Pete berufsmäßig freundlich zu, und wie immer, wenn er eine hübsche Frau sah, wurde er unruhig. Er wusste, er starrte sie an und machte wahrscheinlich ein Gesicht wie ein Alkoholiker, der nach zwei Wochen Abstinenz eine Flasche Whisky sieht. Schnell schloss Pete die Augen und versuchte, an etwas anderes zu denken. Etwas, das seine Erregung vertrieb.

Er sagte leise die Titel aller Star-Trek-Filme in chronologischer Reihenfolge auf. Das half manchmal.

10.

Nachdem McCallum gegangen war, saß Mina auf den Treppenstufen im Flur ihres Hauses, hielt das kleine braune Fläschchen mit den Tabletten fest umklammert und wartete, ob sie weinen würde.

Es kamen keine Tränen, natürlich nicht. Was solche kleinen Pillen mit einem Gehirn alles anstellen konnten.

Vorgestern Nacht war sie im Haus eines Mannes gewesen, der jetzt tot war. Sie hatte ihn eine Weile sehr gemocht, aber für Tränen reichte es nicht.

Sie hatten sich in den zwei Wochen, die sie in St. Andrews war, näher kennengelernt und viel Zeit miteinander verbracht. Geflirtet, gescherzt, gelacht. Er hatte ihr gutgetan, jedenfalls am Anfang.

Zum ersten Mal hatten sie sich ausgerechnet auf jener Strandparty getroffen, bei der sich Matt mit Mrs McCallum vergnügt hatte. Die Party fand im »Catch« statt, einer Art Bistro am Strand. Das Gebäude, das auch das »Catch« beherbergte, war mehrere Stockwerke hoch und überbrückte so den Höhenunterschied an der Steilküste. Man erreichte das »Catch« entweder vom Strand aus oder von oben, indem man den Weg durch das St.-Andrews-Aquarium und den dazugehörigen Souvenirladen nahm. Früher waren in den Räumen des Bistros die Umkleidekabinen für die Strandbesucher untergebracht gewesen. Umkleidekabinen brauchte heute niemand mehr. Die Prüderie war verschwunden. Die Badenden auch, nachdem der Zwei-Wochen-Pauschalflug mit Vollpension nach Mallorca billiger geworden war als ein langes Wochenende an der schottischen

Nordseeküste – zumal das Wetter hierzulande nicht eben dazu angetan war, dieser Entwicklung Einhalt zu gebieten.

Mrs McCallum war relativ früh verschwunden. Daraufhin hatte Matt Mina ins Visier genommen, die zugegebenermaßen etwas verloren an der Bar herumstand und sich am liebsten hinter ihrer Colaflasche versteckt hätte. Mina hatte nicht gewusst, wer er war. Sie hatte sich noch nie sehr für Sport interessiert, für Golf am allerwenigsten.

»Das Gesicht kommt mir doch bekannt vor«, sagte er, stellte sich neben sie und orderte einen Gin Tonic. »Irgendwo hab ich dich schon mal gesehen. Wo kann das wohl gewesen sein?«

Mina lächelte kühl. »Fragen Sie doch mal Ihre Freundin? Vielleicht kennt sie mich auch?«

»Wen? Meine Freundin?« Er mimte den Unschuldigen.

Mina trank wortlos ihre Cola aus und machte sich auf die Suche nach der Toilette. Als sie fertig war, beschloss sie, nach Hause zu gehen.

Der Amerikaner stand vor ihr, als hätte er auf sie gewartet. »Noch eine Cola, oder lieber was Richtiges?«, fragte er. Mina schüttelte den Kopf.

»Ich geh nach Hause. Danke.«

»Ich weiß jetzt, woher ich dich kenne«, sagte er zu ihrer Überraschung, denn sie hatte den Spruch für eine dumme Standardanmache gehalten. »Times Literary Supplement.«

»Kaum zu glauben, dass Sie so etwas lesen«, sagte sie spöttisch.

Er lachte. »Das war gelogen. Ich hab aber in der New York Times was über dich gelesen. Dachte, das könnte passen. Ehrlich gesagt hab ich das deshalb so genau im Kopf, weil es die Ausgabe war, in der auch ein großer Artikel über mich stand. Hab deshalb die ganze Zeitung aufgehoben und immer mal wieder durchgeblättert. Ich bin nämlich schrecklich eitel. Bei dem Artikel über dich bin ich natürlich hängen geblieben, nicht zuletzt wegen des Fotos. Außerdem stand der Bericht auf der einzigen Seite, die mich noch so halbwegs interessiert.«

»Literatur?«

»Klatsch und Tratsch.«

»Oh.«

»Wann werden deine Bücher verfilmt? Ich hab sie ehrlich gesagt nicht gelesen.«

»Das hätte ich auch nicht erwartet«, sagte Mina, allerdings nicht mehr ganz so kratzbürstig wie noch vor einer Minute.

»Muss sie mir jetzt wohl kaufen, wenn ich dich schon persönlich kenne. Du könntest sie mir signieren.«

»Kaufen und in den Schrank stellen reicht mir voll und ganz für die Auflage. Lesen wird völlig überbewertet.«

»Das ist die richtige Einstellung«, grinste er und stellte sich endlich vor. »Matthew Barnes, nenn mich Matt. Willst du wissen, warum ich in der NYT war?«

»Bevor du platzt ...« Sie sagte es mit einem Lächeln.

»Du interessierst dich offensichtlich nicht für Golf. Sonst würdest du mich selbstverständlich kennen. Darf ich vorstellen: Der demnächst beste Golfer der Welt!«

»Oh nein! Du bist der kleine Bruder von Tiger Woods?« Sie machte zum Spaß große Augen, und er schnitt eine beleidigte Grimasse.

»Warte mal ab, nächstes Jahr werden alle fragen: Wer war noch mal dieser Tiger ... Irgendwas?«

So waren sie ins Plaudern gekommen, oberflächliches Geplänkel zwar, aber Mina hatte seine Gesellschaft genossen.

Von da an hatten sie sich öfter getroffen. Abgesehen von ihren Kollegen und ihren Studenten, mit denen sie noch ein förmlich-distanziertes Verhältnis wahrte, war Matt der Einzige in St. Andrews, den sie kannte. Zwei Wochen sind keine lange Zeit, aber wenn man jemanden zwei Wochen lang täglich sieht, manchmal auch mehrmals am Tag, wenn man irgendwann auf die Anrufe und SMS des anderen wartet, dann fühlt man sich demjenigen oft irreführend nah.

Sie konnte nicht recht sagen, ob sie sich in Matt verliebt hatte. Ihre Tabletten verhinderten, dass sie sich tief in einem Gefühl verlor, so, wie sie auch die Libido lahmlegten. Er hat eine Freundin, und wir sind nur gute Bekannte, mehr soll es auch nicht sein, hatte sie sich zudem immer wieder gesagt. Aber seine Freundin erwähnte er nie, und von nun an ging er stets mit Mina aus.

Vergangenen Freitag dann gab er in seinem Haus eine Party. Mina war natürlich eingeladen. Sie kam absichtlich etwas später und hielt verstohlen nach der blonden Frau von der Strandparty Ausschau.

Mina wollte den Abend zum Anlass nehmen, andere Bekanntschaften zu schließen, um nicht mehr allein auf Matt angewiesen zu sein – und um mehr über ihn zu erfahren: wie er mit anderen Menschen umging. Sie war erstaunt und auch enttäuscht gewesen, als sie feststellen musste, dass fast alle anwesenden Gäste Studenten waren, darunter auch einige aus ihrem Kurs. Der Rest waren amerikanische Geschäftsleute, die zum Golfen in St. Andrews waren und Matt auf der Straße erkannt hatten.

Er war noch viel eitler, als sie erwartet hatte. Er ließ sich von den Amateurgolfern ausgiebig anhimmeln und gab auch mit ihr mächtig an. Schon die Art, wie er sie vorstellte, war ihr zuwider: Bestsellerautorin, wird demnächst von Hollywood verfilmt, eine sehr gute Freundin von mir. Sie heißt übrigens Mina. Ähm, Williams. Genau.

Und wenn jemand sich erdreisten sollte, nicht beeindruckt auszusehen, gab er sich schockiert: Wie konnte man Minas Bücher nicht kennen?

Dabei kannte er wahrscheinlich nicht einmal auch nur einen einzigen Titel oder wusste, wie viele Bücher sie bisher geschrieben hatte. Er hatte sie nie danach gefragt, fiel ihr mit einem Mal auf. Wenn sie sich alleine getroffen hatten, dann hatte er ihr die Stadt gezeigt und ihr alles erzählt, was er darüber wusste, Anekdoten über dies und das, was er wann wo erlebt hatte in den paar Monaten, die er in Schottland war. Er hatte von seinen Plänen gesprochen, von seiner Kindheit auf Long Island, vom Golfen. Eigentlich hatten sie nur über ihn gesprochen, und Mina hatte es nicht gestört. Sie hatte im vergangenen Jahr dreimal in der Woche mit jemandem über sich sprechen müssen, jeweils mindestens eine Stunde, oft länger und über jedes kleine, schmerzliche Detail.

Auf seiner Party allerdings wurde ihr mit einem Mal bewusst, dass er an ihrer Person keinerlei Interesse hatte, es ging ihm nur um ihre Popularität oder um das, was davon übrig war, und sie merkte, wie ihr seine eitle, oberflächliche Art zunehmend auf die Nerven ging.

Mina verließ die Party früh, ohne sich zu verabschieden, sah beim Herausgehen die blonde Frau aus dem »Catch« und reagierte am nächsten Tag nicht auf seine SMS, ging auch nicht ans Telefon. In der fünfundzwanzigsten Nachricht bat er sie um ein Treffen im Bertrand-Hotel. Geschmeichelt von seinen Anstrengungen beschloss sie, ihm noch eine letzte Chance zu geben. Also trafen sie sich auf einen Drink. Er Gin Tonic, sie Orangensaft.

Danach gingen ein sie wenig am Weststrand spazieren, ein Weg, der, wie Mina wusste, zu seinem Haus führte. Aber St. Andrews war klein, der Abend war mild, die Seeluft klar und rein, und dunkel wurde es erst spät. Warum also nicht einen kleinen Umweg machen, dachte sich Mina, die für ihren eigenen Nachhauseweg eine ganz andere Richtung hätte einschlagen müssen, denn sie wohnte in der Nähe des kleinen Hafens, an den der Oststrand anschloss.

Schließlich hatten sie vor seinem Haus gestanden, und er

bat sie, noch mit hineinzukommen. Er war den ganzen Abend sehr zurückhaltend, höflich und aufmerksam gewesen. Er wusste genau, was er falsch gemacht hatte und wollte ihr beweisen, dass sie sich irrte.

Sie hatte zugestimmt, aber nicht, ohne ihm klar zu verstehen zu geben, dass sie zwar seine Gesellschaft schätzte, jedoch keinesfalls einen Schritt weitergehen wollte. Sie hatte Cocktails akzeptiert, von denen er geschworen hatte, dass sie keinen Alkohol enthielten, und wollte sich gerade verabschieden, als sie merkte, dass etwas mit ihr nicht stimmte. Der Klang seiner Stimme schien immer weiter wegzurücken. Es rauschte dumpf in ihren Ohren. Vor ihren Augen verschwamm alles, und wenn sie versuchte, den Blick zu fixieren, wurde es nur noch schlimmer. Zudem wurde ihr unglaublich heiß, obwohl ihre Hände ganz kalt waren. Sie hatte versucht, zu der großen Glastür zu gelangen, die in den Garten führte, um frische Luft zu atmen. Als sie die Tür endlich geöffnet hatte, flog eine aufgescheuchte Krähe, riesig und tiefschwarz wie ein Rabe, so nah an ihr vorbei, dass ihre Flügel sie streiften. Sie war in das Gras gestürzt, und Matt hatte sie wieder hineingetragen, weil sie sich nicht mehr bewegen konnte und ihr Gehirn bereits am Rande der Bewusstlosigkeit balancierte.

Dann hatte er sie vergewaltigt.

Die Schritte ihrer Mutter im oberen Stock ließen sie aus ihren Gedanken aufschrecken. Mina stand von den Stufen auf, stellte das braune Fläschchen in den Küchenschrank und ging zurück an ihren Laptop.

Ihre Mutter kam nach einer halben Stunde zu ihr und machte den Vorschlag, ein paar Sachen fürs Frühstück zu besorgen. Durch das Fenster sah Mina, wie sie wegfuhr. Auch sie verschwand in dem dichten Nebel, wie vor ihr McCallum.

Dann konzentrierte sich Mina wieder auf ihre Fotos und ihr

elektronisches Tagebuch, verlor sich in der Vergangenheit der letzten Wochen und Monate und war in einer völlig anderen Welt, als es an der Tür klingelte. Sie erwartete ihre Mutter und rief: »Es ist offen.« Sekunden später räusperte sich Sergeant Hepburn in ihrem Wohnzimmer und wurde sogleich von Chief Inspector Brady zur Seite geschoben, der ihr erklärte, die Situation habe sich leider zu Minas Ungunsten geändert und man wisse nun auch von ihrer Vorgeschichte. Das »leider« klang alles andere als bedauernd.

Mina starrte die beiden an, und sie wirkten auf sie so absurd wie zwei Giraffen, die auf einer Eisscholle vorbeitrieben. Sie wusste, dass etwas nicht stimmte, aber ihr Gehirn war noch nicht wieder in dieser Realität angekommen, ihre Gedanken waren noch weit entfernt in einer anderen Zeit. Ohne auf ihre Aufforderung zu warten, setzten sich die beiden Polizisten auf das Sofa. Hepburn hatte immerhin genug Anstand, so zu wirken, als sei ihr das Ganze unangenehm.

Brady lehnte sich wohlig in dem Sofa zurück. »Der Mann, der in der Mordnacht einen Schuss gehört und uns verständigt hat, hat uns von einer Gestalt erzählt, die er wegrennen sah, die er aber leider nicht näher beschreiben kann. Nun hat sich aber ein anderer Nachbar von Mr Barnes gemeldet. Er erinnert sich daran, dass er eine Frau gesehen hat, die zur Tatzeit erst in Barnes' Garten und dann um die Kirche herumgelaufen ist, bevor sie schließlich verschwand.«

»Ach? Dann suchen Sie diese Frau, und lassen Sie mich in Ruhe.«

Brady lächelte zufrieden. »Ich denke, wir haben diese Frau schon gefunden.«

»Ich lag zu der Zeit k.o. im Badezimmer, falls Sie das vergessen haben.«

»Ja, das sagen *Sie.* Aber wer weiß, ob das stimmt. Sie sind aus dem Haus gegangen, haben die Waffe weggeworfen, sind zurück, haben geduscht, Sie trugen keine Kleidung … Sehr clever. Erst ausziehen, um keine Schmauchspuren auf die Kleidung zu bekommen.«

»Und die Waffe? Haben Sie sie denn gefunden?«

»Die finden wir noch.«

»Sie haben nicht mal …?«

»Es ist nur eine Frage der Zeit.«

Mina schüttelte fassungslos den Kopf. »Und was ist mit Schmauchspuren an meinen Händen? Sie haben doch so einen Test gemacht?«

»Handschuhe.«

»Ich war nackt bis auf Handschuhe und eine Pistole?«

»Sag ich doch. Sehr clever.«

Mina versuchte, Isobel Hepburns Blick einzufangen. Doch diese blätterte nur angestrengt in ihrem Notizbuch herum.

»Brady, Sie schauen zu viele schlechte Filme. Kann das sein?«

»Geben Sie sich keine Mühe. Sie sind im Garten gesehen worden.«

»Wann soll das gewesen sein? Um welche Uhrzeit ist der Mord überhaupt passiert?«

»Zwischen eins und halb zwei.«

»Da ist es dunkel, sogar an Mittsommer!«

»Aber nie stockdunkel, und eine Straßenbeleuchtung haben heute selbst wir hier auf dem einsamen Land«, sagte Brady, und er klang nicht einmal giftig. Er war viel zu glücklich darüber, Matts Mörderin gefunden zu haben.

»Miss Williams, wir wissen von Ihrer Vergangenheit.« Er sagte es, als sei Mina eine ehemalige Sexualstraftäterin, die nun versuchte, inkognito ein normales Leben zu führen.

»Ab einem gewissen Bekanntheitsgrad bleibt es nicht aus, dass viele Leute glauben, etwas über einen zu wissen«, antwortete sie.

»Oh nein, das glaube ich nicht nur. Unsere Hepburn hier ist nämlich ein fleißiges Mädchen. Sie liest für ihr Leben gerne Bücher und ist, wie ich seit kurzem weiß, ein Fan von Ihnen. Und sie surft wahnsinnig gerne im Internet. Also hat sie sich ein wenig vor den Rechner gesetzt, um herauszufinden, was Sie im letzten Jahr so alles angestellt haben. Da war es etwas ruhig um Sie, richtig? War deshalb gar nicht so einfach, was, Hepburn?«

Isobel Hepburn klappte ihr Notizbuch zu und starrte Löcher in den Teppichboden.

»Zu viel Stress, heißt es, Klinikaufenthalt in der Schweiz. Da soll die Luft ja sehr gut sein, hab ich gehört. Liegen wir richtig, Miss Williams? Oder ist es Ihnen lieber, wenn ich Sie Miss Barrington nenne?«

»Mein Stiefvater hat mich adoptiert«, sagte sie leise und ärgerte sich sogleich über diese überflüssige Bemerkung, denn was hatte das mit irgendetwas zu tun.

»Was ich damit sagen will, Miss Williams, ist, dass mir Menschen mit psychischen Problemen an einem Tatort immer Bauchschmerzen bereiten. Wissen Sie, was ich meine?«

Mina, die die ganze Zeit an ihrem Schreibtisch vor dem Laptop gesessen hatte, stand endlich auf und ging ein paar Schritte auf Brady und Hepburn zu. »Sie machen sich lächerlich.«

»Och, finden Sie?«, grinste Brady. »Ihre Vergangenheit hätte mich vielleicht gar nicht *so* sehr interessiert, wenn Sie nicht versucht hätten, unseren ehrbaren und unbescholtenen Polizeiarzt zu erpressen.«

Mina suchte mit einer Hand an dem Bücherregal Halt.

»Ich habe …«

»Sie müssen gar nichts erklären, ich weiß schon alles. McCallum ist gleich zu mir gekommen. Sie haben ihm gedroht, mir weiszumachen, er hätte Beweismaterial vom Tatort verschwinden lassen, das ihn und seine Ehefrau belasten könnte.

Er hat mir erzählt, dass seine Frau mal was mit Matthew Barnes hatte. Schwere Ehekrise, nach fünf Jahren kehrt Langeweile ein, und dann interessiert sich auch noch ein weltberühmter Golfer für sie. Versteht jeder, dass sie da schwach geworden ist. Das hat auch McCallum verstanden. Der Schuss ist also ziemlich nach hinten losgegangen, Miss Williams.«

»Ihr Ehering lag in Matts Wohnzimmer, und McCallum hat ihn eingesteckt, als er da war!«, rief Mina. »Ich hab es genau gesehen!«

»So genau, wie Sie sich an die Ereignisse der Nacht erinnern können? Benebelt von dem ganzen Chemiekram, der in Ihrem Blut war?«

Mina schloss die Augen. Es war, wie McCallum vorausgesagt hatte: Brady glaubte ihr nicht. Niemand würde ihr glauben.

»Ja«, fuhr Brady fort. »Er hat mir gesagt, was Sie so alles intus hatten. Also? Wäre jetzt nicht ein guter Zeitpunkt für den Nebel, sich zu lichten?« Brady blickte demonstrativ aus dem Fenster, damit ihr die Zweideutigkeit dieses Bildes auch ja nicht entging. Wahrscheinlich fand er sich gerade besonders intelligent. Nein: Er fand sich *definitiv* besonders intelligent.

Wenn sie jetzt die Wahrheit sagte, würde sie sich ihr eigenes Grab schaufeln. Deshalb ging sie zu ihrem Laptop zurück und klickte den Ordner mit den Fotos an.

»Dr. McCallums Frau ist nicht nur einmal kurz schwach geworden. Ich habe hier Fotos von einer Party, die zeigen, wie nah sich die beiden standen. Mrs McCallum hat die Party irgendwann verlassen, und Matt hat den Rest des Abends mit mir geredet. Er hat daraufhin viel Zeit mit mir verbracht und sie meines Wissens nicht mehr gesehen. Sie hatte also durchaus Grund zur Eifersucht, und ist Eifersucht nicht immer ein starkes Motiv?«

»Dann hatten Sie also was mit ihm.«

»Nein, hatte ich nicht!«

»Nein? Er hat sich für Sie interessiert, sagen Sie. Und Sie sind nicht schwach geworden?«

»Ich heiße nicht McCallum.«

»Lesbisch, hm?«

Brady und Mina starrten sich an: Wer zuerst wegschaut. Mina sagte: »Bei Männern wie Ihnen wäre es eine Überlegung wert.«

Brady sah weg. Diesmal zumindest hatte sie gewonnen. Aus dem Augenwinkel sah sie, wie für den winzigen Teil einer Sekunde die Mundwinkel des Sergeants nach oben zuckten.

»Sie haben keine Ahnung, wie tief Sie in der Scheiße stecken«, sagte Brady, bemüht, weiter ruhig zu klingen. »Wenn mein Chief Superintendent in Glenrothes nicht solche Angst vor schlechter Presse hätte, säßen Sie schon längst in einem Vernehmungsraum und nicht gemütlich in Ihrem Wohnzimmer! Sie sind dem Chief Super zu berühmt und zu verwandt mit einem Lord, den er noch von früher kennt und dessen Tod ihm noch nicht lange genug her ist. Das heißt aber nicht, dass ich mich von irgendetwas beeindrucken lasse, verstehen wir uns?«

Mina zog nur die Augenbrauen hoch. »Ich sagte nur, dass Matthew Barnes sich für mich interessierte und offenbar für ein paar Tage den Kontakt zu Mrs McCallum abbrach. Er gab aber einen Tag vor seinem«, sie zögerte kurz, »Tod eine Party, bei der sie relativ spät auftauchte. Vielleicht ist auf dieser Party noch etwas passiert, das für Sie interessant ist? Ich bin sehr früh gegangen, aber ich kann Ihnen die Fotos zeigen, sicher erkennen Sie einige Leute oder können sie identifizieren und wollen sich mit ihnen unterhalten?« Mina nahm ihren Laptop und trug ihn zu Brady an den Tisch. Hepburn war mittlerweile so in sich zusammengesunken, dass sie nicht mehr als anwesend zählte.

Zu Minas Erleichterung klickte sich Brady wirklich durch die Fotos. Sie setzte sich neben ihn und zeigte ihm auch das Bild von Matt und McCallums Frau.

»Mal kurz schwach geworden, ja?«

Brady starrte das Bild mit offensichtlichem Genuss an. »Geht gleich in die Vollen, ich muss schon sagen. So hab ich noch keiner Frau vor allen Leuten die Titten massiert«, sagte er, und Mina konnte sehen, dass er der Einzige im Raum war, dem seine Ausdrucksweise nicht peinlich war. Er klickte wieder auf die Partyfotos.

»Sind Sie Hobbyfotografin, oder warum haben Sie hier so eine Sammlung?«, fragte er argwöhnisch.

»Ich habe mir angewöhnt, Tagebuch zu führen. Fotos sind dabei sehr hilfreich, wenn man sich an Gesichter und Örtlichkeiten erinnern will. Man kann so etwas auch gebrauchen, wenn man zum Beispiel einen Charakter beschreiben will ...« Sie bremste sich. Ab hier interessierte es Brady nicht mehr.

»Gut. Nicht, dass es viel bringen würde, aber kennen Sie die Leute hier? Ich meine, Sie sind ja gerade mal ... wie lange hier? Zwei Wochen?«

Mina gab ihm die Namen, an die sie sich erinnerte. Sie zögerte kurz, als es um einen ihrer Studenten ging, denn sie fühlte sich ihm gegenüber zu so etwas wie akademischer Loyalität verpflichtet, obwohl sie ihn fast nicht kannte, sah aber im nächsten Moment ein, dass dies Unsinn war. »... und das ist Cedric Darney. Er war aber nur ganz kurz da, keine Viertelstunde. Die beiden anderen sind, wenn ich mich richtig erinnere, seine Mitbewohner, und das Mädchen wohnt auch dort.« Sie klickte weiter. »Das müssten jetzt alle sein, an die ich mich erinnere.«

Brady stieß Hepburn seinen Ellenbogen leicht in die Seite und sah sie lange an. Dann wandte er sich wieder Mina zu. »Welches Mädchen wohnt bei Darney im Haus?«

Mina zeigte ihm eines der Fotos, auf denen sie zu sehen war. »Ein Au-pair-Mädchen, glaube ich. Sie sprach nicht besonders viel. Sie hieß Pippa oder so ähnlich.«

»Aha. Und woher kam sie?«

Mina zuckte die Schultern. »Keine Ahnung. Ist das mit dem Mädchen irgendwie relevant?«, fragte sie.

»Aber, aber, Miss Williams. Ist Ihnen das nicht zu billig, auf die Art den Verdacht von sich ablenken zu wollen?« Brady stand auf, und nach kurzem Zögern folgte Hepburn.

»Verraten Sie mir doch mal, was denn mein Motiv sein soll«, sagte Mina.

»Außer, dass Ihre Pillen durcheinandergeraten sind durch den ganzen Alkohol und Sie die Kontrolle verloren haben?«

»So etwas passiert nicht. Das ist absurd.«

»Nun, wie wäre es mit Eifersucht?«

Mina schüttelte fassungslos den Kopf. »Warum sollte ich auf ihn eifersüchtig sein?«

»Weil Sie ein Verhältnis mit ihm hatten und feststellen mussten, dass Sie nicht die Einzige waren.«

»Ich hatte kein Verhältnis mit ihm.«

Brady zuckte die Schultern. »Wir müssen nur noch die Scheidenflüssigkeit an dem Kondom zuordnen, das wir neben seinem Bett gefunden haben. Das sollte nicht weiter schwer sein, mit Ihrer DNS …«

»Sie sprechen besser mit Ihrem Anwalt«, sagte Hepburn, und Mina konnte sich nicht erinnern, ob sie heute schon etwas anderes gesagt hatte.

Eine Vergewaltigung mit Kondom. Deshalb hatte sie kein Sperma in sich gehabt. Sie würden herausfinden, dass es ihre DNS war, und sie würden davon ausgehen, dass es freiwillig war, wegen des Kondoms.

»Und auf wen hätte ich eifersüchtig sein sollen? Auf Mrs McCallum?«

»Zum Beispiel. Sie sagten selbst, dass Mrs McCallum zu seiner Party kam. Oder auf das Au-pair«, fügte Brady zu ihrer Überraschung hinzu.

»Wieso ...«, begann sie, als er sich zu ihrem Laptop herunterbeugte, eines der Bilder anklickte und vergrößerte.

»Man könnte es fast übersehen, bei der Fülle von Fotos, die Sie da haben, und außerdem ist es kaum zu erkennen. Aber sehen Sie diese Hand? Die gehört zu unserem Golfer. Die goldene Rolex ist kaum zu verwechseln. Immerhin macht er dafür ja auch Werbung. *Machte.* Heben Sie die Fotos schön auf, wir brauchen sie vielleicht noch. Ich schicke Ihnen jemanden vorbei, der sie kopiert. Damit sind Sie doch einverstanden? Wenn auch nur eins fehlt, haben Sie einen Prozess wegen Vernichtung von Beweismitteln am Hals. Sie sehen, mir fällt immer was ein. Vielleicht sollte ich auch mal anfangen, Bücher zu schreiben.« Brady verschwand durch die Tür, jetzt wieder gut gelaunt. Hepburn huschte hinterher. Mina wartete, bis der Nebel auch diese beiden verschluckt hatte, und fragte sich, was er heute im Laufe des Tages noch alles ausspucken würde. Dann sah sie sich das vergrößerte Bild an.

Zu sehen waren drei amerikanische Amateurgolfer, die darauf bestanden hatten, von Mina geknipst zu werden. Das dreifach perfekte Zahnpastalächeln hatte Mina wirklich vom Bildhintergrund abgelenkt: Matts Hand reichte vom rechten Rand in das Bild herein und war auf dem Hintern des Aupairs geparkt. Das Mädchen hielt ein Glas in der Hand und drehte sich gerade in seine Richtung. Ihr Gesicht war von ihren Haaren verdeckt.

Matt hatte das Mädchen angemacht, als er bei ihr nicht weitergekommen war. Aber warum dann am nächsten Tag die vielen Nachrichten? Das Gebettel, sie solle ihm noch eine Chance geben, ihn treffen?

Die Antwort war einfach. Er hatte das Au-pair ins Bett bekommen, und das Mädchen war damit uninteressant für ihn geworden. Frauen als Jagdtrophäen. Einmal erlegt, sind sie keinen weiteren Gedanken mehr wert. Und Mina hatte sich als besonders schwieriges Ziel erwiesen. Deshalb war sie so attraktiv für ihn gewesen. Sex war nichts anderes als die Demonstration von Macht. Was Matt nicht von selbst bekam, das nahm er sich.

Wie sie es drehte und wendete: Für die Polizei blieb sie die Hauptverdächtige. Nicht mehr lange, und es würde in jeder Zeitung stehen.

Margaret kam zur Haustür herein und trug wortlos ein paar Einkaufstüten in die Küche. Mina folgte ihr, verwundert darüber, dass ihre Mutter nichts sagte. Dann wusste sie, warum. Margaret hatte eine Zeitung mitgebracht. Auf dem Titelbild Matt. Die Schlagzeile: »Golfstar ermordet in St. Andrews«. Darunter: »Tod des Profis erschüttert R&A«. Und noch weiter unten: ein Bild von Mina. Mit Bildunterschrift: Bestsellerautorin hilft Polizei bei Ermittlungen. Das Foto war keines der offiziellen Verlagsfotos, eher das, was man ein Paparazzo-Foto nannte. Von denen gab es nicht viele, dazu war Mina für die Klatschreporter nicht wichtig genug. Aber sie hatten es gut ausgewählt: Es zeigte Mina mit vom Wind zerzausten, offenen Haaren und einer großen Sonnenbrille, wie sie gerade die Hand in Richtung des Fotografen hob. Die typische Geste: Keine Fotos, bitte. Sie kam aus einem Restaurant in Chelsea, wo sie sich mit ihrem Agenten getroffen hatte, um ihm zu sagen, dass sie nicht mehr konnte. Dass sie in die Schweiz gehen würde. »In die Schweiz gehen« war ihr Ausdruck dafür.

Das Foto ließ sie in diesem Zusammenhang aussehen wie die Hauptverdächtige. Und als sie den Artikel überflog, fand sie Andeutungen wie »ein Jahr zurückgezogen« und »private Probleme«.

»Diese Schweine sind also doch damit an die Presse gegangen«, flüsterte Mina. Brady hatte gesagt: Angst vor *schlechter* Presse. Für die Polizei war diese Presse nicht schlecht.

»Jetzt bist du wieder auf allen Titelseiten«, sagte ihre Mutter ebenso leise.

11.

Es war Sonntagnacht gewesen, gerade als er geglaubt hatte, endlich einschlafen zu können. Die Stunden zuvor hatte er mit Saubermachen verbracht. Nicht, dass ihm Doug oder Pete geholfen hätten. Sie waren in ihren Zimmern verschwunden. Cedric hatte sich neue Gummihandschuhe angezogen und dann gesaugt, geputzt, wieder gesaugt, gewischt, desinfiziert, die Türklinken gereinigt, die Sofakissenbezüge ausgetauscht, den Wohnzimmertisch poliert. Er hatte alles getan, um die Spuren dieser ungebetenen Gäste, dieser beiden Polizisten, die einfach in sein Haus eingedrungen waren, zu beseitigen. Danach war er lange Zeit viel zu aufgeregt gewesen, um Schlaf zu finden. Matt tot, gleich nebenan. Hätte Cedric in der Nacht aus dem Fenster gesehen, hätte er Matts Mörder vielleicht gesehen. Aber Cedric hatte an seinem Laptop gesessen, stundenlang auf den Bildschirm gestarrt und wieder nichts geschrieben, weil ihn allein das Wissen, dass Pepa irgendwo in seinem Haus war, in den Wahnsinn trieb.

Diese absurde Idee mit Pepa – so war sein Vater. Er versuchte immer noch, Cedric so zu erziehen, wie er ihn gerne hätte, und wahrscheinlich gehörte der Umstand, dass er einen Hauskauf in der unmittelbaren Nachbarschaft einfach verschwieg, auch auf skurrile Weise zu diesem Unterfangen.

Unweigerlich musste Cedric nun wieder an Pepa denken und daran, wie er Sonntagnacht im Bett gelegen und versucht hatte einzuschlafen. In der Aufregung hatte er sie für eine Weile vergessen. Er schlief über diesen Gedanken ein, wurde aber nur kurze Zeit später schon wieder wach, weil ihm ein modriger Geruch in die Nase stieg. Geradezu panisch richtete er sich auf und tastete nach dem Lichtschalter. Doch noch bevor er das Licht angemacht hatte, sah er im schwachen Dämmerlicht eine helle, fast weiße Gestalt. Sie stand am Fußende seines Betts und verströmte den Geruch.

»Keine Angst, ich bin's, Pepa«, flüsterte sie und kam näher. Ein Gespenst wäre mir lieber, dachte Cedric, denn als sich seine Augen an das Zwielicht gewöhnt hatten und er wieder ruhiger atmete, sah er, wie schmutzig sie war. In ihren Haaren hingen Spinnweben. Sie hatte sich in eine alte, weiße Tischdecke gewickelt, der Himmel wusste, warum.

»Was – was soll das?«, fragte Cedric verwirrt. »Ich hab dir gesagt, du darfst nicht in mein Zimmer! Und wie siehst du überhaupt aus?«

Sie deutete an die Zimmerdecke.

»Du warst auf dem Speicher?«

Sie nickte.

»Warum?«

Pepa wollte sich auf sein Bett setzen, aber er konnte es gerade noch verhindern. Er sprang aus dem Bett, suchte und fand eine Plastiktüte in seinem Schrank, die er auf einen Stuhl legte, und bedeutete ihr, sich dorthin zu setzen. Sie gehorchte, nahm die Tischdecke von ihren Schultern und faltete sie zusammen. Dann legte sie sie in ihren Schoß.

»Warum hast du dich versteckt?«

»Matt«, sagte Pepa und zeigte in die Richtung von Matts Haus. Dann zog sie ein winziges Büchlein, vermutlich ein Wörterbuch, aus ihrer Hosentasche und blätterte darin herum. Was sie ihm zu sagen versuchte, ergab nur mit Mühe Sinn. Offenbar hatte sie Angst vor der Polizei, aber auch Angst vor Matt.

»Ich muss weg«, sagte sie. »Edinburgh.«

»Kennst du dort jemanden?«

Sie nickte.

»Gut, dann nimmst du morgen den Zug nach Edinburgh. Die Polizei ist jetzt weg. Und Matt kann dir auch nichts tun. Warum hast du Angst vor ihm?«

»Nicht Angst vor Matt«, sagte sie. »Ich war im Haus. Gestern.«

Cedric verstand langsam. »Als er ermordet wurde?«

Sie nickte.

»Hast du gesehen, wer ihn …«

Sie starrte ihn nur an, riesige Augen in einem kleinen, weißen Gesicht, das unter den langen, dunklen Haaren verschwand.

»Das musst du der Polizei sagen!«

Sie schüttelte den Kopf. »Nein! Keine Polizei! Ich …« Sie blätterte wieder in ihrem Wörterbuch. »Illegal«, sagte sie.

Wahrscheinlich hatte sie irgendwo etwas geklaut und traute sich deshalb nicht, mit der Polizei zu reden. »Dann sag *mir*, wer es war«, sagte Cedric.

Pepa schüttelte wieder den Kopf. Cedric sah, dass es aus ihrem Haar staubte und dass sich die Spinnweben langsam daraus lösten. Nicht auf meinen Teppich, bitte, dachte er, und ihm wurde übel.

»Keiner darf mich sehen. Ich muss weg. Ich kann nicht sagen, wer.«

Wäre Cedric halbwegs ausgeglichen und annähernd stabil gewesen, hätte er sie in diesem Moment überredet, ihm zu sagen, vor wem sie sich fürchtete – und wer Matts Mörder war. Cedric war sich dessen sogar bewusst, aber er konnte nicht anders. Er sah nur den Staub, die Spinnweben, den Dreck, roch den Moder, der von der alten Tischdecke ausging. Er musste sich zusammenreißen, um nicht laut loszuwimmern oder zu würgen. Er wollte wegrennen, sich im Bad einschließen, vor alledem flüchten, und er wusste, es gab jetzt nur noch eine Möglichkeit für ihn, die Nerven zu bewahren: Pepa musste sich waschen.

Er schickte sie in sein Badezimmer und sagte ihr mindestens fünf Mal, dass sie hinterher alles ganz sauber machen musste. Es durfte kein Haar irgendwo herumliegen.

Als sie fertig war, sprühte er noch einmal alles mit Desinfektionsspray ein. Er bat sie, die Handtücher, die sie benutzt hatte, in ihren Koffer zu stecken, auch wenn sie noch nass waren. Pepa tat alles, was Cedric ihr sagte. Manchmal zögerte sie kurz, weil sie den Grund für seine Anweisungen nicht verstand. Aber Cedric merkte schnell, dass in diesem Fall eine Erwähnung der Polizei half und sie dazu brachte, ihr Tun zu beschleunigen.

Warum Pepa ihm vertraute und nicht den beiden anderen, wusste er nicht. Schließlich konnte keiner der drei etwas mit dem Mord zu tun haben. Aber Pepa bestand darauf, dass er allein ihr Retter sein sollte. Vielleicht weil er als Einziger nicht versucht hatte, sie anzumachen. Er ging auf den dunklen Flur hinaus, um nach seinen Mitbewohnern zu sehen. Fast wäre er ihnen in die Arme gelaufen, denn sie kamen gerade durch die Haustür gepoltert. Es war halb drei.

Cedric ging leise zurück in sein Zimmer und wartete noch eine halbe Stunde, bis alles ruhig war. Dann schlich er sich mit Pepa aus dem Haus, startete den Wagen und fuhr sie nach Edinburgh.

»Weißt du, wohin?«, fragte er sie, und sie sagte immer nur: »Edinburgh.« Sie sprach es falsch aus, mit einem harten Endungs-g und noch viel härter klingenden Vokalen.

Als sie auf der Autobahn waren, fragte er: »Wo in Edinburgh?«

»Ja, Edinburgh«, sagte sie.

»Nein: Wo genau? Welche Straße? Welches Haus in Edinburgh?«

Zu seinem Erstaunen fing sie an, in ihrem Rucksack zu kramen. Sie besaß einen kleinen Koffer, einen Rucksack und eine

Handtasche, hatte aber nichts in den Kofferraum legen wollen. Der Koffer lag im Fußraum des Beifahrersitzes, Rucksack und Handtasche hatte sie auf ihrem Schoß deponiert. Endlich zog sie etwas hervor, das wie ein Reiseführer für Edinburgh aussah. Allerdings in kyrillischer Schrift. Vielleicht hatte sie Russisch in der Schule gelernt. Sie blätterte darin herum, bis sie die richtige Seite gefunden hatte. Aus dem Augenwinkel sah Cedric, dass es ein Kartenausschnitt von Leith war. Eine Stelle war dick eingekreist. Bevor sie auf die Forth Road Bridge fuhren, blieb Cedric stehen und sah sich den Plan an, der die Ortsbezeichnungen und Straßennamen in lateinischer Schrift wiedergab: Salamander Street. Er gab die Adresse in sein Navigationsgerät ein und fragte sie: »Kennst du dort jemanden?« Als sie nicht verstand, versuchte er es anders: »Ein Freund? Eine Freundin?«

Sie nickte. »Eine gute Frau«, sagte sie und sah von nun an aufgeregt aus dem Fenster.

Er hatte das Gefühl, etwas sagen zu müssen. »Wirst du dann wieder zu deinen Eltern fahren?«

Sie schüttelte den Kopf.

»Nein? Wo wohnen sie denn? Bukarest, ja?«

»Ein Dorf bei Tighina. Sie sind sehr arm«, fügte sie hinzu. »Was steht da?« Sie zeigte auf ein Straßenschild, das ihnen den Weg nach Edinburgh wies.

»Edinburgh«, sagte er und runzelte die Stirn.

Im heller werdenden Morgenlicht hatte die parallel verlaufende Forth Bridge, die Eisenbahnbrücke über den Firth of Forth, sogar für Cedric etwas Magisches. Das Navigationssystem lotste sie durch das nördliche Edinburgh, durch Stadtteile, in die sich Touristen nie verirrten. Cedric kannte sich hier nicht aus, und das machte ihn trotz Navigationsgerät nervös. Er erkannte keine einzige Straße wieder, bis sie sich der Hafenstadt Leith näherten. Hier gab es Schilder, die den Weg zur

Royal Yacht Britannia wiesen. Endlich halbwegs bekanntes Gebiet, dachte er und fühlte sich etwas wohler.

»Wer war bei Matt?«, fragte Cedric und hoffte, so weit weg von St. Andrews würde sie sich sicherer fühlen und es ihm anvertrauen.

Pepa schüttelte den Kopf.

»Warum sagst du es mir nicht? Dir kann nichts passieren. Egal, wer es war, du bist jetzt in Sicherheit.« Er hatte keine Ahnung, ob sie ihn verstand.

Er warf ihr einen kurzen Blick zu. Sie dachte angestrengt nach, das konnte er sehen. Dann sagte sie: »Wenn ich sage, wer, bist du gefährlich.«

Sie meinte wohl: in Gefahr.

»Ich kann auf mich aufpassen, Pepa.«

Das erste Mal, dass er ihren Namen aussprach. Es war beiden aufgefallen. Sie lächelte ihn an und wollte ihre Hand auf seinen Arm legen, besann sich aber in letzter Sekunde eines Besseren.

»Du bist witzig«, sagte sie und meinte wohl: seltsam. »Du kannst nicht aufpassen. Du hast zu viele Probleme mit dir.«

So direkt hatte ihm das noch niemand gesagt. Manchmal war es gar nicht schlecht, nur ein begrenztes Vokabular zur Verfügung zu haben. Man kam schneller auf den Punkt. Er musste sogar ein wenig lächeln. Gerade in dem Moment sagte die Stimme des Navigationsgeräts: »Sie haben ihr Ziel erreicht.«

Er hielt an und sah sich um. Dem Verfall preisgegebene Wohnhäuser vor ihm, verkommene Lagerhallen hinter ihm. Der Dreck der letzten Jahrhunderte klebte an den Fassaden und ließ die Gebäude fast schwarz aussehen. Cedric konnte förmlich spüren, wie der Schmutz versuchte, in seinen Mercedes zu kriechen. Schnell überprüfte er, ob alle Fenster fest geschlossen waren. Die Lüftung stellte er aus.

Scheiben unbewohnter Wohnungen waren zerbrochen.

Maklerschilder hinter den Fenstern sahen aus, als hingen sie dort nicht erst seit einer Woche. Werbeposter an Plakatwänden hingen in Fetzen herunter. Eine schreckliche, eine hässliche Gegend, dunkel und gemein, und doch waren Menschen auf der Straße, zu Fuß unterwegs, schutzlos im Freien, und schienen sich nicht im Geringsten darum zu kümmern, wie alles um sie herum zerfiel, wie ein Riss durch diese Kulisse ging wie durch das House of Usher.

Dies ist nur ein Industriegebiet, dachte Cedric. Industriegebiete in großen Städten sind oft hässlich. Da kann sich das Morgenlicht so viel Mühe geben, wie es will.

»Bist du sicher?«, fragte er Pepa.

Sie nickte resolut. »Eine gute Frau«, sagte sie bestimmt, öffnete die Beifahrertür und sammelte ihr Gepäck ein. Dann zog sie einen Zettel aus ihrer Hosentasche, hielt ihn Cedric hin und sagte: »Dein Vater.«

Verwundert nahm Cedric den Zettel und faltete ihn auf: die Adresse einer Homepage. Als er wieder aufsah, winkte Pepa, dann warf sie die Tür zu und verschwand in einer Seitenstraße. Cedric wischte sich die Hände an einem Tuch ab, wickelte den Zettel darin ein und legte ihn auf den Beifahrersitz. Dann programmierte er das Navigationsgerät neu, wendete den Wagen und fuhr zurück.

Bloß weg hier, dachte er und sah stur geradeaus, um keine der Frauen am Straßenrand ansehen zu müssen. Nicht, dass mich die Polizei noch anhält.

Sie könnten denken, ich sei ein Freier.

Pepa hatte sich mitten im Rotlichtbezirk von Leith absetzen lassen.

Jetzt, nachdem er ein paar Stunden – wenn auch unruhig – geschlafen hatte, dachte Cedric: Eine gute Frau, hatte Pepa gesagt. Eine Freundin von ihr, ein anderes Au-pair, die dort untergebracht war. Leith war mittlerweile sehr im Trend. All die neuen Lofts am Ocean Terminal kosteten ein Vermögen. Es gab ein Bürgerbegehren gegen den Straßenstrich, und wenn er sich richtig an die Schlagzeilen der vergangenen Monate im *Scotsman* erinnerte, war Leith mittlerweile eine respektable Mittelklassegegend. Abseits der Durchgangsstraße sah es bestimmt gut aus.

Cedric stand auf und sah auf die Uhr: erst ein Uhr mittags. Lange hatte er nicht geschlafen, aber er fühlte sich besser. Der Nebel war verschwunden, und im benachbarten Leuchars starteten schon wieder in kurzen Abständen die Flieger der Royal Air Force. Er hörte sie, als er ein Fenster öffnete.

Cedric dachte an Doug, beschloss sogleich, nicht an Doug zu denken, dachte dafür an den Zettel, den Pepa ihm gegeben hatte, und schaltete seinen Laptop an, um die Adresse im Internet zu suchen.

»Dein Vater«, hatte sie gesagt.

Es war die Adresse einer Au-pair-Vermittlungsagentur. Natürlich, das hatte sie gemeint: Sein Vater sollte sich dorthin wenden, wenn er ein neues Au-pair-Mädchen suchte. Ganz sicher würde das nicht passieren, dafür würde Cedric schon sorgen. Oder meinte sie, sein Vater sollte dort Bescheid geben, dass sie nicht mehr da war? Nein, das war unsinnig, sie wollte ja nicht, dass jemand wusste, wo sie war.

Hatte sie Cedric etwas mitteilen wollen? »Dein Vater hat diese Agentur beauftragt. Falls mir doch etwas passiert, gib ihnen Bescheid.«

Nein. Irgendwie passte das nicht.

Sein erster Gedanke war sicher richtig gewesen. Er schaltete den Computer wieder aus. Ein neues Au-pair kam nicht in Frage. Er war froh, Pepa los zu sein.

Irgendetwas drängte sich in seine Wahrnehmung, ein ungewohnter Lärm. Es war das Geschrei von Möwen, das sich zu dem Dröhnen der Jagdflieger gesellt hatte. Es kam ihm ungewöhnlich nah vor und ungewöhnlich laut. Er trat an sein Fenster, um nach draußen zu sehen.

Cedric begann zu schreien und hörte erst auf, als er keine Luft mehr bekam. Es sah aus, als hätte Doug sich gerächt. Cedrics Auto war mit Abfällen überhäuft, um die sich jetzt die Möwen stritten. Sie landeten auf seinem Mercedes, um sich ihren Teil der Beute zu sichern, zankten sich darum, koteten den frischgewaschenen Wagen voll. Alle Türen des Wagens waren geöffnet, sodass auch einige der Vögel auf die Polster gesprungen waren und dort herumpickten, Federn verloren, Krankheiten verbreiteten. Wo hatte Doug den Schlüssel hergehabt?

Cedric rannte in sein Badezimmer, denn er spürte, wie sich sein Magen hob. Die Tür war abgeschlossen. Cedric rannte zum anderen Badezimmer, doch auch das war verschlossen. Er hastete die Treppe hinunter, wollte die Küchentür aufstoßen, die konnte man nicht abschließen, dafür gab es keinen Schlüssel. Doch etwas blockierte sie. Vor der Haustür waren die Möwen, dort konnte er nicht hin. Blieb nur noch das französische Fenster im Wohnzimmer. Auch das war abgeschlossen, er konnte die Glastüren nicht zur Seite schieben.

Cedric übergab sich auf den zwanzigtausend Pfund teuren Orientteppich, den ihm sein Vater zum Schulabschluss geschenkt hatte, und Doug stand hinter ihm und applaudierte.

»Genau die richtige Begrüßung für unseren Besuch«, sagte Doug, und als Cedric schwer atmend den Blick zur Fenstertür hob, sah er DCI Brady, wie dieser durch den Garten auf ihn zustolziert kam und ihm zuwinkte.

12.

»Ich hatte damit gerechnet, dass du mir heute absagst«, sagte James Cunningham, als sie aus ihrem Auto ausstieg. Sie zögerten beide eine Sekunde lang, weil sie nicht wussten, wie sie sich begrüßen sollten, dann versuchten sie eine Umarmung.

»Hübsches Nest.« Mina blickte die kleine Straße mit den bunt gestrichenen Häuschen hinunter. Ihr fielen einige sehr teure Fahrzeuge auf, die am Straßenrand geparkt waren. Ein schwarzer Range Rover fuhr an ihnen vorbei. »Und Geld ist offenbar auch unterwegs. Oder sind das die Touristen?«

James Cunningham zuckte die Schultern und sah dem Range Rover nach. »Lass uns hier entlanggehen.«

Er wies ihr den Weg in ein enges, steil abfallendes Gässchen: Cove Wynd führte sie nach unten, vorbei an verwinkelten Häuschen, geschmückt mit hübsch bepflanzten Blumenkästen, bunt gestrichenen Haustüren und Fensterrahmen. Ein paar Stufen weiter unten ragte zu ihrer Linken ein riesiger Naturfelsen auf. Er hatte einen künstlichen Zugang, der wie ein Hauseingang aussah. Ein großes Kreuz, gesetzt aus Steinen und Muscheln, zierte die der Gasse zugewandte Mauer des Eingangs: St. Fillan's Cave, die Höhle eines Missionars. Dieser Höhle verdankte der Ort auch seinen Namen: Pittenweem. Pit, der Ort. Weem, die Höhle. Am Fuß von Cove Wynd lag der Hafen, der auf den Firth of Forth hinausging. Auf der anderen Seite des Wassers sah sie die Lammermuir Hills, davor die Isle of May und Bass Rock, früher Gefängnisinsel, heute Vogelparadies. Mina hätte sich in den Anblick verliebt, wäre die Anspannung nicht so groß gewesen. Ausgerechnet an einem Tag wie diesem, mit ihrem Bild in den Zeitungen, traf sie ihn zum ersten Mal in ihrem Leben, und sie fragte sich, wie aufgeregt sie erst sein würde, wären ihre Gehirnströme nicht in Watte gepackt. So aber war sie einfach nur verstört, unschlüssig, auch verärgert über die Situation, weil sie so hohe Erwartungen an diesen ersten Moment gehabt hatte, weil sie sich seit ihrer Kindheit ausgemalt hatte, wie es sein würde, ihn zu treffen.

Nun war alles anders. Sie waren zwei Fremde, die versuchten, sich nicht fremd zu sein. Was sie über ihn wusste, hatte sie aus seinen wenigen etwas längeren E-Mails erfahren. Fast alles, was er ihr darin mitteilte, hatte allerdings auch in der dürftigen Pressemeldung gestanden, die angesichts seiner Beförderung veröffentlicht worden war. Sie wusste also kaum mehr als das, was dank des Internets jedermann über ihn wissen konnte.

Mina war in ihren Mails ebenso zurückhaltend gewesen. Aber im Gegensatz zu ihr hätte er jederzeit mehr über sie erfahren können, über ihre Bücher, ihre Themen. Sie war sich sicher, dass er nie eins gelesen hatte. Mina hatte mit diesem Treffen das Loch in ihrem Herzen füllen wollen. Doch in der ersten Sekunde, da sie ihn am Straßenrand hatte stehen sehen, war ihr klar gewesen: Dieser Mann würde nur noch ein tieferes Loch reißen. Weil er zu fremd, zu weit weg war, nicht mal einen Atemzug lang an das Bild heranreichte, das sie sich von ihm aufgebaut hatte.

James hatte die ganze Zeit geredet. Von der Isle of May, wie sie dort früher die unfruchtbaren Frauen hingerudert hatten, damit sie von den heiligen Quellen tranken, wie im Hafen von Pittenweem vor dreihundert Jahren durch Steinigen und anschließendes Rädern die letzte Hexe hingerichtet worden war. Sie hörte nur halb zu, während er erzählte, sie wollte den Klang seiner Stimme aufnehmen, doch es gelang ihr nicht. Alles klang fremd und hohl. Als er von der Hexe sprach, dachte sie an ihr Bild in der Zeitung: Hexenjagd. Die Saison hatte wieder begonnen. Mina fragte sich, wie viele der Menschen, denen sie heute Morgen auf der Straße begegnet war, die Zeitung gelesen hatten und wie viele davon wiederum sie auch erkannt hatten.

Der strahlende Sonnenschein verwandelte sich in einen heftigen Regenschauer, und sie flüchteten sich in das Larach Mhor Inn, gegenüber den Fischmarkthallen. James holte Kaffee für sie beide.

»Was ist dran an der Sache mit dem Golfer und dir?«, fragte er.

Mina war überrascht von seiner Direktheit. »Ich kannte ihn ein wenig, und der Chief Inspector mag mich nicht.«

James Cunningham räusperte sich. »Wenn du irgendetwas brauchst, einen Anwalt vielleicht, dann lass es mich wissen. Ich kenne Leute …«

»… die deiner Tochter helfen würden?«

Er schwieg, lächelte, und sie schaffte es nicht, hinter seine Maske zu sehen, wusste nicht einmal, ob es überhaupt eine Maske war.

»Erzähl mir von deinem Kurs«, forderte er sie auf, und sie erzählte. Von dem Programm, das die Uni anbot, von ihrer Lehrtätigkeit, vor der sie große Angst hatte, weil es eine neue, unbekannte Herausforderung war, von ihren Studenten und davon, was sie bisher mit ihnen erlebt hatte.

»Einer von ihnen ist sehr begabt«, sagte sie. »Und ein unglaublich seltsamer Typ.«

»Passt das nicht zum Klischee?«, fragte James, immer noch mit einem Lächeln.

»Hey, wir sind nicht alle …« Verrückt, wollte sie sagen und dachte an die Schweiz. Sie sagte stattdessen: »Er hat einige offensichtliche Zwangsstörungen. Alles muss ganz symmetrisch sein. Schade, dass ich seine Handschrift noch nie gesehen habe, die würde mich wirklich interessieren. Wahrscheinlich sind alle Buchstaben gleich groß. Und er hat einen Sauberkeitswahn. Einmal hatte er Vogeldreck auf seiner Tasche entdeckt. Er ist sofort zur Toilette gegangen, um die Tasche zu säubern. Dann hat er alle seine Sachen in eine Plastiktüte gesteckt und die Tasche – wohlgemerkt, die gesäuberte Tasche! – in den Müll geworfen. Armer Cedric.«

»Cedric? Schrecklicher Name.«

»Ich glaube, alle seine männlichen Vorfahren hießen so, und er hat den Namen einfach geerbt.«

»Der einzige Cedric, den ich kenne, ist Lord Cedric Darney. Ihm gehören unter anderem ein paar Tageszeitungen. Sicher bist du bei ihm auch auf der Titelseite.«

»Danke, dass du mich erinnerst. Cedric ist Lord Darneys Sohn. Woher kennst du ihn?«

»Von der Jagd«, antwortete James und klang fast kleinlaut.

»Von der Jagd? Fuchsjagd? Ist das nicht illegal?«

»In Schottland ist sie seit 2002 verboten. Seitdem jagen wir keine Füchse mehr, sondern einen armen Kerl, der vor uns herreitet und sich einen Fuchsschwanz über die Schulter hängt.«

Mina rollte mit den Augen: »Männer! Werden sie je erwachsen?«

James lachte. »Wir brauchen unsere Spielzeuge, sonst bekommen wir ganz, ganz schlechte Laune.«

»Ich kann es mir vorstellen. Dann wälzt ihr euch heulend auf dem Boden herum und trommelt mit dem Fäusten auf die Erde.« Ein Gedanke an Matt tauchte auf, doch sie konnte ihn wieder verscheuchen.

James schien einen Moment zu zögern. »Zurück zu Darney. Ich kenne ihn schon sehr lange. Wir sind zusammen in einigen Clubs.«

»Sicher auch in irgendeinem Golfclub? Ich hörte, er hätte ein kleines Landhäuschen in Fife.«

»Selbstverständlich auch im Golfclub! Und sein Landhäuschen ist ein halbes Schloss. Etwas weiter die Küste runter bei Largo. Wie bist du eigentlich an die Stelle in St. Andrews gekommen?«, wechselte er das Thema.

Mina zuckte die Schultern. Sie konnte ihm kaum die Wahrheit sagen. Er würde es falsch verstehen. Wie klang es außerdem, wenn eine erwachsene Frau sagte: Ich hatte Sehnsucht nach einem richtigen Zuhause, weil ich nie eins hatte. Und weil meine Gene schottisch sind, dachte ich mir, warum es nicht in Schottland versuchen? Er würde es nicht verstehen. Sie wusste, wie es sich anhörte. Verzweifelt und jämmerlich. Deshalb sagte sie: »Ich habe mich an verschiedenen Universitäten beworben, die Creative-Writing-Kurse anbieten, und St. Andrews hat mir das beste Angebot gemacht.« Er musste nicht wissen, dass sie nur zwei Bewerbungen losgeschickt hatte: eine nach Edinburgh und eine nach St. Andrews.

Sie bemerkte, dass er erleichtert war, und wurde misstrauisch.

»Warum treffen wir uns eigentlich in Pittenweem? Ich hätte mir gerne Leuchars angesehen. Bekomme ich eine Privatführung?«

Jetzt sah sie hinter die Maske, sah, dass er sich wand. Also machte sie weiter. »Oder Dundee? Ich möchte sehen, wie du wohnst.« Sie ging noch einen Schritt weiter und legte ihre Hand auf seine. Er zog sie weg.

»Gefällt es dir hier nicht? Ich dachte, ich zeig dir erst mal ein wenig von Fife.«

Er lächelte. Sie lächelte. Dann sagte sie: »Deine Frau weiß gar nichts von mir.«

Er hörte nicht auf zu lächeln.

»Du hast ihr nie einen Ton davon gesagt, dass du schon eine Tochter hast. Ich habe zwei Halbschwestern, die nicht wissen, dass es mich gibt. Und wie es aussieht, willst du daran auch nichts ändern. Richtig?«

James Cunningham schwieg und starrte aus dem Fenster des Pubs. Sein Lächeln war verschwunden. Mina folgte seinem Blick: die kleinen Fischerboote auf dem spiegelglatten Wasser im Hafenbecken, dahinter die raueren Wellen des Firth of Forth. Es regnete nicht mehr.

»Ständig ändert sich das Wetter, man kann sich hier auf nichts verlassen«, sagte James statt einer Antwort.

»Wie Recht du hast.« Mina stand auf und ging. Irgendwohin. Zu den Schiffen. James rannte hinter ihr her. Tatsächlich: Er rannte.

Sie hob die Hand, um ihn daran zu hindern, etwas zu sagen. »Bitte nicht. Ich weiß schon alles. Ich wollte immer, aber dann … Es ergab sich bisher noch nie die richtige Gelegenheit. In meiner Position kann man doch nicht so einfach … Blabla.«

»Mina, das ist nicht fair.«

»Ah, *das* hatte ich vergessen.« Sie stapfte weiter. Der Wind kam vom Meer und hatte die Regenwolken vertrieben. Sie ging am Hafenbecken entlang und steuerte auf die lange Mole zu, die bis zum Leuchtturm hinausführte.

»Lass uns das doch nicht alles heute besprechen! Ich finde, das ist ein bisschen viel auf einmal!«

»Wir haben uns wochenlang E-Mails geschrieben. Du wusstest seit mindestens zwei Monaten, dass ich herkommen würde. Weißt du was? Wir lassen es. Es war eine dumme Idee. Ich bin dreißig Jahre sehr gut ohne dich ausgekommen, und du, wie ich sehe, noch viel besser ohne mich. Es war ein Versuch, und er ist gescheitert. Warum belassen wir es nicht dabei?«

Er wollte antworten, aber sein Handy klingelte. Mina blieb stehen, entschied, dass es zu dramatisch wirkte, die Mole entlang aufs offene Meer hinauszugehen, und drehte um. Sie war wütend auf ihren Vater, wütend auf ihre Mutter, am meisten aber wütend auf sich selbst, dass sie diese lächerliche Hoffnung auf eine Art Familienzusammenführung gehabt hatte. Auf ein Nachhausekommen. So ging es also auch nicht mit der Suche nach dem Heimathafen. Sie würde vielleicht immer im offenen Meer treiben und nur manchmal für kurze Zeit irgendwo andocken.

Dabei war sie es mittlerweile so müde, so leid.

Sie entdeckte einen Durchgang zwischen zwei Häusern, der zu einem kleinen Stück von Felsen durchsetztem Strand führte. Als Mina näher kam, erkannte sie am Algenwuchs, dass das Wasser bei Flut die Häuser fast erreichte. Auch die Felsen waren glitschig und voller Algen, aber Mina lockte der Anblick der Isle of May. Sie lag genau zwischen den beiden Häusern im dunkelblauen Wasser, und nach dem Regen war der Blick so herrlich klar, dass Mina die Insel zum Greifen nah erschien.

Der Wind trieb ihr Tränen in die Augen. Sie zog sich ihre Baseballkappe tiefer ins Gesicht. Sie wusste, ihr Vater würde bald hinter ihr stehen, er sollte nicht auf die Idee kommen, dass sie geweint hätte.

Sie ging weiter. Ging in Richtung des Wassers, balancierte über die Felsen, die bereits in das Wasser des Firth of Forth reichten. Keine zehn Fuß von ihr entfernt stieg eine schwarze Wolke empor: Krähen flatterten hoch, stießen ihr Krächzen aus. Es bedeutet nichts, sagte sie sich und atmete tief ein, um sich von dem Schrecken zu erholen. Sie lenkte ihren Blick weg von den Vögeln auf die Felsen, sah eine Muschel, wollte sie aufheben, hockte sich hin.

»Mina, nicht!«, hörte sie James schreien. »Geh da weg! Sieh nicht hin! Sieh zu mir!«, rief er und rannte auf sie zu, sprang über Steine, stolperte, rannte weiter. Er packte sie, bevor sie verstand, zerrte sie hoch, schloss sie in die Arme. »Nicht, nicht«, sagte er, und seine Stimme klang noch fremder als zuvor. »Schnell, geh zurück, und warte im Pub.«

Dachte er etwa, sie wolle sich umbringen? »Lass mich!« Ungeduldig befreite sie sich aus seiner Umklammerung und glitt aus. James wollte sie festhalten, verlor das Gleichgewicht und rutschte zusammen mit ihr ab. Beide landeten im flachen Wasser. Mina versuchte, Halt zu finden, ihre Hand ertastete etwas Weiches, und sie verstand, warum ihr Vater sie hatte wegholen wollen. Das Weiche war ein schwarzer Stoff, der hier nicht hingehörte. Ein schwarzes Kleid, aus dem ein weißer Arm herausragte, oder das, was noch von ihm übrig war. Ihr Blick folgte dem zerfleischten Arm zu der Stelle, an der der Hals sein müsste. Er war bedeckt von nassen, langen schwarzen Haaren, in denen sich Algen verfangen hatten, und unter dem Haar war einmal ein Gesicht gewesen. Die Krähen hatten ihr Fest schon gefeiert, als Mina gekommen war. Sie hatten die Augen gestohlen und tiefe schwarze Löcher zurückgelassen, hatten Nase, Wangen, Mund gestohlen und eine Totenmaske geschaffen, die keines Menschen würdig war.

Berlin, Februar 1949

Als sie durch die Dunkelheit nach Hause ging, dachte sie: Das machen alle Frauen. Schmeckte es den anderen Frauen? Ihr schmeckte es nicht.

Vielleicht schmeckten die anderen Männer anders.

Er sagte immer: Es wird dir schon noch Spaß machen. Aber sie fand keinen Gefallen daran. Sie würde ihre Tante fragen müssen, woran das lag.

Vielleicht stimmte mit ihr etwas nicht.

Vielleicht musste sie das nicht mehr so lange machen. Immerhin hatte er heute Morgen Kohlen gebracht, genug für einen Monat. Die Nachbarn hatten alle so schief geguckt.

Vielleicht konnte sie damit aufhören, dann musste sie die Tante auch nicht fragen, ob das immer so schmeckte.

Zu Hause war ihre Tante nicht. Ihre drei kleinen Cousinen schliefen friedlich. Licht gab es im Moment keins. Sicher würde es bald wieder angehen. Sie zündete eine Kerze an. Wenn die Kleinen fest schliefen, konnte sie gehen und die Tante suchen.

Sie kam ihr entgegen, als sie die Wohnung verlassen wollte.

»Wo willst du hin?«

»Dich suchen.«

»Ich bin jetzt hier. Los, rein, es ist kalt!«

»In der Wohnung ist es auch kalt.«

»Warum hast du noch nicht geheizt?«

»Ich bin auch gerade erst gekommen. Ich dachte doch, du bist hier, bei den Kindern.«

Ihre Tante lachte hässlich. »Stundenlang hab ich mir die Beine in den Bauch gestanden, vorne an der Kronprinzenallee, bei den Amerikanern. Keiner hat mich mit reingenommen! Die wollen keine über dreißig, und schon gar nicht eine, die so mager ist wie ich! Die können sich die Mädchen aussuchen!«

»Das tut mir leid«, sagte sie und dachte: Kann ich sie jetzt fragen, wie Männer schmecken?

Und was das überhaupt ist?

Vielleicht ist es ja giftig, und er sagt es mir nur nicht?

Vielleicht muss ich daran sterben?

»Warum hast du dir von ihm keine Kohlen geben lassen?«

»Er hat sie in unseren Keller gestellt.«

»Bist du verrückt geworden?« Ihre Tante riss ihr so heftig die Kerze aus der Hand, dass sie fast erlosch. Sie rannte die Treppen hinunter. Laut und polternd. Ihre Schuhe hatten keine richtigen Sohlen mehr, sie hatte sich Lederstreifen von alten Stiefeln unter die Schuhe genagelt. Die Sohlen waren zu glatt, deshalb rutschte sie oft aus. Das kleine Feuer der Kerze flackerte.

Vielleicht muss ich ja nie wieder hin. Wir haben Kohlen für einen Monat, und in einem Monat kann alles wieder vorbei sein. Vielleicht findet die Tante doch einen Amerikaner, der ihr etwas schenkt, sie hat mal gesagt, ihr macht das Spaß, was die Männer machen.

Vielleicht war jetzt endlich alles gut.

Sie ging ans Fenster und lehnte sich mit der Stirn dagegen. Es war eiskalt, sodass sie gleich wieder zurückzuckte. Ihr Atem legte sich auf die Scheibe, und sie malte mit dem Finger etwas hinein. Ein Herz. Sie wischte es schnell wieder weg.

Aus dem Keller hörte sie einen Schrei, dann kam die Tante wieder.

»Geh zu ihm. Los, mach schon!«

»Jetzt?«

»Ja, jetzt! Es ist jetzt kalt, also musst du jetzt gehen! Jetzt!«

»Ich will …«

»Sie haben uns alles geklaut! Kein Krümel ist mehr zum Heizen da!

Geh endlich! Sei froh, dass du einen Offizier hast! Geh zu ihm, und sieh zu, dass wir es bald wieder warm haben! Na los!«

Die Tante schob sie aus der Tür. Mantel, Handschuhe, Hut, alles warf sie ihr hinterher. Dann schlug sie die Wohnungstür zu.

»Und beeil dich!«, rief sie ihr durch die geschlossene Tür nach.

Im Flur war es dunkel. Der Strom war immer noch aus.

13.

Sie saßen wieder im Larach Mhor. Die Polizei hatte das Strandstück abgesperrt. Mina wettete mit sich selbst, dass in spätestens zwanzig Minuten DCI Brady hier hereinspazieren würde. Eine uniformierte Polizistin hatte ihr angeboten, einen Arzt für sie kommen zu lassen, aber Mina hatte an McCallum gedacht und abgelehnt.

»Ich muss meinen Therapeuten anrufen«, sagte sie zu James, der es, seinem Gesicht nach zu urteilen, für einen Witz hielt. Er legte seinen Arm um ihre Schultern.

Der Wirt des Larach Mhor brachte den beiden unaufgefordert Tee und setzte sich mit seinem Bier zu ihnen.

»Dass ich das noch mal erlebe«, stöhnte er, und Mina sah, dass er ganz blass war. Dabei hatte er die Leiche gar nicht zu Gesicht bekommen.

»Noch mal?«, fragte sie.

»Zuletzt hatten wir das, als ich ein kleiner Junge war. Auch da vorne. Der 1. Mai 1950, das Datum hab ich nie vergessen. Fünf Jahre war ich alt. Bin draußen bei Ebbe zwischen den Felsen am Strand rumgesprungen, und da lag sie dann. Dachte erst, jemand hätte ein Bettlaken ins Wasser geworfen. Oder ein Stück von einem Segel. Ich war ja erst fünf. In Wirklichkeit war es ihr Nachthemd. Damals trugen Frauen noch solche Nachthemden, lang und weiß.« Er kippte die Hälfte seines Biers in einem Zug hinunter.

»Sie sagen, dass hier schon mal eine Frau …?« James ging, ohne zu fragen, hinter die Theke und goss sich selbst einen Whisky ein. Einen dreifachen.

Der Wirt nickte. »Lag schon 'ne Weile im Wasser. Die Fische und Vögel … Sie haben ja selbst gesehen, was die machen. Als würde das Wasser allein nicht schon genug anrichten. Da reicht schon ein Tag. Die Krähen, das sind Aasfresser.«

Mina dachte an den Raben, tastete in ihrer Handtasche nach ihrem Tablettenfläschchen, fand es und dankte still und ohne schlechtes Gewissen der Pharmaindustrie für jahrzehntelange Tierversuche.

Der Wirt hatte sein Bier geleert und ging nun zu James hinter die Theke, um sich ein neues zu holen. James schien zu überlegen, ob er das mit dem Whisky wiederholen sollte, denn sein Glas war ebenfalls leer. Drei Abhängige, dachte Mina. Aber ein großer Unterschied: Ich weiß wenigstens, dass ich es nicht im Griff habe.

»Wer war das? Damals?«, fragte sie.

»Ein Mädchen aus Kirkcaldy«, sagte der Wirt. »Keiner weiß, wie es passieren konnte, dass eine, die in Kirkcaldy ins Wasser geht, hier ankommt. Die Strömung, der Wind, das kann keiner so genau vorhersagen.«

»Wie alt war sie?«

»Ihr Mann sagte, sie sei zwanzig. Sie hatten ein Kind zusammen, einen Sohn. Der Arzt, der sie sich angesehen hat, der hat immer hier getrunken. Er sagte eines Abends: Die war noch keine zwanzig. Die war viel jünger, höchstens vierzehn, gerade in der Pubertät. Aber offiziell war das nicht.«

»Was für ein Schwein muss ihr so genannter Ehemann gewesen sein …«, sagte Mina langsam.

»Die kam nicht von hier. Keiner wusste, wie alt sie wirklich war. Da konnte der viel erzählen.«

»Sie hat sich trotz des Kindes umgebracht?«

»Vielleicht wegen des Kindes. Das war erst ein paar Wochen alt. Heute hat man ein Wort dafür, aber damals, da wusste man das noch nicht. Wie heißt das? Post … irgendwas mit Post …«

»Postnatale Depression?«, half Mina.

»Genau. Wer weiß, was die durchgemacht hat und warum die ins Wasser gegangen ist. Bevor das bekannt wurde, gab es sogar Gerüchte, sie sei eine Hexe. Ganz früher haben sie nämlich die Hexen von Pittenweem hier unten ins Wasser geworfen.«

»Reizend«, sagte Mina. »Ich habe schon davon gehört.«

James hatte sich für einen weiteren Whisky entschieden und nahm einen großen Schluck. »Wer sagt, dass sie sich umgebracht hat? Also das Mädchen, das Sie damals gefunden haben. Vielleicht hatte sie einen Unfall.«

»Ist es nicht eher ungewöhnlich, sich auf diese Art umzubringen?«, fragte Mina. »Ins Wasser gehen …«

»Nicht hier, nicht an der Küste«, sagte der Wirt. »Dass sie von den Klippen springen, vorne in Crail, das kommt oft genug vor.«

»Meinen Sie, sie sei …«

»Nein, von da aus geht's gleich raus in die Nordsee. Die findet man nie wieder, wenn die Flut sie mit rausnimmt.«

»Dann gibt es bei Kirkcaldy auch eine Steilküste?«

»Nein, nein«, sagte der Wirt und schüttelte den Kopf. »Flach wie ein Pfannkuchen, der Strand von Kirkcaldy. Sie ist ins Wasser gegangen. Immer geradeaus marschiert.«

»Ungewöhnlich«, wiederholte sich Mina und sah aus dem Fenster, nur um festzustellen, dass sie Recht gehabt hatte. Brady kletterte eben aus seinem Wagen, stellte sich breitbeinig vor die Absperrung und bellte einen Mann von der Spurensicherung an.

»Oha, Chief Inspector Hunt«, sagte der Wirt und klang ungefähr so begeistert wie ein Golftourist bei Dauerregen.

Mina musste trotz allem kichern. »Warum nennen Sie ihn so? Heißt so nicht der Typ aus ›Life on Mars‹?«

»Der würde sich doch am liebsten selbst so nennen. Seit

ihm mal jemand gesagt hat, er sähe ein bisschen aus wie der Schauspieler, wie heißt der gleich, Philip Glenister, hält er sich für den Größten und rechnet sekündlich damit, fürs Fernsehen entdeckt zu werden.«

»Er ist bestimmt schon ein Star auf CCTV«, meinte James und spielte damit auf die zahlreichen Videoüberwachungsanlagen im Land an. Er sprach nicht mehr ganz so klar wie zuvor.

»Ein Kotzbrocken, dieser Brady, das weiß ganz Fife«, sagte der Wirt. »Er kommt. Kamera läuft, und Action! Wer will ein Autogramm?« Er schüttete das nächste Bier in sich hinein, diesmal ohne nach der Hälfte abzusetzen.

»Miss Williams«, rief Brady. »Wo wir Leichen finden, da finden wir auch Sie.«

»Arschloch«, sagte Mina klar und vernehmlich, nahm noch eine Pille und spülte sie mit Tee hinunter. Hauptsache, alles bekam ein bisschen mehr Weichzeichner.

14.

Er hatte Glück gehabt. Brady war, kaum, dass er in Cedrics Garten aufgetaucht war, weggerufen worden. »Ich fahr gleich los, muss noch was erledigen«, hatte er in sein Telefon gebrüllt und sich dann Cedric zugewandt. Doug hatte ihm mit großer Geste das französische Fenster aufgeschlossen. Doug, der selbsternannte Hüter aller Schlüssel des Hauses.

»Hübsch«, sagte Brady und sah auf Cedrics Erbrochenes. Cedric wusste vor lauter Ekel nicht, wo er hinsehen sollte. Er wagte es nicht, den Chief Inspector anzusehen, ihm gar näher zu kommen. Er musste entsetzlich stinken. Das ganze Zimmer musste entsetzlich stinken. Er wollte weg, aber er konnte nicht. Und Doug genoss jede Sekunde seiner Rache.

»Kneipenschlägerei?«, fragte Brady, und Cedric verstand nicht.

»Kulturelle Meinungsverschiedenheit«, antwortete Doug und fasste sich an die gebrochene Nase.

Brady wandte sich an Cedric. »Warum haben Sie uns nicht gesagt, dass bei Ihnen noch eine junge Dame wohnt?«

»Wohnt hier nicht«, antwortete Cedric. »Ich muss unter die Dusche.«

Aber Brady hielt ihn fest. Er hatte es tatsächlich gewagt, ihn am Oberarm zu packen. Sein Pullover musste sowieso in die Reinigung. Alles, was er gerade trug, musste in die Reinigung.

»Doch, Miss Williams hat uns von ihr erzählt. Sie sagte, sie sei ein Au-pair-Mädchen und hieße Pippa«, beharrte Brady.

»Pepa«, korrigierte Doug, der neben Cedric und dessen Erbrochenem stand und sehr zufrieden aussah.

»Ich muss mir den Mund ausspülen«, flüsterte Cedric.

»Pepa und wie weiter?«, fragte Brady.

»Alexandru.« Doug buchstabierte hilfsbereit.

»Wo ist sie?« Brady sah Cedric auffordernd an.

Vage bleiben, dachte er, einfach nur vage bleiben. »Sie war irgendwann einfach weg. Koffer gepackt, Zimmer leer. Mehr kann ich Ihnen nicht sagen. Wir haben es erst heute bemerkt.«

»Warum erst heute?«

»Ich hatte nicht erwartet, sie zu sehen, sie hatte ihr freies Wochenende«, log er. »Falls Sie weitere Details über sie benötigen, setzen Sie sich bitte mit meinem Vater in Verbindung. Ich muss jetzt duschen.« Länger hielt er es nicht mehr aus. Er blieb kurz neben Doug stehen und hielt die Hand auf, bis Doug einen Schlüssel aus der Hosentasche zog und ihn Cedric grinsend vor die Nase hielt. Cedric hielt weiter die Hand auf, bis er alle Schlüssel zurückbekommen hatte. Er würde die Schlüssel desinfizieren müssen. Aber erst musste er duschen, Zähne putzen, Kleidung in die Reinigung geben.

Cedric war in sein Badezimmer gerannt und hatte sich eingeschlossen. Er hatte sich mehrmals heiß geduscht und sich mindestens zehn Minuten die Zähne geputzt. Wenn es ihm wieder besser ging, würde er den Reinigungsdienst, der nur zweimal in der Woche vorbeikam, bitten, sofort jemanden zu schicken. Sein Vater hatte ihm ausgeredet, täglich jemanden kommen zu lassen.

Was würde mit Doug geschehen? Er konnte ihn unmöglich noch länger in diesem Haus dulden. Er musste ihn rauswerfen. Nur wie? Sollte er mit seinem Vater reden? Wahrscheinlich war sein Vater die ganze Woche wieder nicht zu erreichen, weil er in London in wichtigen Meetings saß, und würde am Wochenende dann die weise Entscheidung treffen, Cedric und Doug sollten sich wie Gentlemen beieinander entschuldigen und es noch einmal miteinander versuchen. Dann würden ein paar wilde Geschichten aus seiner Studentenzeit in Oxford folgen und ein Seitenhieb auf Cedric, den man in Oxford nicht genommen hatte – sein Vater wusste nicht, dass er die Bewerbung in Wirklichkeit nie abgeschickt hatte. Die Reputation von St. Andrews würde mit dem Nebensatz, immerhin habe der zukünftige König William noch bis vor kurzem dort studiert, halbwegs wiederhergestellt werden, und Cedric würde bis ans Ende seiner Tage – beziehungsweise die nächsten drei Monate – mit Doug in diesem Haus wohnen bleiben müssen.

Es war sinnlos. Er konnte seinen Vater jetzt schon fragen hören: »Und wer von euch beiden hat angefangen? Wenn ich das richtig verstehe, hast doch du, mein Sohn, deinem Freund eine Tracht Prügel verabreicht?«

Nur, dass Doug nicht sein Freund war und ihn schon seit langem quälte. Mit Pete war es anders, Pete wohnte bereits seit drei Jahren hier. Pete ließ Cedric in Ruhe und schien sich nicht weiter für ihn zu interessieren. Doug war erst im letzten Jahr eingezogen. Anfangs hatten sie sich noch recht gut verstanden. Weil sie sich aus dem Weg gegangen waren – oder vielmehr weil Cedric ihn ignoriert hatte. Das war sein Fehler gewesen. Doug war viel zu versessen darauf, immer und überall im Mittelpunkt zu stehen. Doug hatte Pete sogleich vereinnahmt und ihn wie einen Hund abgerichtet. Wäre Cedric wenigstens ein klein wenig nett zu Doug gewesen, es wäre nie so weit gekommen.

Aber nun war es zu spät. Cedrics Vater war begeistert von Doug. Schließlich studierte er Wirtschaft. Das allein reichte und machte sogar den Makel wett, dass Doug Amerikaner war.

Dabei war es im Grunde egal, was Cedric studierte. Ganz gleich, welchen Abschluss er machte, er würde in die Fußstapfen seines Vaters treten müssen. Was es über das Darney-Imperium zu wissen gab, wusste Cedric schon, bevor er nach Eton geschickt worden war. Sein Vater hatte zu Hause nie über etwas anderes geredet. Damals hatte Cedric es aufregend gefunden. Damals hatte er seinen Vater und dessen Werte bewundert und niemals in Frage gestellt. Damals hatte er genau wie sein Vater werden wollen. Inhaber verschiedener Zeitungs- und Zeitschriftenverlage und kleinerer TV-Produktionsstudios. Sponsor unzähliger Theater- und Opernproduktionen in London. Veranstalter hochkarätiger Wohltätigkeitsveranstaltungen. Ein Sitz im House of Lords. Letzteres war seit der Reform des Oberhauses nicht mehr aktuell, aber vor einigen Jahren noch hatte es Cedric in höchste Aufregung versetzt, als Sohn seines Vaters mitzukommen und die Debatten anzuhören, auch wenn er gar nicht gewusst hatte, worum es ging. Dafür hatte er die Atmosphäre in sich aufgesogen, die Gesichter studiert. Das House of Lords war die größte Spielwiese für seine Fantasie gewesen, und er war viel enttäuschter als sein Vater gewesen, als die Reform kam und die meisten der Lords nach Hause gehen mussten. Sein Vater hatte nicht zu den zweiundneunzig gehört, die bleiben durften.

Das Schönste und Erstrebenswerteste am Leben seines Vaters war damit weggefallen. Andere Teile der Fassade waren schon früher eingestürzt: die Geschichten von der glorreichen Schulzeit in Eton.

»Du lernst wichtige Leute kennen«, hatte sein Vater immer gesagt. »Die meisten deiner Kameraden werden nämlich eines Tages sehr wichtige Leute sein. Mach sie dir zu Freunden, ob du sie magst oder nicht.«

Natürlich, Prinz Harry war in seinem Jahrgang gewesen. Den älteren Prinzen hatte er ebenfalls erlebt. Aber die Prinzen hatten andere Freunde. Cedric gehörte nicht dazu, er verstand es nicht, sich Freunde zu machen. Er war viel zu sehr damit beschäftigt, sich seine Feinde vom Leib zu halten. Von dem Tag an, da er die Schule betrat, hatte er sich Feinde gemacht, ohne zu wissen, wie.

Der Gedanke an seine Schulzeit trieb ihn wieder unter die Dusche, die er diesmal noch heißer als zuvor einstellte. Dann endlich fühlte er sich bereit, zurück in sein Zimmer zu gehen und sich anzuziehen.

Die Kleidung hatte er schnell ausgesucht. Braune Stoffhosen und ein weißes Hemd, dazu passende Socken und Schuhe. Gleich würde er die Reinigungsfirma anrufen.

Er knöpfte gerade sein Hemd zu, als es an seiner Tür klopfte. Bitte nicht.

»Ich komme gleich«, rief er.

»Lass uns rein, oder sollen wir uns unten bei deiner Kotze unterhalten?«, rief Doug durch die geschlossene Tür zurück. Er hatte Recht. Aber er konnte die beiden nicht in sein Zimmer lassen. Mit »uns« konnte er nur sich und Pete meinen.

»In der Küche«, entschied Cedric, und dort fand er seine Mitbewohner zwei Minuten später vor.

Er sah erst jetzt, wie er Dougs Gesicht zugerichtet hatte. Die gebrochene Nase, das blaue Auge, die aufgeplatzte Braue. »Es tut mir leid«, entfuhr es ihm, obwohl er sich bereits entschuldigt hatte.

»Schon gut, Kumpel, ich hatte meine Rache. Hör zu, ich habe mit deinem Vater gesprochen.«

Für Doug hatte er also Zeit. Cedric ließ sich nichts anmerken.

»Wir ziehen aus«, fuhr Doug fort. »Aber nicht sofort, erst in ein paar Tagen.«

»Oh?«, war alles, was Cedric im Stande war zu sagen. »Und mein Vater war damit einverstanden?«

Doug grinste breit. »Natürlich, er verliert nämlich keinen einzigen Dollar. Oder vielmehr: kein einziges Pfund. Wir zahlen weiter brav unsere Miete wie abgemacht. Und wohnen dafür drüben in Matts Haus. Wenn die Cops es freigegeben haben.«

Cedric starrte Doug ungläubig an. »In Matts Haus?«

»Dein Vater hat gesagt, dass Matt die Miete bis Dezember bezahlt hat, und die wird ja wohl keiner zurückverlangen. Und weil ich ihm gesagt habe, dass es hier im Moment, na ja, ein bisschen dicke Luft gibt, hat er gemeint, das wäre doch eine Superlösung.«

»Mein Vater hat gesagt, ihr könnt dort wohnen?«

Doug spitzte die Lippen. »Eigentlich war das mein Vorschlag. Der Chief Inspector hat doch erwähnt, dass das Haus deinem Vater gehört, und ich fand, dass es so nicht weitergehen kann. Unser Pete hier meinte auch, dass es dir bestimmt lieber ist, wenn du uns los bist. Stimmt's, Pete?«

»Ähm«, sagte Pete.

»Gut, wenn mein Vater …« Manche Sätze lohnten es nicht, zu Ende gesprochen zu werden. »Dann ist ja alles …« Cedric stand auf und ging zurück in sein Zimmer.

Hätte er nicht in Eton aufgehört, an einen Gott zu glauben, er würde ihm jetzt danken.

15.

Die Aussicht darauf, endlich alleine in dem Haus zu leben, gab Cedric die Energie, die er brauchte, um sich auf seinen Text zu konzentrieren. Drei Monate hatte er Zeit, an einer Kurzgeschichte zu arbeiten, die darüber entscheiden würde, ob er den Kurs erfolgreich abschloss oder nicht. Dass nun Mina Williams die Betreuerin seiner Arbeit war, hatte ihn zunächst verunsichert. Professor Scott hatte aus privaten Gründen den Kurs aufgegeben. Man munkelte, es sei etwas mit seiner Frau. Manche sagten, sie sei krank. Andere behaupteten, sie hätte versucht, sich umzubringen. Scott hatte Cedrics Schreibstil zu schätzen gewusst. Ob Mina Williams dies ebenfalls tat, wusste er nicht.

Die anderen aus seinem Kurs waren begeistert von ihr. Cedric hingegen hatte noch nie etwas von ihr gelesen. Aktuelle Literatur ignorierte er größtenteils. Er zog seine Inspiration vor allem aus den modernen Klassikern: Joyce und Woolfe, aber auch Plath. Mehr noch als alles andere liebte er aber die Kurzgeschichte »The Yellow Wallpaper« von Charlotte Perkins Gilman.

Die anderen belächelten ihn, das wusste er. Sie hielten ihn für wenig kreativ, wenn er seine Vorbilder nannte. Aber das herablassende Lächeln fror stets dann ein, wenn er etwas, das er geschrieben hatte, vorlas.

Er beschloss, etwas mehr über Mina Williams in Erfahrung zu bringen, um ein Gefühl dafür zu bekommen, wer sie war und wie sie schrieb. Also klickte er sein Word-Dokument wieder weg und ging ins Internet. Er googelte ihren Namen, fand die standardisierten Kurzbiographien, die aus dem Pressematerial ihres Verlages stammten, und viele Berichte über die Preise, die sie gewonnen hatte, den Film, der aus einem ihrer Bücher gemacht werden sollte. Sie hatte eine eigene Homepage, die aber vom Verlag gestaltet wurde und wenig Persönliches verriet. Er suchte weiter und erfuhr, dass ihr Name mit Matthew Barnes' Tod in Verbindung gebracht wurde. Er sah ein grobkörniges Foto von ihr, das sie wie eine verurteilte Verbrecherin aussehen ließ, und las auch die Anspielungen auf ihre gesundheitlichen Probleme im letzten Jahr. Er klickte weiter, und in der Onlineausgabe einer Zeitung seines Vaters wurde man konkreter: Aufenthalt in Schweizer Klinik. Warum sie dort gewesen war, war nicht weiter ausgeführt. Diese Information war entweder aus Platzgründen weggestrichen worden oder lag nicht vor. Oder man dachte, es sei nicht von Interesse. Schweizer Klinik. Das klang nach Drogenentzug, nach Nervenzusammenbruch, nach schwerer leidvoller Krankheit und Rekonvaleszenz, es klang nach Thomas Mann und Lungenleiden und Zauberberg, nach allem, was das Leserherz rührte oder aufregte. Man konnte sich etwas aussuchen.

Cedric fühlte sich ihr gegenüber nun nicht mehr so unzureichend. Sie war nicht so ausgeglichen und gefestigt und sicher, wie sie aussah. Natürlich nicht. Das waren die wenigsten, die schrieben. »Begabung ist vielleicht überhaupt nichts anderes als glücklich sublimierte Wut«, hieß es bei Adorno. Wenn Adorno Recht hatte und wenn Mina Williams wirklich begabt war, dann musste es eine Wut in ihr geben, die irgendwo ihren Ursprung hatte, und vielleicht hatte diese Wut sie in die Schweizer Klinik geführt …

Er klickte weiter herum, fand aber nichts mehr von Interesse, bis ihm ein Link zu einem aktuellen Artikel ins Auge fiel: »Totes Au-pair in Fife«.

Pepa, dachte er, und ihm wurde ganz schlecht.

Er folgte dem Link, hielt die Luft an und überflog den Artikel. Dann las er ihn noch einmal in Ruhe. Im Hafen von Pittenweem war die Leiche eines etwa 17-jährigen Mädchens angespült worden. Am Wochenende hatte eine Familie in Leven, einer Stadt im Süden von Fife, die direkt am Firth of Forth lag, ihr rumänisches Au-pair-Mädchen als vermisst gemeldet. Man vermutete nun, es handle sich bei der Toten um dieses Mädchen.

Mehr war noch nicht online. Konnte es Pepa sein?

Cedric nahm sein Telefon und rief in der Redaktion des *Scottish Independent* in Edinburgh an.

»Ihr Vater ist in London«, sagte die erstaunte Chefsekretärin.

»Ich weiß, es geht um ... Sie können mir sicher helfen. Ich habe gerade etwas im Internet gefunden, ein Au-pair-Mädchen ist tot aufgefunden worden, und ich wollte Sie fragen, ob Ihnen Informationen vorliegen, die aktueller sind als die im Internet. Ich sitze gerade an einem Text für die Uni, da würde sich diese Geschichte als Hintergrund gut anbieten«, log er, denn es wusste ohnehin niemand genau, was er tat. Sein Vater hütete sich, Details über Cedrics Studium preiszugeben. »Bereitet sich auf seine Aufgaben im Leben vor«, sagte er immer nur schwammig, wenn er gefragt wurde, und wechselte dann das Thema.

Die Chefsekretärin, Mrs Robson, versprach, sich sofort bei dem zuständigen Redakteur zu erkundigen. Wenn der Sohn des Herrn und Meisters anrief, löste das meist ähnliche Aufregung aus, wie wenn Lord Darney selbst auftauchte. Da dies in der schottischen Redaktion selten genug vorkam, konnte Cedric förmlich sehen, wie Mrs Robson gerade hektisch herumwirbelte, um ihm zu helfen.

Sollte sie ruhig.

Endlich stellte sie ihn zu einem der Redakteure durch, der sich als Gavin West vorstellte.

»Wir haben eben von der Polizei ein Foto des vermissten

Mädchens bekommen, sie wissen aber noch nicht genau, ob das die Tote ist, deshalb sollen wir noch warten.«

»Gibt es … Ist schon bekannt, wie das Mädchen …«

»Noch nichts, was bestätigt wäre.«

»Und unbestätigt?«

»Wozu brauchen Sie das?«, fragte West.

»Nicht zum Veröffentlichen. Das Thema passt nur gerade gut zu einer Sache, an der ich selbst sitze. Ein Text für die Uni.« Was bei einer Chefsekretärin klappte, klappte noch lange nicht bei einem Journalisten.

»Ich frage ja nur, nicht dass nachher die Infos im Netz auftauchen und wir nicht mehr die Ersten sind.«

»Ich kann Ihnen versichern, dass ich keinerlei Interesse daran habe, einer Zeitung meines Vaters Konkurrenz auf diesem Gebiet zu machen.«

»Was ist das für ein Text?«

»Ein Essay«, log er.

»Ah?«

»Englische Literatur.«

»Mhm?«

»Frauen … Wasser … Ophelia … Ich suche nach einem aktuellen Bezug«, improvisierte Cedric.

Der Redakteur lachte. »Ich weiß jetzt, warum mein Vater immer gesagt hat, ich müsste nicht an die Uni, damit aus mir mal was wird. Na gut. Ophelia ist nah dran. Im Moment heißt es Tod durch Ertrinken, keine äußere Gewalteinwirkung, Selbstmord ist wahrscheinlich, zumal ein Brief des Au-pairs vorliegt, der als Abschiedsbrief interpretiert werden könnte. Aber da die Identität noch nicht bestätigt ist …«

»Wie lange ist sie denn schon tot?« Cedric hielt die Luft an.

»Gute vierundzwanzig Stunden. Auch noch nicht bestätigt! Wollen Sie nicht lieber warten, bis wir mehr von der Polizei wissen?«

»Gerne«, sagte Cedric, der schon alles wusste, was er wissen wollte. »Würden Sie mir Bescheid geben?« Er nannte dem Redakteur seine Mailadresse.

Es konnte nicht Pepa sein. Er klickte wieder sein Word-Dokument an und konzentrierte sich auf den Text. Um die E-Mail des Redakteurs kümmerte er sich in den nächsten zwei Stunden nicht, vergaß sie sogar völlig, bis er eine Pause machte und den Briefumschlag blinken sah, der ihm anzeigte, dass eine neue Nachricht in seinem Posteingang gelandet war.

Der Journalist bestätigte ihm, dass es sich bei der Toten um das Au-pair-Mädchen aus Leven handelte, eine junge Rumänin namens Natascha Hristova, die nach nicht einmal einem Monat aus der Familie, für die sie arbeiten sollte, abgehauen war. Die Gründe für ihr Verschwinden und ihren anschließenden Selbstmord waren trotz des Briefs, den sie hinterlassen hatte, nicht ganz klar. Ihr Englisch war nicht gut gewesen und hatte nur für die üblichen Phrasen gereicht. »Kann so nicht weitermachen ... Tut mir leid ... Will niemandem Probleme machen ... Gott möge mir verzeihen ...«

Gott, dachte Cedric. Als ob.

Das tote Mädchen interessierte ihn zwar nicht mehr, aber um ganz sicherzugehen, öffnete er das Foto, das der Redakteur mitgeschickt hatte.

Er kannte das Mädchen. Er wusste im ersten Moment nicht, woher. Allein, dass er sie zu kennen glaubte, verwirrte ihn. Cedric stand von seinem Schreibtisch auf und ging unruhig im Raum hin und her. Dieses Gesicht, dachte er. Nicht nur das Gesicht, auch wie es fotografiert war.

Das war es. Er kannte nicht das Mädchen, er kannte das Foto. Von der Au-pair-Agentur, über die sein Vater Pepa gefunden hatte.

Cedric ging auf die Seite, deren Adresse ihm Pepa gegeben hatte.

»Dein Vater«, hatte sie gesagt.

Was war mit seinem Vater?

Das Gesicht des toten Mädchens war das aktuelle Werbefoto der Agentur. Diesmal sah er sich mehr als nur die Startseite an. Die Mädchen waren nach Nationalitäten geordnet. Man erfuhr ihre Größe und ihr Gewicht und konnte sich Porträts und Ganzkörperfotos ansehen.

Zwei Dinge waren es, die ihn störten: Sie kamen alle aus Osteuropa. Und die Fotos waren Profiaufnahmen.

Es fehlten nur noch Nacktfotos. Aber auch ohne diese wirkte das Ganze mehr wie eine Kontaktbörse.

Er sah sich die Länder an: Rumänien, Polen, Estland, Lettland, Litauen. Alles EU-Länder. Er suchte Pepa. Ging auf »Rumänien« und sah sich die Fotos der Mädchen an. Fand ihr Foto und fragte sich: Warum sollte sie hier noch aufgelistet sein? Sie ist schon vermittelt worden. Das tote Mädchen war ebenfalls aufgelistet. Es konnte natürlich sein, dass die Seite nicht regelmäßig gepflegt wurde, aber Cedric glaubte nicht daran. *Last update,* las er am unteren Bildrand. Das Datum von gestern.

Er klickte weiter und kam zu einem Mitgliederbereich. Man musste mit der Agentur Kontakt aufnehmen, um ein Passwort zu bekommen.

»Dein Vater«, hatte Pepa gesagt. Sie hatte ihm diese Adresse nicht *für* seinen Vater mitgegeben, sondern *wegen* seines Vaters. Cedric gab die E-Mail-Adresse seines Vaters ein, natürlich seine private, die nur wenige Auserwählte kannten. Als Nächstes wurde er nach dem Passwort gefragt. Cedric klickte auf »Passwort vergessen?«, und die Sicherheitsfrage erschien: »Wie heißt die Straße, in der Sie als Kind aufgewachsen sind?« Cedric tippte »Eaton Square« ein und wurde weitergeleitet. Die Webseite präsentierte sich nun völlig anders.

Mädchen in Bikinis, Reizwäsche, nackt, Latex, Ballettröckchen. Junge Männer in aufreizenden Posen. Und minderjährige Knaben. Als er in das Gesicht eines Zehnjährigen starrte, der als Zwei-Wochen-Angebot zu Verfügung stand – Herkunft: Ukraine; besondere Eigenschaften: schöne Singstimme und spielt Flöte –, hätte er fast den Browser geschlossen. Dann entschied er, sich erst noch Pepas Profil anzusehen. Er wollte nur eines wissen: wie alt sie war.

Die Fotos zeigten Pepa im Lolita-Stil: Sie trug eine Art Schuluniform, deren Rock bestenfalls eine Hand breit war. Die Bluse war weit genug aufgeknöpft, um einen roten BH zu zeigen, und die Haare waren zu Zöpfen geflochten. Man hatte ihr einen großen Lolli gegeben, an dem sie leckte. Ihr Alter war mit fünfzehn angegeben. »Besondere Eigenschaften: sehr reinlich, hilft gerne im Haushalt, geht je nach Styling für 12 bis 20 durch. Herkunft: Transnistrien (Moldawien).« Hatte sie nicht gesagt, sie sei aus Rumänien? Vielleicht ein Fehler. »Verfügbarkeit: auch als Langzeitangebot bis zu sechs Monaten möglich.«

Er hatte genug gesehen. Er schloss den Browser und verfluchte seinen Erzeuger.

Warum sein Vater?

Er würde nachsehen, ob ein Kontakt angegeben war. Er wollte alles über diese Agentur wissen. Doch als er den Browser wieder startete und die Adresse eingab, passierte nichts. Vielleicht stimmte etwas nicht mit der Verbindung. Er klickte auf die Startseite des *Scottish Independent* und sah dort die Schlagzeile: »Rumänisches Au-pair begeht Selbstmord an Küste von Fife«. Darunter das Foto des Mädchens, dasselbe, das ihm der Redakteur geschickt hatte. An der Internetverbindung lag es nicht. Er ging zurück auf die Seite der Agentur – immer noch nichts. Und dann verstand Cedric: Jemand hatte die Seite aus dem Netz genommen. Wer auch immer dahintersteckte, er musste den Artikel gelesen und darauf reagiert haben. Wahrscheinlich tauschte er in diesem Moment das Foto der Toten gegen ein neues Bild aus.

Warum hatte sein Vater ausgerechnet dort ein Mädchen ausgesucht? Warum war er Mitglied bei dieser Agentur?

Pepa hatte gesagt: »Illegal.«

In seinem Kopf schwirrte alles. Er musste mit jemandem reden. Nicht mit seinem Vater. Seine Kommilitonen waren nicht mehr als flüchtige Bekannte. Doug und Pete schieden ohnehin aus. Freunde, echte Freunde, hatte er nicht, nicht mehr, seit er nach Eton gegangen war. Er hätte mit Professor Scott geredet, wäre dieser noch hier. Dem hatte er vertraut.

Cedric ließ sich auf sein Bett fallen und schlug die Hände vor sein Gesicht. Das konnte alles nicht wahr sein, er hatte sich das nur eingebildet. Der Stress. Seine Krankheit. Jetzt waren es nicht mehr nur Zwangshandlungen und Phobien, jetzt kamen noch Paranoia, Visionen und Wahnvorstellungen hinzu. Verschwörungstheorien. Sein Vater mache gemeinsame Sache mit einem Menschenhändlerring. In Wirklichkeit war es sicher eine normale Au-pair-Agentur, und er hatte alles nur geträumt.

Cedric stand wieder auf und gab bei Google den Ort ein, den Pepa ihm genannt hatte: Tighina. Er probierte verschiedene Schreibweisen aus, bis er die richtige gefunden hatte. Tighina war eine Stadt in der international nicht anerkannten Transnistrischen Moldauischen Republik. Offiziell war Transnistrien Teil von Moldawien. Pepa kam nicht aus Rumänien. Er suchte einen Lexikoneintrag über Transnistrien: Amtssprachen waren Russisch, Ukrainisch und Moldawisch, ein Dialekt des Rumänischen, geschrieben mit kyrillischen Schriftzeichen. Deshalb hatte sie Schwierigkeiten mit dem Lesen gehabt.

Kein Fehler also in der Datenbank und keine Einbildung von Cedric. Pepa war keine EU-Bürgerin. Der Junge, dessen Profil er online gesehen hatte, kam aus der Ukraine. Ebenfalls kein EU-Staat.

Er war nicht paranoid. Er hatte Recht: Menschenhandel.

16.

Pepas neues Zimmer war mindestens so schön wie das in Cedrics Haus. Es war zwar kleiner, aber dafür war das Haus nicht so schrecklich alt und gruselig. Es war ein sehr modernes Haus, um das andere moderne Häuser herumstanden. Sie waren gelb gestrichen. Vor dem Haus gab es einen großen Parkplatz für die Leute, die hier wohnten. Auf jeder Etage war eine abgeschlossene Wohnung. Die Haustür ging automatisch auf, wenn man die richtigen Zahlen in einen Kasten eingetippt hatte. Das Haus hatte sogar einen Aufzug. Pepa fühlte sich wie im Himmel. Sie hätte gleich mit dieser Frau mitgehen sollen, als sie zum ersten Mal miteinander gesprochen hatten. Aber da hatte sie noch nicht gewusst, wie schön es bei dieser Frau war.

Pepa durfte sie Anna nennen, und sie war überglücklich, endlich wieder ihre eigene Sprache sprechen zu dürfen, denn Anna sprach viele Sprachen: Russisch, Ukrainisch und Rumänisch, weshalb sie Pepa verstand. Natürlich konnte sie auch Englisch, und sie sagte, sie beherrsche außerdem noch Deutsch und Französisch und sogar ein wenig Türkisch. Es sei leicht, neue Sprachen zu lernen, wenn man einmal damit angefangen hätte. Gerade lerne sie Italienisch.

Anna erklärte ihr, dass dies ihre eigene Wohnung war, aber dass ihr im selben Haus noch andere Wohnungen gehörten, in denen Mädchen wie Pepa lebten. In der ganzen Stadt gab es schöne Häuser mit solchen Wohnungen, in denen Mädchen wie Pepa wohnen konnten, erklärte Anna. Pepa müsste sich nur überlegen, wie sie leben wollte, und dann würde man etwas Passendes für sie finden. Pepa strahlte.

»Einfach so?«

Anna lachte. »Nein, natürlich nicht einfach so. Wer so leben will, muss dafür arbeiten.«

»Ich kann arbeiten«, sagte Pepa schnell. »Ich habe meinen Eltern immer geholfen. Ich kann alles machen. Der Mann hat gesagt, ich bin gut.«

»Der Mann wollte dich aber nicht für deine Arbeit bezahlen. Er ist ein Betrüger, aber das weißt du ja jetzt.«

Pepa nickte. Sie hatten heute Morgen lange über den Mann gesprochen, und Anna hatte ihr genau erklärt, warum der Mann ein Betrüger war und was er mit Pepa vorgehabt hatte. Pepa war froh, dass sie weggelaufen war, obwohl sie gar nicht seinetwegen weggelaufen war. Nun, vielleicht ein bisschen schon. Sie hatte den Mann nämlich nicht leiden können und ein bisschen Angst vor ihm gehabt, obwohl er ihr nichts getan hatte.

»Du musst froh sein, dass dir noch nichts passiert ist«, hatte ihr Anna erklärt, nachdem sie sich in der Bar in der Nähe der Salamander Street getroffen hatten und in diese Wohnung gefahren waren. »Ich zeige dir andere Mädchen, denen es ganz schlecht bei diesem Mann ging.«

»Was ist, wenn der Mann mich findet? Er will doch noch so viel Geld von mir haben.«

Anna schüttelte den Kopf. »Er wird dich nicht finden. Er weiß nicht, wo er suchen muss, und du wirst nicht dorthin gehen, wo er suchen wird. Wenn du hier arbeiten willst, besorge ich dir Papiere und einen neuen Namen. Er wird dich nie wiedererkennen, selbst wenn er direkt an dir vorbeigeht. Dazu bin ich da – um dich vor diesem Mann zu beschützen.«

Und Pepa hatte gewusst, dass sie endlich da war, wo sie sein wollte. »Was soll ich arbeiten?«, fragte sie aufgeregt.

Anna lächelte sie an. »Ich zeige dir alles. Wir machen einen Pakt.«

Ein Pakt! Wie das klang!

»Eine Woche lang darfst du hierbleiben und dir alles genau ansehen. Wenn es dir nicht gefällt, dann gebe ich dir Geld, damit du zu deinen Eltern fahren kannst.«

Pepa schüttelte den Kopf. »Nicht zu meinen Eltern!«

»Sieh dir erst alles an. Eine Woche, ja?«

Pepa nickte und zog die Kleider an, die Anna ihr hingelegt hatte. Es waren Kleider wie für erwachsene Frauen, und sie fühlte sich komisch. Sie wollte viel lieber wieder ihre Stiefel und den Minirock anziehen, ihre kurze Jacke und ein buntes Oberteil, aber Anna sagte, das gehöre dazu. Der Rock war langweilig, er ging bis zum Knie, und sie wusste nicht, ob sie in den Schuhen laufen können würde, sie würde kalte Füße bekommen, und die Absätze waren viel schmaler als bei ihren Stiefeln. Sie waren so spitz und schmal, wenn man nicht aufpasste, würde man ständig umknicken. Die Strumpfhosen waren ganz durchsichtig. Pepa wusste nicht, warum sie sie anziehen sollte, wenn sie keine Farbe hatten. Dann noch ein schwarzes Oberteil mit einem kleinen Rollkragen, aber ohne Ärmel. Missmutig zog sie es sich über den Kopf und rieb sich die nackten Arme.

»So, meine Kleine, jetzt hältst du ganz still, bis ich dich geschminkt und dir die Haare gemacht habe«, sagte Anna, und Pepa gehorchte. Sie konnte sich ja wieder richtig anziehen, wenn sie erst einmal ihre eigene Wohnung hatte.

Ihre eigene Wohnung! So etwas hatte sie noch nie in ihrem Leben gehabt. Bei Cedric ein eigenes Zimmer zu haben, war schon Luxus gewesen, und Pepa gewöhnte sich schnell an Luxus, wie sie nun wusste. Alles würde sie tun, um nie wieder ein Zimmer mit jemandem teilen zu müssen, so wie früher zu Hause: zusammen mit ihren zwei Schwestern in einem Zimmer. In einem Zimmer, das nicht einmal halb so groß war wie der Raum, den sie in Cedrics Haus bekommen hatte.

Sie wäre im Grunde ganz gerne noch bei Cedric geblieben. Sie mochte ihn, er war ein guter Kerl. Völlig verrückt, aber gut. Von Doug und Pete hatte sie auch immer gedacht, sie seien in Ordnung. Dass sich Doug an sie herangemacht hatte und immer wieder unangemeldet in ihrem Zimmer aufgetaucht war, daran hatte sie sich schnell gewöhnt, und es war ihr egal geworden, selbst, wenn er sie nackt gesehen hatte. Sie hatte es bald sogar genossen, dass er ihr so viel Aufmerksamkeit schenkte. Nur zwei Wochen, und sie hatte sich an so vieles gewöhnt. Aber dann war Doug zu weit gegangen. Und Matt …

Er hatte immer mit ihr geflirtet. Im Flirten war sie gut, das hatten ihre Freundinnen zu Hause immer gesagt. Von Männern verstehst du etwas, hatten sie gesagt. Was wohl mit ihren Freundinnen war? Manchmal dachte sie an sie, so wie sie auch an ihre Eltern und Geschwister dachte. Aber das Leben in Schottland war zu aufregend, als dass sie ernsthaft Heimweh gehabt hätte. Zu Hause würde sie nichts aus ihrem Leben machen können. Aber hier hatte sie alle Möglichkeiten: Sie konnte einen reichen Mann heiraten oder Schauspielerin werden und ins Fernsehen kommen oder Sängerin oder …

Als Anna fertig war, strahlte sie Pepa an. »Geh zum Spiegel«, forderte sie sie auf. Pepa gehorchte missmutig, doch als sie sich im Spiegel sah, bekam sie vor Staunen den Mund nicht mehr zu: Sie hatte in ihrem ganzen Leben noch nie so hübsch ausgesehen. Anna hatte ihre Haare zu einer eleganten Frisur hochgesteckt und sie dezent, aber trotzdem mysteriös geschminkt. In den Kleidern sah sie aus wie eine der reichen Frauen, die in den besten Boutiquen der Stadt einkaufen gingen. Oder wie eine der Frauen, die in den glänzenden Magazinen abgebildet waren. Sie hatte nicht gewusst, dass sie so aussehen konnte.

»Ich sehe toll aus!«, rief Pepa.

Anna nickte. »Und jetzt gehen wir einkaufen.«

Sie fuhren in einem Taxi zur Princes Street. Anna nannte ihr die Straßennamen und erzählte ihr etwas über die Gegenden, durch die sie fuhren. Es war so viel, dass sich Pepa gar nicht alles merken konnte, so sehr sie es auch versuchte. Die Stadt erschien ihr strahlend und golden. Sie stiegen an einem Platz aus, der St. Andrew's Square hieß.

»Gehen wir in die großen Kaufhäuser in der Princes Street?«, fragte Pepa aufgeregt und war stolz, sich den Namen der Straße so gut gemerkt zu haben. Sie glaubte auch, dass sie ihn richtig ausgesprochen hatte.

Anna schüttelte den Kopf. »Nein, da gehen wir nicht hin.«

»Aber ich habe da unten H&M gesehen!«

»Wenn du hier in Edinburgh arbeitest, gehst du nicht zu H&M einkaufen. Nun, du kannst, aber du musst es nicht.«

»Wieso muss ich nicht? Wenn ich doch *will*?«

Anna warf ihr einen geheimnisvollen Blick zu. »Du musst nicht, weil du dir etwas Besseres leisten kannst.«

»Besser? Aber da gibt es *alles*, das weiß ich! Was ist mit dem großen Kaufhaus? Jen … wie heißt es?«

»Jenners?«

»Das sah wunderschön aus!«

»Wenn du ein Kaufhaus sehen willst, dann zeig ich dir eins. Jenners ist okay, aber – lass dich überraschen!«

Anna ging nicht hinunter zur Princes Street, sondern schlug die andere Richtung ein. Mit einer weit ausholenden Handbewegung zeigte sie auf den Teil der Stadt, der nun vor ihnen lag und New Town hieß. Dann hielt sie die Tür zu einem riesigen Gebäude auf, das sie Harvey Nichols nannte, und ließ Pepa vorgehen.

Pepa verstand sofort, dass dieses Kaufhaus anders war. Sie gingen zunächst durch einen hellen, schön duftenden Bereich, in dem es nur Kosmetika gab. Dann kamen sie in eine Abteilung für Accessoires: Handtaschen, Gürtel, Portemonnaies, und Anna las ihr die fremden Namen vor, die über den Regalen und Tischen prangten: Gucci, Prada, Marc Jacobs. Pepa wollte eine der Taschen in die Hand nehmen, doch dann sah sie das Preisschild und wich erschrocken einen Schritt zurück. Anna lächelte nur.

»*Das* ist ein Kaufhaus, in dem du shoppen wirst. Nicht bei H&M. Aber ich zeige dir noch etwas anderes.«

Zu Pepas großer Enttäuschung verließen sie Harvey Nichols – oder Harvey Nics, wie Anna sagte – gleich wieder, ohne sich in den oberen Stockwerken umgesehen zu haben. Sie gingen um eine Ecke und sahen in Schaufenster, die zu viel kleineren Geschäften gehörten. Das Kaufhaus war schon überwältigend gewesen, aber diese kleinen Geschäfte … Sie vergaß die Miniröcke und Plastikstiefel, die bunt glitzernden Oberteile und die Handtasche mit den Cowboyfransen, die sie sich immer gewünscht und nie besessen hatte. Sie entdeckte ihr Spiegelbild in der Glasscheibe und fühlte sich mit einem Mal sehr erwachsen. Es fühlte sich gut an.

»Wie gefällt dir das?«, fragte Anna und zeigte auf ein winziges Handtäschchen in einem der Fenster: beige und braun, über und über mit den Initialen LV bedruckt. Der Verschluss glänzte in lockendem Gold.

»Kostet das so viel wie die Taschen in dem Kaufhaus?«

Anna schüttelte den Kopf. »Mehr.«

»Noch mehr! Aber das kann niemand bezahlen«, rief Pepa erschrocken und presste fast ihre Nase gegen das Schaufenster. »Niemand auf der Welt kann so etwas bezahlen!«, wiederholte sie. Und sie dachte: So viel, wie die Handtasche bei Harvey Nics gekostet hat, verdient mein Vater in einem Jahr.

Anna nahm ihre Hand und führte sie in das Geschäft. Es war ganz anders als alle Geschäfte, in denen Pepa jemals gewesen war, sogar anders als Harvey Nics. Ein Mann in einem schwarzen Anzug öffnete ihnen die Tür. Die Verkäuferinnen lächelten freundlich und kamen sofort auf sie zu. Außer ihnen waren noch zwei Kundinnen da, denen Anna kurz freundlich zunickte.

Es waren die schönsten Frauen, die Pepa je in ihrem Leben gesehen hatte. Sie waren Mitte zwanzig, hatten glänzende lange Haare, ein perfektes Make-up und Figuren wie Models. Sie probierten die teuren Kleider an, als hätten sie nie etwas anderes getan.

Anna ließ sich die Handtaschen zeigen und ermunterte Pepa, sich eine auszusuchen. Zögernd deutete sie auf die kleine aus dem Schaufenster. Die Verkäuferin bot Anna und Pepa etwas zu trinken an: Kaffee, Mineralwasser, Champagner? Anna wählte Champagner, und zwei Minuten später hielten sie ihn in der Hand, während die kleine Handtasche kunstvoll in Seidenpapier eingepackt wurde, so als sollte sie verschenkt werden. Anna blätterte, während sie warteten und den Champagner tranken, in einem Katalog, in dem nur Bilder von wunderschönen Menschen waren, die wunderschöne Kleider trugen. Es gab keinen Text, nur Fotos. Pepa trank den Champagner zu hastig, sodass ihr ganz schwindelig wurde. Als die beiden anderen Kundinnen gingen, drehte sich eine von ihnen zu ihr und sagte auf Russisch: »Es ist schön hier, nicht wahr?«

Pepa nickte, völlig verzaubert, und sah, dass die beiden Frauen atemberaubende Ringe, Armbanduhren, Ohrringe und Halsketten trugen. In die Haare hatten sie riesige dunkle Sonnenbrillen mit glänzenden Diamanten an den Bügeln geschoben, die Pepa an Kronen denken ließen. Sie sind geschmückt wie Prinzessinnen, dachte sie, das will ich auch sein.

Anna legte ihr eine Hand auf den Arm. »Diese Mädchen wohnen in einer meiner Wohnungen«, erklärte sie. »Heute haben sie ihren freien Tag, dann gehen sie immer hier einkaufen und zum Kosmetiker und zum Friseur.«

»Sehen sie immer so schön aus?«, fragte Pepa. Anna nickte.

Die Verkäuferin überreichte Pepa eine riesige Tüte, auf der der Name der Boutique aufgedruckt war. Es war keine Plastiktüte. Sie war aus fester glänzender dünner Pappe und wurde an einer langen weißen Kordel getragen, um die die Verkäuferin Schleifen gebunden hatte. Man hatte noch einen der Kataloge mit den schönen Bildern zu der Handtasche gelegt. Anna gab der Verkäuferin eine geheimnisvolle schwarze Karte, um die Tasche zu bezahlen. Pepa wünschte, sie hätte auch solch eine Karte, denn damit konnte man die ganze Welt bezahlen.

Als sie wieder auf der Straße waren, kam es Pepa so vor, als sei sie auf einem anderen Planeten gewesen.

»Wir gehen etwas essen«, sagte Anna und führte sie in die Passage, in der noch weitere dieser Geschäfte waren. Sie gingen in ein italienisches Restaurant, wo sie sich im ersten Stock einen Tisch am Fenster geben ließen. Die Tische hatten dicke weiße Tischdecken, und die Servietten waren ebenfalls aus Stoff. Anna bestellte auf Italienisch, was Pepa nur am Rande wahrnahm, so sehr war sie von alledem geblendet. Sie starrte auf das blitzende silberne Besteck, die glänzenden Kristallgläser, sah die sauberen Uniformen der Kellner, bemerkte, dass die anderen Gäste sehr schick gekleidet waren, so schick wie Anna und Pepa, und eine Frau hatte eine Handtasche, die mit denselben Initialen bedruckt war wie die, die Anna gerade für Pepa gekauft hatte.

Als sie zur Toilette ging – die Waschbecken waren aus dunklem Marmor –, sah sie lange in den riesigen Spiegel. Die neue Pepa, dachte sie. Und dann: Nein, Pepa ist kein guter Name, ich werde ab jetzt anders heißen.

Sie wusste auch schon wie. Sie würde sich von jetzt an Sarah nennen.

Der Mann würde sie niemals wiedererkennen, und alles, was in St. Andrews passiert war, lag nun hinter ihr. Das war Pepas Leben. Damit hatte Sarah nichts zu tun.

Sie ging zurück an den Tisch zu Anna und fragte sie: »Wie findest du den Namen Sarah?«

»Wie kommst du auf Sarah?«

Pepa zuckte die Schultern. »Ich weiß nicht, ist mir so eingefallen.«

»Wie findest du Zarah?«, fragte Anna. »Mit einem Z!«

Pepa strahlte. »Das hört sich viel geheimnisvoller an! Zarah!«

Anna lächelte und sang leise etwas in einer fremden Sprache.

»Was war das?«, fragte Pepa neugierig.

»Kann denn Liebe Sünde sein«, übersetzte Anna. »Das war Deutsch. Ein ganz berühmtes Lied von Zarah Leander. Ich zeige dir Bilder von ihr. Sie war eine sehr schöne und, ja, geheimnisvolle Frau.«

»Kann denn Liebe Sünde sein«, wiederholte Pepa nachdenklich. »Klingt toll.«

»Was weißt du über Liebe?« Anna beugte sich zu ihr vor und senkte ihre Stimme. »Hast du schon einmal geliebt?«

Pepa verzog den Mund, sah dabei ihre Reflexion im Fenster und verstand, dass Zarah so nie ihren Mund verziehen würde. Sie machte schnell ein Gesicht, das besser zu Zarah passte. »Ich hatte schon Männer, wenn du das meinst«, sagte sie und versuchte, erwachsen zu klingen.

»Sehr gut. Dann werden wir heute Abend noch ein wenig über die Liebe reden.«

17.

»Hinter meinem Rücken«, sagte ihre Mutter leidend und machte ihr enttäuschtes »Meine-eigene-Tochter!«-Gesicht, auf das es keine Antwort gab, außer: Kopf senken und sich schämen.

»Er lässt dich grüßen«, sagte Mina, senkte den Kopf und schämte sich.

»Du triffst dich hinter meinem Rücken mit James und sagst mir nicht mal, dass du Kontakt mit ihm hast … Warum hast du mir nichts davon erzählt?«

Mina zuckte die Schultern. »So wie du über ihn geredet hast … Oder *nicht* über ihn geredet hast. Ich dachte, du wolltest es nicht.«

»Richtig, ich wollte es nicht.« Ihre Mutter setzte sich auf das Sofa vor dem Fenster, das zur Straße hinausging. »Aber man kann seiner erwachsenen Tochter nun mal nichts verbieten.«

»Man kann auch seiner *noch nicht* erwachsenen Tochter nicht verbieten, dass sie Kontakt mit ihrem biologischen Vater hat, wenn es keinen vernünftigen Grund dafür gibt.«

»Ich *hatte* meine Gründe.«

»Aber keine, die es gerechtfertigt hätten. Ich meine, wenn er dich geschlagen hätte oder wenn er pädophil wäre oder – keine Ahnung. So etwas in der Richtung.«

Margaret schüttelte den Kopf. »Du …«, begann sie, als Mina sie unterbrach.

»Sag jetzt nicht, du verstehst das nicht. Ich bin dreißig! Ich hatte auch schon mal Beziehungen und bin enttäuscht worden. Also?«

Margaret verschränkte die Arme und starrte stur auf den Boden. Mina erkannte sich selbst in dieser Haltung. Ich werde wie meine Mutter, dachte sie – nicht zum ersten Mal in ihrem Leben.

»Was war da … im Hafen? Was ist da passiert?«

»Für einen Themenwechsel sehr unelegant«, bemerkte Mina trocken. »Das hab ich dir alles schon erzählt.«

»Wieso habt ihr euch in Pittenweem getroffen? Wo ist das überhaupt?«

»An der Südküste.«

»Bei Kirkcaldy?«

»Nicht so weit. Du kennst Kirkcaldy? Ich dachte, so kleine Städte hättest du gar nicht auf dem Schirm.«

Margaret zuckte die Schultern. »Ich war nie da. Ich glaube, wir hatten dort entfernte Verwandte. Ehrlich gesagt war ich noch nie weiter im Norden als Edinburgh.«

»Oslo.«

»Ich meinte in Schottland.«

»Ich weiß.«

Margaret seufzte. »Gut. Lass uns aufhören zu streiten.«

»Gerne. Sag mir den Grund, warum du nicht wolltest, dass ich meinen Vater kenne, und diesmal bitte einen, den ich verstehen *und* akzeptieren kann und der dazu noch wahr ist. Keine von deinen Märchenversionen mehr, bitte.«

Die Märchenversionen: Wir haben nicht zusammengepasst. Wir hatten unterschiedliche Ziele. Wir waren noch zu jung. All die Phrasen, die man sich ausdenkt, wenn man den wahren Grund für das Ende einer Beziehung nicht nennen will.

»Hattest du einen anderen?«, bohrte Mina, als ihre Mutter nichts sagte.

»Unsinn.«

»Hatte er eine andere?«

Margaret schüttelte den Kopf. »Nein, nein ... Es war nur so, dass ... Wie sag ich das jetzt, ohne dass es völlig lächerlich klingt.«

»Versuch es.« Sie verschwand kurz in der Küche und kam mit zwei Dosen Cola wieder. Eine gab sie ihrer Mutter.

»Ich traf James, als ich meine Doktorarbeit in Berlin schrieb. Dein Großvater war sehr dagegen, er war während des Kriegs in Deutschland gewesen und hasste das Land, aber ich war zu dem Zeitpunkt in einer verspäteten rebellischen Phase. James war der Anlass, wie ich dachte, zur richtigen Revolte gegen Papa und die Familie und den ganzen Traditionsunsinn. Na, in Wirklichkeit wollte ich nur Aufmerksamkeit von meinem Vater, nicht wahr? Ich wollte, dass er sich auch einmal über mich Gedanken macht, nicht immer nur über meine Brüder. Ich war dreiundzwanzig, und James hatte gerade bei der Royal Air Force angefangen. Er war neunzehn Jahre alt. Ich kam mir ihm gegenüber sehr erfahren vor«, sie lachte. »Er war Schotte, ich fühlte mich trotz allem ebenfalls als Schottin, und schon hatten wir eine Gemeinsamkeit, über die wir bei unserem ersten Treffen sprachen. Er erzählte von Inverness, ich von Edinburgh, und irgendwie ergab es sich, dass wir uns über ein Jahr lang immer wieder trafen und miteinander schliefen, ohne je ein Wort darüber zu verlieren, wo das alles hinführen sollte. Für mich fühlte sich das sehr modern an. Es hatte etwas von Freiheit, von Selbstbestimmung. Ich dachte, es sei unglaublich erwachsen, es auf so einer unbestimmten Ebene zu lassen. Bis ich schwanger wurde. Da mussten wir natürlich reden. Zu dem Zeitpunkt war mir nur eins klar: Ich wollte das Kind bekommen. Aber nachdem ich mit James geredet hatte, entschied ich mich dagegen, ihn zu heiraten. Nicht, weil es mir altmodisch erschien, auch nicht, weil ich meinen Vater ärgern wollte.« Sie schwieg.

»Warum hörst du immer auf zu reden, wenn das eigentlich

Wichtige kommt?«, fragte Mina ungeduldig. Alles, was ihre Mutter bisher gesagt hatte, hatte sie schon oft gehört.

»Gut. Also. Ich musste feststellen, dass James verdammte Ähnlichkeit mit meinem Vater hatte.«

»Oh«, sagte Mina.

»Ich hätte es vorher schon sehen können, aber ich wollte es wohl nicht. Schließlich kam er aus einer ganz anderen Gesellschaftsschicht.« Sie lächelte freudlos. »So viel zum Thema Revolte. Wir dachten ununterbrochen in Klassen. Aber James war bei der Royal Air Force, wie mein Vater, und wollte dort Karriere machen. Seine Wertvorstellungen – ganz wie die meines Vaters. Eines Tages drehte sich alles nur noch ums Heiraten und Kinderkriegen, und ich sah mich als Hausfrau und Mutter. Ich sah mich als meine Mutter!«

»Das kenne ich«, seufzte Mina.

»Ich sah es genau vor mir: ohne eigenen Beruf, ohne eigene Identität, immer nur Mrs Irgendwer.«

»Mrs Williams zu sein hat dir aber nichts ausgemacht?«

»Das war etwas anderes, und es war zehn Jahre später. Thomas war anders. Es hat trotzdem nicht funktioniert.« Sie schwieg einen Moment. »Ich hatte riesige Angst, mit James meinen eigenen Vater zu heiraten.«

Mina dachte an James Cunningham: steile Karriere in der Royal Air Force. In seiner Freizeit: Golf, Jagen, Empfänge, wichtige Leute hier, wichtige Leute dort. Ziemlich genau das Leben, das auch ihr Großvater geführt hatte. Nur, dass James nicht adelig war.

»Ich verstehe dich gut. Es hätte nicht funktioniert. Du wärst unglücklich geworden.« Mina nickte mit Nachdruck, während sie das sagte.

»Danke, dass du es verstehst.«

»Du hättest es mir einfach nur ein paar Jahre früher erzählen müssen.« Mina sah zerstreut an ihrer Mutter vorbei aus dem Fenster. Draußen fuhr ein schwarzer Range Rover vorbei.

»Wann denn? Zuerst warst du zu klein, und irgendwann war der richtige Zeitpunkt schon wieder vorbei, und ich war dauernd unterwegs, du warst unterwegs ... Findest du, dass ich alles falsch gemacht habe mit dir?«

Der Range Rover hatte offenbar gewendet und fuhr nun aus der entgegengesetzten Richtung am Haus vorbei, diesmal allerdings viel langsamer. Das Beifahrerfenster wurde heruntergelassen, und Mina registrierte eine Bewegung aus dem Auto heraus.

»Runter!«, schrie sie, rannte zu ihrer Mutter und riss sie vom Sofa, als die Fensterscheibe zersprang. »Raus hier!« Sie zog ihre Mutter aus dem Wohnzimmer über den Flur in die Küche und kauerte sich auf den Boden. Draußen hörten sie Autoreifen quietschen. Der Range Rover fuhr mit voller Geschwindigkeit weg. Ein Mann rief etwas. Im Wohnzimmer war alles ruhig.

»Was war das?«, stöhnte ihre Mutter. »Ich dachte erst, es sei eine Brandbombe.«

Margaret rappelte sich auf und ging vorsichtig ins Wohnzimmer zurück. »Sieht aus wie ein Stein, um den jemand Papier gewickelt hat. Soll ich?«

Mina folgte ihr und lugte ihr über die Schulter. »Vielleicht sollten wir besser die Polizei ...«

Es klopfte gegen die Haustür. »Miss Williams? Alles in Ordnung?«, rief eine Stimme, die ihr bekannt vorkam. Eine sehr markante Public-School-Stimme. Eton klang aus jedem einzelnen Vokal. Wo um alles in der Welt kam Cedric Darney her? Sie öffnete ihm die Tür.

»Ist Ihnen etwas passiert?«, fragte er atemlos.

»Nein, nein, danke. Was machen Sie hier?« Sie konnte die Frage nicht zurückhalten.

»Ich wollte zu Ihnen«, sagte Cedric wie selbstverständlich,

und sie kam sich vor, als hätte sie den Premierminister gefragt, was zum Teufel er in der Downing Street zu suchen hatte.

»Zu mir. Ah.« Hilflos sah sie sich nach ihrer Mutter um, die geduldig darauf wartete, vorgestellt zu werden. Wir Briten und unsere Höflichkeit. Wir würden uns noch auf einem untergehenden Schiff dafür entschuldigen, dass es gerade ein bisschen hektisch zuging, dachte sie.

»Margaret Williams, meine Mutter. Cedric Darney, einer meiner Studenten.«

»Ah, Lady Margaret«, sagte Cedric artig und nickte ihr zu. Er hatte sich über ihre Familie informiert.

»Ich habe mich nie Lady Margaret nennen lassen, und wehe Ihnen, wenn Sie nun damit anfangen. Wenn mich nicht alles täuscht, kenne ich Ihren Vater von ein paar Wohltätigkeitsbällen her, richtig?«

»Sehr wahrscheinlich.«

»Nicht mal er nennt mich so. Ich sage Cedric, Sie sagen Margaret. Haben Sie gesehen, wer unser Fenster mit einem Rugbytor verwechselt hat?«

»Ein Mann in einem schwarzen Range Rover. Aber er war zu schnell weg, als dass ich mir die Autonummer hätte merken können.«

»Es war *ein* Mann?«, fragte Margaret.

»Ja. Einer.«

»Was machen wir jetzt? Rufen wir die Polizei?«, fragte Mina.

Cedric hob die Schultern. »Wollen Sie nicht erst einmal nachsehen, ob es sich …«, er suchte nach der richtigen Formulierung, »… lohnt?«

»Sie haben Recht.« Mina ging beherzt in das Wohnzimmer und sah sich das Wurfgeschoss an. Ein einfaches Gummiband hielt das Papier um den Stein. Sie löste den Gummi und glättete das Blatt.

»Definitiv nichts, was die Polizei interessieren müsste«, sagte sie.

»Was steht da?«, fragte Margaret.

»M: Verschwinde von hier«, las Mina vor. »Was sagt man denn dazu?« Sie sah aus dem zerbrochenen Fenster und dachte an Pittenweem. »Es ist Hexensaison.«

Buch II

»You start a question, and it's like starting a stone. You sit quietly on the top of a hill; and away the stone goes, starting others; and presently some bland old bird (the last you would have thought of) is knocked on the head in his own back garden and the family have to change their name. No, sir, I make it a rule of mine: the more it looks like Queer Street, the less I ask.«

»Du stellst eine Frage, und es ist, als hättest du einen Stein ins Rollen gebracht. Du sitzt ruhig auf der Spitze des Hügels, und der Stein rollt hinab und reißt andere mit; bald wird irgendein langweiliger, alter Kerl (an den du niemals gedacht hättest) in seinem eigenen Garten am Kopf getroffen, und seine Familie muss ihren Namen ändern. Nein, Sir, ich halte es so: Je mehr eine Sache seltsam erscheint, desto weniger frage ich.«

Mr Enfield in »The Strange Case of Dr Jekyll and Mr Hyde«

Berlin, Juli 1949

Sie blutete nicht mehr, seit langer Zeit schon nicht mehr. Sie konnte sich nicht erinnern, wann sie zuletzt geblutet hatte.

Das ist ganz normal, sagte die Tante immer. Und sie selbst hatte es von den anderen Frauen auch schon oft gehört. Manchmal kommt ein paar Monate nichts, hatten sie gesagt, die Frauen, die in der Küche arbeiteten. Sie wussten es doch. Sie waren doch so viel älter, bestimmt neunzehn oder zwanzig.

Sie traute sich nicht mitzureden. Sie hatte Angst, sich zu verraten. Die anderen würden sofort merken, dass sie viel jünger war, als sie gesagt hatte.

Also hörte sie auf das, was die anderen Frauen sich erzählten, und sagte kein Wort, zu niemandem. Aber dann konnte selbst sie nicht mehr ignorieren, dass ihr Bauch immer dicker wurde. Erst hatte sie geglaubt, das Essen bekäme ihr nicht. So lange gehungert und dann mit einem Mal genug zu essen. Dank Schwerstarbeiterkarte. Dank dem Ende der Blockade. Aber selbst, seit sie weniger aß, wuchs ihr Bauch immer weiter. Sie musste die Tante fragen.

Nicht sofort. Sie würde noch ein wenig warten. Vielleicht blutete sie ja bald wieder.

1.

Cedric saß kerzengerade in der Mitte des Sofas, während Mina es sich in einem Sessel bequem gemacht hatte. Dass der Junge so lange so gerade sitzen konnte, war bemerkenswert. Sie hatte sich angehört, was er gesagt hatte, aber sie konnte nicht behaupten, dass es sie besonders interessierte. Sie hatte im Moment genug mit sich selbst zu tun. Andererseits: Cedric war ihr Student, sie war wahrscheinlich so etwas wie eine institutionalisierte Vertrauensperson für ihn. Sie kannte ihn kaum, wusste aber, dass er so gut wie keine Freunde hatte. Außerdem klang seine Geschichte wirklich schrecklich. Auch wenn sie ihr komplett paranoid erschien. Vielleicht brauchte er einfach etwas Aufmerksamkeit.

»Sie glauben also, dass hinter der Agentur, die Ihrem Vater das Au-pair-Mädchen vermittelt hat, in Wirklichkeit ein Menschenhändlerring steckt? Ich muss zugeben, die Sache klingt sehr, sehr beunruhigend. Aber sollten Sie nicht besser mit Ihrem Vater reden?«

»Er würde mir nicht zuhören«, antwortete Cedric.

»Und warum kommen Sie damit zu mir? Weil ich so eine gute Zuhörerin bin?«

»Ich bin ganz offen: Ich weiß nicht, mit wem ich sonst reden soll. Und das ist eine Sache, die ich keinesfalls nur mit mir selbst ausmachen kann.« Er bewahrte Haltung, aber Mina konnte nun sehen, wie erschüttert er in Wirklichkeit war. Cedric Darney, dachte sie, war ein hübscher junger Mann. Er hatte weiche, feminine Züge, war nicht besonders groß und sehr schlank. Er hatte eine helle, fast durchscheinende Haut, hellblaue Augen und rötlich blondes Haar. Sein Gesicht entsprach dem Idealbild der griechischen Spätklassik. Cedric wirkte viel jünger, als er war, was er durch seinen Kleidungsstil – teuer und immer eine Spur förmlicher als nötig – auszugleichen versuchte. Frauen verlieben sich nicht in hübsche Männer, dachte Mina.

»Außerdem war ich überzeugt, Sie hätten sicherlich ein vergleichbares Interesse an dieser Angelegenheit, da es eine Verbindung mit dem Mord an Matt geben könnte.«

»Ach?«

»In gewisser Weise sitzen wir im selben Boot. Chief Inspector Brady hat sich nicht gerade in Sie verliebt, und da Sie ihm – was ich Ihnen nicht übel nehme – von Pepa erzählt haben, darf auch ich ihn neuerdings zu meinen regelmäßigen Gästen zählen.«

»Cedric, ich wollte Sie nicht in irgendetwas hineinziehen«, sagte Mina. »Ich habe nur …«

»Chief Inspector Brady hatte schon vorher sehr ausgefallene Theorien darüber, warum ich gezwungen war, Matt umzubringen«, unterbrach er sie und lächelte leicht. Mina konnte in der Küche hören, wie Margaret Geschirr aus den Umzugskartons in die Schränke räumte.

»Auch wenn ich kein großer Freund von Brady bin – ich denke, Sie sollten unbedingt zur Polizei gehen. Gerade unter diesen Umständen. Ich fürchte, ich kann Ihnen nicht helfen. Es tut mir leid, Sie enttäuschen zu müssen.«

»Sie verstehen nicht. Ich *kann nicht* zur Polizei gehen.«

Mina sah ihn scharf an. »Weil Sie Angst haben, es könnte ein schlechtes Licht auf Ihren Vater werfen?«

»So in der Art, ja.«

Sie nickte und beschloss, sich darauf einzulassen. Vielleicht hatte er Recht. Vielleicht war es keine schlechte Idee, Bradys Gedankengänge in eine andere Richtung zu lenken, weit weg von ihr. »Gut. Lassen Sie uns einen Moment über diese Agentur nachdenken. Menschenhandel funktioniert doch so: Die Frauen bekommen falsche Papiere und werden in ein anderes Land geschmuggelt, und dann arbeiten sie als Prostituierte das Geld ab, das sie dem Schmuggler schulden. So ungefähr, oder?«

»Nur, dass es keine Frauen sind, sondern Mädchen. Und Jungen. Minderjährige. Sie werden als Au-pairs getarnt und, soweit ich das dieser Webseite entnehmen konnte, für variable Zeiträume ›vermietet‹. Ich weiß nicht einmal, ob das etwas Neues ist. Vielleicht ist es ja sogar üblich ... Ich kenne mich mit solchen Dingen nicht aus. Und am allerwenigsten weiß ich, was ich jetzt tun soll. Aber ich kann die Sache doch wohl kaum auf sich beruhen lassen.«

»So kommen wir nicht weiter«, sagte Mina entschieden. »Wir brauchen jemanden, der sich damit auskennt.«

»Und wer soll das sein? Kennen Sie jemanden von einer Schieberbande, der uns zu Insiderinformationen verhelfen könnte?«, sagte Cedric, ebenso pikiert wie irritiert.

»Isobel Hepburn«, antwortete Mina.

»Sergeant Hepburn?«, fragte Cedric überrascht. »Das kommt nicht in Frage! Warum rufen Sie nicht gleich Brady an?«

Mina lächelte. »Keine Sorge. Ich denke, die Frau ist in Ordnung. Sie kann Brady nicht ausstehen. Und vor allem schuldet sie mir einen Gefallen.«

»Warum glaube ich Ihnen nicht, dass Sie bei Recherchen für ein Buch auf diese Sache gekommen sind?«, fragte Isobel Hepburn und ließ keinen Zweifel daran, dass es eine rhetorische Frage war.

Mina antwortete trotzdem. »Weil Sie von Beruf aus misstrauisch sind«, sagte sie unschuldig und stellte ein Glas Bier vor der Polizistin ab.

»Ich hatte ja kurz überlegt, ob ich McCallum mitbringe, als Sie mich eben anriefen«, grinste Hepburn.

Mina verzog das Gesicht. »Da hätten wir aber alle keinen Spaß gehabt.«

»Ach nein? Ich dachte, er steht auf Sie.«

»McCallum? Unmöglich. Er hasst mich.«

Hepburn schüttelte den Kopf. »Nur, weil er sich nicht von Ihnen erpressen lässt – das heißt gar nichts. Brady hasst Sie. Aber nicht McCallum.«

Mina fühlte, wie sie rot wurde. »Nettes Pub. Und gleich vor meiner Haustür. Sehr praktisch«, wechselte sie das Thema und griff nach ihrem Orangensaft. Cedric trank nichts, er saß nur nervös auf der vorderen Kante seines Stuhls.

»Gehört meinen Eltern«, sagte Hepburn. Mina war anzusehen, dass sie überrascht war. Die Polizistin lachte. »Sie haben das New Inn vor einem halben Jahr übernommen. Die Dame, bei der Sie die Getränke geordert haben, ist meine Frau Mama.«

»Warum haben Sie das nicht gleich gesagt?«

Hepburn schüttelte den Kopf und machte eine gespielt strenge Miene. »Vergessen Sie 's, Familienrabatt gibt sie nur an hohen Feiertagen.«

Mina drehte sich zur Bar um. Mrs Hepburn senior maß einem Gast gerade einen doppelten Laphroaig ab, merkte, dass Mina zu ihr herübersah und grinste ihr zu: vollbusig, ein tief ausgeschnittenes, zu enges Oberteil, eine blondierte Hochsteckfrisur und ein sehr dunkler Lippenstift. Wären Schottlands Pubs nicht rauchfrei, Mina hätte gewettet, dass sie sich eine Kippe nach der anderen anstecken würde. Sie nickte der Frau zu.

»Sie kommen gar nicht nach Ihrer Mutter.«

»Und wissen Sie was? Ich finde es gar nicht so schlimm. Nur von ihrer Oberweite hätte sie mir ruhig etwas abgeben können.«

Die beiden Frauen lachten. Cedric rutschte auf seiner Stuhlkante noch ein Stück weiter nach vorne. Mina war sicher, er saß gar nicht mehr auf dem Stuhl, sondern schwebte eine Handbreit darüber.

»Also? Was sagen Sie dazu?«, fragte er und klang fast ungeduldig. »Hat sich da jemand im Internet einen schlechten Scherz erlaubt, oder ist es vorstellbar?« Mina und Cedric hatten sich darauf geeinigt, erst einmal nichts von Pepa zu sagen – wegen Cedrics Vater, um dessen Ruf er sehr besorgt schien. Aber er hatte von Natascha Hristova erzählt.

»Ich fürchte, es handelt sich nicht um einen Scherz«, sagte Hepburn. »Zu dumm, dass die Seite aus dem Netz genommen wurde. Ich gehe davon aus, dass Sie Recht haben und die Kinder als Sexsklaven angeboten werden. Der Kunde geht online, sucht sich ein Kind aus. Offiziell wird es als Au-pair vermittelt und als älter ausgegeben, als es ist. Das Kind wird mit falschen Papieren ausgestattet und ins Land geschmuggelt. Der Kunde bezahlt für, sagen wir, ein paar Monate. Solange lebt das Kind bei ihm, gehört quasi ihm und muss machen, was er verlangt. Danach wird es weiterverkauft. In Nordengland wurde erst vor ein paar Monaten ein Fall von Sexsklaverei im großen Stil aufgedeckt. Da waren die Mädchen aber nicht als Au-pairs getarnt, sie hatten gar keine Papiere. Und vor allem waren sie volljährig. Trotzdem weiß ich nicht, was besser ist: Am Tag verschiedene Freier, die danach aber wieder gehen, oder monatelang einem Kerl auf Gedeih und Verderb ausgeliefert sein?« Hepburn zuckte die Schultern. »Wie alt war eigentlich Ihre Pepa?«

Und als Cedric statt einer Antwort nur die Lippen leicht öffnete und sofort wieder schloss, fuhr sie fort: »Sie können mir einfach sagen, dass ich nicht mit Brady darüber reden soll. Ich kann ihn auch nicht leiden.«

Mina nickte Cedric zu. »Ich hab's Ihnen gesagt.«

Cedric schien immer noch nicht ganz überzeugt. Er fing an, an den Knien seiner Hosen herumzuzupfen. »Wer organisiert so etwas?«

»Meistens die Mafia des Landes, aus dem die Kinder kommen. Sollte einer der Handlanger überführt werden, kommen zwei andere nach, die sein Geschäft übernehmen. Diese Leute schmuggeln nicht nur Kinder, sondern auch alles andere. Von Pelzen und Edelsteinen über Zigaretten, Drogen, Waffen bis hin zu Organen und Erdöl. Alles, was Geld bringt. Sie haben Verbindungen zu Menschen in wichtigen Positionen in den Ländern, in die sie schmuggeln. Jemand von der Einwanderungsbehörde, jemand vom Zoll, jemand von der Polizei, sie schmieren überall, damit hier mal ein Auge zugedrückt wird oder dort Akten verschwinden. Kennen Sie das nicht alles schon aus der Zeitung oder aus dem Fernsehen?«

Mina rieb sich die Nase. »Ja, aber im Fernsehen ist es immer so weit weg. Wenn es einem dann selbst begegnet …«

Isobel Hepburns Blick fixierte Cedric. »Darf ich fragen, warum Ihr Vater ein Au-pair-Mädchen für Sie engagiert hat?«

Cedric öffnete wieder den Mund, ohne etwas zu sagen, und sah ein bisschen aus wie ein Fisch. Mina beschloss, dass es besser war, wenn sie für ihn antwortete.

»Er ist nun mal Personal von Kindesbeinen an gewöhnt, und Sie *können* sich nicht vorstellen, in welchem Zustand das Haus *ohne* fremde Hilfe …« Sie verdrehte bedeutungsvoll die Augen. Cedric machte den Mund zu und sah gequält auf den Boden.

Hepburn ging nicht darauf ein. »Sind Sie sicher, dass Sie mir nicht mehr über Pepa sagen wollen?«

Cedric schüttelte den Kopf. »Wie gesagt, ich bin durch Zufall im Web auf diese Seite gestoßen und habe das Foto von dem toten Mädchen aus Leven gesehen …«

Sie glaubte ihm nicht. »Gut. Dann sehe ich mir die Familie,

bei der das Mädchen gearbeitet hat, noch einmal an, diesmal allerdings unter anderen Vorzeichen.«

»Was sind das für Leute?«, fragte Mina, aber Hepburn hob abwehrend die Hände.

»Zu gegebener Zeit gebe ich Ihnen diese Informationen gerne, aber nicht jetzt, tut mir leid.«

Mina nickte. »Erzählen Sie uns mehr darüber, wie das mit den illegalen Einwanderern normalerweise abläuft.«

»Für die Menschenschmuggler sind durch die EU-Erweiterung einige Märkte weggefallen. Bürger aus Polen oder Rumänien können ohne Probleme einreisen und brauchen keine gefälschten Papiere mehr oder jemanden, der ihnen die Flucht organisiert. Sie brauchen nur Geld, und das bekommen sie, indem sie hier arbeiten. Die Löhne sind in Schottland immer noch viel höher als in diesen Ländern. Manche arbeiten offiziell in allen möglichen Handlangerjobs. Das ist die harte, ehrliche Variante. Da fließt das Geld langsamer. Manche schmuggeln, nur mittlerweile aus der anderen Position heraus: Sie sind jetzt in der EU und schmuggeln von *innen* herein. Einige Frauen prostituieren sich, verdienen viel Geld in kurzer Zeit und machen hier die Preise kaputt. Ich habe von Polinnen gehört, die auf dem Straßenstrich in Edinburgh arbeiten und die Hälfte dessen nehmen, was die schottischen Mädchen verlangen. Dazu sehen sie meist noch besser aus, nicht zuletzt deshalb, weil sie nicht drogenabhängig sind. So machen sie in einer Nacht oft mehr Geld als die anderen Frauen in einer Woche. Es gibt deshalb dauernd Schlägereien unter den Frauen in Edinburgh und Glasgow. Die Preise im Bereich der Edelprostitution hingegen sind astronomisch, da zahlen die Männer für den Exotenbonus.«

»In Bordellen – oder Saunen, wie sie es nennen?«, fragte Mina.

»Auch, das Spektrum reicht bei den Saunen von billig bis

edel, aber die wirklich exklusiven Frauen arbeiten in Privaträumen, in eigens dafür angemieteten Luxuswohnungen, in denen sie auch leben. Da gibt es wenig Ärger mit der Polizei. Keine Schlägereien, zu denen man uns ruft, keine Razzien, weil irgendwo immer auch der Bürgermeister oder ein Parlamentsmitglied zugange sein könnte.«

»Und das sind alles illegale Einwanderer?«, fragte Cedric.

»Nicht nur. Die Besonderheit bei den illegalen Mädchen ist, dass ihre Papiere von den Zuhältern einbehalten werden, bis sie das Geld abgearbeitet haben. Die gefälschten Papiere kosten, nur mal als Rechenbeispiel, tausend Pfund. Dann zahlen sie für den Transport noch einmal, hm, fünftausend, vielleicht auch zehntausend. Natürlich hat keines der Mädchen so viel Geld und ihre Familien auch nicht. Wir reden hier von Menschen, die eine vierköpfige Familie mit umgerechnet nicht mal hundert Pfund im Monat durchbringen müssen.« Hepburn sah Cedric an, und ihr Blick wurde ganze zehn Grad kühler. »Ich weiß, so viel kostet normalerweise Ihr Abendessen.« Cedric bemühte sich erst gar nicht, etwas darauf zu erwidern. »Und dann werden die Mädchen auf den Strich geschickt. Sie wohnen zu mehreren in kleinen Apartments, für die sie selbstverständlich auch noch horrende Mieten zahlen müssen, und so weiter. Sie können sich vorstellen, wie lange es unter den Umständen dauert, bis sie ihre Schulden abbezahlt haben. Es ist fast unmöglich. Die Zuhälter lassen sie irgendwann laufen, wenn sie kein Geld mehr einbringen oder körperlich völlig am Ende sind sind. Das dauert aber oft ein paar Jahre.«

»Ein paar Jahre?«, sagte Cedric ungläubig.

»Ja, so lange. Deshalb sind den Zuhältern ja auch Illegale lieber als EU-Bürgerinnen. Gegen die haben sie kein Druckmittel.«

»Und wenn sie als Au-pairs …«

»Sexspielzeug, meinen Sie. Fragen Sie Ihren Vater, was er bezahlt hat. Und fragen Sie auch gleich, wofür.« Spätestens jetzt war klar, dass sie Bescheid wusste. »Die Rechnung geht ungefähr so: Die Schulden des Mädchens belaufen sich auf zehntausend Pfund. Der Zuhälter findet jemanden, der für das Mädchen fünftausend Pfund zahlt, damit er sie ein halbes Jahr behalten kann. Der Zuhälter sagt ihr dann, er hätte in dem halben Jahr noch weitere Ausgaben gehabt. Er hätte zum Beispiel neue Papiere beschaffen müssen. Irgendetwas fällt ihm schon ein. In jedem Fall behält er das Mädchen, solange er kann.«

»Solange er kann?«, fragte Mina.

»Bis sie abhaut, bis sie sich verstümmelt, damit sie nichts mehr wert ist, bis sich ein Freier in sie verliebt und sie heiraten will, bis sie zu den Behörden geht und darum bettelt, wieder in die Armut ihrer Heimat zurückgeschickt zu werden, bis sie sich umbringt. Die Liste ist noch viel länger. Suchen Sie sich was aus.«

Als sie das Pub verlassen hatten, entspannte sich Cedric etwas. Margaret saß an Minas Laptop, um sich die Fotos anzusehen, die ihre Tochter in den letzten zwei Wochen gemacht hatte. Sie wollte Gesichter zu den Namen, hatte sie gesagt, und Mina hatte sie gelassen. Mütter wollten immer die Tagebücher ihrer Töchter lesen, und sie würden sie auch zu lesen bekommen, ob man Ja sagte oder nicht. Mütter waren die besten Spürhunde, wenn es darum ging, versteckte Tagebücher zu finden, die besten Einbrecher, wenn es darum ging, die winzigen Schlösser der Bücher zu knacken, und wahrscheinlich machten moderne Mütter heimlich Kurse im Computerhacking, um in den E-Mails der Töchter herumzuschnüffeln. Wozu also Nein sagen? Deshalb zog sie sich mit Cedric in die Küche zurück.

»Und Sie denken, Sie können sich darauf verlassen, dass Sie Ihrem Vorgesetzten nicht erzählt, wo Sie den Hinweis auf die Agentur herbekommen hat?«, fragte Cedric.

Mina schüttelte den Kopf. »Sie wird ihm nichts sagen. Und Sie haben Ihr Gewissen beruhigt. So gesehen war es doch ein erfolgreicher Abend.«

»Sie weiß natürlich, dass es um Pepa ging.«

»Sie sollten mit Ihrem Vater sprechen«, drängte Mina.

Cedric hob die Schultern und wirkte noch zerbrechlicher als ein Swarovski-Schwan. »Ich werde von ihm keine ehrlichen Antworten bekommen. Abgesehen davon habe ich Angst um Pepa. Ich glaube, sie weiß, wer Matt umgebracht hat.«

»Und das sagen Sie mir erst jetzt?« Mina hatte Mühe, ruhig zu bleiben.

»Ich sagte Ihnen doch, dass es möglicherweise eine Verbindung mit dem Mordfall …«

»Sie *müssen* zur Polizei! Los, wir gehen rüber ins Pub und sehen nach, ob Hepburn noch da ist.«

»Ich *kann nicht*!« Cedric sah sie flehend an. »Es geht nicht. Ich bin schon viel zu weit gegangen.«

»Aber warum? Sie sagen selbst, dass Brady auch Sie verdächtigt hat – auch wenn ich sicher bin, dass er es vor allem auf mich abgesehen hat.«

»Ich *kann nicht*!«, wiederholte Cedric, und da verstand sie.

»Sie glauben, dass Ihr Vater in dieser Sache drinhängt?«, fragte sie ungläubig.

Er nickte.

»Verdammt.«

Er nickte immer noch.

»Ich habe keine Ahnung, was wir jetzt machen sollen«, sagte Mina und merkte zu spät, dass sie »wir« gesagt hatte.

Ein plötzliches Aufseufzen ihrer Mutter ließ sie aufhorchen. Sie ging zu Margaret ins Wohnzimmer.

»Was ist?«

Margaret zeigte auf ein Foto. »Roland«, sagte sie leise.

Mina sah auf das Bild, suchte nach dem alten Mann, den

sie vor ein paar Tagen beerdigt hatten, und verstand nicht, was ihre Mutter meinte. Es war eine Aufnahme von Matts Party, auf der auch Fotos von Pepa entstanden waren: Pepa mit Matts Hand auf ihrem Hintern. Das Bild zeigte ein paar Studenten und einige ältere Herrschaften, die Mina für amerikanische Golftouristen hielt. Einer von ihnen sprach mit Pepa.

»Hier«, sagte Margaret und zeigte auf ebendiesen Mann. »Er sieht aus wie mein Vater!«

Sie klickte ein Bild weiter. Auch auf diesem Foto waren der Mann und Pepa zu sehen. Ein weiteres Bild. Die beiden sprachen immer noch. In Serie wirkten die beiden in ihrer Plauderei fast vertraut. Anhand der wechselnden Gäste im Vordergrund schloss Mina, dass das Gespräch mindestens eine Viertelstunde gedauert haben musste. Die Uhrzeit auf den Fotos bestätigte dies.

Niemand sah aus wie Roland Barrington, auch nicht dieser Mann. Nicht einmal seine Söhne kommen nach ihm, dachte Mina, konzentrierte sich aber wieder auf den Mann, der mit Pepa sprach, und verstand langsam, was ihre Mutter meinte. Hätte Margaret ihr gesagt, der Mann sähe aus wie Tiger Woods, nur älter und weiß, hätte Mina wahrscheinlich auch eine Ähnlichkeit entdeckt.

»Na ja, mit viel gutem Willen … Wenn man es unbedingt sehen will …«

»Du hast Recht«, sagte Margaret und biss sich auf die Unterlippe. »Es tut mir leid. Ich sehe Gespenster.«

Mina legte den Arm um sie und drückte sie fest an sich. »Bisschen viel, das alles. Für uns beide. Hm?«

Cedric war zu ihnen gekommen. Er sah sich das Bild an. »Ist das Pepas …« Er sprach es nicht aus, weil ihm einfiel, dass Margaret nicht Bescheid wusste.

»Wie kommen Sie darauf?«, wollte Mina wissen.

»Er redet die ganze Zeit, sie sagt nie etwas, sondern hört nur zu. Er sieht aus, als gäbe er ihr Anweisungen.«

»Sie interpretieren Dinge hinein, die Sie sehen wollen«, widersprach Mina lahm, denn sie hatte genau denselben Gedanken gehabt.

»Er sieht nicht aus wie ein Golftourist«, sagte Cedric.

»Wovon redet ihr?«, wollte Margaret wissen.

»Dieser Mann«, sagte Cedric zerstreut, ohne auf sie einzugehen. »Er ist in Harrow zur Schule gegangen. Würden Sie mal seine Krawatte vergrößern, bitte?« Margaret tat es. »Sehen Sie.«

»Sie haben Recht«, sagte Margaret. »Ein Harrovian.«

Harrow School: nach Eton die gefragteste Privatschule für den hoffnungsvollen männlichen Nachwuchs der Reichen und Adligen dieses Landes.

»Warum sollte jemand, der in Harrow zur Schule gegangen ist, so etwas …?«, begann Mina.

»Was denn?«, fragte Margaret ungeduldig.

»Seit wann machen uns diese Schulen zu besseren Menschen?«, fragte Cedric.

»Kann mich endlich mal jemand aufklären? Kennt jemand von euch den Mann?« Margaret klang mittlerweile fast böse.

»Sie wollen wissen, wer der Mann ist?«, fragte Cedric zurück.

»Ja. Ich weiß zwar, dass Sie vorhin mit meiner Tochter etwas unter vier Augen zu besprechen hatten, aber jetzt reden Sie die ganze Zeit über meinen Kopf hinweg, und ich würde gerne …«

»Das«, unterbrach Cedric, »ist der Mann aus dem Range Rover, der den Stein geworfen hat.«

2.

Viele Straßen führten nach St. Andrews, aber von dort aus führten sie nicht weiter. Wer dort hinfuhr, hatte diesen Ort zum Ziel. In St. Andrews war niemand auf der Durchreise, man fuhr nicht von X nach Y *über* St. Andrews. Man fuhr nur *nach* St. Andrews. So gesehen konnte Art auch noch eine Weile in der Stadt bleiben, wenn er schon mal da war.

Er parkte seinen Range Rover auf dem Universitätsparkplatz vor den Naturwissenschaftsgebäuden. Art amüsierte sich jedes Mal darüber, dass diese riesigen, hässlichen Zweckbauten aus der zweiten Hälfte des zwanzigsten Jahrhunderts die schöne Aussicht auf die Nordsee verschandelten, die man sonst von Donaldson Gardens aus gehabt hätte, jenem hübschen, viktorianischen Wohngebiet, in dem Matt gelebt hatte. Auf die Grundstückspreise hatte die getrübte Aussicht allerdings keinen Einfluss gehabt.

Von hier aus war man in wenigen Minuten am R&A, den Golfplätzen und allen wichtigen Hotels. Warum nicht kurz da vorbeischauen? Die Gelegenheit war günstig. Schließlich war Matt tot, und neue Kunden waren nie verkehrt. Art ging zum Sheldons-Hotel. Es traf sich gut, der richtige Mann war an der Rezeption: Jim. Sie nickten sich zu, und Jim zog einen Umschlag hervor. Art wollte ihn nehmen, aber Jim ließ ihn nicht los. Das alte Spiel. Jim liebte es, er fühlte sich dabei wie in einem Gangsterfilm, deshalb spielte Art jedes Mal mit: Er nickte ernst, holte seine Brieftasche hervor, sah sich rasch um, nahm einen großen Schein heraus und schob ihn konspirativ zu Jim. Nun gehörte der Umschlag ihm.

»309 und 217«, sagte Jim.

Er zwinkerte Jim zu und ging in die Bar, wo er sich einen Kaffee bestellte. Dann öffnete er den Umschlag, nahm das zusammengefaltete Blatt Papier heraus und las es durch: eine Namenliste. Hinter jedem Namen: Nationalität, Beruf, Firma, Alter, Zimmernummer, persönliche Anmerkungen von Jim. Zufrieden faltete Art den Zettel wieder zusammen und trank seinen Kaffee. Viele Ausländer. Um die würde sich Jim kümmern. Jim war für die kurzfristigen Vermittlungen vor Ort zuständig. Die Männer fragten diskret nach Begleitung, und Jim leitete die Anfragen an Art weiter, ohne dass er direkt in Erscheinung trat.

Interessanter waren die Briten, die als langfristige Kunden in Frage kamen. Sie waren Arts Aufgabe.

309 und 217, hatte Jim gesagt, seien nun ebenfalls in der Bar. Zimmer 309 war Geschäftsführer einer Pharmafirma in Birmingham. Könnte unter Umständen ein guter Kunde werden, war für andere Geschäfte aber nicht unbedingt zu gebrauchen. Mit Drogen hatte Art nichts zu tun. Das lag keinesfalls an seinem Ehrenkodex. Art würde nie ein Geschäft von vornherein ausschließen. Art sah sich um und erkannte ihn: 309 war der Einzige in Arts Alter, der in der fast leeren Bar saß. Später, nach zehn, wenn es zu dunkel war zum Golfspielen, würde es sich füllen. Der Mann war Ende fünfzig, hatte aber schon sehr graue Haare und einen kurzen grauen Bart. Sportliche Figur, aber gestresster Gesichtsausdruck trotz Golfurlaub. Definitiv ein Kunde.

217 war im Baugeschäft tätig und kam aus Cardiff. Er war nicht auf den ersten Blick auszumachen, denn es gab mehrere Männer Anfang vierzig, sie saßen alle nebeneinander direkt an der Bar. Art las sich Jims Anmerkungen durch: blond, Brille, humpelt leicht. Nur einer der Männer war blond. Er sah vielversprechend aus. Hetero, aber kein Glück bei Frauen. Dum-

merweise kein Ehering, aber ein goldenes Kreuzchen am Hals: gläubig. Das waren oft die Besten.

Art wartete, bis der Mann aus Zimmer 217 alleine an der Bar saß. Eine Stunde später hatten sie sich für einen Streifzug durch Edinburgh verabredet. Art wusste, wann er jemanden in der Tasche hatte. Andererseits war der Mann aus der Baubranche ein kleiner Fisch. Er brauchte mehr von den wichtigen Leuten. Viel mehr. Nun, Art hatte Geduld, es würde sich schon etwas ergeben. Wenn nicht in St. Andrews, dann irgendwo anders. Schade, dass Matt nicht mehr lebte. Er war wie ein Magnet für diese Leute gewesen.

Art verabschiedete sich von seinem neuen Freund und verließ die Bar. Gerade als er Jim zum Abschied zunickte, gab dieser ihm ein Zeichen: 411. Art blieb stehen und sah nach. 411, Sir Andrew Gondrum, Mitglied des schottischen Parlaments.

»Verheiratet, drei Kinder«, flüsterte Jim. »Gerade vom Golfplatz zurückgekommen und jetzt kurz auf seinem Zimmer. Will dann aber in die Bar gehen. Ist alleine hier, die ganze Woche.«

»Den schauen wir uns gleich mal näher an, mein Freund«, sagte Art und lächelte. Er nahm sich einen der Hotelprospekte und tat so, als würde er etwas lesen, bis sich die Aufzugtür öffnete. Der Mann, der herauskam, hatte glattes, braun-grau meliertes Haar und einen sauberen Seitenscheitel. Glatt rasiert, sehr gut und sportlich gekleidet, in den Vierzigern. Schlanke Figur, klares, attraktives Gesicht mit einem starken Kinn. Er nickte in Jims Richtung und verschwand in der Bar.

»Jim, mein Freund, der ist perfekt!«, sagte Art leise.

»Meinst du? Ich weiß nicht. Scheint ein ultrakorrekter Typ zu sein«, antwortete Jim zweifelnd.

»Umso besser«, sagte Art. »Er ist nämlich schwul.«

»Der hat drei Kinder!« Jim zweifelte noch immer.

»Nun, wie oft lag ich schon daneben?«

»Nie«, gab Jim zu. »Ich weiß nicht, wie du das machst.«

Art hob gut gelaunt die Schultern. »Eine Gabe, mein Freund, eine Gabe. Ich wette einen Fünfziger, dass er von Orgien mit sechzehnjährigen Jünglingen in Togen träumt, die ihm die Weintrauben auf dem Schwanz servieren?«

»Mit dir wette ich nicht«, sagte Jim.

Als Art zwei Stunden später nach Edinburgh zurückfuhr, konnte er dem tief beeindruckten Jim versichern, dass er die Wette gewonnen hatte.

In seinem Haus in Corstorphine schlug er die Abendzeitung auf, die er an einer Tankstelle gekauft hatte. Suchte und fand einen Bericht über den Mord an Matthew Barnes.

Ein bisschen klein, dachte Art, trotz Titelseite. Und ein bisschen zu wenig über Mina Williams. Wäre doch schade, wenn sie sofort wieder aus den Schlagzeilen verschwände. Das sollte nicht passieren, die Frau hatte mehr Publicity verdient.

Er griff zum Telefon und tippte eine Nummer ein. Es war die Durchwahl zu einem der Schreibtische in der Redaktion der *Sun*.

3.

Sie waren da.

Mina hatte mit ihnen gerechnet und sich daher schon früh in ihr Büro zurückgezogen. Sie standen auf der Straße vor den Schlossruinen und warteten, rauchten, aßen Sandwichs, tranken Kaffee, Wasser, Cola, Tee, sprachen und lachten miteinander. Wann immer jemand an ihnen vorbei ins Castle House gehen wollte, stürzten sie sich auf ihn und bedrängten ihn mit Fragen.

»Kennen Sie Mina Williams?«

»Wie lange unterrichtet Miss Williams hier schon?«

»Trauen Sie ihr einen Mord zu?«

»Glauben Sie, dass sie ein Verhältnis mit Matthew Barnes hatte?«

Und so weiter.

Mina stand am Erkerfenster ihres Büros im zweiten Stock des Castle House, in dem die School of English untergebracht war. Sie hatte die Vorhänge zugezogen und spähte durch einen engen Spalt hinaus. Vor ihr das Schloss, dahinter die Nordsee. Unter ihr auf der Straße: die Journalisten. Als Prince William noch hier studiert hatte, war es ihnen nicht erlaubt gewesen, in St. Andrews herumzulungern. Wäre er doch noch hier, dachte Mina.

Es klopfte an der Tür, und der Deputy Principal kam zu ihr herein, ohne auf eine Aufforderung zu warten.

»Miss Williams.«

»Professor Leigh, was kann ich für Sie tun?«

Er trat zu ihr ans Fenster und spähte ebenfalls durch den

Vorhang. »Sie werden verstehen, dass wir unter diesen Umständen …« Die Journalisten schienen ihn entdeckt zu haben. Er trat schnell einen Schritt zurück. »Ich habe mit Professor Scott telefoniert, er würde es auf sich nehmen, seinen Kurs nun doch noch bis zum Ende des Studienjahres zu begleiten. Natürlich mit Einschränkungen. Die anderen Kollegen werden aushelfen, wo es vonnöten ist.« Er verschränkte die Arme hinter seinem Rücken, starrte auf den Boden und wippte auf seinen Zehen herum. »Es … tut mir leid. Aber Sie sehen ja selbst … Und ich kann nicht verantworten …« Leigh räusperte sich. »Sie verstehen sicher, dass ich an den Ruf unseres Instituts und der gesamten Universität … Ja. Ich denke, wir sind uns einig. Machen wir kein Drama daraus. Das Finanzielle lässt sich sicher regeln. Wir, ähm, ich meine … Sie melden sich doch noch einmal bei mir, wenn Sie Ihre Sachen … Dann sprechen wir kurz miteinander, nicht wahr.«

Dann war er gegangen, so schnell, als ob er Angst gehabt hätte, dass Mina auch etwas dazu sagen könnte.

Im vergangenen Jahr hatte sie darüber nachgedacht, wie sie sich ein neues Leben aufbauen konnte. Mit weniger Stress und mehr Ruhe und Kontinuität. Ein Vertrag über drei Jahre Unterrichtstätigkeit an der ältesten schottischen Universität, etwas abgelegen von den Großstädten, zwei große Nordseestrände, außerhalb der Ortschaft Felder und Wiesen. Eine konstante Aufgabe für drei Jahre. Frische Luft und lange Spaziergänge. So hatte sie es sich vorgestellt. Der Traum war nach wenig mehr als zwei Wochen geplatzt, und das nur, weil sie sich auf die Bekanntschaft mit einem Mann eingelassen hatte, der ihrer Eitelkeit geschmeichelt hatte. Und sie hatte seiner geschmeichelt.

Es stimmte nicht, dass man die großen Fehler nur einmal im Leben machte und daraus lernte. Das gebrannte Kind scheute keineswegs das Feuer. Nicht, wenn es Mina hieß und auf der Suche nach Zuneigung war.

Mina sah noch einmal durch den Spalt, sah die Journalisten und dachte: Es ist sowieso alles vorbei. Sie zog die Vorhänge auseinander, öffnete die Fenster und winkte hinunter. Dann nahm sie ihre Digitalkamera aus der Handtasche und fing an, die Journalisten zu fotografieren. Sie hörte, wie sie Fragen nach oben riefen, wie die Fotoapparate klickten. Mina drehte ihnen den Rücken zu und begann, die Essays der Studenten zu ordnen. Sie schrieb gerade Notizen für Professor Scott, als das Telefon klingelte.

Das British Council in Wien war auf der Suche nach Margaret. Ihr Handy sei ausgeschaltet, sagten sie ihr. Sie erklärte der Stimme am anderen Ende der Leitung, von der sie nicht genau sagen konnte, ob es sich um eine Frau oder einen Mann handelte, dass ihre Mutter in Edinburgh sei, um sich um den Nachlass ihres kürzlich verstorbenen Vaters zu kümmern.

Als sie wieder aufgelegt hatte, dachte sie an Margarets kurze und kryptische Nachricht, die sie heute Morgen in der Küche gefunden hatte. Sie vermisste ihre Mutter. Margaret war nie wirklich da gewesen, wenn Mina sie gebraucht hatte. Hinterher, ja. Aber in den Momenten, in denen es etwas bedeutet hätte, war ihre Mutter stets hunderte, wenn nicht tausende Meilen entfernt gewesen. Und heute war sie in Edinburgh und hatte ihr Handy ausgeschaltet. Vielleicht vermisste sie gar nicht Margaret, vielleicht vermisste sie einfach nur eine Mutter. Etwas, was sie nie gehabt hatte. Kein Wunder, dass Mina gleich mit jedem Kerl ausging, der ihr sagte, sie sei toll.

Mina komplettierte ihre Notizen für Professor Scott, dann begann sie, die wenigen persönlichen Sachen, die sie in ihrem Büro – oder vielmehr in Scotts Büro – hatte, zusammenzusuchen.

Die Schubladen des Schreibtischs waren nicht richtig geschlossen. Sie schob sie immer ganz zu. Mina zog eine Schublade auf und erkannte schnell, dass einige der Papiere darin durcheinandergeraten waren. Jemand musste ihren Schreibtisch durchsucht haben.

Sie stand auf und sah sich die Bücherregale an. Wer auch immer hier etwas gesucht hatte, er hatte sich beim Zurückstellen der Bücher zwar bemüht, sie gerade und ordentlich in den Schrank zu räumen, hatte sich aber die Buchrücken nicht richtig angesehen: Restauration nach Klassizismus. Dryden nach Pope. Und Chaucer neben Joyce. Scott hätte seine Bücher niemals so einsortiert, er ordnete grundsätzlich alles nach Epochen, innerhalb der Epochen nach Gattung und innerhalb der Gattungen alphabetisch.

Vielleicht war aber auch nur einer der Studenten hier gewesen und hatte dringend ein Buch für eines seiner Paper gesucht. Oder ein Kollege hatte etwas nachsehen müssen und war in Eile gewesen. Sie würde Leigh fragen, ob er etwas darüber wusste.

Sie sah noch einmal aus dem Fenster. Der Anblick, der sich ihr bot, war unverändert. Nein, nicht ganz: Die Journalistentraube war gewachsen. Die Paparazzi aus London und Dublin waren mittlerweile eingetroffen.

Wäre es nicht ein Weltklassegolfer gewesen, den man ermordet hatte, keiner von diesen Geiern wäre hier. Sie war sich sicher, dass die wenigsten dieser so genannten Journalisten vor drei Tagen überhaupt gewusst hatten, wer sie war. Denn die meisten von ihnen arbeiteten nicht unbedingt für die Kulturseiten ihrer Zeitungen.

Meine Bücher werden sich jetzt wieder großartig verkaufen, dachte sie zynisch, und als wäre dieser Gedanke eine Vorahnung gewesen, piepste ihr Handy und meldete eine SMS: »Verleger druckt nach, nächste Woche wieder in den Bestsellerlisten. Verkaufszahlen erwartet wie vor zwei Jahren.« Ihr Agent in London. Er ließ sich vermutlich gerade von seiner Assistentin ausrechnen, welche Sonderausstattung für seinen neuen Mercedes vielleicht auch noch drin wäre dank dieses unverhofften Gewinns, für den er nichts hatte tun müssen.

Mina hatte auch nichts dafür tun müssen. Außer neben der Leiche des Mannes ohnmächtig zu werden, der sie kurz vorher vergewaltigt hatte.

Draußen fuhr langsam ein schwarzer Range Rover vorbei. Sah sie Gespenster? Nein. Es wimmelte hier nur so von riesigen Autos. Golfer liehen sie sich, die ortsansässige Elite kurvte darin herum ... Aber sie nahm sich vor, von nun an bei jedem schwarzen Range Rover auf das Nummernschild zu achten. Und wenn sie es nur tat, um sich selbst zu beweisen, dass sie sich etwas einbildete.

Mina suchte nun nach einer Tüte, um die restlichen Dinge zu verstauen. Mit einem Rauswurf hatte sie zwar gerechnet, aber sie hatte nicht gedacht, dass es so schnell gehen würde. Statt einer Tüte fand sie einen alten Karton. Als sie ihn auf den Schreibtisch stellte, merkte sie, wie sie zitterte. Sie setzte sich schnell hin, bevor ihre Knie nachgaben, und suchte in ihrer Handtasche nach den Tabletten.

Sie nahm im Moment zu viele, bald war das Glasfläschchen leer. Sie musste ihren Arzt anrufen und sich neue verschreiben lassen, denn sie würde ohne Tabletten keinen einzigen dieser Tage überstehen. Sie dachte: Diese Dinger lassen mich überleben, aber sie hindern mich am Schreiben. Welchen Sinn hat das alles?

Mina schloss die Augen und stützte ihren Kopf in die Hände. Wartete, ob sie weinen würde, aber es kam nichts.

Wieder klopfte es an die Tür. Leigh ging es offenbar nicht schnell genug. »Ja, sofort«, rief sie, stand auf und warf ihre Sachen in den Karton. Es klopfte wieder. »Kommen Sie herein«, sagte Mina und dachte: Eben hat er doch auch nicht gewartet.

Es war Cedric, der unschlüssig im Türrahmen stand, die Hände in den Hosentaschen. Er sah sie mit großen Augen an.

»Miss Williams, ich wollte …«

»Scheiß auf Miss Williams«, sagte sie. »Mina reicht. Ich unterrichte dich nicht mehr. Ich unterrichte niemanden mehr.« Sie nahm ihre Handtasche, ihren Karton und ging auf ihn zu.

»Was ist passiert?«, fragte Cedric, ohne ihr Platz zu machen. Sie blieb stehen.

»Hast du die Reporter gesehen?«

»Ich habe den Hintereingang genommen.«

»Den werde ich nun auch nehmen müssen.« Als er immer noch nicht zur Seite ging, fragte sie: »Worum geht es denn? Wollen wir nicht lieber später reden? Das heißt, falls es um gestern Abend geht.«

Er sah zu Boden. »Chief Inspector Brady war bei mir, um sich zu entschuldigen.«

»Um sich zu entschuldigen?«

»Ja, er hatte einige seltsame Theorien, nach denen ich ein Motiv gehabt haben könnte … Nun, er hat sich entschuldigt und mich wissen lassen, dass es nur noch eine Frage der Zeit ist, bis es zu deiner Festnahme kommt.«

»Zu meiner …?« Sie klammerte sich an den Karton. »Das kann doch nicht wahr sein. Er braucht doch Beweise!«

»Offenbar gibt es etwas Neues. Ich wollte fragen, ob du einen Anwalt hast. Ob ich dir vielleicht helfen kann.«

Sie lächelte. »Danke, Cedric. Aber mein Onkel David ist Richter in Edinburgh. Er sollte die entsprechenden Kontakte haben. Aber falls ich doch Hilfe brauche, komme ich vielleicht wirklich auf dein Angebot zurück.«

»Gut«, sagte Cedric und nickte, ging aber immer noch nicht zur Seite.

»Ist noch etwas?«

»Sie geben heute eine Party für Matt.«

»Eine Party?«

»Sie nennen es Totenwache. Es war Dougs Idee. Er wohnt

nun mit Pete in Matts Haus. Die Polizei hat es freigegeben, und mein Vater ist einverstanden. Heute Abend steigt die Feier. Mit Presse und allem, was man sich vorstellen kann.«

»Das ist geschmacklos.«

Cedric sah ihr kurz in die Augen, dann senkte er wieder den Blick. »Matt sagte einmal in einem Interview: ›Wenn ich tot bin, will ich, dass jemand eine Party für mich steigen lässt.‹ Doug ist im Internet darüber gestolpert. Er gibt sich inzwischen als Matts bester Freund aus und tut so, als schulde er ihm diese Party.«

»Kann er sich das leisten? Es kommen doch sicher über hundert Leute!«, war alles, was Mina im Moment dazu einfiel.

Cedric ging endlich zur Seite, um Mina durch die Tür zu lassen. »Mein Vater zahlt.«

Die Menschen hatten schon so vieles ausprobiert. Von Diktatur bis Demokratie, vom Harem bis zum unauflöslichen Bund für die Ewigkeit, von jungfräulich in die Ehe bis zur freien Liebe. Aber eines hatten sie dabei offenbar nie ändern können: dass Blut dicker als Wasser war. Im Guten wie im Schlechten. Kaum war man verwandt, wurde alles in einem anderen Licht gesehen. Der Fehltritt des Einzelnen beleidigte die ganze Sippe.

Mina wünschte sich ein System, in dem man sich seine Verwandtschaft aussuchen konnte. Die ganze Verwandtschaft: Eltern, Geschwister, Onkel, Tanten. Denn der ehrenwerte Richter David Barrington stellte umgehend klar, dass ihm das Blut, das sie beide verband, eindeutig zu dick war.

»Wenigstens trägst du nicht unseren Namen!«, rief er ins Telefon, und seine Stimme rutschte um mehrere Oktaven in die Höhe.

»David, ich habe nichts getan. Ich bitte dich doch auch nicht um einen Gefallen, sondern nur darum, mir einen guten Anwalt zu empfehlen.«

»Das ist ein Gefallen! Außerdem, wenn du nichts getan hast, brauchst du keinen Anwalt!« Das Ausrufezeichen war so groß, dass der Ben Nevis daneben winzig ausgesehen hätte.

»Die Polizei hat es auf mich abgesehen und will mir etwas anhängen, ich muss mich dagegen wehren. Und dazu brauche ich einen Anwalt. Ich kenne das schottische Rechtssystem nicht gut genug.«

»Du weißt nicht, was du uns antust! Ich traue mich nicht mehr auf die Straße! Meine Nichte ist eine Mörderin!«

»Verdächtige in einem Mordfall«, sagte sie nüchtern.

»Alles andere von dir wird jetzt wahrscheinlich auch noch rauskommen! Junge Dame, ich sage dir etwas, und ich sage es nur einmal: Auf mich kannst du nicht zählen. Wie stehe ich denn da, wenn ich dir einen Anwalt empfehle? Unmöglich, was du von mir verlangst!«

»Und wenn überall in der Zeitung steht, dass ich unschuldig bin und mich die Polizei zu Unrecht belästigt hat, dann sage ich allen, dass du dir zu fein warst, mir zu helfen. Wie kommst du eigentlich dazu, mir einen Mord zuzutrauen?«

David lachte hysterisch. »Deine Mutter ist auch so ein Dickkopf. Immer nur an sich selbst hat sie gedacht. Nie an die Familie. Was sie unserem armen Vater angetan hat, du hast ja keine Ahnung! Gequält hat sie ihn! Es ist ein Wunder, dass er nicht viel früher aus Kummer über seine Tochter gestorben ist. Ein Wunder!«

Sie legte einfach auf und atmete tief und gleichmäßig. Es dauerte keine dreißig Sekunden, bis er sie zurückrief.

»Alastair Hopkirk. Du bekommst seine Nummer über die Auskunft. Verlierst du auch nur ein Wort darüber, dass du die Empfehlung von mir hast, sorge ich persönlich dafür, dass du in diesem Land keinen einzigen fähigen Anwalt mehr bekommst. Mein Gott, ist das alles peinlich!«

Sie legte wieder ohne ein Wort auf.

Hopkirk wusste sofort, wer sie war. Jeder, der dieser Tage in Schottland Zeitung las oder fernsah, wusste, wer sie war.

»Hat David Sie zu mir geschickt?«, fragte er.

»Aber, aber. Ich würde ihn niemals mit so etwas Profanem belästigen«, antwortete Mina.

»Er stirbt sicher gerade vor Scham.« Sie hörte förmlich das breite Grinsen in seinen Worten.

»Helfen Sie mir?«

»Natürlich. Ich freu mich drauf.«

Sie nannte ihm ihre Adresse und Telefonnummer. Er würde um zwei Uhr bei ihr sein.

»Noch scheinen die Journalisten nicht zu wissen, wo ich wohne. Die Chancen stehen gut, dass Sie mein Haus unbehelligt erreichen.« Sie steckte vorsichtig den Kopf ins Wohnzimmer und schaute durch das vordere Fenster auf die Straße. Niemand war zu sehen.

»Darf ich David anrufen und ihm erzählen, dass ich Sie jetzt vertrete?«

Nun war es an Mina zu grinsen. »Grüßen Sie ihn bitte, und sagen Sie ihm, wie leid es mir tut, dass ich so lange nichts von mir habe hören lassen.«

4.

Das Mädchen in seinem Garten streckte ihm die Zunge raus und klopfte weiter gegen die Scheibe. Sie hatte einen fuchsroten Pagenschnitt und trug eine große Sonnenbrille im 70er-Jahre-Stil. Dazu ein bunt gemustertes Minikleid und eine Jeansjacke. An den nackten Beinen: hochhackige, offene Schuhe. Die Zehennägel dunkelrot lackiert wie die Fingernägel. Das Dunkelrot passte zum Ton ihres Lippenstifts. Sie zog einen Schuh aus und drohte ihm, damit die Scheibe einzuschlagen.

Er öffnete das französische Fenster und bemühte sich vergeblich, das Lachen, das um seine Mundwinkel zuckte, zu unterdrücken.

»Kennen wir uns?«, fragte er höflich.

»Lass mich rein, verdammt.« Mina drückte sich an ihm vorbei in sein Wohnzimmer. Erst dachte er, sie hätte sich verletzt, weil sie humpelte. Dann verstand er, dass es an ihren Schuhen lag. Vielmehr an dem einen, den sie noch trug. Sie ließ sich auf eines der Sofas fallen und zog auch diesen Schuh aus.

»Habe ich dich schon mal in High Heels gesehen?«, fragte er.

Sie knurrte nur.

»Das Make-up finde ich sehr gelungen. Selbst gemacht?«

Sie streckte ihm wieder die Zunge raus.

»Und das Benehmen entspricht vollkommen dem Look! Die Frisur passt ebenfalls ganz ausgezeichnet zu dir. Betont die Wangenknochen.«

»Mein Anwalt hat sich das ausgedacht.«

»Ein Mann mit einem ausgesuchten Geschmack.«

»Mit einem ausgesuchten Geschmack für Teenies! Was hat er sich bei diesem Kleid gedacht?« Sie zupfte an ihrem Rocksaum herum, als hätte sie Hoffnung, der Stofffetzen verlängere sich dadurch um ein paar Inches. Dann sah sie ihn an, immer noch schlecht gelaunt. »Könntest du jetzt bitte so etwas sagen wie: Mit deiner Figur kannst du das doch problemlos tragen. Oder: Darin siehst du gleich zehn Jahre jünger aus. Na los, sag was.«

Cedric musste lachen. »Dein Anwalt wollte, dass man dich nicht auf den ersten Blick erkennt, und das klappt vorzüglich.«

»Ich seh aus wie eine von diesen Studentinnen, die sich im Club an einem Abend zehn Typen aufreißen.«

»Großartig! Mina Williams sieht nämlich aus wie eine sehr attraktive, aber ebenso unnahbare wie mysteriöse Schönheit aus einer anderen Welt!« Für eine Sekunde wunderte er sich selbst über das, was er gerade gesagt hatte. Wie viel gelöster und entspannter er sich doch fühlte, seit er allein im Haus war. Aber er fühlte sich auch Mina gegenüber sicherer, jetzt wo sie nicht mehr seine Dozentin war. Fast schämte er sich dafür, denn es war ja Minas missliche Lage, die dafür gesorgt hatte.

Mina blickte ihn finster an und schien eine Weile über das, was er gesagt hatte, nachzudenken. »Jetzt echt?«, sagte sie endlich.

»Oh, du hast mit deinem Anwalt an deiner Diktion gearbeitet! Eine perfekte Tarnung, ich bin tief beeindruckt!«

»Du solltest an *deiner* Diktion vielleicht auch ein bisschen arbeiten, denn so richtig zum Scherzen ist mir eigentlich nicht zumute.«

»Tut mir leid«, sagte Cedric und überlegte, wo er sich am besten hinsetzen sollte. Jede Möglichkeit erschien ihm zu asymmetrisch, also blieb er stehen.

»Man benimmt sich aber wirklich anders, wenn man sein

Aussehen verändert«, sagte Mina nachdenklich. »Du solltest es auch einmal ausprobieren.«

»Hast du auch einen neuen Namen?«

Sie schüttelte den Kopf. »Du meinst, falls mich jemand fragt? Wer sollte mich nach meinem Namen fragen?«

»Vielleicht jemand nachher auf der Party?«

»Alles nur nicht ... Lindsay. Lindsay finde ich schrecklich.«

Mina schob sich ihre Sonnenbrille in die Haare, und Cedric studierte ihr Gesicht. Das Make-up gab ihr ein völlig anderes Aussehen. Das Rouge betonte ihre Wangenknochen und ließ sie breiter und höher wirken, der Lidschatten gab ihren Augen etwas Katzengleiches, der Lippenstift machte aus ihren ohnehin schon vollen Lippen einen Schmollmund. Sie sah hübsch aus, aber auf beliebige Art, ohne besondere Charakteristika, ohne besondere Ausstrahlung. Die Art, wie sie sich sonst schminkte und kleidete, gefiel ihm besser, und er vermisste ihre langen, braunen Haare.

»Ist das eine Perücke?«, fragte er mit einem Funken Hoffnung, der sogleich zerstob. Sie schüttelte wild den Kopf und wühlte mit beiden Händen durch ihr Haar.

»Schön wär's. Alles echt. Bis auf die Farbe natürlich.«

»Wie haben sie deine Haare so glatt bekommen?«

Sie zuckte die Schultern. »Keine Ahnung. Sie haben in diesem Salon mit der gesamten Belegschaft an mir gearbeitet. Mir graut davor, sie selbst föhnen zu müssen. So bekomme ich das nie wieder hin.«

»Tolles Haus«, sagte sie unvermittelt. Er folgte ihrem Blick über die teuren Möbel, die Ölbilder, die Perserteppiche auf dem dunklen Parkettboden. »Danke«, erwiderte er knapp und kam sich lächerlich vor, wie er so mit den Händen in den Taschen hinter einem der Sessel stand. Er wusste nur immer noch nicht, wohin er sich setzen sollte.

»Wann fängt die Party an?«

»Die Presse ist schon drüben, die ersten Gäste ebenfalls.«

»Sind wir eingeladen?«

Cedric zog die Augenbrauen hoch. »*Wir* sicher nicht. Ich selbstverständlich, obwohl ich denke, dass sie nicht mit mir rechnen. Dass ich jemanden mitbringe, entspricht auch nicht den Erwartungen.« Er runzelte die Stirn. »Hast du eine Idee? Niemand glaubt mir, dass ich mit einer Frau auftauche – und schon gar nicht mit …« Er suchte nach Worten.

»Was denn, bin ich nicht hübsch genug?«, rief Mina mit gespieltem Entsetzen.

Er lächelte. »Zu bunt. Gar nicht mein Stil.«

Sie nickte frustriert. »Hopkirk, mein Anwalt, hielt es für die beste Tarnung. Gibt es in diesem Haus eigentlich auch etwas zu trinken? Ich wäre auch mit Leitungswasser zufrieden.«

Sie überlegten eine Weile, wie sie Mina am besten auf die so genannte Totenwache schmuggeln konnten, bis ihm die rettende Idee kam. »Was ist mit Sergeant Hepburn?«

Mina rief sie an, und nur wenige Minuten später schlich sich eine partygerecht gestylte Isobel Hepburn in einem Sommerkleid und mit mehr Lippenstift als sonst in seinen Garten. Langsam wurde es zur Gewohnheit, dass er Gäste nicht mehr an der Haustür empfing.

»So schnell?«, fragte Cedric.

»Ich war sowieso eingeladen«, sagte sie grimmig. »Was denkt sich dieser Kerl eigentlich? Doug – wie heißt er noch mal?«

»Douglas Roth, und er denkt im Allgemeinen gar nicht«, erklärte Cedric.

Hepburn musterte Mina und musste grinsen. »Unglaublich. Ich hätte Sie niemals erkannt!«

»Das ist auch der Zweck der Übung«, brummte Mina.

»Warum wollen Sie sich unbedingt auf dieser Veranstaltung herumtreiben?«, fragte Isobel.

Mina sah sie unglücklich an. »Vielleicht erinnere ich mich

an etwas. Vielleicht sehe ich jemanden. Vielleicht bringt es irgendwas. Ich habe keine Ahnung. Aber es wäre falsch, nicht hinzugehen.«

Sie sagte nicht, dass sie auf den Mann warteten, der den schwarzen Range Rover fuhr. Cedric nickte langsam. »Brady wird hoffentlich nicht anwesend sein?«

Hepburn verzog ihren Mund. »Er ist garantiert schon längst da.« Sie sah zu Mina. »Aber keine Sorge. Er wird Ihnen auf die Beine starren und gar nicht merken, dass Sie ein Gesicht haben.«

Fünf Minuten später ging Cedric hinüber, die beiden Frauen kamen kurz nach ihm, sodass er hörte, wie Hepburn ihre Begleiterin vorstellte: »Meine Cousine Lindsay aus London.«

Lindsay aus London. Er lächelte.

Cedric verlor die beiden schnell aus dem Blick. Das Haus war voll. Nicht nur im Erdgeschoss und im Garten, auch im ersten Stock hielten sich die Gäste auf, und es wurden von Minute zu Minute mehr. Cedric wurde schwindelig, denn er hasste es, mit so vielen Menschen auf so engem Raum zusammen sein zu müssen. Das Stimmengewirr, die laute Musik, die unterschiedlichen Gerüche, all das machte ihm zu schaffen. Und es war fast unmöglich, nicht dauernd mit jemand zusammenzustoßen. Es kostete ihn viel Kraft, nicht seinem Impuls nachzugeben und gleich wieder nach Hause zu gehen.

Im Garten entdeckte er seinen Vater. Er hatte Lillian mitgebracht. Beide trugen der unkonventionellen Verbindung von Trauerfeier und Party durch zwar schwarze, aber leichte Kleidung Rechnung. Wenigstens hatte Lillian nicht einen ihrer lächerlichen Hüte auf, von denen sie dachte, sie gehörten zum guten Ton. Selbst beim Pferderennen in Ascot fielen ihre Hüte auf, und zwar unangenehm.

Cedric blieb etwa zwanzig Fuß von seinem Vater und Lillian entfernt stehen und wartete, bis sie ihn entdeckten und zu ihm kamen. Bis dahin sah er sich die anderen Gäste an. Sie unterschieden sich nicht von denen, die Matt zu seinen Partys eingeladen hatte: junge Studenten und Golfer mittleren Alters. Nur, dass es heute viel weniger Studenten waren, da die meisten den Sommer zu Hause verbrachten, wenn sie nicht gerade ihre Abschlussarbeiten schreiben mussten. Sie wurden ersetzt durch junge Leute, die in St. Andrews im Sommer einen Englischkurs absolvierten.

Zahlreiche Presseleute hatten sich unter das Partyvolk gemischt und fragten herum, wer mit Matthew Barnes befreundet gewesen war. Die Fotografen knipsten, was ihnen vor die Linse kam.

Cedric erkannte einige seiner Kommilitonen und nickte ihnen kurz zu, sprach aber mit keinem. Er erkannte Brady, der heute noch mehr nach »Life On Mars« aussah als sonst. Doug tauchte neben Brady auf und stellte ihn tatsächlich als den berühmten Chief Inspector Hunt aus der Fernsehserie vor. Ein paar junge Mädchen scharten sich kichernd um ihn, weil sie ihm glaubten.

Isobel Hepburn kam auf Cedric zu, Mina trottete genervt hinter ihr her und kaute Kaugummi. »Gehen Sie mal ins andere Wohnzimmer. Doug hat eine Art Schrein für Matthew Barnes aufgebaut«, sagte Isobel.

Er sah Mina an, die unter ihrem Make-up sehr blass wirkte. Sie bemerkte seinen Blick und schüttelte leicht den Kopf. Er verstand: Alles in Ordnung, nicht nachfragen. Ein Mann mit einem Champagnerglas in der Hand stand neben Mina. Er musterte sie eingehend, dann wandte er sich an Hepburn. »Sergeant, Sie hier?«, sagte er, und es klang mehr nach einer Feststellung als nach einer Frage.

»Meine Cousine Lindsay, Cedric Darney, das ist Dr. McCallum. Unser Polizeiarzt.« Isobel stellte sie einander vor.

Cedric nickte McCallum zu und ignorierte die ausgestreckte

Hand. Mina gab ein langgezogenes »Hiya« von sich und sagte dann, im selben Tonfall und mit dem besten Londoner Westendakzent, den sie hinbekam, dass sie unbedingt etwas zu trinken brauchte.

Cedric folgte ihr. Sie ging in das Vorderzimmer, um ihm zu zeigen, was Doug gebastelt hatte: Zeitungsfotos von Matt waren auf einen schwarzen Pappkarton geklebt. Die Collage stand auf einem Notenständer. Über dem Notenständer hingen Blumengirlanden, auf dem Boden waren Kränze und Kerzen, die die Gäste mitgebracht hatten. Das gesamte Arrangement wirkte grotesk. Dazu passte auch die Musik. Aus der Anlage im Wohnzimmer dröhnte laute Rockmusik, nicht gerade das Richtige für eine Trauerfeier.

»McCallum hat mich erkannt«, flüsterte Mina ihm zu. »Und ich hasse diese Schuhe.«

Cedric hob die Augenbrauen. »Wie soll er dich erkannt haben? Bist du sicher? Nicht einmal Brady bist du aufgefallen.«

»Der hatte mit seinem Fanclub zu tun. Ich bin mir sicher. McCallum hat mich erkannt«, sagte Mina. »Ich gehe wieder. Sag Isobel Bescheid.«

»Sergeant Hepburn und du, ihr duzt euch?«

Mina verdrehte die Augen. »Sie ist doch meine *Cousine*!«

Cedric musste wieder lächeln. »Willst du drüben auf mich warten? Ich bleibe sicher auch nicht mehr lange.«

»Oh?«

»Nun, ich dachte, falls dich die Reporter nerven sollten, könntest du jederzeit auch bei mir unterkommen. Das Haus ist groß genug, und es gibt ein zweites Badezimmer …« Er war gerade erst seine schrecklichen Mitbewohner losgeworden, er war endlich allein in dem Haus, und jetzt lud er Mina Williams zu sich ein. Cedric staunte über sich.

»Danke, aber noch haben sie nicht herausgefunden, wo ich wohne. Und ich habe die Hoffnung, dass sie mich so schnell auch nicht finden.« Sie zupfte an ihren Haaren. »Ich erkenne mich ja selbst nicht im Spiegel. Also, sag bitte Isobel Bescheid. *Lindsay* geht. War sowieso eine blöde Idee herzukommen.«

Sie verschwand, und er ging zurück in den Garten, wo er gegen McCallum prallte.

»Wo ist denn Lindsay?«, fragte der Arzt und klang nicht mehr ganz nüchtern.

»Eben war sie noch oben«, log Cedric, und McCallum steuerte die Treppe an.

Sein Vater winkte ihn zu sich, um ihn einigen Leuten vorzustellen. Die nächste halbe Stunde war eine Höllenqual für ihn, denn er musste Hände schütteln und Interesse heucheln, bis er endlich eine Gelegenheit fand, um unbemerkt zu verschwinden.

Zu Hause fand er keine Ruhe. Er konnte sich nicht auf seine Arbeit konzentrieren, er fand keine Muße zum Lesen, im Internet zu surfen, half auch nicht, und schlafen konnte er schon gar nicht. Er beschloss, ein wenig an die Luft zu gehen. Die Neugier trieb ihn in seinen eigenen Garten, von wo aus er noch etwas von der Party mitbekommen konnte, ohne gesehen zu werden und ohne mit anderen Menschen Kontakt haben zu müssen. Er ließ das Licht in seinem Zimmer brennen und ging durch das dunkle Haus hinaus. Die Außenbeleuchtung schaltete er nicht ein. Sie sollten denken, er sei in seinem Zimmer.

Cedric ging an der hohen Hecke entlang, die die Grundstücke voneinander trennte. Sie war gute sieben Fuß hoch und verbarg ihn damit völlig. Cedric hörte die Gäste draußen, doch zunächst konnte er die Stimmen nicht zuordnen. Obwohl es fast Mitternacht war, lief die Musik noch ziemlich laut. Seltsam, dass sich niemand beschwerte. Wahrscheinlich hatte Doug alle Nachbarn eingeladen.

»Cheerio! Auf das, was im Leben noch kommt!«

Cedric erkannte die Stimme seines Vaters.

Ein Rascheln an der Hecke ließ ihn vor Schreck zusammenfahren. Er blickte sich um, sah aber niemand. Es musste von der anderen Seite kommen. Cedric hielt die Luft an und lauschte. Es waren Pete und Doug, die sich von den anderen zurückgezogen hatten.

»Es ist dein Geburtstag«, sagte Doug. »Reiß dich zusammen, und freu dich ein bisschen! Was denkst du, was ich für einen Stress hatte, um dir so was zu organisieren!«

»Ich will aber nicht!«, lallte Pete.

»Das glaub ich dir nicht. Schau doch erst mal! Was ist los mit dir? Du bist doch sonst nicht so?« Doug klang zornig.

»Mir wird das alles zu viel, weißt du, und ich hab echt kein gutes Gefühl. Ich glaub, das ist alles nicht richtig. Ich glaub, ich muss mit Brady reden.«

»Hey, Kumpel, hör mir mal genau zu. Ich hab dir ein Alibi gegeben, ja? Und dabei bleibt's!«

Pete rülpste laut. »Das ist nicht richtig, das ist alles nicht richtig.«

»Die sind hinter dieser Frau her, und kein Mensch interessiert sich dafür, was du Samstagnacht gemacht hast – oder auch nicht gemacht hast.«

Sie schwiegen einen Moment. Cedric dachte schon, sie seien weitergegangen, als Pete sagte: »Ich hab dir auch ein Alibi gegeben, weißt du?«

»Halt die Schnauze«, zischte Doug. »Das war alles deine Idee, ja? Das solltest du besser nicht vergessen!«

Wieder Schweigen. Cedric wartete, er wusste nicht, wie lange, dann war er sich sicher, dass sie gegangen waren.

Doug hatte Pete ein Alibi für die Mordnacht gegeben. Sie waren gar nicht zusammen gewesen. Beide hatten die Gelegenheit zu dem Mord gehabt. Aber warum hätten sie Matt umbringen sollen?

Er verstand nun, was Pepa gemeint hatte: Sie hatte ihn nicht mit dem Wissen um den Mörder in Gefahr bringen wollen. Er musste sofort nach Edinburgh und nach ihr suchen.

Cedric ging in sein Haus zurück und nahm den Autoschlüssel, startete den Mercedes und fuhr auf die Hauptstraße, als er vor sich einen schwarzen Range Rover sah.

Etwas sagte ihm, dass er es sein musste: Pepas Zuhälter, der Mann, der Minas Fenster eingeworfen hatte.

Er würde ihm folgen. Cedric hatte das Gefühl, dass dieser Range Rover ihn direkt zu Pepa führen würde.

5.

Edinburgh war das perfekte Motiv für Postkarten, anders als Glasgow. Es war fast egal, von welchem Winkel aus man die Stadt fotografierte oder in welchem Licht. Die einmalige Lage am Firth of Forth auf sieben Hügeln, die Burg, Calton Hill mit seiner verrückten Ansammlung von Denkmälern, der Sternwarte und dem nie vollendeten Parthenon, Holyrood Palace und natürlich Arthur's Seat, der erloschene Vulkan mitten in der Stadt. Der wunderbarste Gegensatz aber war: die Old Town mit ihren verwinkelten Gässchen und dunklen Gebäuden auf der einen Seite, der Ort der Geister und Gespenster, und auf der anderen Seite die New Town mit ihren großzügigen, ordentlich aneinandergereihten Prunkbauten, der Stadtteil für exklusives Shopping.

Ebenfalls anders als Glasgow war Edinburgh nachts auf den ersten Blick recht ausgestorben. Wer sich auskannte, der wusste aber, dass es auch in den frühen Morgenstunden einige sehr belebte Ecken gab, die allerdings nicht jedermanns Sache waren: verrufene Nachtclubs, Striplokale, so genannte Saunen. Die wunderbar gepflegten Parks wurden in der Nacht zu Drogenumschlagplätzen. Aber wer nicht bis in diese Ecken vordrang, hatte den Eindruck, Edinburgh sei eine brave Stadt mit Bewohnern, die sich gerne früh schlafen legten, um am nächsten Morgen wieder frisch ihr Tagewerk zu beginnen.

Margaret wusste es besser. Sie kannte die Plätze in Edinburgh, die eine anständige Frau nicht kennen sollte. Sie hatte hier ihre Kindheit und Jugend verbracht, und sie war in jeder Phase ihres Lebens abenteuerlustig genug gewesen, um schneller als jeder andere herauszufinden, wo etwas los war. Sobald man ihr sagte, welche Straßen man als Frau besser meiden sollte, saß sie auch schon im Taxi, um sich genau dorthin fahren zu lassen. Voyeurismus, dachte Margaret. Oder innere Rebellion. Immer das tun, was Vater nicht gutheißen würde. Ob er davon erfuhr oder nicht, war gleichgültig.

Margaret war schon früh am Morgen nach Edinburgh aufgebrochen. Sie war vor wenigen Tagen zur Beerdigung ihres Vaters hier gewesen. Diesmal wollte sie nicht den Friedhof sehen, sondern die Royal Mile bis zum Holyrood Palace entlanggehen, in die Galerien schauen, auf dem Grassmarket im »Lot« Kaffee trinken, an der Princes Street einkaufen, sich langsam von Jenners aus über Harvey Nichols in die teuren Boutiquen in der New Town vorarbeiten. Um sich dann mit der Dunkelheit zu verwandeln und die dreckigen, die gefährlichen Straßen aufzusuchen.

»Dr. Jekyll und Mr Hyde« war die Geschichte von Gut und Böse; Deacon Brodie, einst ein ehrenwerter Bürger von Edinburgh, der nachts zum Gangsterboss wurde, das Vorbild, das sich Robert Louis Stevenson gesucht hatte. Sie passte so gut zu dieser Stadt, auch wenn sie in London spielte, denn der Gegensatz, um den sie sich drehte, beschrieb Edinburgh besser als alles andere: im Tageslicht unschuldig und prachtvoll, bei Nacht sündig und hässlich.

Die Nacht hatte eingesetzt, und Margaret ging die dunklen Straßen von Haymarket ab, um den Mann zu suchen, den sie auf dem Foto gesehen hatte. Sie hatte ein Gefühl dafür, wo er sein könnte. Es war nur eine Frage der Zeit. Sie hatte keine Angst und kümmerte sich nicht darum, dass ein paar einsame Betrunkene sie ansprachen oder ihr anzügliche Bemerkungen hinterherriefen. Sie wusste, sie meinten nichts von dem, was sie sagten. Sie mochte noch gut aussehen für ihr Alter, aber das war gleichzeitig auch der Punkt: ihr Alter. Die Fünfzig hatte sie bereits seit einer Weile hinter sich gelassen. Die Betrunkenen, die Freier, all die Männer, denen sie begegnete, suchten nicht nach ihr.

Sie ging den Shandwick Place entlang in Richtung Princes Street Gardens. Noch hatte sie ihn nicht gefunden. Zwei Uhr, und sie war weiterhin auf der Suche. Die Sonne würde bald aufgehen, danach hatte es keinen Sinn mehr. Nicht im Hellen.

Sie erreichte die Lothian Road und beschloss, dort weiterzusuchen. Sie bog schließlich in die King's Stables Road ein, die sie am Park entlang zum Grassmarket führen würde. In dieser Einbahnstraße war es besonders dunkel. Princes Street Gardens auf der einen Seite, ein großes Parkhaus auf der anderen.

Margaret sah den schwarzen Range Rover, wie er am Straßenrand hielt. Erst dachte sie, er würde in das Parkhaus fahren, aber er hielt davor. Geschäfte im Park, überlegte sie und blieb stehen, bis der Fahrer ausgestiegen war. Ein Mercedes fuhr an ihr vorbei und verschwand in Richtung Grassmarket. Eine Gestalt löste sich aus dem Dunkeln des Parkhauses und ging auf den Range Rover zu. Unterhielt sich mit dem Fahrer. Übergab einen Umschlag. Die Gestalt verschwand so lautlos im Nichts, wie sie gekommen war. Geschäfte, dachte Margaret wieder.

Sie war mit ihm alleine. Sie konnte ihn ansprechen.

Margaret ging rasch auf ihn zu und sagte: »Gut, dass wir uns treffen.«

Der Mann stand mit dem Rücken zu ihr, eine Hand an der Wagentür, die er noch nicht geschlossen hatte. »Was ist daran gut?«, fragte er, ohne sich umzudrehen. Er wusste, wer sie war, er hatte sie auf sich zukommen sehen, bevor er sich umgedreht hatte, um die Wagentür zu schließen. Der Mann roch nach Tabak und Alkohol, wirkte aber keineswegs betrunken.

»Was ist daran gut?«, wiederholte er, und diesmal klang seine Stimme tiefer, ruhiger, leiser. Endlich drehte er sich um, und Margaret zuckte zusammen, als sie das Gesicht unter der Kappe des R&A Golfclubs erkannte.

»Du!«, rief sie.

Er lachte laut und schlug die Autotür zu. »Ich! Wer hätte das gedacht!« Er schien darauf zu warten, dass sie etwas sagte, aber Margaret brachte keinen Laut hervor. »Hast du mir nachspioniert?«, fragte er.

Sie schüttelte den Kopf und sah in seinem Blick, dass er ihr nicht glaubte.

»Was weißt du?«

Sie konnte noch immer nichts sagen.

»Offenbar zu viel.« Er lachte wieder, diesmal noch lauter. »Und weißt du, was jetzt passiert?«

Sie wusste es nicht. Der harte Schlag seiner Hand traf sie völlig unvorbereitet ins Gesicht. Sie schlug mit dem Kopf gegen den Wagen und spürte, wie an ihrer Stirn die Haut aufplatze und das Blut herausschoss.

»Wie gut, dass wir uns getroffen haben«, sagte er voller Hohn, und sie sah, dass er eine kurze, dicke Eisenstange in der Hand hielt.

Margaret duckte sich, aber was half es schon, sich zu ducken, wenn der Schlag von oben kam und es dem Schläger gleichgültig war, wo am Schädel er sie traf.

Bevor der nächste Schlag sie wie ein Blitz traf und alles auslöschte, dachte sie den letzten klaren Gedanken in ihrem Leben: Das also ist Mr Hyde.

6.

Es war halb zwei, als der letzte Gast ging. Ein Streifenwagen war vorbeigekommen: Anwohner hatten sich über den Lärm beschwert. Und ohne laute Musik und Tanz machte es keinen Spaß mehr, denn mit einem Mal erinnerten sich alle wieder daran, warum sie eigentlich hier waren.

Das Haus glich einem Schlachtfeld, und auch der Garten sah mitgenommen aus. Wie gut, dass Lord Darney schon vor der Party versprochen hatte, am nächsten Tag einen Putztrupp vorbeizuschicken.

Pete wusste, dass es Doug völlig egal war, wie es um ihn herum aussah. Er hatte die Party seines Lebens gegeben, und morgen würden ein paar Zeitungen darüber berichten. Doug sah sich schon auf den Titelseiten, aber viel wahrscheinlicher war es, dass aus der Party nur eine kleine Meldung auf den hinteren Seiten werden würde. Die Reporter waren nur gekommen, weil sie gehofft hatten, Mina Williams zu sehen. Sie waren enttäuscht worden. Keine Williams, kein Skandal, nichts. Auch sonst keine Promis. Dafür hatten sich die Aasgeier auf das Gratisbüfett gestürzt.

Von wegen Titelseite.

Doug räumte den gröbsten Müll aus den Schlafzimmern. Pete konnte hören, wie er oben hin und her ging. Die Frau, die Doug ihm zum Geburtstag geschenkt hatte, war aus seinem Zimmer zu ihm ins Wohnzimmer gekommen und hatte sich in einen der Sessel gesetzt. Eigentlich lag sie. Sie langweilte sich und hatte angefangen, an ihrem Nagellack herumzupicken.

»Sag mal«, begann sie mit schwerer Zunge. »Warum bin ich

eigentlich hier? Für Partyfutter bin ich doch zu teuer, findest du nicht?« Jetzt wickelte sie sich Strähnen ihrer blondierten Haare um den linken Zeigefinger. »Außerdem ist die Party ja schon vorbei, und ich hab nichts davon mitbekommen, weil ich auf dich gewartet hab.«

»Sei doch froh, wenn du nicht mehr machen musst. Oder macht es dir etwa Spaß?«, fragte Pete träge und überlegte, ob er auf Wasser umsteigen oder sich noch einen weiteren Drink genehmigen sollte. Vor seinen Augen verschwamm schon alles, aber das war in Ordnung. Er betrachtete eine Party nur dann als gelungen, wenn er hinterher im Bett lag und sich festhalten musste, weil es schaukelte wie auf hoher See.

»Klar macht mir das Spaß, was denkst du denn«, rief die Frau. »Ich könnte auch was anderes machen, aber ich will gar nicht.«

»Wieso nicht?«, fragte Pete und versuchte, mit der Wodkaflasche sein Glas zu treffen.

»Flexible Arbeitszeiten, und die Kohle stimmt.«

»Wie alt bist du überhaupt? Ewig kannst du das ja nicht mehr machen.«

»Noch lange genug«, blaffte sie. »Ich bin einundzwanzig. Was interessiert dich das überhaupt? Du willst doch sowieso nicht.« Sie klang eingeschnappt.

»Nee, echt nicht.«

»Gefall ich dir nicht? Ist es das?« Jetzt war sie richtig beleidigt. Sie stand auf, schob ihren kurzen Rock noch ein paar Inches höher und stellte einen Fuß auf seinem Oberschenkel ab. Er sah ihre halterlosen Strümpfe. Der spitze Absatz ihres Stiefels bohrte sich in seinen Muskel, und er spürte, wie er trotz allem Lust bekam.

»Sachte, Mädchen«, murmelte Pete und trank von seinem Wodka. Manchmal half es, wenn er viel trank. Dann wurde er müde und vergaß die Frauen.

»Ich hab schöne Beine, das sagen mir alle. Findest du nicht?«

»Doch, klar.«

Sie beugte sich über ihn und schob ihre Brüste in sein Gesicht. »Hier hab ich auch was zu bieten. Also? Was ist los mit dir?«

Pete glaubte, seine Hose würde platzen. Wenn sie sich doch bloß wieder setzen würde. »Lass mich«, seufzte er und trank sein Glas leer.

Sie setzte sich breitbeinig auf seinen Schoß und legte die Arme um seinen Hals. »Na komm schon, ich seh doch, da tut sich was bei dir«, flüsterte sie ihm ins Ohr. »Hast du Schiss wegen deinem Kumpel? Wir können's auch im Garten machen. Oder uns im Bad einschließen. Oder wir gehen in dein Zimmer, er weiß doch, was abgeht. Er hat mich bezahlt. Ich kann so laut sein, wie du willst.«

Warum ließ sie ihn nicht einfach in Ruhe? Vielleicht hoffte sie darauf, ihn als Stammkunden zu gewinnen. Wer wusste schon, was im Kopf einer Nutte vorging. Pete rutschte in seinem Sessel herum, damit seine Hose nicht mehr so sehr spannte. Aber sie hatte ihre Hand schon zwischen seine Beine geschoben.

»Wo willst du 's machen?«, hauchte sie und schob ihren Rock nun ganz hoch. Er sah ihren Tanga: ein winziger pinkfarbener Streifen, umrahmt von schwarzer Spitze. Ihre Finger suchten die Knöpfe seiner Hose und öffneten sie langsam.

Am besten trank er noch etwas – so viel, dass er keinen mehr hochbekam. Er drehte sich zur Wodkaflasche, aber sie war schneller. Sie schob sich ihr Oberteil über die Brüste und hielt sie ihm mit beiden Händen hin.

»Fass sie an«, sagte sie, und er wusste: Jetzt half nichts mehr. Ich könnte versuchen, das Telefonbuch auswendig aufzusagen, es würde nicht helfen, dachte er.

Er sah nur noch ihre Brüste vor sich, starrte darauf, bis sie in seiner Vorstellung immer größer wurden, und nahm sie endlich in die Hände. Wenn er sich gleichzeitig auf etwas anderes konzentrierte, würde es vielleicht gehen, dachte er und ging in Gedanken die einzelnen Gewächshäuser des botanischen Gartens durch. Kakteensorten, dachte er. Das müsste mich runterbringen, sonst dreh ich durch.

Sie kniete im Sessel, seine Beine zwischen ihren, und schob ihre Hand in seine Hose, um seinen Schwanz zu massieren. Pete schloss die Augen, dachte an Kakteen und nahm eine ihrer Brüste in den Mund. Sie stöhnte. Auch wenn es geschauspielert war, auch wenn es zu ihrem Programm gehörte: Es erregte ihn.

»Siehst du, es geht doch. Jetzt sag mir nur noch, wie du 's willst. Na?«

Halt den Mund, dachte er. Aber sie redete weiter.

»Wie willst du ihn in mich reinstecken? Sag's mir, ich mach alles. Aber nur mit Gummi, klar. Ich kann dir auch einen blasen, wenn dir das lieber ist?«

Er antwortete nicht. Er konzentrierte sich nur auf Kakteen und darauf, ihre Brüste zu lecken. Mehr nicht, bitte nicht mehr, halt einfach den Mund.

»Ich dachte ja erst, du stehst nicht auf Frauen, aber das in deiner Hose sieht doch sehr danach aus …«

»Halt den Mund«, sagte er und leckte weiter.

»Soll ich nichts sagen? Wenn du mir nicht sagst, was du willst, muss ich doch fragen.«

»Halt einfach den Mund.«

»Wir müssten aber vorher drüber reden, was du willst«, beharrte sie.

»Ich denke, es ist für alles bezahlt«, sagte er und griff fest in ihre Brüste, sodass sie aufschrie.

»Hey, nicht so, ja? Von grob werden war keine Rede. Dein

Kumpel hat gesagt, ein bisschen vögeln, einfach nur ein Geburtstagsfick, und das war's dann auch ...«

»Ja, und jetzt sei still.«

»Hey, Kleiner, Geburtstag hin oder her, so geht das nicht. Erst machst du einen auf uninteressiert, dann wirst du grob! Hast du Probleme mit Frauen? Oder ist es dein erstes Mal?«

Er bohrte seine Finger in ihre Brüste, diesmal vor Wut, und sah die Panik in ihren Augen.

»So einer bist du«, flüsterte sie. Er packte ihr in die Haare und riss ihren Kopf nach hinten. »Ich hab gesagt, halt den Mund!«

Sie fing an zu schreien, und Pete wusste für einen kurzen klaren Augenblick, dass er den Kampf gegen sich selbst verloren hatte. Er riss ihren Kopf noch weiter zurück und begann, ihr mit der anderen Hand ins Gesicht zu schlagen. Warf sie zu Boden, setzte sich auf sie und schlug immer weiter und weiter. Wenn sie doch nur aufhören würde zu schreien.

Sprang von ihr runter und fing an, sie zu treten. Sie hörte immer noch nicht auf. Er trat gegen ihren Kopf, ihren Oberkörper, ihren Kopf. Sie wimmerte jetzt nur noch, bewegte ihre Beine und Arme wie ein halb totes Insekt, das mit letzter Kraft noch versucht davonzufliegen.

Jemand packte ihn, riss ihn zurück und hielt ihm die Arme fest auf dem Rücken. Pete schrie wie am Spieß, aber der Griff lockerte sich nicht.

»Was hast du getan?«, hörte er Dougs Stimme. Sie kam von weit weg. Doug sagte noch etwas, aber er hörte es nicht mehr. Er wurde ohnmächtig.

Doug hatte ihm Wasser ins Gesicht geschüttet.

»Was ist los?«, fragte Pete heiser.

»Du hast die Nutte zusammengeschlagen!«, brüllte Doug ihn an. »Bist du wahnsinnig geworden?«

Pete stemmte sich vom Boden hoch und sah sie vor sich liegen. Sie bewegte sich nicht. Hatte er das getan?

»Das … sie hat nicht aufgehört, sie hat mich nicht in Ruhe gelassen …«

»Ey, natürlich hat sie dich nicht in Ruhe gelassen! Sie hat Geld dafür bekommen, damit sie mit dir fickt! Und was machst du? Du bringst sie um!«

»Sie ist tot?«, fragte Pete leise.

»Wie krank bist du eigentlich? Ich hab ja immer gewusst, dass du mit Frauen irgendwie komisch bist, aber dass du so austickst …!« Doug war ganz bleich geworden.

Pete blickte auf den leblosen Körper, aber das Bild verschwamm vor seinen Augen, weil er zu viel getrunken hatte. Er spürte, wie sich sein Magen hob und rannte in die Küche, wo er ins Spülbecken kotzte. Kalter Schweiß lief ihm über das Gesicht, und er konnte nicht mehr aufhören zu kotzen, bis nur noch Galle kam.

»Ich kümmere mich um die Nutte. Darney hat den Bentley stehen lassen und mir den Schlüssel gegeben. Ich bin spätestens in zwei Stunden wieder da. Bis dahin hast du das Wohnzimmer sauber gemacht.«

Pete würgte wieder und gab Doug ein Zeichen mit der Hand, dass er ihn verstanden hatte.

»Wenn ich zurück bin«, sagte Doug und klang wie der Krisenmanager einer maroden Firma, »fährst du den Bentley in die Waschstraße und machst eine komplette Innenreinigung.«

»Wo bringst du sie hin? Ins Krankenhaus?«

Doug lachte. Der Teufel lacht genauso, falls es ihn gibt, dachte Pete.

»Krankenhaus, alles klar. Ich schaff sie weg, irgenwohin, wo sie so schnell niemand findet!«

»Aber es hat sie doch jemand hier gesehen?«

»Sie ist kurz vor Mitternacht gekommen, da waren die meisten schon viel zu besoffen. Außerdem ist sie gleich in dein Zimmer raufgegangen, um auf dich zu warten.«

»Warum hast du das getan?«

»Was? Ich? Ich hab gar nichts getan!«

»Du hättest sie nicht holen sollen ...«

»Ich sag's dir noch mal: Woher hätte ich wissen sollen, dass du so krank bist! Und jetzt mach deine Hose zu. Du bist schon gekommen, das reicht ja wohl für heute.«

Pete rang nach Luft und schloss fest die Augen. »Ich bin was?«, fragte er mühsam.

»Du hast nicht mal gemerkt, dass du gekommen bist?«

Pete schüttelte den Kopf. Wieder stieg Galle in seinem Hals hoch.

7.

Cedric rannte zurück zu seinem Wagen, als der Mann Margaret in den Kofferraum des Range Rovers legte. Er konnte ihn nicht erkennen, es war zu dunkel. Sein Gesicht wurde von einer Schirmmütze verdeckt, selbst, als die Innenbeleuchtung des Wagens anging. Aber Margaret hatte er sofort im fahlen Lichtschein erkannt. Er musste die Polizei rufen. Er musste Mina anrufen.

Der Range Rover fuhr an ihm vorbei, als er sich gerade in seinen Wagen setzte.

Nein. Er musste ihm folgen. Wenn er ihn verlor, würde auch die Polizei nichts ausrichten können. Margaret lebte sicher noch. So einfach war es doch nicht, einen Menschen zu töten? Er könnte ihr helfen, wenn er ihm folgte.

Vielleicht brachte der Mann sie in ein Krankenhaus, dachte Cedric. Machten das nicht einige Kriminelle? Wenn sie ihre Tat bereuten, dann luden sie ihre Opfer vor einer Notaufnahme ab und verschwanden. Vielleicht hatte das auch der Mann vor. Er konnte nicht ernsthaft eine Frau zusammenschlagen und … Ja, was und?

Nach einigen Minuten musste Cedric allerdings einsehen, dass die Reise stadtauswärts führte. Sie befanden sich auf der Queensferry Road, das bedeutete ziemlich sicher, dass die Forth Road Bridge das Ziel war. Der Mann fuhr nach Fife zurück.

Cedric entspannte sich. Wenn er nach Fife fuhr, brachte er Margaret sicher zu Mina, damit diese sich um ihre Mutter kümmern konnte. Und dann dachte er: Was für ein Unsinn! Er konnte genauso gut vorhaben, Mina ebenfalls etwas anzutun. Cedric hatte keine Wahl, er musste dem Range Rover folgen.

Telefonieren, dachte er. Die Polizei anrufen. Nur, dass es nicht möglich war. Sein Handy lag zu Hause.

Als sie sich der Forth Road Bridge näherten, vergrößerte Cedric den Abstand. Er wollte nicht, dass der Fahrer des Range Rovers ihn im Rückspiegel sah. Er würde halten müssen, um die Brückenmaut zu zahlen, und um diese Zeit waren nicht alle Kassen geöffnet. Es wäre zu gefährlich, direkt hinter ihm zu bleiben.

Cedric bog eine Ausfahrt vor der Brücke ab und kurvte durch die steilen, engen Straßen von Queensferry. Auf der Brücke konnte er ihn nicht verlieren, sagte er sich. Danach würde er die Autobahn nehmen. Cedric könnte ihn problemlos einholen.

Dreieinhalb Minuten später fuhr er zur Brücke, zahlte die Gebühr und gab Gas. Der Himmel im Osten hatte einen helleren Blauton angenommen. Er dachte daran, wie es gewesen war, als er Pepa nach Edinburgh gefahren hatte. Wie sie gestaunt hatte, als sie die Brücke überquert hatten. Dass auch er hatte denken müssen, wie wunderschön doch ein Sonnenaufgang über dem Firth of Forth war. Er hoffte, dass auch dieser Sonnenaufgang etwas Gutes bringen würde, aber eine innere Stimme sagte ihm, dass es diesmal nicht so sein würde.

Er konnte den Range Rover nirgends entdecken. Der Mann musste sehr viel schneller gefahren sein, als Cedric erwartet hatte. Also beschleunigte er, überschritt auf der Autobahn das Tempolimit und holte ihn doch immer noch nicht ein. War er von der Autobahn abgefahren? Hatte er die Landstraße nach Inverkeithing genommen? Die Küstenstraße in Richtung Kirkcaldy? Aber warum hätte er das tun sollen? Dennoch, niemand sonst war auf der Autobahn unterwegs. Kein einziges Auto weit und breit. Der Range Rover war verschwunden.

Cedric beschleunigte weiter. Raste durch die Nacht, bis er auf der Höhe von Dunfermline war. Da sah er ihn. Der Range Rover nahm gerade eine Ausfahrt – aber wohin? Warum schon hier? Lochgelly? Glenrothes? Kirkcaldy? Cedric verstand nicht, was der Mann vorhatte. Er konnte ihm nur einfach weiter hinterherfahren.

Ihm kam ein Gedanke: Was, wenn er Cedrics Scheinwerfer die ganze Zeit im Rückspiegel gesehen hatte? Bei dem wenigen Verkehr auf der Straße würde er leicht Verdacht geschöpft haben können. Außerdem wurde es bald hell, dann konnte er den Wagen hinter sich erkennen.

Dennoch verließ auch Cedric die Autobahn und folgte dem schwarzen Wagen auf eine schnurgerade Landstraße. Cedric wurde langsamer. Niemand war hinter ihm, er konnte es riskieren, seine Lichter auszuschalten. Dann gab er Gas und nahm die Verfolgung wieder auf. Nach einer Viertelstunde erreichten sie Kirkcaldy. Cedric hoffte, der Mann würde nicht in die Stadt fahren. Denn dort würde er sofort auffallen.

Cedric hatte Glück. Der Range Rover fuhr weiter in Richtung Leven und Largo, bis er auf eine kleine, enge Landstraße einbog. Cedric gratulierte sich innerlich zu der Entscheidung, die Lichter ausgeschaltet zu haben. Dass man bis Kirkcaldy oder vielleicht sogar bis Leven denselben Weg von der Autobahn hatte, war vielleicht möglich, aber hier, auf den engen Landstraßen?

Das Problem war nur, dass Cedric ohne Licht dreimal fast von der Straße abkam. Der Fahrer des Range Rovers kannte sich gut aus und wusste, wie er die Kurven nehmen musste. Cedric fiel wieder ein gutes Stück zurück, aus Angst, im Gebüsch zu landen.

Sie fuhren eine Anhöhe hinauf, dann wurde der Range Rover immer langsamer und bog in einen Privatweg ein. Dorthin konnte Cedric ihm auf keinen Fall folgen. Er wurde langsamer, und als der Range Rover außer Sichtweite war, schaltete er die Lichter wieder an. Auf der anderen Straßenseite war ein Feldweg. Dort konnte er das Auto abstellen und zu Fuß weitergehen. Sehr weit war der Range Rover sicher nicht gefahren. Nicht auf einem Privatweg.

Cedric stellte den Mercedes ab, stieg aus und schloss ab. Dann ging er über die dunkle Straße bis zu dem schmalen Weg, in den der Range Rover eingebogen war. Keine zwanzig Yards hinter der Abzweigung stand er. Neben einem Haus, einem schönen alten Cottage. Vor dem Haus ein Schild: zu verkaufen. Das Haus stand also leer.

Der Mann öffnete den Kofferraum und zerrte Margaret heraus. Cedric konnte hören, wie sie vor Schmerz aufstöhnte. Sie wurde auf das Grundstück getragen, dann sah Cedric nichts mehr. Er hörte nur, wie Glas klirrte. Eine Fensterscheibe? Er wartete ein paar Minuten, nichts. Er musste näher heran. Aber es gab keinen Baum oder Strauch, der ihm Deckung geben konnte, und die Dunkelheit löste sich langsam auf.

Das Kornfeld, dachte Cedric. Er könnte sich im Kornfeld verstecken und so näher an das Haus herankommen. Bei dem Gedanken, wie dreckig er werden würde und wie viele Tiere in dem Getreide lauerten, wurde ihm schlecht. Das war keine Alternative. Er konnte das nicht tun. Also musste er ohne Deckung bleiben.

Er huschte auf das Cottage zu. Neben dem Cottage gab es einen Kohleschuppen, dahinter erkannte er einen großen Garten mit vielen wild wachsenden Blumen. Kein Geräusch war zu hören. Der Mann machte nirgendwo Licht. Wie viel Zeit war vergangen, seit er Margaret in das Haus geschafft hatte? Zehn Minuten? Mehr? Weniger?

Ein beißender Geruch stieg Cedric in die Nase, und er wusste nicht sofort, was es war. Erst als ihn das grelle Licht des Feuers blendete, verstand er: Benzin. Das Cottage war nun hell erleuchtet im Feuerschein, und Cedric sah Margaret auf dem Boden der Küche liegen, um sie herum tödliche Flammen. Der Mann hatte sie mit Benzin übergossen und war verschwunden. Die Flammen fraßen ihren Körper und griffen auf einen Teil des Hauses über.

Cedric stolperte von dem Cottage weg in das Kornfeld, verwirrt und außer sich, unfähig, darüber nachzudenken, was er tun sollte, ob er überhaupt etwas tun konnte. Er sah nur Margaret vor sich, wie sie verbrannte. »Hey!«, rief eine körperlose Stimme, schrill und heiser. »Hey!«

Cedric rannte los, ohne sich nach dem Mann umzusehen.

Er war nie ein besonders guter Sportler gewesen. Laufen hatte er gehasst, weil es ihn zum Schwitzen brachte. Und er hasste Schweiß. Aber jetzt ging es um sein Leben. Also rannte er über das Feld, schlug Haken, rannte und rannte, ohne zu wissen, ob der andere noch hinter ihm war. Noch schützte ihn die fahle Dämmerung. Es war hell genug, um nicht gegen einen Baum zu laufen, und dunkel genug, um nicht erkannt zu werden. Er sah nach einer Weile, dass die Sonne langsam über dem Firth of Forth aufging, er sah, dass dies vielleicht die schönste Aussicht auf das Firth war, die er jemals haben würde, er sah sogar Bass Rock im Morgengrauen, er spürte ein Stechen in seinen Leisten, und er rannte weiter, bis er nicht mehr konnte, weil er keine Luft mehr bekam. Cedric wurde langsamer und drehte sich ängstlich um. Von dem Mann war nichts zu sehen. Also blieb er stehen, um sich zu orientieren.

Vor ihm ein Feldweg. Der Feldweg führte geradewegs auf ein großes Anwesen zu. Nicht zum Haupteingang, sondern zur Hintertür.

Zum Anwesen seines Vaters.

Dort könnte er telefonieren. Sein Vater war, wenn er Glück hatte, noch bei Matts Trauerfeier. Vielleicht war er auch schon wieder hier, aber dann würde er fest schlafen. Er hatte sicher wieder eine Menge getrunken, und seine Frau auch.

Cedric lief den Feldweg bis zum Haus, dann um das Haus herum zur Garage und spähte durch ein Fenster hinein. Der Bentley seines Vaters war nicht da. Natürlich hatten sie ihn stehen lassen und ein Taxi genommen. Oder sie hatten sich von jemand anderem fahren lassen. Als Cedric sich umsah, bemerkte er vor dem Haus einen Wagen, den er nicht kannte.

Er schlich sich zum Seitenflügel, wo Licht durch die Fenster schimmerte. Die Vorhänge waren nicht vorgezogen, und Cedric sah Chief Inspector Brady im Wohnzimmer auf dem Sofa sitzen. Lillian ging durch den Raum auf ihn zu, sprach mit ihm, lächelte dabei auf ihre unverbindliche Art.

Cedric wich ein paar Schritte zurück und duckte sich hinter einen Strauch. Aber warum verstecken? Die Polizei war da. Die Polizei musste von Cedric informiert werden. Besser hätte er es kaum treffen können. Also riss er sich zusammen, ging um das Haus herum, um an der Vordertür zu läuten.

Doch bis dahin kam er nicht. Er hörte das Geräusch eines Motors. Ein Wagen fuhr über die Felder auf das Anwesen zu.

Es war der schwarze Range Rover.

8.

Eben in St. Andrews war noch blauer Himmel gewesen, und nun, eine halbe Stunde später und zehn Meilen weiter südöstlich, regnete es wie aus Kübeln.

»Der verschissene Regen spült uns alles weg«, schrie einer der Spurensicherer, als er zum Hafen von Crail herunterhastete.

McCallum rannte zu Isobels Wagen und warf sich auf den Beifahrersitz, als habe er sich gerade mit knapper Not vor dem sicheren Ertrinken gerettet. Die Tropfen trommelten auf das Autodach wie ein Maschinengewehrfeuer, und an den Seitenfenstern trieb der Regen durch den Wind waagerecht vorbei.

»Höllenwetter«, murmelte McCallum und wischte sich den Regen aus dem Gesicht.

»Sagen Sie was«, forderte Isobel ihn auf.

»Haben Sie sie gesehen?«, fragte er.

Sie nickte. »Kurz.«

Er hob seine schwarze Ledertasche auf die Knie und hielt sie mit beiden Händen fest, ohne sie zu öffnen. »Sie ist verblutet. Kopfwunde. Von dort oben muss sie heruntergefallen sein.« Er zeigte auf die Stelle oben an der Steilküste, wo früher einmal das Schloss Davids I. von Schottland gestanden hatte. Die Mauern des Schlosses waren längst ins Meer gestürzt, und an seiner Stelle hatte man ein viktorianisches Herrenhaus gebaut, das heute in mehrere kleinere Apartments unterteilt war. Um das Herrenhaus herum lief eine hohe Mauer, auf der sich eine Art Erker befand, der aussah, als sei ihm das Haus, an das er gebaut worden war, abhandengekommen. Unterhalb der Mauer verlief ein Fußweg, der den Hafen und die King's Mill miteinander verband. Der Fußweg war durch einen hohen Eisenzaun zur Seeseite hin gesichert.

»Das kann kein Unfall gewesen sein, oder?«

»Ich wüsste nicht, wie man von dem Weg dort oben aus Versehen herunterfallen kann. Das Mädchen sah aus, als hätte sie gestern Abend so einiges vorgehabt.«

Isobel nickte. »Ich hab's gesehen. Eine Prostituierte?«

»Ziehen sie sich nicht alle in dem Alter so an, wenn sie Männer aufreißen wollen?«

»Oh bitte, McCallum, tun Sie mal nicht so, als seien Sie achtzig!«

McCallum räusperte sich. »Sie hat übrigens noch andere Verletzungen, die meiner Meinung nach nicht ganz zu einem Sturz passen, aber das muss die Rechtsmedizin klären.«

»Welche Verletzungen?«

McCallum zuckte die Schultern. »Sieht aus, als hätte ihr jemand wiederholt ins Gesicht geschlagen, sie hat so viele ...« Er verstummte.

»Sexueller Missbrauch?«

»Möglich. Nicht vaginal. Ihre Brüste sehen übel aus, da hat sie Kratzer und Hämatome. Auf ihrer Kleidung ist etwas, das nach Sperma aussieht.«

Isobel wurde ganz kalt. »Aber sie ist durch den Sturz gestorben?«

»Sieht so aus. Die Kopfwunde hat sehr stark geblutet. Fragen Sie den Rechtsmediziner, ich kann es nicht mit Sicherheit sagen. Einen Unfall schließe ich allerdings aus.«

»Selbstmord?«

»Wer weiß. Vielleicht.«

»Oder Mord.«

»Und der Täter hat sie hier heruntergestürzt, in der Hoffnung, die Flut würde sie raustragen? Zu dumm, dass wir Gezeiten haben.«

»Todeszeit?«

Er sah auf seine Armbanduhr. »Jetzt ist es kurz nach sechs … Noch nicht sehr lange. Drei, vier Stunden. Höchstens.«

»Eine kurze Nacht für uns«, murmelte Isobel und unterdrückte ein Gähnen.

McCallum sah sie unfreundlich an, dann sagte er: »Wie geht's Ihrer Cousine Lindsay?«

Isobel wurde von DC Garreth Leslie gerettet, der an die Scheibe klopfte und etwas in einer Plastiktüte hochhielt. Sie öffnete die Tür und ließ es sich geben.

»Eine Handtasche«, rief der DC gegen den Wind.

»Danke. Wo sind wir?«

»Bei Laura Ashley.«

Isobel sah ihn verständnislos an, und Leslie zeigte in Richtung einer Bed-&-Breakfast-Pension mit dem einfallsreichen Namen »Harbour View«.

Als sie die Pension betrat, verstand sie, was Leslie gemeint hatte: Alles im Haus hatte ein Blümchenmuster. Isobel brauchte eine Minute, um ihren Blick scharf zu stellen. Die Blümchen auf der Tapete wirkten dreidimensional. Wer braucht halluzinogene Drogen, dachte Isobel, wenn man all das hier haben kann.

Die Wirtin des »Harbour View« war noch in Nachthemd und Hausschuhen und hatte sich einen Morgenmantel übergeworfen. Zwar nicht geblümt, aber pinkfarben, was Isobels Augen auch nicht wohler tat. Sie kam mit einem Tablett voller Kannen und Tassen aus der Küche. Drei Constables saßen im Vorderzimmer, freuten sich über den Tee und befragten Zeugen. Isobel winkte ihnen kurz zu und setzte sich auf einen der Blümchensessel in der Eingangshalle. Auf dem kleinen Beistelltischchen lagen Infobroschüren: Sommerveranstaltungen in

Fife, Ausflugsfahrten zur Isle of May, günstige Take-away-Menüs. Sie legte die Broschüren auf den Boden, zog sterile Handschuhe an und nahm die Handtasche aus dem Plastikbeutel. Eine billige, schwarze Tasche aus Kunstleder, mit schwarzen, glänzenden Plastikkügelchen bestickt. Sie enthielt alles, was Isobel erwartet hatte: Portemonnaie, Schlüssel, Ausweis, Puder, Lippenstift, Tampons, Kondome, Taschentücher, ein ausgeschaltetes Handy. Eine Zugfahrkarte von Dundee nach Leuchars, ein Busticket von Leuchars nach St. Andrews, Hin- und Rückfahrt, Datum von gestern.

Die Tote hieß Sandra Robertson. Isobel öffnete das Portemonnaie und fand darin ein Foto von einem etwa vierjährigen Mädchen. Sie nahm es heraus und drehte es um. Auf der Rückseite stand nichts. Das Foto sah neu aus. Vielleicht Sandras Tochter. Dann schaltete Isobel das Handy ein. Es piepte zweimal. Zwei Textnachrichten. Die erste war von der Mailbox und meldete fünf neue Nachrichten. In der zweiten SMS stand: »Sandy, ich muss zur Arbeit, wo bist du?! Amanda ist nebenan. Melde dich ASAP, ich mache mir Sorgen. Mum.«

Das kleine Mädchen hieß also Amanda, und Sandras Mutter spielte Babysitter, während sie abends ausging. Einundzwanzig Jahre war sie alt geworden. Welches Mädchen aus Dundee fuhr während der Woche nach St. Andrews, um dort auszugehen? Im Gegensatz zu St. Andrews gab es in Dundee nämlich ein Nachtleben. Und wie kam sie von St. Andrews an den Strand von Crail?

Isobel sah sich noch einmal das Foto im Ausweis an. Sie konnte sich nicht erinnern, sie auf der Party gestern Abend gesehen zu haben, aber sie war recht früh gegangen und hatte nicht alle Gäste zu Gesicht bekommen. Mina hatte Fotos gemacht, sie würde sie bitten, sie ihr zu zeigen. Matts Totenwache wäre ein Ereignis gewesen, das ein Mädchen aus Dundee nach St. Andrews hätte locken können.

Sie würde mit Douglas Roth und Pete Rollins sprechen. Aber als Erstes würde sie die Kollegen in Dundee anrufen, damit diese sich um die Mutter kümmerten. Jemand musste die Leiche identifizieren.

In den nächsten zwei Stunden hörte der Regen auf, und es gelang ihnen, die Identität der Toten zweifelsfrei zu klären. Sandra Robertson war alleinerziehende Mutter, abhängig von Schmerz- und Schlafmitteln und finanzierte ihr Leben, indem sie unregelmäßig anschaffen ging. Meist auf Empfehlung, hieß es in Dundee, aber seit Neuestem verteilte sie auch Visitenkarten in der so genannten besseren Gesellschaft, auf der Suche nach Kunden, die deutlich mehr als zwanzig Pfund für eine Stunde zahlten. Ihre billige Kleidung sprach dafür, dass dieser Plan noch nicht aufgegangen war.

Mrs Robertson hatte ihre Tochter mittlerweile identifiziert.

Niemand im Ort hatte in der Nacht etwas bemerkt. Niemand hatte Sandra Robertson je zuvor gesehen. Isobel bat die ihr bekannten Journalisten, die gestern auch auf Douglas Roths Party gewesen waren, ihr alle Fotos zukommen zu lassen. Eine Stunde später saß Isobel am Laptop der Wirtin des »Harbour View«, dankte Gott, dass es in diesem Nest eine schnelle Internetverbindung gab und die geschäftstüchtige Laura-Ashley-Liebhaberin einen neuen, leistungsstarken Rechner besaß. Doch auf keinem Bild war auch nur ein Schatten von Sandra Robertson zu sehen. Der Uhrzeit auf dem Zugticket nach zu urteilen, war sie gegen halb zehn am Busbahnhof in St. Andrews angekommen. Die Fotos, die Isobel vorlagen, deckten fast den gesamten Zeitraum der Party ab, von den ersten Gästen bis zum Eintreffen der Streife um eins.

Isobel hatte sich geirrt. Sandra Robertson war nicht auf der Party gewesen. Eine andere Möglichkeit war, dass Sandra die Golfhotels abgeklappert hatte, um in den Bars diskret ihre Visitenkarten zu verteilen.

»Ich fahre zurück nach St. Andrews«, teilte sie den Kollegen mit, die immer noch im Vorderzimmer saßen und mittlerweile vermutlich schon mit dem halben Ort Tee getrunken hatten. Sie rief nach DC Leslie, bugsierte ihn in ihr Auto und fuhr mit ihm zurück.

Weitere drei Stunden später hatten sie in drei Hotels vier Männer gefunden, die bezeugen konnten, dass Sandra Robertson am vergangenen Abend zwischen zehn und elf Uhr alleine in der jeweiligen Hotelbar gewesen war, Gin Tonic getrunken und einigen Herren ihre Visitenkarte zugesteckt hatte, wenn sie auf dem Weg zur oder von der Toilette waren. Einer der Männer, ein Gast des Bertrand-Hotels, sagte aus, dass sie bei einem italienischen Gast Glück gehabt hatte. Dieser hatte sich längere Zeit mit ihr unterhalten und ihr einen Drink spendiert.

Das Bertrand-Hotel war eines der kleineren Hotels an The Scores. Es befand sich in Familienbesitz und warb mit Meeresblick und individuell gestalteten Zimmern. Der Italiener hieß Andrea Manzi und war dem Personal bereits unangenehm aufgefallen. Mit der britischen Angst vor Elektrizität im Badezimmer nicht vertraut, hatte er den Schalter, der das warme Wasser in der Dusche regelte, nicht gefunden und eines der Zimmermädchen angebrüllt, beleidigt und mit Handtüchern beworfen. Seine Entschuldigung einige Stunden nach dem Vorfall hatte die Frau nicht annehmen wollen, was einen neuerlichen Wutanfall auslöste.

Den Italiener fanden sie auf einem der Golfplätze, von wo aus er die Flucht ergriff, als Isobel ihm verriet, was sie und DC Leslie beruflich machten. Leslie, zwanzig Jahre jünger und deutlich besser im Training als der Italiener, fing den Flüchtenden nach wenigen hundert Yards ein, indem er ihn zu Boden warf. Nach den Gründen für seine Flucht befragt, gab der Italiener zu, gestern mit einer Prostituierten geschlafen zu haben, und erklärte, dass er sich nicht sicher sei, ob Prostitution in Großbritannien erlaubt wäre. Man hatte ihn erst letztes Jahr in Schweden wegen einer vergleichbaren Sache verhaftet. Manzi gab an, Sandra hätte kurz vor Mitternacht sein Hotelzimmer verlassen, aber nichts über ihre weiteren Pläne verlauten lassen.

Als sie Manzis BMW durchsuchten, fanden sie diesen blitzsauber, da er ihn erst heute Morgen hatte reinigen lassen, wie er zugab. Trotzdem fischte Leslie ein langes blondiertes Haar vom Sitz, das von Sandra stammen konnte.

»Wir sind kurz zu einem Supermarkt gefahren, um Kondome zu kaufen«, rief Manzi, der stärker schwitzte als nach einem Marathon.

»Sie hatte Kondome in ihrer Handtasche«, sagte Isobel.

»*Ma si, certamente!* Weil wir welche gekauft haben!«

»Die Kondome in Sandras Handtasche sind von der Sorte, die der National Health Service an Prostituierte verteilt. Es gibt sie nicht im freien Verkauf.«

Manzi wedelte mit beiden Händen in der Luft herum. »Ich wollte ganz besondere!«, rief er. »Fragen Sie in dem Supermarkt! Da hat man uns doch gesehen! Es war nicht sehr voll, es war kurz nach elf Uhr!«

»Mr Manzi, wir werden dort nachfragen. Aber Sie sollten sich dringend um rechtlichen Beistand kümmern«, sagte Isobel zu ihm. »Ich kümmere mich um einen Übersetzer. Ich muss sicherstellen, dass Sie ganz genau wissen, warum wir uns mit Ihnen unterhalten.«

Berlin, August 1949

»Er soll dir Geld geben, damit du es wegmachen lassen kannst. Hast du verstanden?«

Und als sie schwieg, wurde die Tante zum ersten Mal in den vier Jahren, die sie bei ihr wohnte, ganz weich. »Meine nichtsnutzige Schwester hat dir nie etwas über Männer und Frauen erzählt, richtig?«

Sie nickte.

»Warum hast du mich nicht gefragt? Ich dachte, du weißt alles.«

Sie zuckte die Schultern. Ihre Tante umarmte sie. Auch zum ersten Mal. »Geh zu ihm, und sag es ihm. Er gibt dir dann Geld, und du lässt es wegmachen. Das ist nicht schlimm. In einer Woche lachen wir nur noch darüber. Aber geh bald zu ihm, sonst ist es zu spät.«

»Wieso zu spät?«

Die Tante ließ sie los und drehte sich weg. Alles Weiche war verschwunden, sie konnte sehen, wie sich die Schultern der Tante anspannten. »Weil das in deinem Bauch dann zu groß ist. Dann kann man es nicht mehr wegmachen, weil es schon Arme und Beine hat.«

»Warum kann man es dann nicht mehr wegmachen?«

Ihre Tante verließ das Zimmer und knallte die Tür zu.

9.

Als Mina am Morgen nach der Party aufwachte, dachte sie erst, der Regen habe sie geweckt. Es war noch viel zu früh. Halb sieben. Sie hörte Schritte und dachte, es sei ihre Mutter, die in der Nacht aus Edinburgh zurückgekommen war. Doch dann erkannte sie, dass mindestens zwei Personen im Haus waren.

Sie stand leise auf, schlich zur Tür und lauschte. Sie hörte eine gedämpfte Männerstimme. Eine zweite antwortete. Einbrecher. Sie hatte sich nicht getäuscht, ihr Büro war wirklich durchsucht worden. Was suchten sie? Und vor allem: *Wer* suchte hier etwas?

Sie hörte, wie die Männer die Treppe heraufkamen, und ihr Instinkt riet ihr, sich zu verstecken. Der riesige Spiegelschrank bot sich an. Sie schlüpfte hinter die linke Schiebetür, wo ihre Mäntel und Jacken hingen und sie den Wäschekorb verstaute. Mina drückte sich an die Wand hinter den Wäschekorb und schob leise die Mäntel vor sich.

Die Männer öffneten die Tür zu ihrem Zimmer, gingen offenbar gleich weiter, öffneten die Türen der anderen Zimmer.

»Keiner da, ich hab überall nachgeschaut«, sagte eine tiefe schottische Stimme.

»Das muss ihr Zimmer sein«, sagte eine andere Stimme mit russischem Akzent. »Nimm einfach alles mit.«

Es war jedoch nicht Minas Zimmer, für das sich die Männer interessierten. Sie standen auf dem Flur vor dem Zimmer, in dem Margaret schlief. Margaret? Was wollten sie von ihrer Mutter? Sie dachte wieder an den Stein, mit dem der Mann im Range Rover ihre Scheibe eingeworfen hatte, und an den

Zettel, der um den Stein gewickelt war: M: Mina oder Margaret …

»Sieh dir das andere Zimmer besser auch noch mal an«, sagte der Schotte. »Vielleicht gibt's ein Tagebuch oder irgendwas, wo sie sich Notizen macht.«

»Ist vielleicht im Computer!«

»Auf jeden Fall mitnehmen!«

Schritte in ihrem Zimmer. Mina drückte sich fester an die Wand und hielt den Atem an. Der Mann öffnete ein paar Schubladen und wühlte herum.

»An Unterwäsche interessiert?«, rief er dem anderen zu und lachte. Mina merkte, wie ihr schlecht wurde. Schlecht vor Zorn, wenn sie daran dachte, dass ein Fremder ihre BHs und Slips anfasste.

»Die hier hat keinen Liebhaber«, sagte der Russe laut. »Kein Stück zum Verführen hier drin.«

»Danach suchen wir auch nicht, klar?«, rief der Schotte aus dem anderen Zimmer.

»Sie hat ihr Handy liegen lassen. Mitnehmen?«

»Wie du willst.«

»Ich nehme es mit. Kann nicht verkehrt sein.«

Mina hörte die Hand des Russen an der Tür des Schranks, wusste, dass er sie gleich zur Seite schieben und sie entdecken würde. Sie schloss die Augen und biss sich fest auf die Unterlippe.

»Wir sind fertig«, sagte der Schotte und klang viel näher als vorher. Sie waren nun beide in ihrem Zimmer.

»Gut, wie du meinst«, antwortete der Russe. »Feuer?«

»Gleich.«

Mina spürte, dass ihre Unterlippe blutete. Sie lauschte angestrengt darauf, ob die Männer das Haus verlassen würden, aber sie hörte ihre Schritte nicht. Als sie sich sicher war, dass niemand mehr in ihrem Zimmer war, schob sie die Schranktür einen Inch zur Seite und lugte hinaus. Leer. Sie wagte es dennoch nicht, den Schrank zu verlassen. Erst jetzt merkte sie, wie wackelig ihre Knie sich anfühlten und wie sehr sie zitterte. Ihr war eiskalt, so kalt, dass sie überlegte, sich einen ihrer Mäntel anzuziehen. Aber so viel Bewegung traute sie sich noch nicht zu. Sie lauschte weiter und konnte keine Schritte im Haus mehr ausmachen.

Dafür bemerkte Mina einen stechenden Benzingeruch, hörte Rauschen und Knistern, und sie verstand, was der Russe mit »Feuer« gemeint hatte.

Sie schob die Schranktür ganz zur Seite und rannte aus dem Zimmer, doch das Feuer hielt sie auf. Der untere Teil der Treppe und des Geländers brannte bereits. Mina rannte zurück in ihr Zimmer, knallte die Tür zu, riss das Fenster auf und schrie um Hilfe. Es war früh am Morgen, und es regnete in Strömen. Auf der Straße war fast niemand zu sehen. Bis auf eine Frau, die einen Regenschirm über sich hielt und auf ein geparktes Auto zurannte. Als sie Mina hörte, blieb sie stehen. Mina brüllte: »Es brennt! Ich komm nicht mehr raus!« Sie sah noch, wie die Frau ein Telefon aus der Tasche zog. Jetzt erst ertönte ihr Feueralarm. Na prima, dachte Mina, wer braucht den noch, wenn das halbe Haus schon abgebrannt ist. Dann riss sie zwei Bettlaken aus dem Schrank. Sie schob ihr Bett zum Fenster, knotete ein Laken an einen Bettpfosten, knotete das zweite Laken an das erste, warf die beiden über den Fenstersims und wusste: Das würde niemals halten.

Sie zögerte, aber nicht deshalb. Sie hatte etwas vergessen, etwas, was sie dringend brauchte: ihre Tabletten. Sie musste dringend eine einnehmen, sonst würde sie das alles nicht durchstehen.

Die Tabletten waren in ihrer Handtasche, also suchte sie das Zimmer nach ihrer Handtasche ab, fand sie aber nicht. Eigentlich stellte sie die Tasche abends immer einfach neben dem Bett ab. Hatte sie sie unten im Wohnzimmer liegen lassen? Dann wäre jetzt alles verloren. Oder hatten die Männer sie mitgenommen? Wie sie auch ihr Handy und ihren Laptop mitgenommen hatten?

Vielleicht waren im Bad noch welche. Ja, im Bad mussten noch Tabletten sein. Mina öffnete ihre Zimmertür. Die Flammen fraßen sich die Treppe entlang, hatten den oberen Flur aber noch nicht erreicht.

Es würde reichen. Sie rannte ins Badezimmer, riss alle Schränkchen auf und hoffte, noch irgendwo ein Fläschchen zu finden. Vergeblich. Sie merkte erst jetzt, dass sie schon seit einer Weile hustete und fast nicht mehr atmen konnte. Nicht allein die Flammen töten, dachte sie, das Schlimme ist der Rauch. Die meisten ersticken, bevor sie verbrennen. Sie nahm ein Handtuch, machte es nass und hielt es sich vor das Gesicht, dann rannte sie zurück in ihr Zimmer und warf wieder die Tür ins Schloss. Die Tür würde die Flammen nicht aufhalten, aber wenigstens noch eine Weile den Rauch.

Was mache ich ohne Tabletten?, dachte Mina. Was mache ich, wenn sie mir hier keine mehr aufschreiben? Zuletzt hatte sie vor der Party eine genommen. Sie konnte sich nicht erinnern, wie viele es gestern insgesamt gewesen waren. Schon seit Wochen, wenn nicht seit Monaten überschritt sie die vorgeschriebene Tagesdosis deutlich, ohne dass ihr Arzt etwas davon wusste.

Die Flammen hatten die Tür erreicht. Es blieb keine Zeit. Sie hörte nicht, was die Frau, die jetzt vor ihrem Fenster stand, rief. Sie nahm ihren Tweedmantel aus dem Schrank, kletterte auf die Fensterbank, hielt sich an den Laken fest, ließ sich daran ein Stück herunter, die nackten Füße gegen die regennasse Außenwand des Hauses gestemmt. Vier Fuß hatte sie erst geschafft, als sie merkte, wie etwas nachgab. Wie sich einer der Knoten löste. Wie sie fiel.

Die Frau kniete neben ihr, hielt einen Schirm über sie und sagte ihr, sie solle sich nicht bewegen. Die Feuerwehr sei unterwegs. Den Krankenwagen konnten sie schon hören.

»Warum soll ich mich nicht bewegen?«, fragte Mina und befühlte ihren Kopf. Alles schien in Ordnung zu sein. Ihre Arme und Hände konnte sie ebenfalls bewegen. Sie probierte die Beine. Ihr rechter Fuß tat weh, mehr aber auch nicht. Das Geräusch des Regens auf dem Schirm hatte etwas Beruhigendes.

»Keine Ahnung«, sagte die Frau. Sie klang aufgeregt und sprach furchtbar schnell. »Falls Sie sich was gebrochen haben. Ich bin kein Arzt. Mein Gott, bin ich froh, dass Sie leben! Es hat eine Ewigkeit gedauert, bis Sie rausgekommen sind! Und als ich Sie da hab runterfallen sehen, dachte ich schon, es sei vorbei. Hoffentlich haben Sie nicht zu viel von dem Rauch eingeatmet. Ist sonst noch jemand im Haus?«

»Nein, nein, niemand.« Mina sah zu ihrem Zimmer hoch. Sie konnte die Flammen durch das offene Fenster sehen. Die Höhe, aus der sie heruntergefallen war, schätzte sie auf höchstens zwölf Fuß. Nichts, womit man sich umbringen konnte, schon gar nicht, wenn man auf Rasen fiel. Einen Moment dachte sie darüber nach, ob dies etwas mit Glück zu tun hatte.

Der Krankenwagen hielt, Sanitäter sprangen heraus und sahen nach ihr. Die Feuerwehr kam nur eine Minute später, aber da hatte man Mina schon in den Krankenwagen geschoben, ihr etwas auf Mund und Nase gedrückt und sie mit Blaulicht abtransportiert. Mina dachte daran, wie nah das Krankenhaus war, eine halbe Meile entfernt vielleicht, und fragte sich, ob das mit dem Blaulicht nötig war. Überhaupt war doch alles nicht so schlimm, fand sie. Im Grunde war gar nichts passiert. Sie war müde, sie musste ein wenig schlafen, dann würde alles in Ordnung kommen. Also würde sie genau das tun.

Die Sanitäter ließen sie nicht. »Wach bleiben«, schrie sie der eine an. Auch wenn sie wusste, dass er schrie, hörte es sich für sie nicht sehr laut an. Er klang, als würde er in ein Kissen schreien.

»Wie heißt sie?« Alle schienen irgendwie in Kissen hineinzusprechen.

»Mina«, sagte eine Frau, die ganz weit weg war. Vielleicht die, die vor ihrem Haus gewesen war. Vielleicht stand sie immer noch vor ihrem Haus.

»Mina, bleiben Sie bei uns, Sie dürfen jetzt auf keinen Fall einschlafen«, sagte jemand von der anderen Seite der Nordsee.

Warum nicht, es fühlte sich an, als sei es das einzig Richtige. Nur ein bisschen schlafen, nur kurz.

10.

Cedric verlor die Orientierung, als er versuchte, seinen Wagen wiederzufinden. Nach einer Stunde fand er nicht einmal mehr den Weg zurück zum Anwesen seines Vaters. Die Felder sahen alle gleich aus. Die Hügel ebenso. Der Blick über den Firth of Forth schien von jedem Ort aus derselbe zu sein. Cedric hatte keine Erfahrung damit, sich bestimmte Punkte in der Landschaft zu merken und sich an ihnen zu orientieren. Er wäre im Moment aber auch zu durcheinander dazu gewesen.

Im Haus seines Vaters trafen sich Brady und ein Killer. Was hatte das zu bedeuten? Es ging um Menschenhandel, illegale Einwanderer, Prostitution. Von dem Killer, dem Mann in dem schwarzen Range Rover, wurde alles organisiert. Er brauchte Hilfe von Personen, die innerhalb des Systems agierten: Brady, der Polizist, wurde informiert, wann und wo er und seine Leute wegsehen sollten. Er brauchte Hilfe von Personen, die Verbindungen zu anderen in Schlüsselpositionen, in hohen Ämtern hatten. Hatte das Isobel Hepburn nicht gesagt? Damit Papiere gefälscht, Unterkünfte für die Frauen angemietet werden konnten, und er wollte gar nicht wissen, was noch alles hinzukam. Sein Vater kannte alles und jeden. Natürlich, es ergab Sinn, es war so klar, Cedric hätte fast gelacht.

Der Mann in dem Range Rover führte die Agentur mit den angeblichen Au-pairs, die in Wirklichkeit minderjährige, illegale Einwanderer waren. Sein Vater unterstützte diese Agentur offenbar. Er nutzte sie, um seinem Sohn ein Mädchen vorbeizuschicken. Er musste gewusst haben, dass sie minderjährig war.

Was war sein Vater für ein Mensch? Und wie sollte er Mina

davon erzählen? Hör zu, ich war zufällig dabei, als jemand deine Mutter umgebracht hat, und dieser jemand ist außerdem noch ein Freund von meinem Vater, ein so guter Freund, dass er mal eben nachts nach einem Mord bei ihm vorbeifährt. Oh, und Brady ist auch mit von der Partie.

Immer wenn er nicht genug geschlafen hatte, wurden für ihn Dinge, die er sonst halbwegs meistern konnte, zu einem unüberwindlichen Problem. Normalerweise sicherte er sich dagegen ab. Er hatte stets sein Auto in der Nähe, und im Handschuhfach befanden sich Desinfektionssprays, Reinigungstücher, in einem kleinen Koffer auf der Rückbank sogar Kleidung zum Wechseln, eine frische Zahnbürste, Zahnpasta, Handtücher, eben alles, was er im Notfall brauchen würde. Aber er fand sein Auto nicht, er hatte nur seine Brieftasche, und es war nicht allein der Schlaf, der ihm fehlte, der Schock, den er erlitten hatte, der Horror dessen, was er mit angesehen hatte. Cedric war von oben bis unten dreckig. Überall schienen Insekten auf ihm zu krabbeln, er schwitzte, seine Hände klebten. Und jetzt fing es auch noch an zu regnen. Es war unerträglich. So unerträglich, dass etwas völlig Neues mit ihm geschah. Er wurde nicht ohnmächtig, wie er erwartet hatte. Er spürte etwas, das viel stärker war als seine Neurosen, etwas, das sie in den Hintergrund treten ließ, jedenfalls zeitweise: ein Überlebenswille. Dem Killer nicht in die Arme zu laufen, hier wegzukommen, Mina zu warnen, nur das zählte.

Cedric ging weiter, bis er eine Straße fand. An der Straße waren Wegweiser, ein Stück weiter sogar eine Bushaltestelle mit einem öffentlichen Telefon, und so war es ihm möglich, ein Taxi zu ordern. Eine halbe Stunde später las ihn der Taxifahrer tatsächlich auf, und Cedric ließ sich nach St. Andrews fahren. Er konnte wohl kaum zu dem Fahrer sagen: Wissen Sie zufällig, wo es heute Nacht in der Nähe von Largo gebrannt hat? Da steht nämlich mein Wagen.

Der Fahrer würde denken, er habe das Feuer gelegt. Er würde sich ohnehin schon genug über seinen Fahrgast wundern: dreckig, klatschnass und orientierungslos an einer B-Straße.

»Bisschen was getrunken gestern?«, fragte der Mann.

Cedric nickte nur und sah aus dem Fenster.

Als er zu Hause war, rannte er als Erstes unter die Dusche und blieb zehn Minuten unter dem heißen Wasserstrahl. Seine Kleidung würde er wegwerfen. Die Mikroorganismen, die sich dort angesammelt hatten, würden sich vermutlich nie wieder ganz entfernen lassen, egal, wie oft die Sachen gereinigt wurden. Er steckte sie in einen Sack und warf diesen in die Mülltonne. Dann ließ er sich ein Bad ein. Er fühlte sich noch lange nicht sauber genug. Als er im Wasser lag, fiel ihm etwas völlig Wahnsinniges ein: Die Polizei würde mittlerweile von dem Brand wissen. Sie würden die Gegend abgesucht haben. Sie würden seinen Mercedes gefunden und identifiziert haben. Sie würden denken, er hätte etwas damit zu tun. Und da Brady wusste, wer den Brand wirklich gelegt hatte, würde er sich mit Begeisterung auf dieses Geschenk stürzen: Er hatte einen Tatverdächtigen! Brady würde Cedric ebenso unter Druck setzen, wie er Mina unter Druck setzte. Wahrscheinlich würde sein Vater ihn noch dabei unterstützen. Oder würde er da die Grenze ziehen?

Natürlich, Mina. Mina und Brady. Brady hatte von Anfang an gewusst, wer Matt umgebracht hatte: der Mann im Range Rover. Deshalb versuchte er so beharrlich, es Mina anzuhängen. Jetzt war ihm endlich alles klar.

Er stieg aus der Badewanne, ließ das Wasser ab, trocknete sich mit einem frischen Handtuch ab, wischte die Wanne sauber und zog sich an. Dann schaltete er den Computer an und suchte im Internet nach Meldungen über den Brand. Er konnte nicht schon wieder bei der Redaktion anrufen. Wer wusste schon, ob nicht auch Redakteure seines Vaters von dem Mann in dem Range Rover geschmiert wurden. Wer wusste schon, wem er überhaupt noch vertrauen konnte.

Er fand eine Meldung, in der auch von einem Todesopfer die Rede war. Ein Name wurde nicht genannt. Brady würde wissen, wer die Tote war, aber er würde nichts sagen.

Anhand der Beschreibung in der Meldung konnte Cedric ungefähr schließen, an welcher Straße das Cottage liegen musste. Er rief ein Taxiunternehmen an, diesmal ein anderes, und ließ sich in Richtung Kirkton of Largo fahren. Der Fahrer wollte wissen, wo es genau hingehen sollte, und Cedric erklärte ihm, er habe den Wagen wegen eines Motorproblems stehen lassen müssen, er erinnere sich nicht so genau. Der Fahrer akzeptierte es und fing an, von dem Brand zu erzählen. Cedric tat überrascht und bat ihn, an dem Cottage vorbeizufahren. Sensationsgier war dem Taxifahrer willkommen, er gab sogar noch Gas.

Kurz bevor sie ankamen, entdeckte Cedric sein Auto und staunte: Was er in der Dunkelheit für einen Feldweg gehalten hatte, war in Wirklichkeit die Zufahrt zu einem Öko-Bauernhof. An der Straße war ein Parkplatz für die Kunden, die dann noch ungefähr 300 Yards zu Fuß den Hügel hinauf zu dem Hof gehen mussten. Dort, neben drei anderen Wagen, stand sein Mercedes.

Wenn er Glück hatte, hatten sie seinen Wagen nicht entdeckt.

Er bat den Fahrer, hier zu halten.

»Aber da vorne hat's doch gebrannt, wollen Sie das nicht sehen?«

»Danke, ich weiß jetzt wieder, wo mein Auto ist, und ich will mir hier vorher noch etwas kaufen.«

Er wartete, bis das Taxi weg war. Dann fuhr er zurück nach St. Andrews, direkt zu Minas Haus. Vielmehr zu dem, was einmal Minas Haus gewesen war. Jetzt war es eine verkohlte, ausgebrannte Ruine, die im nachlassenden Regen noch qualmte. Der Mann hatte auch Mina umgebracht.

Die Frau, die ihn dort wegzog, als er schreiend versuchte, in das Haus zu gelangen, führte ihn in das Pub, in dem er vor wenigen Tagen mit Mina und der Polizistin gewesen war, zwang ihn, einen großen Whisky zu trinken, und erklärte ihm, dass es Mina so weit gut ging. Es war Mrs Hepburn, die Mutter der Polizistin, und Cedric erinnerte sich, dass ihr das Pub gehörte. Er versuchte, seine Gedanken zu ordnen, aber es gelang ihm nicht. Sein Nervensystem musste völlig aufgegeben haben, denn warum sonst konnte er sich nicht daran erinnern, dass er geschrien hatte.

11.

Mina hatte einen Albtraum. Sie träumte, sie war irgendwie in »Life on Mars« gelandet und hatte aus Versehen John Simm alias Sam Taylor mit dem Auto überfahren. Chief Inspector Hunt verfolgte sie, und Mina musste sich in den Fernseher flüchten, aus dem das Pausenmädchen nachts immer mit Sam Taylor sprach.

Als sie die Augen öffnete, war sie froh darüber, dass es nur ein Traum gewesen war – und sah Chief Inspector Hunt neben ihrem Bett sitzen. Mina fragte sich, ob sie mit ihren Tabletten übertrieben hatte. Doch ihr fiel ein, dass sie gar keine Tabletten mehr hatte. Ihr fiel auch ein, warum nicht.

»Miss Williams«, sagte Brady. »Schicke Frisur. Hab Sie gestern gar nicht erkannt.«

»Das war der Sinn.«

»Dass ich Sie nicht erkenne?«

Mina verdrehte die Augen. »Die Presse.« Idiot.

»Die Ärztin sagt, sobald sie wach sind, können Sie auch Fragen beantworten.«

»Das also tut der National Health Service für seine Patienten. Sagen Sie denen sofort, dass ich privat versichert bin und in ein anderes Krankenhaus will.«

»Es gibt hier kein anderes Krankenhaus. Immerhin haben Sie ein Einzelzimmer.«

Mina sah sich um. Vermutlich lag sie nur deshalb alleine in dem Zimmer, damit Brady sie in Ruhe befragen konnte.

»Können Sie sich *diesmal* erinnern, was passiert ist?«

Sie wusste, auf diesen Satz hatte er sich lange gefreut. »Ja, ich kann mich sogar sehr gut erinnern. Zwei Männer sind heute Morgen zwischen sechs und halb sieben in mein Haus eingebrochen und haben alle Zimmer durchsucht. Sie nahmen unter anderem meinen Computer mit und legten dann ein Feuer.«

»Ach. Wenn diese Männer Ihr Haus durchsucht haben, warum haben sie dann nicht auch Sie gefunden?«

»Ich hatte mich im Schrank versteckt.«

»Ach.«

»Ich habe sie nicht gesehen, nur gehört. Der eine hatte einen schottischen Akzent, der andere einen russischen.«

»Ach. Russisch.« Er nahm sie nicht ernst.

»Was soll dieses ›Ach‹ die ganze Zeit?«, fragte sie ihn und setzte sich auf. Sie trug nicht mehr ihren Pyjama, sondern ein riesiges T-Shirt, das sie noch nie gesehen hatte.

»Och, ich höre nur interessiert zu, was Sie mir zu erzählen haben. Warum hat es so lange gedauert, bis Sie aus dem Haus rausgekommen sind? Ich meine, Sie haben einer Passantin Bescheid gegeben, Sie haben sich eine Art Strickleiter gebastelt und die schön aus dem Fenster gehängt, und dann …?«

»Dann?«

»Dann sind da ein paar Minuten, in denen die Passantin hysterisch vor Angst unter Ihrem Fenster auf Ihren Abstieg gewartet hat.«

»Ich hatte noch etwas vergessen.«

»Ach?«

»Brady, bitte!« Sie stöhnte. »Ich nehme regelmäßig Medikamente, und die habe ich noch gesucht.«

»Medikamente. Verstehe. Ich an Ihrer Stelle hätte allerdings gedacht: Wo die Medikamente herkommen, gibt es noch viele andere, und hätte mich als Erstes in Sicherheit gebracht. Waren das etwa besondere Medikamente?«

»Falls Sie illegale Drogen meinen, nein. Aber es sind Medikamente, die einem der einfache Hausarzt auf dem Dorf nicht mal eben so aufschreibt.«

»Verstehe.«

»Bitte sagen Sie wieder ›Ach‹. Dieses ›Verstehe‹ ist irgendwie schlimmer.«

Brady zog beleidigt die Nase hoch, dann hustete er kurz. »Ich nehme an, es handelt sich um Psychopharmaka.«

»Wenn Sie es schon wissen, warum fragen Sie?«

»Nun, es gefällt mir, wie Sie mir Ihre Geschichten erzählen. Sie sind ja eine Schriftstellerin von Weltruhm, da hört man gerne zu.«

Hatte sie ihn eben in Gedanken einen Idioten genannt? Sie strich es durch und ersetzte es durch »Arschloch«. Als sie nichts sagte, fuhr er fort: »Ich habe mich ein wenig umgehört. Mein Sergeant ist ja neuerdings so dicke mit Ihnen, dass ich ihr nicht mehr trauen kann. Interessenkonflikt, würde ich sagen. Sobald ich diese Hepburn in die Finger bekomme, kann sie was erleben.« Mina sah ihm an, wie viel Spaß es ihm bereitete, seine Mitmenschen zu schikanieren. »Jedenfalls habe ich herausgefunden, warum man Sie für ein Jahr weggesperrt hat.«

»Man hat mich nicht weggesperrt!« Jetzt hatte sie sich nicht mehr unter Kontrolle. »Ich war freiwillig für ein Jahr in einer Privatklinik, um mich wegen Depressionen behandeln zu lassen!«

»Haben Sie heute Morgen auch wieder versucht, sich umzubringen? So wie vor einem Jahr?«

Mina schwieg.

»Oder haben Sie versucht, jemand anderen umzubringen? Wo ist eigentlich Ihre Mutter?«

»Unterstellen Sie mir jetzt, ich hätte Feuer gelegt, um meine Mutter umzubringen? Sind Sie wahnsinnig?«, rief Mina.

»*Ich* nicht. Nein.« Er sah sie spöttisch an. »Wo ist Ihre Mutter?«

Mina zuckte die Schultern. »In Edinburgh. Eine Nachlasssache wegen Ihres Vaters, der vor kurzem gestorben ist.«

»Es sterben gerade viele Menschen, die Sie kennen.«

Mina atmete tief ein und ganz langsam wieder aus.

»Miss Williams, es könnte ja sein, dass Sie ein wenig gezündelt haben, und dann waren Sie sich nicht mehr sicher, ob Sie wirklich alleine im Haus waren …«

»Ich habe Ihnen schon gesagt, ich habe meine Tabletten gesucht, verdammt! Ich will jetzt telefonieren, ich muss meinen Arzt anrufen, ich brauche ein Rezept!«

»Alles zu seiner Zeit«, sagte Brady und musterte sie. Es war derselbe Blick, den sie schon an ihm bemerkt hatte, als sie ihn zum allerersten Mal gesehen hatte: ein Blick voller Abscheu.

»Suchen Sie nach den beiden Männern, die bei mir eingebrochen sind und das Feuer gelegt haben. Ich vermute, es waren dieselben, die auch mein Büro …« Sie stockte. Davon wusste er nichts. Dennoch sprach sie weiter: »… die mein ehemaliges Büro durchsucht haben. Ich war mir nicht sicher, es gab keine offensichtlichen Einbruchsspuren, und es fehlte auch nichts, aber ich hatte gestern Morgen den Eindruck, dass jemand etwas in meinen Sachen gesucht hat.«

»Interessant, interessant. Ein Schotte und ein Russe. Von der Russenmafia am Ende«, höhnte Brady. »Kann nicht vielleicht auch noch ein afghanischer Terrorist dabei gewesen sein? Und Sie sind *undercover* für den MI 5 im Einsatz, nicht wahr?«

»Was soll das? Warum glauben Sie mir nicht?«

Brady zuckte gleichgültig die Schultern. »Warum sollte ich? Erst finde ich Sie neben einem toten Golfer, mit dem Sie kurz vorher geschlafen haben. Dann stolpern Sie in Pittenweem über einen Leiche, und jetzt brennt auch noch Ihr Haus ab, weil angeblich die Russenmafia Ihren Computer stehlen wollte.«

»Das mit der Russenmafia habe ich nie …«

»Ach, hören Sie auf. Und wenn dann so ein einfacher Landpolizist wie ich, der sich weigert, an eine scheiß Weltverschwörung zu glauben, herausfindet, dass Sie nicht ganz dicht sind, weil irgendein Typ Sie hat sitzen lassen ... Tja. Dann ergibt das doch ein Bild, meinen Sie nicht?«

»Weil mich irgendein Typ hat sitzen lassen?«, fragte Mina ungläubig. »Wo haben Sie das denn her?«

»War es nicht so, dass Sie Ihren damaligen Verlobten mit einer anderen erwischt haben? Und sich daraufhin umbringen wollten? Aber er hat Sie gefunden und ins Krankenhaus gebracht. Da hat man Ihnen dann den Magen ausgepumpt und Sie gleich weiter in die Psychiatrie geschickt.« Brady sah sehr zufrieden aus. »Ich hab einen alten Freund in London. Der hat sich für mich umgehört. Alte Freunde sind unbezahlbar.«

Minas Kopf begann zu pochen. »Gehen Sie.«

»Warum? Ich bin noch nicht fertig.«

»Was denn noch?«, fragte sie leise.

»Ich denke mir das so: Sie hatten was mit dem Golfer. Der erste Kerl, seit Sie aus der Klinik raus sind. Vielleicht haben Sie sich ein bisschen mehr erhofft, als Sie bekommen haben. Und dann haben Sie ihn mit Ihrem Ex verwechselt. Soll ja vorkommen. Rückfall in alte Muster.«

»Hobbypsychologe, was?«, unterbrach Mina ihn giftig.

»Man tut, was man kann. Sie finden raus, dass Matthew Barnes noch andere Frauen am Start hat. Mrs. McCallum zum Beispiel. Oder das Au-pair-Mädchen von nebenan. Also haben Sie ihm gezeigt, was Sie von einem notorischen Fremdgeher halten, und haben ihn erschossen. Dann tut es Ihnen leid, Sie wollen sich umbringen, zünden Ihr Haus an, überlegen es sich im letzten Moment anders, springen raus und erfinden das mit der Russenmafia. Und das mit den Tabletten erzählen Sie mir nur, damit Sie im Zweifelsfall bei Gericht auf unzurechnungsfähig machen können. Hab ich Recht?«

»Sie haben das tote Mädchen in Pittenweem vergessen.«

»Tja, seltsamer Zufall. Soll's geben. Die war ein Selbstmord. Aber was halten Sie von meiner kleinen Theorie?«

Mina schloss die Augen. »Verschwinden Sie. Sofort. Wenn Sie das nächste Mal mit mir sprechen wollen, rufen Sie vorher meinen Anwalt an.«

»Oh, Sie brauchen einen Anwalt?«

»Raus!«, schrie sie.

Brady grinste und stand auf. »Bis bald, Miss Williams. Sie gehen nirgendwohin, ohne dass ich es weiß, ist das klar?«

»Lecken Sie mich am Arsch«, brüllte sie und merkte, wie ihr die Tränen herunterliefen, wie sie schluchzte und nach Luft rang. Sie schrie ihm noch Beleidigungen hinterher, als er schon längst verschwunden war, bis zwei Krankenschwestern zu ihr hereingerannt kamen, um sie zu beruhigen. Sie weinte, wie sie noch nie in ihrem Leben geweint hatte. Oder nur einmal: letztes Jahr. Weinte, bis ein Arzt kam und ihr eine Spritze gab. Danach schluchzte sie nur noch ganz leise, und die Beleidigungen, die sie vor sich hinmurmelte, galten nicht mehr nur Brady, sondern auch dem Mann, wegen dem sie in diesen Abgrund gestürzt war, aus dem sie wohl nie wieder herauskommen würde. Jedenfalls nicht ohne ihre Tabletten, und erst recht nicht, wenn Brady sie mit einem Fußtritt wieder hineinstieß.

»Neil Gayod. Ich wollte den Namen nie wieder in meinem Leben aussprechen«, sagte sie und schnäuzte sich. »Außerdem weiß ich nicht, warum ich Ihnen das alles erzählen sollte.«

McCallum hielt ihr die Pappbox hin, damit sie sich ein neues Taschentuch nehmen konnte. »Weil ich Arzt bin? Schweigepflicht, Sie wissen schon. Weil Sie wollen, dass Ihnen jemand ein Rezept gibt?«

»Ich würde lieber mit einem anderen Arzt reden. Sie haben mich schon mal bei Brady reingerissen, Sie erinnern sich?«

McCallum lachte. »Ich bitte Sie, Sie haben versucht, mich zu erpressen, das fällt wohl kaum unter die Schweigepflicht.«

»Sie arbeiten doch gar nicht in diesem Krankenhaus, oder?«

»Doch. Hier und als Polizeiarzt. Mein Kollege hat mich gerufen, weil er etwas überfordert mit Ihnen war, und ich kenne Sie ja nun schon ein bisschen.«

»Kennen ist wohl übertrieben.«

»Schicke Frisur, übrigens. Ich muss Sie aber nicht Lindsay nennen, hoffe ich.«

Mina sah ihn böse an. »Sie wussten, dass ich es war?«

»Nun, ohne Make-up hätte ich Sie schneller erkannt. Aber ja, ich hab gewusst, dass Sie das sind. Und ich habe auf der Party kein Wort zu Brady gesagt.«

Mina nickte. »Gut, also was wollen Sie wissen?«

»Neil Gayod. Erzählen Sie von ihm.«

»Seinetwegen war ich ein Jahr lang in Therapie.«

»Und offenbar sind Sie noch lange nicht da, wo Sie sein wollen, sonst müssten Sie sich nicht immer noch Prozac einwerfen wie Smarties. Haben Sie einen Therapeuten?«

Sie schüttelte den Kopf. »Ich bin ja gerade erst in Schottland angekommen. Und muss auch gleich wieder weg. Wussten Sie, dass mich die Uni rausgeworfen hat? Kurzes Gastspiel.«

»Erzählen Sie«, wiederholte er.

Und sie erzählte von Neil. Wie sie sich bei ihrem Studium in Cambridge kennengelernt hatten. Er fing mit seiner Doktorarbeit an, sie machte ihren Master. Sie wurden ein Paar. Er unterstützte sie, ermutigte sie zu schreiben, half ihr, ihre Geschichten an Verlage zu schicken, freute sich mit ihr über ihre ersten Erfolge. Als die Auflagen aber stiegen, als sie zu Interviews geladen wurde, als ihre Bücher in andere Sprachen übersetzt wurden, da musste es angefangen haben. Sie hatte es nicht gemerkt, sie machte sich heute noch Vorwürfe, dass sie zu sehr mit sich selbst beschäftigt gewesen war. Aber damals hatte sie immer geglaubt, es sei genau das eingetreten, was auch er sich für sie gewünscht hatte. Neil hatte seine Stelle an der Universität und machte in der akademischen Welt Karriere. Kein Grund, neidisch zu sein. Dachte sie. Er sagte ihr, sie sollten ihr Privatleben vor der Öffentlichkeit geheim halten, und sie hatte dies für einen vernünftigen Vorschlag gehalten. Wenn niemand etwas über ihre Beziehung wusste, konnte auch niemand dreckige Wäsche waschen. Zu diesem Zeitpunkt hatte sie ein Apartment in London, wo er sie regelmäßig besuchte. Er reiste durch die Welt, um Vorträge zu halten, sie wegen ihrer Lesungen.

Das nächste Buch, das sie schrieb, stieg in der ersten Woche auf Platz 1 der Bestsellerlisten – sogar in den USA. Es dauerte nicht lange, und ihrem Agenten wurde für ihre Bücher ein Filmvertrag nach dem anderen angeboten. Die Presse liebte die attraktive Starautorin und veröffentlichte ihre Fotos, wann immer sich eine Gelegenheit bot.

Mina hatte hart für ihren Erfolg gearbeitet, er hatte zwar nicht Jahrzehnte auf sich warten lassen, war aber auch nicht über Nacht gekommen. Sie fand das Timing genau richtig. Und da sie zu ungeduldig war, um auf seinen Antrag zu warten, fragte sie Neil, ob er sie heiraten würde.

Neil hatte gelächelt und sie geküsst, was sie als Zustimmung aufgefasst hatte. Aber in den nächsten Wochen sprach er das Thema nicht mehr an, und sie war wieder viel unterwegs wegen der anstehenden Verfilmung ihres Buchs. Es gab den üblichen Ärger mit den interessierten Produzenten, die eine Fassung drehen wollten, die Mina nicht gefiel. Zu viele Klischees, die vermeide ich doch in meinem Buch, sagte sie. Und die Produzenten sagten: Die Leute wollen Klischees im Kino sehen.

Mina reiste auf Anraten ihres Agenten einen Tag früher ab als geplant, um die Produktion unter Druck zu setzen. Als sie ihre Wohnung in Chelsea aufschloss, watete sie selbst knietief in einem der größten Klischees.

»Er war neidisch auf Ihren Erfolg«, sagte McCallum, und es klang irgendwie selbstverständlich.

»Das habe ich damals nicht verstanden. Ich dachte, er hat doch auch seinen Erfolg und sogar einen viel bedeutenderen als ich.«

»In der akademischen Welt, ja. Davon steht aber nichts in der Zeitung. Er hat sie mit einer Frau betrogen, die Ihnen nicht annähernd das Wasser reichen konnte, nehme ich an.«

Mina zuckte die Schultern. »Jedenfalls war sie nicht mal besonders hübsch oder so was.«

»Aber bei ihr hat er sich groß gefühlt.«

»Jetzt weiß ich das auch alles.«

»Sie sollten froh sein, dass Sie ihn los sind«, sagte McCallum nüchtern, und dann lächelte er. »Der Heiratsantrag hat ihm wohl den Rest gegeben. Das ist immer noch Männersache.«

Mina nickte, und bevor er weiterreden konnte, fragte sie schnell: »Was ist jetzt mit meinen Tabletten?«

»Sie geben mir die Nummer von Ihrem alten Arzt, und ich rede mit ihm.«

»Heute noch?«

Jetzt lächelte er nicht mehr, sondern sah sie ernst an. »Von diesem Zeug kann man zwar nicht physisch abhängig werden, aber sehr wohl psychisch, was oft viel schwerwiegendere Konsequenzen haben kann. Sie wissen, dass Sie längst abhängig sind?«

»Natürlich.«

McCallum hatte ihr sein Handy überlassen. Die Nummer ihres Onkels bekam sie von der Auskunft. Für die Handynummer ihrer Mutter musste sie beim British Council in Wien anrufen. McCallum würde entzückt sein über seine nächste Telefonrechnung.

Das Handy ihrer Mutter war ausgeschaltet. David teilte

ihr in ungnädigem Ton mit, dass keinerlei Grund für Margaret bestanden hätte, wegen des Nachlasses nach Edinburgh zu kommen. Schon seit Ende der siebziger Jahre war klar, dass sie nichts erben würde, und das hatte sie auch akzeptiert, mit Unterschrift und notariell beglaubigt. Ob er Mina etwa die Unterlagen faxen sollte?

Seit drei Jahrzehnten ist sie enterbt. Seit es mich gibt, dachte Mina. Sie legte auf, ohne sich von David zu verabschieden, und fragte sich, warum ihre Mutter sie angelogen hatte. Wo war sie?

Sie erfuhr es, als Cedric, bleich wie die Wand ihres Zimmers und mit einer Whiskyfahne, von der ihr schwindelig wurde, wie aus dem Nichts auftauchte, sich an ihr Bett setzte und erzählte.

»Wir müssen hier weg. Wir sind die Nächsten«, sagte er, als er fertig war.

12.

Lord Darney hielt Wort. Am Vormittag fuhr ein Putztrupp aus drei Männern und zwei Frauen in einem kleinen Lieferwagen vor. Sie blieben bis zum frühen Abend, und danach waren Haus und Garten so sauber und aufgeräumt, dass Pete dachte, er sei aus Versehen in einem Paralleluniversum gelandet. Obwohl Pete den Bentley bereits an der Tankstelle von Morrisons gesaugt hatte und danach auch durch die Waschstraße gefahren war, handelte Doug mit einem der Männer aus, dass dieser sich den Wagen noch einmal vornehmen würde. »Wenn Sie schon mal hier sind … Ich zahle es auch extra. Als kleines Dankeschön an den Lord«, sagte Doug zu dem Mann. Es klang unverdächtig.

Nun waren alle Spuren beseitigt. Es war, als sei die Frau niemals da gewesen. Die Polizei würde nichts finden. Doug versicherte Pete, dass sie vermutlich gar nicht erst kommen würde. Keiner hatte die Prostituierte bei ihnen gesehen. Er wusste außerdem, dass sie mit dem Zug und dem Bus gekommen war und kein Taxi zu ihrem Haus genommen hatte.

»Und wenn sie jemand auf der Straße gesehen hat?«, fragte Pete ängstlich.

»Zu der Zeit? Selbst wenn, hier sind so viele Leute rein und raus, irgendjemand könnte sie mitgebracht haben. Zu uns kann niemand eine Verbindung herstellen.«

»Wo hattest du sie eigentlich her?«

Doug zuckte die Schultern. »Irgendwer hat mir ihre Visitenkarte gegeben. Ich hab angerufen und den Deal klargemacht.«

Pete schnappte erschrocken nach Luft. »Dann kann jemand deinen Anruf nachverfolgen!«

»Quatsch. Du glaubst doch nicht, dass ich bei einer Nutte von meinem Handy aus anrufe, ich bin doch nicht weich in der Birne! Nicht so wie du!«

Pete schwieg. Er sollte dankbar sein, dass Doug ihm geholfen hatte. Pete selbst hätte niemals so organisiert handeln können. Andererseits war er jetzt völlig von Doug abhängig, und er zitterte bei dem Gedanken, was Doug als Gegenleistung einfordern würde.

Das würde seine Strafe sein: ein Leben lang von Doug erpresst zu werden. Am wahrscheinlichsten waren erniedrigende Dienstleistungen. Vielleicht aber auch Geld. Später einmal, wenn Pete eine Anstellung gefunden hatte. Dann würde Doug regelmäßig die Hand aufhalten und sich sein Schweigen bezahlen lassen.

Ihm fiel auf, dass er über die finanziellen Verhältnisse von Doug nichts Konkretes wusste. Er war davon ausgegangen, dass Doug reiche Eltern hatte, da die Studiengebühren für Amerikaner sehr hoch waren und auch das Leben in St. Andrews nicht gerade billig war. Andererseits äußerte Doug stets seinen Neid bezüglich des Luxus, den sich Cedric problemlos erlauben konnte. Doug besaß weder eine teure Armbanduhr, noch war seine Kleidung bemerkenswert exklusiv. Aber er wusste, was gut und teuer war, das erkannte er auf die größte Entfernung. Im Grunde aber hatte Doug nie etwas von seinen Eltern erzählt. Er hatte nur gesagt, dass er aus New York kam, wie Matthew Barnes. Mehr nicht.

Pete hingegen hatte nie einen Hehl daraus gemacht, dass er aus einfachen Verhältnissen stammte. Aufgewachsen in einer viel zu kleinen Sozialwohnung in Niddrie, einem Teil von Edinburgh, in den man sich besser nicht verirrte, wenn einem an seiner Brieftasche oder seinen Autoreifen gelegen war. Sein Vater war seit zehn Jahren arbeitslos, auch wenn er dies mit der Bezeichnung »vorzeitiger Ruhestand wegen Invalidität«

stets zu beschönigen pflegte. Seine Invalidität bestand aus angeblichen Rückenschmerzen, deren Ursachen bisher aber noch kein Arzt hatte entdecken können. Mal schmerzte der Rücken im Nackenbereich, dann wieder um die Lendenwirbel, dann waren es die Rippen, dann ein angeblicher Hexenschuss, der aber abends mit einer Dose Bier jederzeit zu heilen war und erst am nächsten Morgen zurückkehrte.

Petes Mutter hatte in zwanzig Jahren fünf Kinder geboren und halbwegs großgezogen. Seine Mutter hatte nie etwas gelernt und war jetzt mit Ende vierzig zu alt, um etwas Neues anzufangen. Wenn die Stütze knapp wurde, ging sie putzen.

Petes jüngste Schwester war gerade elf Jahre alt. Sein ältester Bruder war dreißig. Er jobbte in einem Supermarkt in Musselburgh, was ihn aber nicht davon abhielt, weiter ein Zimmer in der Wohnung seiner Eltern zu besetzen. Vom Ausziehen hielt er gar nichts. Er brachte auch seine Mädchen mit nach Hause, alle zwei Monate eine andere. Er interessierte sich nicht weiter für die Mädchen, solange sie nur Sex mit ihm hatten. Wenn sie mehr wollten und davon anfingen, er könnte sie doch auch mal zur Abwechslung ins Kino ausführen, machte er Schluss. Nächtelang hatte Pete wach gelegen und auf die Geräusche im Nebenzimmer gelauscht. Sein jüngerer Bruder, mit dem Pete sich das Zimmer teilte, hatte immer geschlafen wie ein Stein. Petes erste sexuelle Erfahrungen waren verzweifelte Masturbationsorgien, während sein älterer Bruder im Nebenzimmer laut stöhnend eines der Mädchen vögelte. Nicht selten kam es vor, dass er die Mädchen anschrie, weil sie nicht das taten, was er wollte. Pete konnte hören, wie er sie dann schlug. Es hatte Pete nie davon abgehalten, weiter zu masturbieren. Im Gegenteil.

Das waren über lange Jahre Petes einzigen sexuellen Erfahrungen gewesen. Je älter er wurde, desto größer wurde fortan der Drang, endlich selbst mit einem Mädchen zu schlafen. Da er nicht das gute Aussehen seines Bruders besaß und auch nicht so abgebrüht war, sondern Mädchen gegenüber sehr schüchtern war, kam es lange nicht dazu.

Als Pete anfing, sich Pornos zu besorgen, merkte er zum ersten Mal, dass er offenbar anders war. Wenn er sich die Bilder ansah, um sich dabei zu befriedigen, lief es anders als in den Nächten, in denen er seinem Bruder zugehört hatte. Er kam fast immer nach nur wenigen Sekunden. Verstört ließ er die Finger von Pornos, musste aber mit der Zeit einsehen, dass schon Fotos von sexy zurechtgemachten Schauspielerinnen oder eine Plakatwerbung mit Mädchen in kurzen Röcken ihn zu sehr reizten. Als er einmal eine Eiswerbung im Kino sah, in der fast nur Frauen in winzigen Bikinis zu sehen waren, kam er, ohne sich auch nur angefasst zu haben.

Daraufhin hatte er für sich die Methode entwickelt, in gefährlichen Situationen an etwas zu denken, das ihn wieder runterbrachte. Er fing an, Tabellen und Listen auswendig zu lernen. Das Periodensystem aus seinem Chemiebuch. Das Sonnensystem mit allen möglichen Zusatzdaten über die Planeten. Jahreszahlen. Mathematische Formeln. Dadurch verbesserten sich Petes Schulnoten so sehr, dass ein Studium der nächste logische Schritt war. Seine Eltern konnten es kaum glauben, und einzig seine ältere Schwester, die schon lange ausgezogen war und als Sekretärin in einer Papierfabrik in Manchester arbeitete, glaubte, dass er es schaffen würde. Alle anderen in der Familie fanden die Idee mit der Universität nur deshalb gut, weil dann mehr Platz in der Wohnung war. So nahm er einen Studentenkredit auf, bewarb sich für Physik und wurde in St. Andrews genommen.

In dem Bewusstsein, wahrscheinlich die einzige männliche Jungfrau weit und breit zu sein, beschloss er eines Abends, nach Dundee zu fahren und es mit einem Mädchen zu versuchen. Seit es im Nebenzimmer keinen Bruder mehr gab, der die Nächte durchstöhnte, hielt er sich mit dem Masturbieren zurück. Er hatte die Theorie aufgestellt, dass er durch zu häufiges und zu heftiges Masturbieren übermäßig empfänglich für sexuelle Reize geworden war, statt abzustumpfen. Jetzt war vielleicht alles wieder im normalen Bereich.

Natürlich war es das nicht. Als er ein Mädchen gefunden hatte, das bereit war, sich von ihm im dunklen Hinterhof eines Pubs nehmen zu lassen, musste er erkennen, dass sich nichts geändert hatte. Er hatte seine Hose noch nicht richtig aufgemacht, da kam er schon und spritzte auf den Rock des Mädchens. Sie knallte ihm eine, fing an zu heulen und rannte weg.

Also konzentrierte er sich wieder darauf, langweilige Dinge auswendig zu lernen. Das brachte ihn immerhin halbwegs sicher durch die Phase, in der er mit den Mädchen knutschte. Selten genug passierte dies, aber er war jedes Mal stolz, nicht gleich zu ejakulieren, nur weil er einer Frau die Hände unter den Pulli geschoben hatte. Er schlief mit keiner dieser Frauen, und keine schien besonders enttäuscht darüber zu sein.

Und dann hatte Doug diese Prostituierte für ihn bestellt. Es wäre alles gut gegangen, wenn sie den Mund gehalten hätte, wenn sie nicht diese Dinge gesagt und die Konzentration auf seine Formeln gestört hätte, die unterdrücken sollten, was in ihm schlummerte: eine Brutalität, die, wenn er über einen bestimmten Punkt hinaus war, nicht mehr zu kontrollieren war.

Jahrelang hatte er sich genau davor gefürchtet, denn er hatte es in seinen Träumen kommen sehen. Nun war das Unvorstellbare passiert. Er hatte einen Menschen getötet. Ein Unfall, sicher, aber er wusste jetzt, dass er sich nie in den Griff bekommen würde. Seine Angst hatte sich bestätigt: Er war nicht normal, sondern ein Perverser, der nachts durch Parks schleichen und Frauen vergewaltigen und umbringen würde. Das war seine Zukunft. Das und eine lebenslange Erpressung durch Doug, einen im Grunde völlig Unbekannten, dem er nun vollkommen ausgeliefert war.

Pete stand am Fenster des Hauses, in dem in der letzten Woche noch Matt Barnes gelebt hatte. Er sah hinunter in den Vorgarten, wo die Leute von der Reinigungsfirma ihre Sachen zusammenpackten. Er sah, wie ein Streifenwagen vor dem Haus hielt und zwei Uniformierte ausstiegen. Doug kam aus dem Haus und sprach mit ihnen.

Pete dachte darüber nach, wie hoch dieses Haus eigentlich war. Nicht hoch genug.

Aber es hatte einen Speicher.

Berlin, September 1949

Sie hatte nicht einmal gewusst, dass er einen Bruder hatte. Wenn sein Bruder Arzt war, dann war alles in Ordnung, und er musste kein Geld für sie ausgeben.

»Sie ist zu weit«, sagte der Bruder.

Sie verstand mittlerweile genug Englisch, um sich zusammenzureimen, was die beiden sagten. Sie hatte lange genug im Kasino gearbeitet.

»Was will ich denn mit einem Bastard? Vater enterbt mich, wenn er Wind davon bekommt! Und die kleine Nazinutte will doch nur an mein Geld!«

»Sie ist zu weit!«

»Na und? Mach es weg, Albert! Oder soll ich bis nach der Geburt warten und dann dem Balg den Hals umdrehen?«

Sie saß noch da, wo sein Bruder sie untersucht hatte. Zwischen ihr und den beiden Männern war nur ein Vorhang.

Sie dachten, sie verstünde sie nicht.

»Keiner von uns beiden wird diesem Kind etwas antun. Beiden Kindern nicht.«

»Beiden? Hat sie Zwillinge im Bauch?«

»Nein. Sie ist selbst noch ein Kind!«

Schweigen. Und dann: »Du nimmst mich auf den Arm.«

»Was dachtest du, wie alt sie ist?«

»Zwanzig? Keine Ahnung? Sie hat gesagt … Nein, eigentlich hat sie nichts gesagt. Ich habe es irgendwo aufgeschnappt.« Er klang jetzt nachdenklich. »Wie alt ist sie?«

»Ich denke vierzehn, fünfzehn.«

Wieder Schweigen. Dann sagte er: »Mach das Ding weg.« Und ging.

Es dauerte ein paar Minuten, bis sein Bruder zu ihr kam. Er schob den Vorhang zur Seite und sah sie traurig an.

13.

David ging im Zimmer auf und ab, und Mina weinte. Seine Frau steckte kurz den Kopf zur Tür herein und sagte: »Die Kinder schlafen jetzt.« Und mit einem Blick auf Mina: »Ich lass euch beide besser alleine. Wenn ihr etwas braucht …«

»Danke«, sagten David und Mina gleichzeitig, und sie zog sich mit einem vagen Lächeln zurück.

»Das ist unglaublich«, murmelte Minas Onkel und ging weiter auf und ab. »Bist du dir sicher?«

»Er hat alles gesehen, warum sollte er sich so etwas ausdenken?« Mina wischte ein paar Tränen weg. Platz für neue.

»Der Sohn von Lord Darney? Habt ihr mit seinem Vater gesprochen?«

Mina schüttelte den Kopf. »Cedric hat den Mann danach bei seinem Vater gesehen! Na ja, nicht den Mann, aber sein Auto, deshalb kann er ihn leider nicht beschreiben. Aber der Polizist war auch da! Deshalb sind wir weg, wem sollen wir denn noch vertrauen? Er ist jetzt hinter uns her, er war die ganze Zeit schon hinter mir her, er hat mein Haus anzünden lassen …« Ihre Stimme brach, und sie weinte wieder.

»Deshalb hast du dein Aussehen verändert?«, fragte David und klang viel milder, als sie ihn jemals erlebt hatte.

»Nein, wegen der Presse. Aber der Mann in dem Auto hat mich so auch noch nicht gesehen, glaube ich. Der Polizist allerdings schon, und er wird es ihm sicher erzählen.« Sie schnäuzte sich und tastete nach ihrer Handtasche.

»Wo wohnt ihr jetzt?«

»Im Scotsman.« Sie lächelte. »Er sagte, wenn sein Vater in

der Sache drinsteckt, wird er ihn trotz allem nicht in einem Hotel vermuten, dessen Gebäude früher einmal der Konkurrenz gehört hat.«

»Ach, richtig, Darney gehört ja der *Scottish Independent.*«

»Cedric hat für jeden von uns eine Suite gemietet. Holzvertäfelung, wunderschöne Stofftapeten, und die Badezimmer mit feinstem Marmor. Ich war in meinem Leben schon in vielen Luxushotels, aber noch nie in einem so schönen.«

»Wie kann er sich das als Student leisten? Wenn Cedric senior nichts davon weiß?«

»Du kennst seinen Vater?«

»Wir golfen. Gelegentlich. Nicht oft. Ich kenne ihn nicht gut. Wie man sich eben so kennt. Im Grunde nur dem Namen nach. Vom Sehen.« Er blieb vor einem Fenster stehen und sah hinaus.

»Cedric hat eigenes Geld. Von seiner Mutter geerbt, wie er mir erzählt hat.«

»Natürlich. Das hatte ich vergessen. Sie war von Hause aus sehr wohlhabend – und sogar höherer Adel als ihr Mann.« Er drehte sich wieder zu ihr. »Der Mann war nachts bei Darney? Ist das sicher?«

Mina nickte. »Cedric hat gesehen, wie er vor dem Haus geparkt hat. Das hab ich dir doch gerade alles gesagt.«

»Aha, vor dem Haus. Aber er hat ihn nicht *in* dem Haus gesehen. Und er hat den Mann auch nicht richtig gesehen. Es hätte also jeder sein können.«

Mina sah ihn verstört an. »David, wir sind hier nicht bei Gericht.« Sie erzählte ihm von Pepa, der angeblichen Au-pair-Agentur und dem Foto, das den Mann mit Pepa zeigte. »Was sollen wir denn jetzt machen?«

»Nun, ich weiß auch nicht …« David hörte endlich auf, im Zimmer umherzugehen und setzte sich in seinen Sessel, nur um sofort wieder aufzustehen und an seine Bar zu gehen. »Tut mir leid, ich brauche jetzt etwas Starkes. Du auch?« Er schüttete sich bereits einen Whisky ein. Mina schüttelte den Kopf und zog das Fläschchen mit den Tabletten, die ihr McCallum verschrieben hatte, aus der Handtasche. »Ein Glas Wasser, ich muss etwas einnehmen.« Als er sie fragend ansah, fügte sie hinzu: »Zur Beruhigung.«

»Brauchst du Geld?«, fragte er unvermittelt.

Mina zögerte. Alles, was sie besaß, war verbrannt, auch ihre Kreditkarten. Als man sie ins Krankenhaus brachte, besaß sie nur noch die Kleider an ihrem Körper: einen dreckigen, zerrissenen Schlafanzug und einen Tweedmantel, den sie in einem Second-Hand-Laden am Grassmarket in Edinburgh für dreißig Pfund gekauft hatte. Sie musste sich endlich um neue Papiere kümmern, damit sie wieder an ihr Konto herankonnte, aber bisher hatte sie weder die Kraft noch die Gelegenheit dazu gehabt. Cedric hatte seitdem alles für sie bezahlt, von Zahnbürste und Make-up über Unterwäsche und Kleidung bis hin zu Handy, Handtasche und Schuhen. Cedric hatte für sie herumtelefoniert, um ihre Karten sperren zu lassen und neue zu beantragen. Er hatte mit erstaunlicher Klarheit gehandelt, während sie weinend auf dem Beifahrersitz seines Mercedes gesessen und minutenlang mit beiden Fäusten auf das Armaturenbrett geschlagen hatte. Er hatte bei Boots ihre Tabletten besorgt und sie dazu gebracht, sie zu nehmen. Er hatte alles für sie getan.

Sie schuldete ihm bereits über tausend Pfund, denn er war nicht bereit gewesen, mit ihr auf der Princes Street einzukaufen, weil es ihm dort zu voll war. Deshalb waren sie in die Boutiquen der New Town gegangen. Mina war nun gekleidet wie eine sehr elegante Geschäftsfrau mit dem Haarschnitt einer sehr flippigen Studentin.

»Ich komme in den nächsten Tagen sicher wieder an mein Geld«, sagte sie zuversichtlich. »Aber danke.«

»Wenn du etwas brauchst …«, sagte er und imitierte unbewusst seine Ehefrau.

Mina nickte. »Das ist sehr lieb. David, du bist doch Richter. Du kennst die richtigen Leute. Kannst du nicht etwas gegen diesen Brady unternehmen? Kannst du mir nicht helfen, diesen anderen Mann zu finden? Er hat mindestens zwei Menschen auf dem Gewissen, wahrscheinlich sogar drei! Und es muss doch auch eine Möglichkeit geben, gegen diese Menschenhändler vorzugehen!«

»Drei? Was meinst du …« David kippte seinen Whisky herunter. Mina sah, dass er am ganzen Körper bebte. Plötzlich schämte sie sich. Sie war egoistisch. Warum sollte eine Tochter mehr leiden als ein Bruder? Sie hatte ihm Unrecht getan. Margarets Tod ging ihm sehr nah.

»David, es tut mir leid, ich bin durcheinander. Ich sollte gar nicht mit dir darüber reden. Ich gehe einfach morgen zu Hopkirk. Er wird wissen, was zu tun ist. Man kann ihm doch vertrauen, hast du gesagt?«

»Hopkirk? Oh, ja«, antwortete er zerstreut. »Aber was war das mit den drei Menschen?«

»Wir vermuten, dass er auch Matthew Barnes ermordet hat. Dadurch ist die ganze Sache erst ins Rollen gekommen. Brady wusste wahrscheinlich davon und ist deshalb hinter mir her, denn gegen irgendwen musste er ja ermitteln. Es können ja nicht alle seine Vorgesetzten auch geschmiert sein, und die Presse …«

»Ja, sicher«, unterbrach er sie. »Und der dritte?«

»Ein Mädchen, das auch von dieser Agentur vermittelt worden ist, hat sich umgebracht.«

»Du meinst also, er ist moralisch verantwortlich.«

»Moralisch ist kein Wort, das ich in Zusammenhang mit so einem Mann benutzen würde, aber ja, das meine ich.«

David rieb sich das Kinn und starrte an die Decke. »Das ist alles …«

»Zu viel. Ich weiß. Entschuldige, ich hatte nur das Gefühl, ich müsste es jemandem erzählen.« Mina stand auf. David erhob sich ebenfalls und ging mit unsicherem Schritt wieder an die Bar.

»Rufst du Robert an und sagst es ihm?«, fragte sie ihn.

»Robert? Sicher.«

Sie wartete darauf, dass er noch etwas zum Abschied sagte, aber er blieb mit dem Rücken zu ihr vor seiner Bar stehen und bewegte sich nicht. Vielleicht weint er, dachte Mina, und will nicht, dass ich es sehe.

»Auf Wiedersehen«, sagte sie.

Er hob zum Abschied die Hand, ohne sich umzudrehen.

Der Taxifahrer sah sie zweifelnd an. »Sicher, Madam?«

Mina nickte und gab ihm das Geld.

»Eine Lady wie Sie hat doch hier nichts zu suchen. Nachts in Leith! Sie sollten auf mich hören. Ich kenne die Stadt besser als jeder andere.«

»Machen Sie sich keine Sorgen.« Sie lächelte ihn an und hoffte, dass ihre Augen vom Weinen nicht so rot und verquollen waren, wie sie sich anfühlten. Zur Sicherheit sah sie in den Spiegel an der Sonnenblende.

»Sie sehen super aus, wenn ich das so sagen darf. Deshalb sollten Sie auch nicht hier aussteigen. Sind Sie sicher, dass Sie die richtige Adresse haben? Ein paar Straßen weiter ist es nämlich …«

»Danke.«

Sicher war es Wahnsinn, was sie tat. Falls der Mann, der ihre Mutter getötet hatte, hier war und sie erkannte, würde er sie ebenfalls umbringen. Aber Cedric hatte gesagt, dass dieser Mann nicht nach Leith gefahren war, sondern in die Innenstadt. Pepa hatte sich hier von Cedric absetzen lassen. Wenn Pepa vor diesem Mann geflohen war, würde sie sich nicht irgendwo aufhalten, wo er war. Sie hatte außerdem von einer Frau gesprochen, die ihr helfen würde. Mina hoffte, Pepa zu finden. Aber wie? Sollte sie die Frauen, die hier auf Freier warteten, einfach ansprechen?

Einige der Frauen sahen schon zu ihr herüber. Sie stand an einer Ecke, die offenbar noch nicht zum Straßenstrich gehörte. Zwei Frauen tuschelten miteinander und zeigten auf sie. Mina ging los, direkt auf die beiden zu.

Als sie näher kam, sah sie, wie jung die beiden waren. Jung und sehr hübsch. Sie sahen sich ein bisschen ähnlich, nicht wie Schwestern, eher wie Freundinnen, die versuchten, gleich auszusehen. Beide trugen kurze weiße Jacken aus Webpelz, darunter silberne enge Kleidchen. Ihre Beine steckten in hohen weißen Lederstiefeln, die bis über die Knie gingen.

»Wir haben geredet«, sagte die eine. Sie hatte einen starken Akzent. »Ich mache keine Frauen, aber sie macht.«

Die andere nickte und lächelte. »Hab ich noch nie, aber du zeigst mir.« Und zu ihrer Freundin: »Sieht gut aus und ist noch jung, kannst du auch machen, nächstes Mal!« Die beiden Mädchen lachten.

»Woher kommt ihr?«, fragte Mina.

»Polen«, sagte die erste. »Dürfen wir nach Schottland kommen. Kein Problem.«

War es wirklich ein Russe gewesen, der heute Morgen ihr Haus angezündet hatte, schoss es ihr durch den Kopf.

»Sag schon, wo wollen wir?«, drängte das zweite Mädchen.

»Ehrlich gesagt suche ich jemand anderen«, antwortete Mina. »Vielleicht kennt ihr sie, sie heißt Pepa.«

Die gute Stimmung war sofort verflogen. »Keine Pepa«, sagte das Mädchen, das eben noch mit Mina mitgehen wollte, und drehte sich um. Sie zog ihre Freundin hinter sich her, zwei Yards von Mina weg. Beide verschränkten die Arme, drehten ihr den Rücken zu und warteten, bis sie weiterging.

Die nächste Frau war nur wenige Jahre älter als die beiden Polinnen, aber lange nicht so hübsch. Sie trug enge schwarze Jeans und schwarze Overknees aus Lack, dazu nicht viel mehr als einen Push-up-BH, der ihren mageren Brüsten Form geben sollte. Mina konnte ihre Rippen zählen. Die Frau zitterte im Nachtwind und sog gierig an einer Zigarette.

Sie winkte sofort ab, als sie Mina sah. »Keine Frauen. Steh ich nicht drauf, und wer weiß, was ich mir da einfange.« Eine Schottin. Mina lächelte tapfer und fragte nach Pepa.

»Bist du von der Polizei?«, rief die Frau so laut, dass es die anderen hören mussten.

»Nein, nein, ich wollte nur …«

»Hey, verschwinde, ja?«, rief eine andere, und Mina hatte den Eindruck, dass aus allen Ecken Frauen drohend auf sie zukamen.

»Entweder du machst hier ein Geschäft, oder du haust ab!«

»Die ist nicht von der Polizei!«

»Durchgeknallte Lesbe, oder was?«

»Falsche Ecke, hier gibt's nichts für Homos!«

»Sie stellt Fragen!«

Eine Frau fing an, Mina zu schubsen. »Keine Fragen, klar?«

Und eine andere schubste sie nun auch. Mina stolperte vom Bürgersteig, lief fast in einen vorbeifahrenden Wagen, rannte über die Fahrbahn, bog um die nächste Ecke und kam zu einem leeren Grundstück zwischen alten flachen Lagerhallen und Fabrikgebäuden. Das Grundstück wurde als Parkplatz genutzt. Sie blieb stehen und drehte sich um: Niemand war ihr gefolgt.

Hier standen keine Frauen auf der Straße, aber aus einer der Lagerhallen drang Musik. Von außen war nichts zu sehen, was Genaueres über die Art der Lokalität verraten hätte, aber Mina sah, wie Autos davor hielten und Männer darin verschwanden. Gerade kam ein Taxi mit drei reichlich betrunkenen Herren in teuer aussehenden Anzügen.

»Ich hätte nicht gedacht, dass ich heute noch so viel Glück habe«, hörte sie eine Männerstimme hinter sich. Sie roch Alkohol. Schnell drehte sie sich um und sah sich einem Mann etwa in ihrem Alter gegenüber. Groß, schlank, ein attraktives, offenes Gesicht unter kurz geschnittenen blonden Haaren. Er grinste. »Du hast Stil, das seh ich gleich. Du kostest wahrscheinlich auch das Zehnfache von den anderen, oder? Was nimmst du? Zweihundert? Dreihundert?«

Fast hätte sie gesagt: Ich nehme gar nichts. Aber das hätte er falsch verstanden. »Ich bin keine … Ich arbeite hier nicht.«

»Ach, Süße, stell dich nicht so an, es erfährt doch keiner, wo du mich eingesammelt hast. Fahren wir in ein Hotel, ja?« Er packte sie am Arm und zog sie in Richtung seines Autos.

»Nein, hören Sie, ich bin keine Prostituierte! Ich suche nur nach jemandem!«

Der Mann wirbelte sie herum, sodass sie ihm genau ins Gesicht sah. »Was soll das, bin ich dir nicht gut genug? Denkst du, ich hab kein Geld?« Er klang wütend.

»Unsinn, Sie verstehen da nur etwas falsch, ich …«

Der Schlag ins Gesicht traf sie unvorbereitet. »Du miese Nutte, du kommst jetzt mit und tust, was ich dir sage«, zischte er und stieß sie gegen seinen Wagen. »Einsteigen! Glaubst wohl, du bist was Besseres! Soll ich dir sagen, was du bist? Du bist ein ganz dreckiges, mieses …«

Diesmal war er es, der den Schlag nicht kommen sah. Als er sie noch verwundert ansah und sich die Wange hielt, hob sie schon das Knie und stieß es ihm zwischen die Beine. Der Mann schrie auf, krümmte sich vor Schmerz, ging zu Boden und wimmerte. Mina hörte Schritte. Das Klackern von hohen Absätzen. Eine Frau rannte auf die beiden zu. Bitte nicht noch mehr Ärger, dachte Mina und wollte schon die Flucht ergreifen, als sie verstand, dass die Frau ihr helfen wollte. Sie packte den Mann am Arm und zog ihn vom Boden hoch.

»Du fährst besser nach Hause zu deiner Frau und deinen Kindern, mein Junge. Und wenn ich noch einmal sehe, dass du meine Mädchen so behandelst … Ich hab dein Kennzeichen!« Sie stieß den Mann gegen sein Auto, so wie er Mina kurz zuvor dagegengestoßen hatte, und zischte ihm ins Ohr: »Zehn Sekunden, Bürschchen, alles klar?«

Zu Minas Erstaunen nickte er eifrig, sprang in seinen Wagen und war in deutlich weniger als zehn Sekunden verschwunden.

»Danke«, sagte Mina.

Die Frau lächelte. Mina schätzte sie auf Anfang vierzig. Sie war sehr attraktiv und vor allem gut und teuer gekleidet. »Wie gesagt, ich passe gut auf meine Mädchen auf. Für wen arbeitest du?«

»Ich habe schon versucht, ihm das zu erklären. Ich habe mich mehr oder weniger verlaufen.« Mina hatte den Mut verloren, weiter nach Pepa zu fragen. Sie wollte nur noch weg von hier.

»Natürlich. Falls du dich hier einmal nicht – verläufst, dann melde dich bei mir. Meine Mädchen haben es gut.« Sie steckte Mina eine Visitenkarte zu.

»Danke«, sagte Mina. »Für alles.«

14.

Die Nacht, die um diese Zeit des Jahres nur kurz und dann auch nicht richtig kam, veränderte die Atmosphäre von St. Andrews. Die viktorianischen Gebäude malten sich wie kleine gotische Schlösser schwarz gegen den dunkelblauen Nachthimmel ab. Im orangefarbenen Licht der Straßenlampen konnte man, wenn man aufmerksam war, für den Bruchteil einer Sekunde die Fledermäuse sehen. Von der See her blitzten einsame Leuchtturm- und Schiffslichter herüber wie Schmugglersignale aus einem anderen Jahrhundert. Isobel tauchte für einen verschwommenen Moment in dieses andere Jahrhundert ein, bis die tiefen Bässe eines Technosongs sie zurückholten. Abends trafen sich gerne Jugendliche auf dem Parkplatz des Old Course, um sich den Sonnenuntergang anzusehen, um Musik aus den Autoradios dröhnen zu lassen und um später zu knutschen.

Die Technomusik kam aus einem alten, roten Golf, den ein blondes Mädchen mit quietschenden Reifen auf den Parkplatz steuerte. Sie hielt neben einem silbernen Clio und stieg aus, die Musik lief weiter, die Fahrertür blieb offen. Das Mädchen öffnete die Beifahrertür des Clios, zerrte einen schlaksigen Jüngling heraus und schrie ihn an. Schnell gesellte sich die Fahrerin des Clios zu ihnen und schrie den Jungen ebenfalls an. Die beiden Mädchen stießen ihn zwischen sich hin und her. Dann stürmten sie zurück zu ihren Autos und fuhren weg. Der Junge jagte ihnen hinterher. Welche er lieber erreichen wollte, blieb unklar. Als er einsehen musste, dass er das Rennen verloren hatte, blieb er mitten auf dem Parkplatz stehen, warf seine Jacke auf den Boden und fluchte laut, bis ihn der Security-Mann vertrieb, der jede Nacht für den Royal and Ancient Golf Club seine Runden um die Plätze und das Clubhaus drehte.

Isobel lächelte, aber es war ein bitteres Lächeln, denn die Szene kam ihr seltsam vertraut vor. Nicht mit Autos auf einem Parkplatz und Technomusik, aber mit zwei Frauen und einem Mann, der die falsche küsste.

Isobel wandte sich vom Strand ab und drehte eine kleine Runde über den leeren Golfplatz. Sie wollte sehen, was Sandra Robertson gestern Nacht gesehen hatte, und weiter nach Zeugen suchen. Vielleicht gab es noch jemanden, der sie zusammen mit dem Italiener gesehen hatte. Vielleicht gab es aber auch jemanden, der sie danach gesehen hatte, lebendig, weil der Italiener möglicherweise doch die Wahrheit sagte. Aufgrund dessen, was sie bisher gegen ihn in der Hand hatten, würde kein schottisches Gericht den Mann verurteilen. Es würde nicht einmal für eine Anklageerhebung reichen. Allein darauf, was die Rechtsmediziner in den nächsten Tagen im Labor finden würden, wollte sich Isobel nicht verlassen. Zu oft hatte sie Geschichten von Prozessen gehört, in denen die Spuren so lange hin und her erklärt worden waren, bis der Angeklagte nach der Verhandlung im nächsten Pub etwas zu feiern hatte.

Andrea Manzi blieb bei seiner Aussage, dass Sandra Robertson ihn quicklebendig verlassen hatte. Und Isobel wollte alles richtig machen. Selten genug, dass Brady ihre Leine so lang ließ. Das musste sie ausnutzen, denn sie wollte nicht ewig Sergeant bleiben. Und ewig in Fife bleiben wollte sie auch nicht. Fife war nicht London, dachte sie nicht zum ersten Mal und träumte fünf Sekunden lang ihren Kindheitstraum von Scotland Yard, von dem sie wusste, dass er eine Seifenblase war.

Sie blieb vor Sheldons Hotel stehen und sah durch die Scheiben in den Barbereich: nur Männer, zwar aus allen Altersklassen, aber nur aus höheren sozialen Schichten. Isobel würde einen Kredit aufnehmen müssen, um im Sheldons auch nur ein Mineralwasser trinken zu können. Bei ihrem Spaziergang waren ihr Ehepaare entgegengekommen. In den Hotelbars hatte sie noch keine gesehen. Wer um diese Zeit noch trank, war ohne nörgelnde Ehefrau unterwegs. Erschreckend, wie wahr Klischees sein konnten.

Isobel ging weiter die North Street hinauf. Dieser Teil von St. Andrews gehörte ganz den Golfern. Es schien eine unsichtbare Grenze zu geben, wo das Golferviertel aufhörte und die Universität begann.

Eine Gruppe von fünf Männern kam Isobel entgegen. Sie sahen so aus, als hätten sie keine Lust, für sie auf dem Gehweg Platz zu machen. Im Gegenteil, sie musterten sie mit geweiteten Augen und zuckenden Mündern. Isobel blieb stehen und sah in das Schaufenster eines Golfartikelladens, um ihnen den Rücken zuzudrehen.

Sie hörte, wie die Männer über sie tuschelten. Aber sie waren zu höflich, zu gut erzogen, um sie anzusprechen. Isobel entspannte sich erst, als sie gute fünfzig Yards von ihr entfernt waren. Da erst fiel ihr auf, dass in dem Schaufenster etwas anders war. Nicht, dass sie sich in der Vergangenheit für die Schaufenster der Golfläden interessiert hätte, aber dies hier hatte sie wahrgenommen. Letzte Woche hatte es als Hintergrunddekoration noch ein großes Poster von einem strahlenden Matthew Barnes gehabt. Heute grinste ihr Tiger Woods entgegen, das Schlageisen in beiden Händen über der linken Schulter balancierend, so als hätte er gerade einen Ball geschlagen.

Matthew Barnes hatte ausgedient. So schnell war es geschehen. Nächstes Jahr würde man ihn vergessen haben. Er war ein Spitzensportler gewesen, aber eben nur die Nummer zwei. Wo auch immer Matthew Barnes es hingeschafft hatte, Tiger Woods war schon vor ihm dort gewesen. Und er war nicht nur im Golf, auch in allem anderen der Bessere: hatte Frau und Kinder, war auf ganzer Linie zum Vorzeigen geboren. Tausende von Golfern versuchten, seine Technik zu imitieren. Ob Barnes eine eigene hatte, wusste sie gar nicht.

Matthew Barnes' Tod war schlecht für das Image der Firmen, die mit ihm Werbung gemacht hatten, denn die Presse begann gerade damit, dreckige Wäsche zu waschen und seine Affären ans Tageslicht zu zerren. Sie spekulierten über seinen Tod, weil es noch immer keine Festnahme gab, obwohl das größte Team, in dem sie je gearbeitet hatte, mit der Aufklärung beschäftigt war. Nur, dass sie nicht weiterkamen und dass Brady seine ganze Kraft darauf verwandte, auf jede Spur Mina Williams zu schreiben. Nein, Matthew Barnes würde nicht posthum Ruhm und Ehre und Unsterblichkeit erlangen. Matthew Barnes war passé.

Vor dem Wohnhaus neben dem Golfladen stand eine Gedenktafel, die ihr zuvor noch nie aufgefallen war. Sie galt Tom Morris, einem berühmten Golfer des letzten und vorletzten Jahrhunderts, der in diesem Haus gewohnt hatte. Auch sein Sohn hatte einige wichtige Golfturniere gewonnen, und nach Tom Morris war immerhin auch eine lange, unattraktive Straße jenseits des touristischen St. Andrews benannt, eine Straße in jenem Teil der Stadt, wo graue Nachkriegsarchitektur diejenigen beherbergte, die für weniger Geld im Monat arbeiteten, als die Touristen in einer Woche ausgaben.

Man würde niemals eine Gedenktafel vor das Haus stellen, in dem Matthew Barnes gewohnt hatte. Bestenfalls würden sie das Haus in die »Geister-und-Morde-in-St. Andrews«-Führung aufnehmen.

Isobel ging weiter an den Pubs, Bars und Hotels der Golfer vorbei, unentschlossen, wo sie anfangen sollte. Sie hatte ein Foto von Sandra dabei und deren Visitenkarte – selbst gedruckt am heimischen Computer. Vielleicht erinnerte sich jemand an die Karte, wenn schon nicht an Sandra. Isobel versuchte, sich vorzustellen, wie das Mädchen aus Dundee die mit vergnügungswilligen Männern voll besetzten Bars durchstreifte und hier und da ihre Karte fallen ließ. War Sandra sich bewusst gewesen, wie wenig sie in diese Welt passte? Hatte sie sich Gedanken über ihr billiges Outfit, ihr unpassendes Styling gemacht?

Sandra hatte keinen Zuhälter gehabt. Sie hatte sich selbst um Kundschaft gekümmert, um sich und ihre Tochter über die Runden zu bringen. Sandra hatte einfach ein besseres Leben gewollt und war sich nicht zu schade gewesen, es auf diesem Weg zu probieren. Vielleicht hatte sie sich hier nicht nur nach Kundschaft umgesehen, um schneller mehr Geld zu verdienen, sondern auch, weil sie gehofft hatte, die Männer seien netter, hätten bessere Manieren, würden sie besser behandeln. Vielleicht hatte sie sogar das Märchen geträumt, dass einer ihrer Kunden sie heiraten würde. Nun war sie von einem ihrer Kunden getötet worden. Und Isobel war sich sicher, dass es einer jener neuen, wohlhabenden Kunden gewesen war, in die Sandra so große Hoffnungen gesetzt hatte.

Sie war zurück zum Sheldons-Hotel gegangen und sah wieder durch die Fenster. Sie sah an sich herunter, bewertete kurz ihre schwarzen Sneakers, ihre ausgebeulte schwarze Stoffhose und ihre schwarze Bluse unter der Jeansjacke, stufte sich als völlig unangemessen und auffällig billig gekleidet ein, holte tief Luft und schritt die Stufen zum Hoteleingang hinauf.

Am nächsten Morgen, nach einer erfolglosen Nacht in den Hotelbars und viel zu wenig Schlaf, erwartete Isobel auf dem Revier eine Neuigkeit, die sie als klaren Knick in ihrer Karriereplanung empfand.

»Wieso bin ich nicht mehr bei dem Matthew-Barnes-Fall dabei?«, fragte sie ungläubig.

»Sergeant, Sie haben genug mit der Nutte aus Dundee zu tun. Wenn Sie den Italiener festgenagelt haben, kommen Sie wieder«, sagte Brady und rieb sich geistesabwesend seinen Bauch. »Ich will heute Abend Ergebnisse sehen. Wir können den Pizzabäcker nicht für immer festhalten, und sobald der hier rausmarschiert, ist er schneller untergetaucht, als wir bei den Grenzbehörden anrufen können.«

Sie wusste, dass er Recht hatte. Heute würde Manzis Anwalt kommen, zusammen mit einem vereidigten Übersetzer, und sie würden noch einmal alles durchgehen. Isobel hatte das nagende Gefühl, dass sich nichts Neues ergeben würde, schon gar nicht, wenn ein gut bezahlter Anwalt, der extra aus London angeflogen kam, danebensaß.

Frustriert ging sie zu ihrem Schreibtisch zurück, als ihr Leslie zurief: »Mrs Hepburn für DS Hepburn!«

Sie nahm den Telefonhörer und hörte zwei Minuten lang verwundert zu. Dann schnappte sie sich ihre Jacke und rief Garreth Leslie zu: »Ich bin Zeugen befragen. Ruf mich an, wenn Manzis Anwalt da ist.«

»Was denn, ohne mich?«, fragte Leslie beleidigt. Sie zwinkerte ihm zu, sodass er dachte, sie würde sich nur für einen Kaffee zurückziehen, weil sie gestern die halbe Nacht gearbeitet hatte, während er kuschelig mit Frau und Kind vorm Fernseher hatte liegen dürfen. Er grinste. »Alles klar, Sergeant.«

Ihre Mutter nahm gerade die Stühle von den Tischen, als Isobel ins New Inn kam. »Den ganzen Tag hab ich versucht, dich zu erreichen«, sagte Róisín Hepburn, und Isobel hob verwundert die Augenbrauen, denn Vorwürfe waren gar nicht die Art ihrer Mutter.

»Ich habe bis nach Mitternacht gearbeitet«, erklärte Isobel. »Warum hast du mir keine Nachrichten hinterlassen?«

Róisín zuckte die Schultern. »Ich dachte, ich erwische dich schon irgendwann. Hab ich jetzt ja auch.« Wenn sie mit ihrer Tochter alleine war, kam ihr irischer Akzent durch. Isobel hatte sich immer gefragt, woran das lag, und entschieden, dass es ein Zeichen von Vertrautheit war. Anders als die meisten Menschen verband sie mit dem Belfaster Dialekt Wärme und Geborgenheit.

»Deine Freundin ist doch im Krankenhaus, na, aber das weißt du sicher.«

»Meine Freundin?«, fragte Isobel verwundert.

»Das Mädchen, mit dem du hier warst. Dem Jungen hab ich schon Bescheid gesagt. Der stand völlig verzweifelt vor dem Haus und hat geheult.«

Róisín merkte, dass ihre Tochter keine Ahnung hatte, wovon sie sprach, und erzählte ihr, was sie wusste. Isobel wollte es erst nicht glauben, sie rannte sogar aus dem Pub und zu Minas Haus, um es sich anzusehen, und als sie wieder zurückkam, verstört und vor allem zutiefst verwundert darüber, dass Brady ihr nichts darüber gesagt hatte, erklärte ihre Mutter: »Ich wollte das Mädchen gestern im Krankenhaus besuchen, aber sie war nicht mehr da. Sie hat sich selbst entlassen, auf eigene Verantwortung, haben die Ärzte gesagt. Dabei wollte ich nach ihr sehen, sie hätte doch sicher Kleidung gebraucht und eine Zahnbürste und Seife und so. Ich hätte ihr gerne geholfen. Sie ist doch eine Freundin von dir?«

»Eine Bekannte«, antwortete Isobel vorsichtig. »Und welcher Junge?« Ihre Mutter hatte die unausrottbare Angewohnheit, jeden, der nicht deutlich älter als Isobel war, als Junge oder Mädchen zu bezeichnen.

»Der hübsche Junge, der ein bisschen krank aussieht, so als müsste er mal dringend an die frische Luft.«

Cedric Darney, sie hatte es sich schon gedacht. »Was war mit ihm?«

»Er kam dort vorbei, sah das Haus und fing an zu schreien. Ich hab ihn erst mal verarztet. Dann wollte er ins Krankenhaus, um deine Freundin zu besuchen. Und als ich endlich Zeit hatte, war sie weg.«

Isobel nickte, obwohl sie immer noch nicht verstand. »Wie ist das mit dem Feuer passiert? Hat sie den Herd angelassen?«

Róisín schüttelte energisch den Kopf. »So früh morgens, und das arme Ding war noch im Pyjama. Sie war gerade erst wach geworden. Das war Brandstiftung.«

»Brandstiftung!«, wiederholte Isobel und konnte langsam ein paar Puzzleteile dessen, was Mina und Cedric eben am Telefon gesagt hatten, zusammenfügen. »Woher weißt du das, haben das meine Kollegen gesagt?«

Róisín schüttelte den Kopf. »Deine Kollegen! Dieser Fernsehpolizist war da und hat mir Fragen gestellt.«

»Brady?«

»Genau der. Er wollte wissen, wie lange es gedauert hat, bis das Mädchen aus dem Fenster gesprungen ist. Sie ist aus dem Fenster gesprungen! Hat versucht, sich mit Bettlaken abzuseilen, aber das ging nicht gut. Zum Glück ist nichts passiert«, fügte sie hinzu, als sie Isobels erschrockenes Gesicht sah. »Sie war wegen der Aufregung im Krankenhaus, und wahrscheinlich, weil sie Rauch eingeatmet hat. Sonst hätte sie doch nicht so schnell wieder gehen können.«

Isobel konnte sich vorstellen, dass Mina Williams auch mit gebrochenen Rippen das Krankenhaus verließ, wenn sie es unbedingt wollte, aber sie sagte nichts.

»Was hat Brady noch gesagt?«

»Ach, er wollte das ganz genau wissen. Wann ist was passiert, wie lange hat das Mädchen im Zimmer gewartet, bis sie rausgekommen ist. Das habe ich ihm auch alles gesagt, ich weiß ja, wie wichtig solche Fragen sind, auch wenn ich nicht ganz verstanden habe, was er wollte. Aber als ich ihm von den beiden Männern erzählt hab und dem Auto, da hat er sein Notizbuch zugemacht und gesagt, danke, hat er gesagt, ich habe schon einen Eindruck von der Situation.«

»Welche Männer? Welches Auto?«

»Ich war doch gestern Morgen schon früher da. Die Bierlieferung sollte kommen. Aber dann haben sie angerufen und gesagt, sie schaffen es nicht so früh, sie kommen gegen zehn. Ich wollte wieder nach Hause und bin ans Fenster gegangen, um zu sehen, ob es immer noch so stark regnet und ich einen Schirm brauche. Und da hab ich gesehen, wie zwei Männer aus dem Haus gekommen sind. Sie haben sich in ein Auto gesetzt und sind weggefahren. Ich hab mir nichts dabei gedacht, ich hab mir meinen Schirm geholt und bin raus zu meinem Auto. Ich wollte gerade einsteigen, da hab ich sie gehört. Sie schrie, dass ihr Haus brennt. Ich hab gleich die Feuerwehr gerufen und einen Krankenwagen und Polizei natürlich auch.« Róisín nickte nachdrücklich und sah Isobel abwartend an.

»Und das hast du Brady auch so erzählt?«

»Natürlich.«

»Du hast ihm die Männer und das Auto beschrieben?«

»Nein! Das wollte er gar nicht hören!«

»Da hast du ihn falsch verstanden«, sagte Isobel. Allzu sicher, dass sie damit Recht hatte, war sie sich allerdings nicht. Ihre Mutter verstand fast nie etwas falsch. Isobel ließ sich die Männer und das Auto beschreiben. Es war ein silberner Golf. Sie trank noch einen Kaffee mit ihrer Mutter, ließ sich zum Abschied drücken und fuhr dann zurück ins Büro.

»Leslie«, rief sie, und er kam sofort angerannt. »Was weißt du über den Brand in der St. Mary Street?«

Leslie zuckte die Schultern. »Nicht viel. Nur, dass die verrückte Schriftstellerin ihr Haus angezündet hat, weil sie sich umbringen wollte, und dann hat sie es sich wohl anders überlegt.«

Isobel spürte förmlich, wie sie innerlich zu beben begann. »Wer sagt das?« Sie kannte die Antwort: Brady, wer sonst.

»Brady, wer sonst«, antwortete Leslie.

»Meine Mutter war Zeugin«, sagte sie.

»Ja, ich weiß, und Brady hat gesagt, dass du deshalb mit der Sache nichts zu tun haben sollst, außerdem musst du dich auf den Sandra-Robertson-Fall konzentrieren.«

»Das sagt er? Meine Mutter hat gesehen, wie zwei fremde Männer direkt vor Ausbruch des Feuers das Haus von Miss Williams verlassen haben.«

Garreth Leslie machte große Augen. »*Das* hat Brady nicht gesagt. Moment.«

Er verschwand, um mit DC Kershaw zu reden, dann kam er wieder zu ihr. »Versprich mir, dass du nichts zu Brady sagst, sonst zieht er mir und Kershaw die Ohren lang.«

»Ich verspreche«, sagte Isobel grimmig. »Also?«

»Kershaw bearbeitet den Fall, aber Brady hat ihm gesagt, er soll deine Mutter nicht so ernst nehmen. Brady hat außerdem gesagt, deine Mutter sei keine glaubwürdige Zeugin.« Er machte eine Handbewegung, als ob er ein Glas zum Mund führen würde.

»Brady sagt einem Kollegen, dass meine Mutter eine Alkoholikerin ist?« Isobel musste aufpassen, dass sie nicht schrie.

Leslie zuckte die Schultern. »Jeder weiß, dass er ein Arsch ist. Übrigens ist in zehn Minuten der Anwalt von Manzi da.«

Isobel nickte.

»Ich muss noch einen Anruf machen«, sagte sie. »Dann kann's losgehen.« Sie ging zu ihrem Schreibtisch, blätterte ein paar Akten durch und fand schließlich die Nummer von Cedric Darney.

»Wir müssen reden«, sagte sie, als er sich meldete. »Brady ist …«

»Ich weiß«, unterbrach Cedric. Er klang müde.

»Darüber müssen wir reden«, wiederholte Isobel. »Wie geht es …«

»Ich melde mich«, sagte Cedric schnell. »Diese Nummer?«

»Das ist mein privates Handy, ja.«

Cedric beendete das Gespräch ohne ein weiteres Wort.

15.

Er steckte das Handy zurück in seine Hosentasche. Mina saß in einem Sessel ihm gegenüber und weinte still, den Blick unverwandt auf das Fenster gerichtet, durch das man die New Town sehen konnte, wie sie im pudrig-goldenen Morgenlicht gleichgültig mit ihrer strengen georgianischen Architektur protzte. Ein Anblick, wie für eine Postkarte gemacht, dachte Cedric. Er hasste Postkarten.

Ihr Hotel lag in der Old Town, dem Zentrum des alten Edinburghs, das sich rund um die Burg auf einem der erloschenen Vulkane ausbreitete. Die Old Town war geprägt von engen, steilen Gassen und alten, verwinkelten Gebäuden. Sie wurde täglich von Touristenmassen heimgesucht und war doch niemals bereit, ihre wahren Geheimnisse preiszugeben. Hier war der Zauber der Stadt wie nirgendwo sonst zu spüren, aber Cedric fühlte, wann immer er hier war, dass es kein guter Zauber war. Zu viele Geister traten aus den Mauern hervor, sobald die Dunkelheit kam. Er würde niemals mehr vom Grassmarket aus weiter nach Westen zu den Princes Street Gardens gehen können, ohne Margaret zu begegnen, einem weiteren Geist. Die Stadt aber würde dieselbe bleiben.

Cedric wusste, dass Mina in der Nacht ihren eigenen Dämonen begegnet war. Sie hatte ihm erzählt, was in Leith passiert war, sie hatte ihm alles über ihre Vergangenheit, über die Klinik in der Schweiz und über den Mann, den sie einmal geliebt hatte, erzählt, und sie hatte ihm schließlich auch von Matt erzählt, von der Vergewaltigung, die sie der Polizei nicht melden wollte, weil es ihr ein Motiv geben und niemandem mehr nutzen würde. Niemand konnte Matt mehr dafür verurteilen, und ihr blieb die Schande erspart, die sie angesichts des Missbrauchs empfand.

Von dem Frühstück, das er für sie beide in seine Suite kommen ließ, rührte sie nichts an. Das Zimmermädchen putzte um sie herum, während sie weiter regungslos im Sessel saß und aus dem Fenster sah. Cedric wusste, dass es am besten war, sie in Ruhe zu lassen, bis sie von selbst wieder aus ihren Gedanken auftauchte. Er holte seinen Laptop und ging ins Internet, um zu sehen, was die Zeitungen über Margarets Tod und den Brandanschlag auf Minas Haus schrieben.

Das schien auch Mina zu interessieren. Sie veränderte jedenfalls zum ersten Mal in fast drei Stunden ihre Position und sah zu ihm hinüber.

»Ich sollte meinen Vater anrufen«, sagte sie. »Suchst du mir die Nummer des Royal-Air-Force-Stützpunkts in Leuchars raus?«

Fünf Minuten später hatte sie ihn in der Leitung, erzählte ihm erstaunlich gefasst vom Tod ihrer Mutter. Dass der Mörder nun auch hinter ihr her war und ihr Haus hatte anzünden lassen. Dass Cedric ihn gesehen hatte und sie nun beide auf der Flucht waren.

»Nein, wir können nicht zur Polizei gehen. Der zuständige Chief Inspector hat auch irgendwas mit der Sache zu tun«, hörte Cedric sie sagen. »Es ist furchtbar kompliziert«, versuchte sie, ihrem Vater zu erklären. »Dieser Mann ist vielleicht ein Menschenhändler … Ja, ich weiß, wie sich das anhört, aber es ist nun mal … Doch, ich bin mir sicher!« Sie klang jetzt ärgerlich. »Nein, ich will dieses Mädchen finden, das den Mord an Matthew Barnes beobachtet hat. Sie hat Angst, weil der Mann ihr Zuhälter ist, deshalb war sie nicht bei der Polizei, verstehst du?« Natürlich versteht er nicht, dachte Cedric, er kennt nicht mal die Hälfte der Details, er kennt nicht einmal seine Tochter. »James, ich *weiß* nicht, warum jemand Grund haben sollte, Margaret umzubringen. Aber sie hat ein Foto von diesem Mann gesehen, und daraufhin wurde sie ganz komisch. Am nächsten Tag verschwand sie ohne ein Wort nach Edinburgh, und jetzt ist sie *tot!* Es ist doch klar, dass ich …« Sie schwieg eine Weile und hörte James Cunningham zu. Dann begann sie, in Cedrics Richtung zu winken. Er sah sie fragend an. »Doch, hab ich«, sagte sie und deutete auf die Wand. Sie meinte ihre Suite. »Doch, keine Problem. In zwei Minuten. Ja, sag mir die Adresse.« Sie hielt die Hand über die Sprechmuschel und flüsterte Cedric zu: »Hol bitte meinen Mantel.« Dann konzentrierte sie sich wieder auf ihren Vater, ging mit dem Telefon zu dem unechten Chippendale-Sekretär, um sich dort etwas zu notieren.

Cedric ging in Minas Suite. Ihr Mantel hing an der Garderobe. Er nahm ihn vorsichtig herunter, nur mit seinen Fingerspitzen, und hielt ihn auf Armeslänge von sich. In seiner Suite warf er den Mantel über ein Sofa, wusch sich die Hände und ging wieder zu Mina. Sie hatte sich vor seinen Laptop gesetzt und schien eine E-Mail zu versenden.

»Du müsstest sie gleich haben. Ja, ich warte.« Sie sah Cedric an und lächelte, zum ersten Mal seit langem. Wortlos deutete sie auf den USB-Stick, der in seinem Laptop steckte. »Er war im Mantel«, flüsterte sie ihm zu, während sie gleichzeitig den Worten ihres Vaters lauschte. »Was?«, fragte sie in den Hörer. »Ach? Ja, ich warte.« Sie begann, nervös mit den Fingern ihrer linken Hand auf die Tischplatte zu trommeln. »Ja, du kannst mich anrufen …« Sie hielt inne, weil Cedric energisch mit dem Kopf schüttelte. »Nein, James, warte, ich rufe dich wieder an. Wann? Gut. Bis gleich.« Sie legte auf. »Was war denn los? Warum soll er hier nicht anrufen?«

»Du kannst doch nicht allen Leuten sagen, wo wir sind!«, gab Cedric zurück.

»Aber das ist mein Vater!«

»Wie gut kennst du ihn?«

Sie schwieg. Cedric zuckte die Schultern. »Denk an meinen Vater«, sagte er.

Mina verzog ihr Gesicht. »Er hat doch sicher die Nummer vom Hotel auf dem Display gesehen«, gab sie zu bedenken.

»Auch wieder wahr«, stöhne Cedric, und beide zuckten zusammen, als das Telefon klingelte.

»Das ist er«, rief Mina und nahm den Hörer ab, nur, um ihn gleich an Cedric weiterzureichen. »Jemand vom Hotel«, sagte sie. Aber Cedric wusste, er konnte den Hörer jetzt nicht in die Hand nehmen. Nicht, wenn jemand damit vorher telefoniert hatte, selbst, wenn es Mina gewesen war.

»Nein, nein, mach du das«, flüsterte er, und Mina sagte ins Telefon: »Er ist gerade verhindert, kann ich Ihnen helfen?« Sie hörte einen Moment zu, fing an zu grinsen und sagte schließlich: »Nein, das hat ganz sicher nichts mit Ihnen zu tun. Doch, es ist alles in Ordnung, wirklich. Vielen Dank.« Sie legte auf. »Es ging um deine Bettwäsche.«

Cedric spürte, wie er rot wurde. »Aha?«

»Das Zimmermädchen hat dem Manager gesagt, dass du das Bett neu bezogen hast, und zwar mit eigener Bettwäsche. Deshalb dachte er, dass etwas nicht in Ordnung ist.«

»Das mache ich immer.«

»Du hast immer deinen halben Hausstand dabei, richtig? Auch eigenes Besteck?«

Er nickte, wollte aber nicht darüber sprechen. Nicht jetzt. »Dein Vater. Ruf ihn an, die fünf Minuten sind um. Worum geht es eigentlich?«

»Ich hab ihm das Foto von dem Mann geschickt.« Sie sagten mittlerweile nur noch »der Mann«, wenn sie über den Fahrer des schwarzen Range Rovers sprachen. Nicht: der Mörder von Margaret und Matt oder der Zuhälter von Pepa. Einfach nur »der Mann«.

Mina wählte die Durchwahl, die ihr Vater ihr gegeben hatte. Sie fragte ihn, ob er das Bild hatte öffnen können, und Cedric sah, wie sie sich verkrampfte. »Du kennst diesen Mann?«, flüsterte sie. »Das ist unmöglich, woher kennst du ihn?« Sie hörte einen Moment lang zu. »Ja, mach das. An diese E-Mail-Adresse. Danke.«

Cedric sah mit wachsender Beunruhigung zu, wie sie den Hörer sanft und vorsichtig auflegte, als dürfe sie nie wieder ein Geräusch auf dieser Welt verursachen. Sie stützte ihr Gesicht in ihre Hände und atmete langsam und tief. Cedric stand vor ihr, die Hände in den Hosentaschen, und wartete. Er bekam Angst, ohne zu wissen, warum.

Endlich suchte sie seinen Blick. Sie sah ihn lange an, bevor sie sprach.

»James hat den Mann erkannt.«

»Das ist großartig! Wir gehen gleich zur Polizei, auf ein anderes Revier. Es können ja nicht alle korrupt sein. Wir wissen es nur von Brady, und das werden wir Ihnen erklären. Sie werden sich um alles kümmern. Du sagst deinem Anwalt Bescheid, und wir …«

»Er kennt seinen Namen nicht. Er hat gesagt, er hat seinen Namen geändert, aber er weiß, wie er früher einmal hieß und wo er gewohnt hat.«

»Das ist doch ein Ansatzpunkt! Die Polizei wird herausfinden, wie er heute heißt und wo er …«

Das Telefon klingelte. Mina riss sofort den Hörer hoch. Ihre Augen weiteten sich. »Das muss ein Missverständnis sein«, sagte sie energisch. »Sind Sie sicher?« Und dann, viel weicher: »Natürlich. In einer halben Stunde, ja.«

Sie legte auf. »Das Hotel. Deine Kreditkarte ist gesperrt.«

»Unmöglich! Das kann nicht sein«, rief Cedric.

»Doch. Ruf deine Bank an.« Sie hielt ihm das Telefon hin, aber er tippte schon die Nummer ins Handy.

Ein Mitarbeiter der Bank bestätigte es: Alle seine Konten waren eingefroren.

»Wir sitzen auf der Straße«, sagte er. »Ich habe keinen Penny Bargeld dabei, und ich kann mit keiner Karte mehr irgendetwas bezahlen. Du hast keine Karten und keinen Ausweis, um Geld von deiner Bank zu holen. Was machen wir?«

Sie zuckte die Schultern. »Meinen Anwalt bitten, sich darum zu kümmern, in der Zwischenzeit meinen Onkel anpumpen und, wenn der sich ziert, dein Auto verkaufen.« Sie klang entsetzlich pragmatisch. »Im Notfall die Pfandleihe. Wir haben genug, was wir versetzen können. Deine Uhr sieht teuer aus. Ist das eine IWC? Von dem, was wir dafür kriegen, können wir sicher ein paar Nächte in einem Hotel unterkommen.«

Er sah Mina an und suchte verzweifelt nach etwas in ihrem Gesicht, das ihm erklären könnte, was gerade passierte. Er fand nichts. »Mein Vater hat das veranlasst, er hat Kontenvollmacht«, sagte er leise.

»Familie«, erwiderte Mina, als sei es das Normalste der Welt. Sie schraubte ihr unvermeidliches braunes Fläschchen auf und nahm eine Tablette. Er überlegte kurz, die wievielte es für heute wohl war.

»Verwandte sind ein Fluch«, sagte Cedric.

»Besonders, wenn sie einen umbringen wollen.« Cedric sah Mina verwirrt an, und sie fuhr fort: »Der Mann, also *der* Mann, ist ein Cousin meiner Mutter.«

Buch III

»I swear to God I will never set eyes on him again. I bind my honour to you that I am done with him in this world. It is all at an end.«

»Ich schwöre zu Gott, ich werde ihn nie wiedersehen. Ich gebe dir mein Ehrenwort, dass ich in diesem Leben nichts mehr mit ihm zu tun haben will. Es ist vorbei.«

Dr Jekyll in »The Strange Case of Dr Jekyll and Mr Hyde«

Kirkcaldy, Januar 1950

Sie saß am Fenster, eine Hand auf ihrem Bauch. Sie spürte nichts. Nichts. Das Ding war ruhig. Bald würde es rausmüssen.

Sie saß am Fenster und starrte in die Dunkelheit, sah Lichter auf der anderen Seite des Wassers, die Lichter der großen Stadt mit der alten, schönen Burg auf dem Vulkanfelsen, die sie auch gesehen hatte, als sie in der großen Stadt waren. Auf der anderen Seite des Wassers.

Es wurde hier viel früher dunkel und viel später hell.

Das Ding war immer noch ruhig.

Sie starrte weiter in die Dunkelheit und dachte, wie es sein würde, wenn dieses Ding tot wäre. Dann wäre Berlin nicht so weit.

Sie versuchte, den Namen der großen Stadt so auszusprechen, wie Albert es tat. Dann versuchte sie, den Namen der Stadt auszusprechen, in der sie jetzt lebte. Die Laute ergaben in ihren Ohren keinen Sinn. Die Menschen sprachen hier anders als Albert, und doch verstand er sie. Nur sie verstand nichts. Sie versuchte wieder, den Namen der Stadt auszusprechen. Ihr Atem legte sich auf die kalte Fensterscheibe. Sie malte ein Herz hinein. Dann wischte sie es schnell wieder weg.

Albert kam nach Hause. Er rief nach ihr, doch sie antwortete nicht. Sie antwortete nie. Er würde hereinkommen und nach ihr sehen, dann würde er mit ihr essen, obwohl sie nichts essen wollte. Er würde sich nach dem Ding erkundigen, und er würde sie kein einziges Mal anfassen.

Er war so ein guter Mann.

1.

Mina beobachtete ihn, wie er beide Hände vor den Mund hielt und angestrengt regelmäßig und tief atmete.

»Besser?«, fragte sie nach einer Weile.

Er nickte, war aber immer noch kalkweiß.

»Hast du das immer?«

Cedric hob die Schultern. »Woher soll ich das wissen? Ich kann mich nicht einmal erinnern, wann ich zuletzt Bus gefahren bin.«

»Denk dran, wir hätten sonst kein Geld«, ermahnte sie ihn, bevor er wieder davon anfing, dass er niemals seinen Mercedes hätte weggeben dürfen. »Es ist doch selbstverständlich, dass Hopkirk eine Sicherheit braucht, wenn wir uns schon Geld von ihm leihen.«

Mina zog den Ausdruck des Routenplaners aus ihrer Handtasche und versuchte, sich zu orientieren. »Siehst du, es ist gar nicht so weit. Wir können laufen, dann bist du noch ein wenig an der frischen Luft und kannst dich erholen.«

Sie gingen vom Busbahnhof in Kirkcaldy etwa zehn Minuten, bis sie bei der Adresse angelangt waren, die James Cunningham ihr geschickt hatte. Die Adresse der Mutter eines Mörders.

Eine Rampe war über die beiden Treppenstufen gelegt, die zur Eingangstür des Hauses führten. Das Gebäude hatte eine Fassade aus hässlichem grauen Waschbeton, wie alle Häuser in der Straße, aber der kleine Vorgarten sah aus, als kümmere sich hin und wieder jemand um ihn.

Mina klopfte an die Tür. Sie mussten nicht lange warten.

»Die Tür ist offen!«, rief eine Stimme. Harriet Docherty erwartete sie bereits.

Mina und Cedric traten in einen dunklen Flur. Die Tür zum Vorderzimmer stand offen. »Kommen Sie, ich habe Tee und Plätzchen, das ist Ihnen doch recht? Ich habe mich so gefreut über Ihren Anruf! Sie haben mich im Telefonbuch gefunden, nicht wahr? Ach, ich bekomme nur noch so selten Besuch. Alle legen sich immer nur ins Krankenhaus oder sterben, aber das ist wohl so in meinem Alter.«

Harriet Docherty wirkte winzig in ihrem Rollstuhl. Sie war über achtzig, sah aber auf den ersten Blick noch älter aus, da ihre Haut so faltig war wie die eines vertrockneten Apfels. Ihr feines weißes Haar war kurz geschnitten, und ihr dünner, knochiger Körper steckte in heller, sportlicher Kleidung. Mina wusste nicht, ob ihr die Sachen einmal gepasst hatten und sie seitdem zwei Kleidergrößen abgenommen hatte oder ob sie ihr einfach jemand in der falschen Größe gekauft hatte. Doch als die Frau die beiden anlächelte, veränderte sich alles: Aus ihren Augen strahlte es, und nichts um sie herum wirkte mehr zu groß. Für einen winzigen Augenblick war ein Fenster in die Vergangenheit aufgestoßen, und man sah, dass sie einmal eine schöne Frau gewesen war.

»Sie hätten sich nicht so eine Mühe machen dürfen«, schimpfte Mina und deutete auf Tee und Plätzchen.

»Unsinn«, sagte Mrs Docherty. »Sie glauben doch wohl nicht, dass ich das selbst gemacht habe. Ich habe eine Haushaltshilfe.«

Als hätte sie auf ihr Stichwort gewartet, kam eine propere Fünfzigjährige herein und fragte: »Brauchen Sie noch etwas? Sonst gehe ich einkaufen.« Mrs Docherty brauchte nichts mehr, und so ließ sie die drei alleine.

»Sie sind also eine Großnichte von meinem Albert«, sagte Mrs Docherty mit einem Lächeln. »Nach fünfzig Jahren darf ich endlich jemanden aus seiner Verwandtschaft kennenlernen. Sie müssen wissen, sein Bruder Roland war immer ein schwieriges Thema.«

»Ich wusste nicht einmal, dass Roland einen Bruder hatte«, erwiderte Mina. »Bis heute. Meine Mutter hatte kein besonders gutes Verhältnis zu ihrem Vater, deshalb kenne ich meine Verwandtschaft auch kaum.«

»Aber Roland ist jetzt tot, sagten Sie am Telefon?«

Mina nickte. »Letzte Woche.«

»Ich sage nicht, dass es mir leidtut, auch wenn es Ihr Großvater war, denn ich kannte nur die Geschichten über ihn, die mein Mann mir erzählt hat. Tut es Ihnen leid, dass er tot ist?« Es klang nicht gehässig oder böse, wie sie es sagte, nur interessiert.

Mina zuckte die Schultern. »Er war der Vater meiner Mutter, und sie hat sehr gelitten, weil sie nie zueinander gefunden haben. Es tut mir um sie leid.«

»Und der junge Mann hier ist Ihr … Freund?«, fragte Mrs Docherty neugierig. Cedric wurde rot und öffnete den Mund, aber es kamen keine Worte. Deshalb antwortete Mina: »*Ein* Freund. Mrs Docherty, wir sind beide daran interessiert, Ihren Sohn zu finden, um mit ihm … zu sprechen.«

»Oh, Arthur ist nicht *mein* Sohn«, sagte Harriet Docherty, »und bitte nennen Sie mich Harriet, kein Mensch sagt Mrs Docherty zu mir!«

»Harriet«, wiederholte Mina. »Er ist gar nicht Ihr Sohn? Man sagte mir, mein Großvater Roland hätte noch einen Bruder gehabt, und dessen Sohn, Arthur Docherty …«

»Nein, nein, das ist falsch«, sagte Harriet. »Mein Albert war schon einmal verheiratet. Arthur ist das Kind seiner Frau aus der ersten Ehe. Ihr Großvater, Roland, hat immer behauptet, es sei die größte Schande, eine Bürgerliche zu *heiraten.* Spaß haben durfte man offenbar mit ihr, aber beim Heiraten hörte es auf. Ich sagte ja bereits, es sind keine guten Geschichten über Ihren Großvater«, fügte sie entschuldigend hinzu.

»Dann reden wir besser nicht mehr von ihm. Wissen Sie, wo Arthur nun lebt? Ich habe gehört, er hätte seinen Namen geändert. Wie heißt er jetzt?«

»Was hat er Ihnen getan?«, wollte Harriet Docherty wissen. Sie stützte sich auf die Armlehnen ihres Rollstuhls, veränderte ein wenig ihre Position und beugte sich dann vor, um sich von den Plätzchen zu nehmen.

Mina hatte sich zusammen mit Cedric eine Antwort auf diese Frage zurechtgelegt. Mehrere mögliche Antworten sogar. Aber nun, als sie Harriet Docherty gegenübersaß, konnte sie sie nicht mehr anlügen. Die Wahrheit zu sagen, war aber auch keine Option. Also schwieg Mina.

»Arthur ist ein sehr schlechter Mensch«, sagte Harriet, als keine Antwort kam. »Vielleicht sagen Sie mir besser nicht, was er getan hat. Ich will es nicht wissen. Ich habe ihn zuletzt vor acht Jahren gesehen, als ich meinen Mann beerdigt habe. Damals saß ich noch nicht im Rollstuhl. Er weiß es gar nicht.«

»Er wohnt nicht mehr in Ihrer Gegend?«, fragte Mina vorsichtig.

»Oh, er wohnt ganz bestimmt hier irgendwo. Er hat wohl mehr als eine Wohnung. Ich glaube, in Edinburgh und in Aberdeen, aber ich weiß es nicht, wirklich nicht. Ich weiß auch nicht, wie er sich jetzt nennt. Dass er seinen Namen geändert hat, ist mir neu.« Sie sah nachdenklich auf ihr Plätzchen. »Sind Sie sicher?«

»Nein. Ich hatte gehofft, Sie könnten mir weiterhelfen. Weiß Arthur eigentlich von seiner Verwandtschaft mit meinem Großvater?«

Harriet Docherty schüttelte den Kopf. »Nicht von mir, und sicher auch nicht von meinem Mann. Nein, das kann ich mir nicht vorstellen. Alfred hat meinen Namen angenommen und vollständig mit den Barringtons gebrochen. Er hat nie in Arthurs Gegenwart über seinen Bruder Roland oder sonst jemanden aus der Familie gesprochen. Und ich erzähle Ihnen das alles auch nur deshalb, weil Sie mich danach gefragt haben.«

»Was macht Arthur beruflich?« Es war das Erste, was Cedric sagte, und er schien selbst ganz erschrocken darüber zu sein.

»Beruflich? Oh, Arthur hat keinen Beruf, wissen Sie … Nicht wie mein Mann oder ich. Er war Arzt, und ich war Lehrerin hier in Kirkcaldy. So haben wir uns auch kennengelernt. Er war auf der Suche nach der richtigen Schule für Arthur.« Sie schwieg einen Moment, und Mina wagte nicht, die Stille zu unterbrechen, denn Harriet schien die Erinnerung wichtig zu sein. »Aber Albert hatte für staatliche Schulen nichts übrig, das habe ich gleich gesehen. Er wollte, dass Arthur die besten Möglichkeiten im Leben hatte.«

»Deshalb hat er ihn nach Harrow geschickt«, sagte Cedric.

»Ach, das wissen Sie?«, fragte Harriet überrascht.

»Er trägt heute noch gerne die Krawatte«, erklärte Mina, ohne weiter ins Detail zu gehen.

»Das glaube ich. Er war immer entsetzlich stolz darauf, ein Harrovian zu sein. Prügelte sich später an der Universität bei jeder Gelegenheit mit den Jugendlichen aus der Stadt.«

»Wo hat er studiert?«

»Christ Church, Oxford. Er hatte alle Möglichkeiten«, erklärte sie noch einmal, »aber er hat keinen Abschluss gemacht. Wie gesagt, er prügelte sich sehr gerne. Sie haben ihn des Colleges verwiesen. Drogen seien auch im Spiel gewesen, sagte man uns. Aber aus Arthur war damals kein Wort herauszubringen. Ein wütender junger Mann! Er sah seinem Vater zum Verwechseln ähnlich.« Wieder schwieg sie nachdenklich, dann klatschte sie in die Hände und lächelte wieder. »Das Letzte, was ich von ihm weiß, ist, dass er Nachtclubs besaß. In

Glenrothes, Perth, Stirling, Dundee, Aberdeen, bis rauf nach Inverness. ›Der ganze Nordosten tanzt auf sein Kommando‹, hat mein Mann immer gesagt. Fragen Sie mich nicht, wie viele Clubs es waren. Hat man damals nicht noch ›Diskothek‹ dazu gesagt? Nun. Vielleicht besitzt er heute hundert, vielleicht keinen einzigen mehr.«

Mina wusste, dass sie hier nichts mehr erfahren würden, das sie weiterbrachte. Sie lenkte die Gedanken der Frau auf andere Themen, machte ihr Komplimente wegen der ordentlichen Wohnung, des kleinen Gartens und des guten Tees und erkundigte sich nach ihrer Zufriedenheit mit der Betreuung durch Gemeinde und National Health Service. Cedric sagte kein einziges Wort mehr. Dann verabschiedeten sie sich und gingen schweigend zum Busbahnhof zurück.

»Nachtclubs und Prostitution passen recht gut zusammen«, brach Cedric das Schweigen.

»Wir bräuchten einen Insider, der weiß, wem welche Clubs gehören. Oder wie um Himmels willen findet man das sonst heraus?«, fragte Mina ungeduldig. Sie hatte sich mehr erhofft. Viel mehr.

»Wenn ich Sergeant Hepburn richtig verstanden habe, sind die Besitzer der einschlägigen Clubs entsprechend organisiert.«

Mina nickte, obwohl sie keine Ahnung hatte, was er meinte oder was sie nun tun sollten. Sie waren am Busbahnhof angelangt. Vor allem ältere Leute standen dort, die in ordentlichen Reihen auf ihren Bus warteten. Mina sah Cedric an, der beim Anblick des Busbahnhofs erneut kreidebleich geworden war.

»Lass uns zum Strand gehen«, sagte sie, und Cedric nickte erleichtert.

Mina kannte den Weg nicht, wusste aber, in welcher Richtung das Wasser lag. Sie sah es am Himmel. Sie gingen durch die engen Straßen des alten Stadtkerns von Kirkcaldy, bis sie an die Esplanade gelangten. Cedric folgte ihr schweigend, die

Hände wie immer in den Hosentaschen, und stellte sich neben sie, als sie nachdenklich auf das Wasser sah.

Es war, als käme das Wasser des Firth of Forth immer nur in einer einzigen lang gezogenen sanften Welle zum Land gerollt, um dann in einer einzigen ebenso lang gezogenen weißen Schaumkrone auf dem Strand auszulaufen. Der Straßenlärm verschmolz mit dem Rauschen des Meeres, und nach einigen Minuten spürte Mina die hypnotische Wirkung. Ihre Gedanken wurden vom Land, vom Ufer weggezogen und flossen mit der Strömung des Forth, mit dem Sog der Gezeiten hinaus in die Nordsee.

»Vielleicht sollten wir mit dem Sergeant reden«, schlug Cedric vor und brach den Bann. »Immerhin hat sie mich vor Brady gewarnt …«

»Sie könnte von ihm auf uns angesetzt worden sein«, gab Mina zu bedenken.

»Haben wir eine andere Möglichkeit?«, fragte Cedric.

Mina blieb abrupt stehen. Ihr war etwas eingefallen. »Ja, wir haben eine andere Möglichkeit, aber da kann ich nur alleine hin. Cedric, du sprichst mit Isobel. Ich fahre zurück nach Edinburgh.«

Cedric verstand sofort, was sie vorhatte. »Du bist wahnsinnig.«

»Diese Frau kennt sich aus in der Szene! Und es ist doch möglich, dass sie die Frau ist, zu der Pepa gehen wollte, oder? Ich meine, sie läuft herum und bietet Frauen ihre Hilfe an. Das könnte doch zu dem passen, was Pepa gesagt hat?«

»Pepa hat immer nur gesagt, es sei eine gute Frau.«

»Ich muss es versuchen.«

»Das ist zu gefährlich. Denk daran, was gestern Nacht passiert ist! Wir sollten zusammenbleiben. Wir sollten uns ein Zimmer suchen, mit deinem Anwalt reden, wie es weitergeht und …«

»Genau das sollten wir nicht tun«, erwiderte Mina grimmig und schraubte ihre kleine braune Flasche auf. »Zwei bewegliche Ziele im Dunkeln sind viel schwerer zu treffen als ein festes in einem hell erleuchteten Hotelzimmer in Edinburgh.« Sie schluckte eine Tablette hinunter. »Warten wir, bis es dunkel wird.«

2.

Zugfahren, dachte Cedric, kann nicht so schlimm sein wie Busfahren. Im Zug konnte man herumlaufen und sich Platz verschaffen, wenn man sich unwohl fühlte. Man musste nicht auf den dreckigen Bänken sitzen bleiben, neben übelriechenden Menschen, die vielleicht sogar noch ein Gespräch suchten. Ein Zug wackelte auch nicht so sehr wie ein Bus, und dank der Schienen konnte der Zugführer die Kurven wohl kaum so schnittig nehmen, wie es der Busfahrer auf dem Weg von Edinburgh nach Kirkcaldy getan hatte. Außerdem: Wer fuhr schon mitten in der Woche am Abend mit dem Zug durch Fife? Eben. Niemand.

Cedric wartete am Bahnhof auf den Zug in Richtung Dundee, und mit ihm noch mindestens zwanzig andere Fahrgäste. Es kam eine Durchsage, dass es aufgrund technischer Schwierigkeiten keine erste Klasse gab, was Cedric nervös machte. Als der Zug einfuhr, fing es ohne Vorwarnung an zu schütten, und er beeilte sich einzusteigen.

Er hätte den Bus nehmen sollen. Der Zug war so voll, dass fast mehr Menschen in den Gängen standen, als auf den Sitzen rings umher Platz genommen hatten. Die Fahrgäste, die nach ihm eingestiegen waren, schoben ihn erbarmungslos tiefer in das Abteil hinein, und der Zug war bereits losgefahren, bevor Cedric es sich anders überlegen konnte. Er war gefangen zwischen ein paar langhaarigen Jugendlichen mit Heavy-Metal-Shirts und großen schwarzen Gitarrenkoffern und einer Familie mit zwei kleinen, Schokolade essenden Kindern. Der Vater, ein aknenarbiger, rothaariger Mann mittleren Alters, starrte

Cedric finster an und hörte auch nicht auf, als Cedric irritiert zurückstarrte. Man konnte sich nirgendwo festhalten, sodass niemand wirklich still stand und Cedric ständig gegen irgendjemanden stieß. Keine zwei Minuten dauerte es, und ihm stand der Schweiß auf der Stirn, weil er um Fassung rang, um nicht schreiend Amok zu laufen. Er konzentrierte sich auf die Regentropfen, die an den Zugfenstern herunterliefen, und bemühte sich, so wenig wie möglich zu atmen.

»Cedric! Nein, mach das nicht!«, rief die Frau, die zu dem rothaarigen, grimmigen Mann gehörte, und Cedric sah sie mit offenem Mund an, bis er verstand, dass sie ihren Sohn meinte. Der etwa dreijährige, dickliche, weißblonde Junge saß zu seinen Füßen, Gesicht und Hände waren mit Schokolade beschmiert. Er strahlte Cedric verzückt an.

»Entschuldigung, Sir, das macht er sonst nie«, sagte die Frau, und nun meinte sie wirklich Cedric. Ihre Entschuldigung zusammen mit dem höflichen »Sir« klang gestelzt, als würde sie sonst nie so sprechen. Er sah sie fragend an, sie deutete auf sein Hosenbein. Der kleine Cedric hatte es mit Schokolade beschmiert. »Das geht beim Waschen ganz leicht wieder raus«, erklärte die Frau, griff ihren Sohn am Arm und zog ihn zu sich herüber.

»Ich bitte Sie, es ist alles in Ordnung«, sagte Cedric schnell.

Der Vater starrte Cedric immer noch böse an. Cedric lächelte nervös zurück und sah wieder aus dem Fenster.

An den nächsten beiden Haltestellen stieg niemand aus, es stiegen vielmehr weitere Fahrgäste zu. Der Schaffner machte eine Durchsage, in der er sich dafür entschuldigte, dass nicht genügend Sitzplätze zur Verfügung standen. Offenbar waren andere Züge auf der Strecke ausgefallen. Dann entschuldigte er sich dafür, dass das Zugdach an einigen Stellen leckte.

»Da haben wir 's«, sagte der böse blickende Mann zu ihm. »Es tropft Ihnen seit Kirkcaldy auf die Jacke, und alles, was Sie bekommen, ist eine Entschuldigung.«

Erschrocken sah Cedric nach oben und bemerkte die Wasserspur an der Zugdecke. Er stand direkt darunter. Hektisch kontrollierte er seine Schultern.

»Am Rücken«, sagte der Mann missmutig. »Sie können froh sein, dass Sie so eine Jacke haben. Da geht kein Regen durch. So was kann sich unsereins nicht leisten.« Er starrte Cedric weiter böse an, und Cedric wurde erst jetzt bewusst, wie er auf die Menschen um ihn herum wirken musste. Arbeiter, einfache Leute, manche vielleicht arbeitslos. Für diese Leute war er eine fleischgewordene Provokation.

»Tut mir leid«, war das Einzige, was Cedric einfiel.

Die Jungs mit den Gitarren waren aufmerksam geworden und musterten ihn eingehend von oben bis unten. Alle um ihn herum schienen ihn plötzlich anzustarren, und er hatte den Eindruck, dass sie es nicht freundlich meinten.

Cedric kämpfte sich schnell an den Gitarrenjungs und mindestens fünfzig anderen stehenden Zuggästen vorbei bis zur anderen Seite des Abteils.

Er hätte den Bus nehmen sollen.

In Cupar stiegen endlich einige Leute aus, sodass jeder ungefähr einen Fußbreit mehr Platz zum Stehen hatte. Cedric hätte nie gedacht, dass er sich jemals im Leben so sehr darüber freuen würde, den Bahnhof von Leuchars zu betreten.

Isobel Hepburn wartete nicht auf dem Bahnsteig, sondern in ihrem Wagen auf dem Parkplatz, wie sie es vereinbart hatten. Erst dachte er, sie würde auf der Fahrt zum Pub ihrer Eltern einen Umweg machen, um nicht an der Polizeistation in der North Street vorbeifahren zu müssen, aber dann bog sie in eine Seitenstraße des Tom Morris Drive ein und hielt in einer Sackgasse mit deprimierend hässlichen, grauen Gebäuden. Mehrstöckige Häuser mit Sozialwohnungen auf der einen Seite, winzige, charakterlose Reihenhäuser auf der anderen. Die meisten der handtuchbreiten Vorgärten waren allerdings erstaunlich gut gepflegt. Cedric hatte nicht einmal gewusst, dass es diese Gegend in St. Andrews gab. In fünf Jahren war er kein einziges Mal hier gewesen. Warum auch? Isobel Hepburn konnte offenbar Gedanken lesen.

»Es gibt Leute, die eine Idee weniger verdienen als eine halbe Million im Jahr«, sagte sie scharf.

»Entschuldigung, ich habe gar nicht …«, begann er hilflos und dachte daran, dass er unmöglich eines dieser Häuser betreten konnte. Umso überraschter war er, als er das Haus der Hepburns in einem wunderbar aufgeräumten und sauberen Zustand vorfand. Die Einrichtung war zwar billig, zeugte aber von Fantasie und Liebe zum Detail.

»Sind Sie hier aufgewachsen, Miss Hepburn?«, fragte er.

»Nein, in Dunfermline. Seit ich bei der Polizei bin, habe ich eine eigene Wohnung in Glenrothes, damit ich es nicht so weit habe. Meine Eltern haben dieses Haus erst vor kurzem gekauft, als sie das Pub übernommen haben. Und es heißt ›Sergeant Hepburn‹, nicht ›Miss‹. Sie können auch Isobel sagen, wenn Sie möchten.«

»Danke. Cedric.«

Sie lächelte endlich und entspannte sich etwas.

»Ich finde es sehr hübsch hier«, fügte er hinzu. Ihr Gesicht verriet ihm, dass sie ihm nicht recht glaubte.

»Meine Eltern sind im Pub, wir können uns offen unterhalten.«

»Wo ist dein Chef, Brady?«

»In Glenrothes beim Chief Super, Lagebesprechung. Er kommt heute auch nicht mehr nach St. Andrews raus.«

»Hat er Familie?«

Sie schüttelte den Kopf. »Seine Frau ist ihm abgehauen.«

»Das überrascht mich gar nicht.«

Isobel holte zwei kleine Flaschen Mineralwasser aus der Küche und gab Cedric eine davon, ohne ihm ein Glas anzubieten. »Du wirst es nicht glauben, aber als er noch verheiratet war, war er fast zu ertragen.« Sie zögerte einen Moment, bevor sie sich an den kleinen Wohnzimmertisch setzte. »Das ist doch richtig so, ich meine mit der Wasserflasche, oder geht das auch nicht?«

»Doch, das ist wunderbar. Ich staune nur, dass du ...«

»Ich hätte wohl den Beruf verfehlt, wenn mir *das* nicht aufgefallen wäre.« Wieder zögerte sie. »Hast du das schon immer?«, fragte sie. »Oh entschuldige, das war dumm von mir. Ignorier die Frage einfach.«

»Nein, nein«, er musste lächeln. »Es ist nur sehr ungewöhnlich, direkt darauf angesprochen zu werden. Die meisten tun so, als bemerkten sie es nicht.«

»Mina scheint auch darauf einzugehen«, erwiderte Isobel.

»Ja, dieser Tage bin ich bei den Frauen sehr hoch im Kurs, ich spreche offenbar Mutterinstinkte an.« Sie lachten beide. »Aber um deine Frage zu beantworten, nein, ich hatte das nicht schon immer. Es fing an, als ich mit der Schule fertig war. Im Grunde schon früher, aber richtig schlimm wurde es erst danach.«

»Und ...« Sie unterbrach sich selbst. »Nein, entschuldige. Das geht mich nichts an.«

»Schon gut«, sagte Cedric.

Isobel wechselte das Thema: »Brady hat mich von dem Fall Barnes abgezogen. Von dem Brand in Minas Haus hat er mir auch nichts erzählt. Meine Mutter war dabei, als es anfing zu brennen. Sie sah einige Minuten vor dem Feuer zwei Männer aus dem Haus kommen und erzählte ihm davon, aber er hat es ignoriert und behauptet, Mina hätte das Feuer selbst gelegt. Nachdem ihr mich auf diese Au-pair-Agentur aufmerksam gemacht hattet, habe ich mir die Familie in Leven noch einmal genauer angesehen. Brady wollte das nicht, aber ich habe mich mit ein paar Nachbarn unterhalten, die mir sagten, dass das

Mädchen dort nie gewohnt hat. Aber die Frau hat einen alleinstehenden Bruder. Er brachte das Mädchen manchmal mit. Es gab natürlich sofort Gerüchte, er hätte sich eine Frau aus dem Katalog bestellt und geheiratet.«

»Das kommt der Wahrheit relativ nahe«, bestätigte Cedric. »Hast du etwas über die Agentur erfahren?«

Isobel schüttelte den Kopf. »Ich musste aufpassen, dass Brady nichts mitbekommt, also konnte ich weder die Familie direkt noch diesen Bruder befragen.«

»Es kann doch nicht sein, dass Brady …«

»Doch«, sagte sie. »Er versteht sich mit seinen Vorgesetzten auch privat gut. Sie vertrauen ihm, und wenn es drauf ankommt, ziehe ich den Kürzeren. Wenn ich meinen Job los bin, kann ich gar nichts mehr machen. Also bin ich vorsichtig. Was ich aber tun kann, ist, mit meinem früheren Ausbilder zu reden. Er ist jetzt in Edinburgh und war nie ein großer Fan von Brady. Allerdings hat er in Fife nichts zu sagen. Vielleicht weiß er aber, was wir tun können.«

Sie sagte »wir«, was Cedric angenehm irritierte.

»Wenn es um Menschenhandel geht, ist ohnehin die SOCA zuständig.« Als sie sah, dass Cedric nicht wusste, wovon sie sprach, erklärte sie es ihm: »SOCA bedeutet Serious Organized Crime Agency. Organisierte Kriminalität geht über die Zuständigkeitsbereiche der einzelnen Bezirke hinaus und betrifft meistens ganz Großbritannien, nicht nur Schottland. Vielleicht kümmert sich auch die Scottish Crime and Drug Enforcement Agency darum. Vielleicht ist aber auch eine ganz andere Behörde zuständig. Polizeiarbeit hat intern sehr viel mit Politik zu tun.« Sie stieß einen kleinen Seufzer aus. »In jedem Fall läuft alles ganz anders, nicht so, wie ich mir das als kleines Mädchen immer vorgestellt habe.«

»Warum hat es Brady so auf Mina abgesehen? Was glaubst du? Warum lässt er dich keine Fragen stellen im Fall des Mädchens, das sich umgebracht hat? Warum ignoriert er die Aussage deiner Mutter?«

»Erst dachte ich, er will die Fälle schnell abschließen. Ein Selbstmord ist ein Selbstmord, also warum Ressourcen verschwenden? Und Mina, nun, persönliche Abneigung. Er ist seit seiner Scheidung ein richtiger Frauenhasser geworden. Aber langsam bin ich mir nicht mehr sicher, ob nicht doch noch mehr dahintersteckt.« Sie machte eine Pause, und Cedric wusste, dass sie abwägte, wie viel sie ihm anvertrauen sollte. Mein Stichwort, dachte er, und erzählte ihr alles, was er wusste: alles, über Margarets Tod, das wenige, das sie über Arthur herausgefunden hatten, und seinen Verdacht, dass Arthur zusammen mit Brady und Cedrics Vater hinter der Agentur steckte.

»Dein Vater«, sagte Isobel vorsichtig, »war heute bei uns. Er sagte, er hätte ein Au-pair-Mädchen eingestellt, das ihm offenbar von einer zweifelhaften Agentur vermittelt worden war. Er sagte weiter, dass er den Eindruck hatte, dass das Au-pair viel jünger gewesen sei, als man ihm gesagt habe, und er wisse nun, dass das Gehalt, das er für das Mädchen gezahlt habe, viel zu hoch gewesen sei. Er nannte die Adresse der Agentur. Es ist dieselbe, die du im Internet gefunden hast. Angeblich hat er nicht gewusst, worauf er sich da eingelassen hat.«

»Was hat er gesagt, wo Pepa jetzt ist?«

Isobel zuckte die Schultern. »Ich habe nicht mit ihm gesprochen. Ein Kollege hat mir davon erzählt. Er hat wohl nur gesagt, dass das Mädchen verschwunden sei und er gedacht habe, er meldet es, nun da die Tote in Pittenweem aufgetaucht ist. Da es sich um dieselbe Agentur handelte, hätte Brady weiterermitteln müssen. Aber er hat nichts unternommen. Ich habe Brady darauf angesprochen. Er sagte, der Selbstmord sei eine klare Sache und man habe das Verschwinden des Mädchens protokolliert, mehr könne man nicht tun. Was natürlich Unsinn ist.«

»Was hat Brady nachts bei meinem Vater gewollt?«

»Es war an dem Abend nach der so genannten Totenwache für Matthew, nicht wahr? Du hast gesagt, dein Vater habe an dem Abend seinen Wagen stehen gelassen. Vielleicht hat Brady ihm angeboten, ihn und seine Frau nach Hause zu fahren.«

»Wie wahrscheinlich ist das?«

Isobel lachte. »Er weiß, zu wem er nett sein muss und zu wem nicht. Aber ich habe da so eine Vermutung: Ich nehme an, Brady wollte deinen Vater erpressen.«

»Erpressen?«, fragte Cedric. »Und was hat dieser Arthur dann bei meinem Vater gewollt?«

Isobel überlegte eine Weile. »Du hast gesagt, dass sein Wagen vor dem Anwesen stand?«

Cedric nickte und verstand, worauf sie hinauswollte. »Arthur wollte nicht zu meinem Vater, sondern hat auf Brady gewartet?«

»Das würde Sinn ergeben, nicht wahr?«

»Was sagt Brady über Margarets …« Er stockte.

»Du hast offenbar noch keine Zeitung gelesen. Die Leiche ist noch nicht identifiziert, alles, was man weiß, ist, dass es sich um eine Frau handelt. Margaret gilt nicht als vermisst. Ich kann mich bei den Kollegen, die den Brand bearbeiten, mal genauer umhören.«

»Es ist nicht Bradys Fall?«

»Brady kann nicht alles machen.« Sie lächelte. »Ich habe gehört, dass man von Brandstiftung ausgeht, vielleicht durch ein paar betrunkene Jugendliche, die dachten, dass das Haus leer steht. Die Theorie ist derzeit, dass die Tote eine Landstreicherin war, die Unterschlupf gesucht hat. Wie gesagt, es gibt keine Vermisstenmeldung, die passen könnte. Niemand hat irgendetwas gesehen. Außer dir. Wenn es keine Anhaltspunkte gibt, wie sollen die Kollegen da in die richtige Richtung ermitteln? Bisher haben sie wahrscheinlich den Besitzer des Cottage befragt und geprüft, ob Versicherungsbetrug vorliegen könnte.«

»Was passiert jetzt?«

»Natürlich muss ich das alles den Kollegen mitteilen. Ich muss allerdings aufpassen, dass Brady keinen Wind davon bekommt, sonst wird es Schwierigkeiten geben. Und wenn Brady, wie wir beide vermuten, in der Sache mit drinhängt, seid ihr in noch größerer Gefahr.«

»Ist das überhaupt möglich?«, fragte Cedric erschöpft. »Aber wenn mein Vater mit der Sache nichts zu tun hat, warum hat er dann meine Konten gesperrt?«

»Vielleicht hat er Angst, dass Brady jetzt versuchen könnte, dich zu erpressen, und das will er verhindern, indem er dir den Geldhahn zudreht.«

»Dann hätte er mir Bescheid geben können. Nein, das ergibt nicht sehr viel Sinn«, sagte er nachdenklich.

»Er könnte eine entsprechende Nachricht bei dir zu Hause hinterlassen haben. Er wusste ja nicht, wo du bist. Oder er denkt, du meldest dich schon bei ihm, wenn du es merkst.«

»Ja, vielleicht. Aber ich traue ihm nicht mehr. Jeder, der auf der Internetseite dieser Agentur war und einen Mitgliederzugang hatte, hätte sehen müssen, was dahintersteckt.« Er erzählte, wie er sich unter dem Namen seines Vaters eingeloggt hatte. »Und trotzdem geht er zur Polizei und sagt, er hätte nichts gewusst?«

»Du sagst selbst, die Seite ist nicht mehr im Netz. Er kann behaupten, das sei zu der Zeit, als er dort nach einem Au-pair-Mädchen gesucht hat, nicht ersichtlich gewesen. Und vielleicht war es das auch nicht, wer weiß?«

»Aber warum besorgt er überhaupt dieses Mädchen? Für mich?«

Isobel unterdrückte ein Lächeln. »Ein französischer Bekannter hat mir einmal erzählt, dass es in gewissen Kreisen üblich ist, dass Väter mit ihren Söhnen in ein Bordell gehen, damit sie dort ihr erstes Mal hinter sich bringen und lernen, wie es geht. Ich weiß nicht, ob das wirklich stimmt, aber vielleicht hatte dein Vater Ähnliches im Sinn?«

Cedric schwieg.

»Es gibt da noch etwas anderes. Kannst du mir etwas über Minas Verhältnis zu James Cunningham sagen? Das ist der Mann, mit dem sie in Pittenweem war, als sie das tote Mädchen fanden. Haben die beiden etwas miteinander?«

»Er ist ihr Vater. Aber beide wollen nicht, dass das öffentlich wird. Er hat seiner Frau noch nicht gebeichtet, dass er noch eine Tochter hat«, erklärte Cedric.

»Ihr Vater?« Isobel schien erschütterter zu sein, als sie nach außen zeigen wollte. Cedric wurde unruhig.

»Was ist mit ihm?«

»Nun, dieser Mann in Leven, bei dem das tote Mädchen offenbar gewohnt hat, ist ein Offizier der Royal Air Force und kennt Cunningham«, erklärte Isobel.

Sie schwiegen beide für einen Moment, bis Cedric sagte: »Du hattest keinen Grund, Mina oder mir zu vertrauen, warum hast du mich angerufen?«

»Ihr hättet mich nicht auf diese Agentur aufmerksam gemacht, wenn Mina in irgendeiner Weise etwas damit zu tun gehabt hätte. Das hoffe ich jedenfalls«, fügte sie hinzu und versuchte ein Lächeln. »Cunningham kennt übrigens Brady. Das allein wäre keine besondere Neuigkeit, Cunningham kennt sicher eine Menge Leute. Aber Brady und er tun so, als hätten sie sich noch nie gesehen … Verstehst du? Als man das Mädchen in Pittenweem aus dem Wasser gezogen hat, war ich nicht dabei, Brady war vor Ort. Aber ich habe die beiden später in der Polizeiwache gesehen, und da sprachen sie miteinander, als seien sie sich völlig fremd.«

»Und das sind sie nicht?«

Isobel schüttelte den Kopf.

»Woher weißt du das?«

»Ich hab sie zusammen gesehen, schon vor Monaten. Sie saßen bei meinem Lieblingsitaliener in Glenrothes. Ich hatte mit einer Freundin einen Tisch reserviert, aber als wir reingehen wollten, sah ich Brady dort sitzen. Wir sind dann woanders hingegangen. Ich hatte keine Lust, Brady auch noch in meiner Freizeit zu begegnen. Cunningham ist ein gut aussehender Mann, den merkt man sich als Frau. Die beiden gaben ein merkwürdiges Paar ab. Ich dachte im ersten Moment, vielleicht ist er sein Scheidungsanwalt, weil ich mir nicht vorstellen konnte, dass Brady jemanden wie Cunningham privat kennt. Und nun, wie gesagt, sehe ich die beiden wieder zusammen, und sie machen auf fremd.«

»Isobel, ich verstehe nichts mehr«, seufzte Cedric. »Wir dachten, dieser Arthur hätte Matthew und Margaret getötet. Warum, wissen wir aber auch nicht so genau. Nur, dass es etwas mit dieser Agentur zu tun haben könnte. Brady weiß von der Agentur und erpresst meinen Vater. Arthur und Brady machen gemeinsame Sache, und Cunningham steckt auch mit drin?«

»So in etwa, ja.«

»Welche Rolle spielt Brady? Lässt er sich von Arthur bezahlen?«

»Wahrscheinlich. Seine Scheidung war eine sehr teure Angelegenheit, er hatte gerade erst ein großes Haus gekauft, neue Möbel, neues Auto … Erst sah es so aus, als müsse er das alles wieder verkaufen, aber das ist nicht passiert. Im Gegenteil, er macht seither immer sehr kostspielige Urlaubsreisen. Fliegt nach Hawaii oder Florida, verschwindet für drei Wochen im Luxushotel in Kairo. Vor kurzem war er sogar in Dubai.«

»Erpressung könnte also eine Möglichkeit sein.«

Isobel hob die Hand, um ihn zu unterbrechen. Sie war noch nicht fertig. »Wenn dieser Arthur also zu einem Menschenhändlerring gehört, braucht er, wie ich schon sagte, Leute, die ihm helfen. Politiker, Bankiers, Immobilienhändler, Mitarbeiter an wichtigen Stellen in Behörden … Nachdem wir drei uns im Pub meiner Eltern getroffen haben, habe ich mich schlaugemacht. Es gibt in jeder Stadt, in jedem Gebiet rivalisierende Banden, die sich bekriegen, bis eine die Oberhand gewinnt und die anderen verdrängt. Wer die meisten Leute schmiert, der gewinnt. Diese Bande kontrolliert dann alles: Prostitution, Drogenhandel, Waffen. Sie entscheiden, wer ein Restaurant eröffnen darf, wer den Bauauftrag für ein neues Bürogebäude bekommt …«

»Ist das nicht etwas übertrieben?«, fragte Cedric skeptisch.

»Übertrieben? Nein.«

»Was sind das für … Banden? Russen?«

»Oh, sie können von überall her kommen. Albanien, Lettland, Italien, China … Such dir etwas aus.«

»Aber woher haben sie das Geld, um so viele Leute zu bestechen?« Cedric wusste selbst, wie naiv die Frage war. Isobel antwortete trotzdem: »Es fließt nicht nur Geld. Politiker erhalten VIP-Karten für private Saunaclubs, Bankiers bekommen Übernachtungen in den teuersten Hotels, ohne einen Penny zahlen zu müssen. Dazu liefert man ihnen Mädchen oder Jungs, je nach Gusto, frei Haus auf ihre Zimmer. Vielleicht mit einer Zusatzprise Koks … Am nächsten Tag unterzeichnen sie einen Kreditantrag, den sie im Normalfall niemals genehmigt hätten.«

»Cunningham kann da nicht mit drinstecken«, sagte Cedric bestimmt. »Er hat uns auf Arthurs Spur gebracht.«

Isobel zuckte die Schultern. »Hat er? Er könnte euch damit auch direkt in die Höhle des Löwen locken wollen.«

»Er ist Minas Vater!«

Sie sahen sich lange an, und Cedric dachte: Sie hat Recht.

»Ich meine nur, ihr solltet vorsichtig sein, wem ihr euch anvertraut.« Isobel stand auf und holte sich eine neue Flasche Wasser aus der Küche. »Du bleibst heute Nacht hier, und morgen fahren wir nach Edinburgh. Ich melde mich krank.«

»Wir müssen herausbekommen, wer dieser Arthur ist. Wie er heute heißt«, sagte Cedric.

»Das kann ich nicht ohne Polizeicomputer. Und außerdem muss jeder Zugriff genehmigt sein. Wir müssen …«

Ihr Handy klingelte. Genervt sah sie auf das Display, schien zu überlegen, ob sie es nicht einfach weiterklingeln lassen sollte, ging dann aber doch ran.

»Brady ist *was*?«, rief sie, nachdem sie eine Weile zugehört hatte. Sie ging unruhig im Zimmer auf und ab und hörte weiter zu. Dann sagte sie: »Gut. Sagt dem Anwalt von Manzi Bescheid. Ich komme«, und beendete das Gespräch. Sie sah Cedric an, traurig und verstört.

»Was ist passiert? Doch nichts mit Mina?«, fragte er aufgeregt.

Isobel schüttelte den Kopf. »Pete Rollins hat sich umgebracht und zwei Morde gestanden. Und Chief Inspector Brady ist seit heute Nachmittag spurlos verschwunden.«

3.

Mina war völlig erschöpft, als sie die Spitze des Calton Hill erreicht hatte. Den ganzen Tag war sie zu Fuß durch die Stadt gegangen. Sie war nicht zu dem Parkhaus gegangen, von dem Cedric erzählt hatte, dazu fühlte sie sich nicht stark genug. Stattdessen hatte sie sich in der Scottish National Portrait Gallery herumgedrückt, hatte in der Stills Gallery mehr Zeit vor den einzelnen Fotos verbracht, als eine japanische Reisegruppe für ganz Europa brauchte, war alle kleinen Gässchen zwischen der Royal Mile und Princes Street Gardens rauf- und runtergegangen, hatte sich sogar eine halbe Ewigkeit bei Jenners gelangweilt, sodass die Verkäuferinnen schon misstrauisch geworden waren. Die Zeit verging nicht, wenn man wartete, und sie musste warten, bis sie sich mit der Frau treffen konnte.

Nach ihrem »Einkaufsbummel« hatte sie sich kurz mit ihrem Onkel David getroffen. Er hatte sie erst zum Gerichtsgebäude bestellt, es sich aber dann anders überlegt und sie ins Guildford Arms beordert, ein schönes traditionelles Pub in der West Register Street, etwas abseits des Gedränges der Princes Street und nicht weit vom Calton Hill.

Er holte sich ein Bier und ihr ein Glas Orangensaft. Dann erzählte sie von Harriet Docherty, die sie in Kirkcaldy besucht hatte, und von Arthur. »Wusstest du, dass du einen Cousin hast?«

David starrte sie an, als hätte sie ihm gerade eröffnet, sie bekäme Drillinge von ihm. »Einen Cousin?«, fragte er.

»Albert ist dein Onkel. Also ist sein Sohn Arthur dein Cousin«, wiederholte Mina, während David in sein Bier hustete.

Sie konnte förmlich sehen, wie er sich Gedanken darüber machte, was es für seine Karriere bedeutet, einen kriminellen Cousin zu haben. »Mrs Docherty sagt, Arthur wisse gar nicht, dass er mit uns verwandt ist.«

»Ah?«, brachte David hervor. »Weiß er nicht? Na, wäre das nicht gut?«

»Und du wusstest auch nichts von ihm?«

»Nun.« David nahm einen großen Schluck. »Ich wusste, dass es da einen Onkel Albert gab, der eine Deutsche geheiratet hatte, aber ich habe ihn nie kennengelernt. Vater hat niemals darüber geredet. Was hast du vor?«

»Ich werde versuchen, ihn zu finden. Was sonst? Er ist ein Mörder«, sagte Mina. »Kannst du mir helfen?«

David schüttelte den Kopf. »Ich kann … Nein!«

»Er hat deine Schwester getötet! Und einer der ermittelnden Polizisten deckt ihn wahrscheinlich!«

»Nicht so laut«, zischte David. Dabei hatte Mina nicht laut gesprochen, und es saß auch niemand in ihrer Nähe, der sie hätte belauschen können. »In Ordnung, du hast Recht. Pass auf, ich überlege mir etwas. Wo wohnst du jetzt?«

Sie zuckte die Schultern. »Keine Ahnung. Ich suche mir ein Hotel.«

»Du kannst jederzeit zu uns kommen.«

Er war doch kein so schlechter Kerl, dachte Mina und musste lächeln. »Danke, ich komm schon klar.«

»Wo sind deine Sachen?«

»Bei Hopkirk, der passt drauf auf. Danke noch mal, dass du ihn mir empfohlen hast.«

David verzog das Gesicht. »Keine fünf Minuten, nachdem er das Mandat hatte, rief er bei mir an, um es mir auf die Nase zu binden. Ich muss mich jetzt einen Abend lang mit ihm in seiner Whisky Society langweilen, damit er es nicht überall herumtratscht.«

»Du wirst schon damit klarkommen.«

»Das werde ich vermutlich«, meinte David.

Dann hatte er sich verabschiedet. Er musste wieder zurück zum Gericht. Mina war anschließend weiter zum Calton Hill gegangen.

Sie setzte sich auf die Stufen des unvollendeten National Monuments und nahm eine Dose Irn-Bru aus der einen Manteltasche und einen Twix-Riegel aus der anderen. Tagsüber war es zu warm für ihren Mantel gewesen, aber sie hatte ihn mit sich herumgetragen wie einen Talisman. Nun, am Abend, war sie froh, dass sie ihn dabeihatte. Die Menschen um sie herum, die sich versammelt hatten, um den Sonnenuntergang zu sehen, störten sie nicht, im Gegenteil.

Calton Hill bot den besten Blick über die Stadt, den es gab. Man konnte von hier aus auch den Hafen von Leith sehen und die gegenüberliegende Küste von Fife, über der sich dunkle Wolken zusammengezogen hatten. Das wechselhafte Seewetter sorgte auf der anderen Seite des Forth gerade für Regen, während in Edinburgh den ganzen Tag kein Tropfen gefallen war.

Sie musste immer noch warten, aber sie war zu erschöpft, um weiterzulaufen, und zu ängstlich, um sich in ein Café zu setzen. Arthur könnte sie finden, bevor sie ihn fand. Er würde sie niemals auf Calton Hill vermuten. Ihr fiel ein, dass er gar nicht wusste, wie sie jetzt aussah. Ihr fiel gleich darauf ein, dass Brady es ihm sicher gesagt hatte, falls es zwischen den beiden wirklich eine Verbindung gab. Dann nahmen ihre Gedanken eine ganz andere Richtung.

Eineinhalb Jahre war es her, dass sie gedacht hatte, ihr Leben sei perfekt, so, wie sie es sich immer gewünscht hatte. Vielleicht sogar besser. Sie war mit einem Mann zusammen, den sie liebte – das dachte sie jedenfalls – und der sie liebte – was man eben so denkt. Sie war noch keine dreißig und bereits eine ebenso anerkannte wie erfolgreiche Autorin. Sie trank nicht, rauchte nicht, nahm keine Drogen, war glücklich. Nur ein halbes Jahr später war ihre Beziehung kaputt, sie hatte versucht, sich umzubringen und war stattdessen in einer psychiatrischen Klinik gelandet, um ihre Depressionen behandeln zu lassen. Depressionen waren ihr stets fremd gewesen.

Heute, drei Monate nach ihrem dreißigsten Geburtstag, waren Depressionen ihr ständiger Begleiter. Sie war abhängig von Antidepressiva, der erste Mann, mit dem sie sich nach der Trennung von ihrem Verlobten getroffen hatte, hatte sie betäubt und vergewaltigt, sie stand unter Mordverdacht, hatte ihren Job verloren, und ihre Mutter war ermordet worden.

Nun, da hat das Schicksal wirklich nach allen Regeln der Kunst zugeschlagen, konstatierte sie, schraubte ihr braunes Fläschchen auf und spülte die Tablette mit Irn-Bru runter. Für jeden anderen hätte eines dieser Ereignisse vollkommen ausgereicht. Nicht für Mina Williams. Aber die liebte es ja auch im ganz großen Stil. Sie lachte leise, bis sie merkte, dass das deutsche Pärchen neben ihr sie anstarrte.

»Ich rede mit meinem unsichtbaren Kobold, das machen alle Schotten so«, sagte sie mit dem besten schottischen Akzent, zu dem sie fähig war, und das Pärchen nickte stumm mit großen Augen. Sie wusste nicht, ob die beiden sie verstanden hatten. Es war ihr auch egal. Anzeichen beginnenden Wahnsinns, Selbstgespräche in der Öffentlichkeit, dachte sie und konzentrierte ihre Gedanken wieder auf die Gegenwart.

Wenn sie heute Nacht herausbekam, wie sich Arthur nannte, wo er wohnte, wo er sich aufhielt, dann könnte sie mit Hilfe von Hopkirk und David zur Polizei in Edinburgh gehen. Sie würden ihr zuhören, anders als Brady. Sie konnten nicht alle korrupt sein. David mochte um seinen Ruf als Richter besorgt sein und sich im Moment noch ein wenig anstellen, weil die Zeitungen voll mit Spekulationen über Minas Rolle im Mordfall Matthew Barnes waren, aber er hatte ein Herz und würde ihr helfen, wenn es darauf ankam.

Die Sonne war fast verschwunden, und Mina war eine der Ersten, die sich von den Stufen des National Monuments lösten und von Calton Hill hinabstiegen. Auf der Princes Street winkte sie sich ein Taxi heran. Sie nannte dem Taxifahrer die Adresse, die die Frau, die sich Anna nannte, ihr am Telefon gegeben hatte. Sie fuhren die London Road stadtauswärts in Richtung Portobello, vorbei an Holyrood Park und Arthur's Seat, bis der Fahrer rechts abbog. Er fuhr direkt auf den Park zu und hielt dann an. Sie bezahlte und stieg aus.

Royal Park Terrace lag am nördlichsten Zipfel vom Holyrood Park. Man hatte einen fantastischen Blick auf Arthur's Seat. Schmale, hohe Häuser aus rotem Ziegelstein säumten die Straße, auf der niemand zu sehen war. Anna hatte ihr nur diese Straße genannt, keine Hausnummer, nichts sonst. Mina blieb nichts anderes übrig, als langsam im orangefarbenen Licht der Laternen die Straße entlangzugehen. Nach einer halben Stunde, die ihr wie drei ganze vorkam, wurde sie unruhig. Von Anna war nichts zu sehen. Sie nahm ihr Handy und wählte die Nummer, aber es meldete sich nur eine automatische Ansage.

Mina hatte bereits in fast jedes beleuchtete Fenster hineingesehen, in jede der abzweigenden Straßen, und sie konnte die parkenden Autos mittlerweile auswendig aufzählen, mit Farbe und Marke. Dass Anna nicht gekommen war konnte nur bedeuten, dass sie nicht kommen wollte. Denn Mina war sich sicher, Adresse und Zeitpunkt richtig notiert zu haben. Warum aber hatte sie Mina dann herbestellt? Sie hätte nur sagen müssen, dass sie sich nicht mit ihr treffen wollte.

Mina fiel ein, dass Anna nicht nachgefragt hatte, warum sie sich mit ihr treffen wollte. Wahrscheinlich dachte sie, Mina sei daran interessiert, für sie zu arbeiten. Sie überquerte die Straße und beschloss, in die Richtung zurückzugehen, aus der sie mit dem Taxi gekommen war. Weiter vorne würde sie wieder auf die belebtere London Road stoßen, von wo aus sie entweder den Bus oder ein Taxi zurück in die Stadt nehmen konnte. Auch wenn sie keine Ahnung hatte, wo sie danach hingehen sollte. Sie hatte genug Geld dabei, um sich eine günstige Unterkunft zu suchen. Es würde sicher Hotels geben, die sie auch nach Mitternacht noch aufnahmen.

Aber Mina kam nicht bis zur London Road. Jemand packte sie von hinten und legte ihr eine Hand auf den Mund.

»Schön ruhig bleiben«, flüsterte eine Männerstimme, und Minas Instinkte sagten ihr, dass sie genau das tun sollte, wenn sie überleben wollte. Sie dachte an das, was sie zu Cedric gesagt hatte: Lieber zwei bewegliche Ziele im Dunkeln, als ein festes in einem hell erleuchteten Hotelzimmer. Der Nachteil daran, ein bewegliches Ziel zu sein, war der Mangel an einer gut gesicherten Deckung.

4.

Die drei Männer saßen in dem silbernen Golf vor Hopkirks Kanzlei in Stockbridge.

»Das volle Programm?«, fragte der Russe.

»Ja, Vladimir. Das volle Programm.«

»Und wenn er zurückkommt?«, fragte der andere. Bruce.

»… sollte es nach einem tragischen Unfall aussehen.« Art klopfte den beiden Männern auf die Schultern. Er bemerkte, wie Vladimir ihm vom Fahrersitz aus durch den Rückspiegel skeptische Blicke zuwarf.

»Vladimir, mein Guter, was quält dich?«

»Nichts. Nur, dass ich nicht weiß, wonach ich suchen soll.«

»Unterlagen. Aufzeichnungen. Alles, was ein Hinweis auf mich sein könnte. CD-Roms, USB-Sticks … Solche Dinge.«

»Das ist eine Kanzlei, die ist voll mit Papier!«, beschwerte sich Vladimir.

»Aber sie haben ihre Sachen zu ihm gebracht. Irgendwo müssen folglich ihre Taschen und Koffer herumstehen«, antwortete er geduldig. »Und die nehmt ihr euch vor. Ich will wissen, was sie herausgefunden haben.«

Vladimir verdrehte die Augen. »Ich habe kein gutes Gefühl. Wir werden hier nichts finden.«

Art stöhnte. Die unguten Gefühle von Vladimir kannte er nur zu gut. Dummerweise lag der Russe oft richtig. »Also gut. Ich komme mit.«

Die drei Männer stiegen aus dem Golf und gingen auf die Kanzlei zu. Es war noch hell, aber die Straße war um diese Zeit ruhig. Niemand begegnete ihnen auf den wenigen Schritten zum Hauseingang.

Die Haustür war offen. Hopkirks Kanzlei befand sich im Erdgeschoss. Das Schloss stellte für Bruce kein Problem dar. Eine halbe Minute später waren sie drin.

Bruce bewachte die Tür, während sich Vladimir und Art umsahen. Die Kanzlei bestand aus zwei Zimmern. Das Vorzimmer schien uninteressant zu sein. In den Schränken stapelten sich alte Akten, in einer Ecke befand sich ein Waschbecken, links davon ein Tischchen mit einem Wasserkocher, einigen Tassen und Gläsern, Kaffeepulver und Teebeuteln. In dem kleinen Kühlschrank auf der anderen Seite des Waschbeckens gab es Milch, Saft, Mineralwasser, einige Dosen Cola. Der Schreibtisch war aufgeräumt: Terminkalender, Telefon, Laptop, wie es in einem guten Vorzimmer sein sollte.

Hopkirks Raum beherbergte unzählige Bände zum schottischen Recht und die üblichen juristischen Standardwerke. Die meisten der Bücher sahen aus, als seien sie so alt wie der viktorianische Kasten, in dem sich die Kanzlei befand. Andere wiederum waren genauso neu wie das schottische Parlament. Auf Hopkirks riesigem Eichenschreibtisch war kein Laptop zu sehen. Nur ein Tintenfass und Briefpapier. Entweder hatte er keinen Computer, oder er nahm ihn abends mit nach Hause.

Vladimir hatte sich in jedem Winkel umgesehen. »Hier ist nichts. Keine Koffer. Nichts. Es gibt auch keinen Abstellraum.«

»Bruce, schaust du mal, ob es hier einen Keller gibt?«

Art setzte sich auf Hopkirks Lederstuhl und wartete, bis Bruce zurückkam. »Nur Wohnungen im Tiefparterre. Kein Keller.«

Er stand wieder auf. »Gut, dann besuchen wir Mr Hopkirk zu Hause.«

»Also nicht das volle Programm«, stellte Bruce fest und war sichtlich enttäuscht, dass er heute nicht zündeln durfte.

Vladimirs Gefühl war mal wieder richtig gewesen. Wie kam es, dass er so etwas ahnte? Es entbehrte jeder Logik.

Sie verließen die Kanzlei. Bruce schloss die Tür wieder ordnungsgemäß ab. Niemand würde merken, dass sie da gewesen waren.

»Ist es eine gute Idee, zu ihm zu fahren?«, fragte Vladimir. Einmal Recht haben am Tag reichte ihm wohl nicht.

»Vlad, wir fahren dorthin. Ich will wissen, was diese kleine Hexe über mich weiß.«

»Warum suchen wir nicht die kleine Hexe selbst?«, brummte Bruce.

»Weil ich nicht weiß, wo sie ist«, gab Art freundlich zurück.

»Irgendwo in der Stadt wird sie schon sein«, antwortete Bruce. »Wir suchen sie.«

»Es bringt doch nichts, ihre Koffer zu durchwühlen. Was soll sie noch haben? Alles ist verbrannt«, gab Vladimir zu bedenken.

»Der Junge könnte etwas haben«, erwiderte Art. Er wusste, dass er auf Vladimir hören sollte, aber er wollte nun einmal sichergehen.

Bruce und Vladimir setzten sich in ihren Golf, Art ging zu seinem Range Rover. Sie fuhren voran, er folgte ihnen. Sie waren schon fast in Morningside angelangt, wo Hopkirk wohnte, als Arts Handy klingelte.

»Sie trifft sich mit Anna«, sagte jemand und legte auf.

Art hatte seine Informanten, die ihm mitteilten, was sich bei der Ukrainerin tat. Aber er wusste, dass auch sie ein paar von seinen Leuten bestochen hatte. Darin war sie ebenso geschickt wie er. Bis heute hatte er nicht herausgefunden, wer es war. Und obwohl er seine Mitarbeiter ständig austauschte, war Anna stets bestens informiert. Er musste sich also gut überlegen, wie er nun vorging.

Art gab Vlad und Bruce ein Zeichen mit der Lichthupe. Sie

bogen in eine ruhigere Seitenstraße ein, wo sie halten konnten.

»Ich hab sie gefunden«, sagte er.

»Wieder nicht das volle Programm«, sagte Bruce enttäuscht, und Art nahm sich vor, nie wieder mit einem Pyromanen zusammenzuarbeiten.

»Wo ist sie?«, fragte Vladimir.

»Bei der Ukrainerin.«

Vladimir nickte Bruce zu. »Wir sind schon unterwegs.«

»Nein«, sagte Art nachdenklich. »Ihr habt noch Zeit. Ich will, dass sie erst mit ihr redet.« Jetzt, da er wusste, wo sie war, bestand kein Grund mehr zur Eile. Sie konnte nicht mehr verschwinden. Er saß ihr schon so gut wie gegenüber.

Als der Golf weggefahren war, nahm Art wieder sein Handy hervor. Er hielt es in der Hand, drehte es zwischen seinen Fingern, klopfte sich nachdenklich damit gegen das Kinn.

Wenn Mina Williams bei der Ukrainerin war, würde sie von ihr wissen wollen, wie sie an ihn herankam. Und die Ukrainerin würde es ihr sagen. Sie würde versuchen, Mina dazu zu benutzen, ihn an seiner empfindlichsten Stelle zu treffen. Das würde er zu verhindern wissen.

Er tippte eine Nummer in sein Handy und hielt es an sein Ohr. Als sich jemand meldete, nannte er das Codewort für den Plan B und beendete das Gespräch.

Falls Mina Williams zur Polizei ging, bevor er sie in die Finger bekam, würde man nichts mehr in diesem Keller unter dem ländlichen Pub finden. Nichts und niemanden.

Kirkcaldy, März 1950

Sie machte alles falsch mit dem Ding, das wusste sie, obwohl ihr niemand Vorwürfe machte. Ganz und gar nicht. Sie waren alle so lieb, die Schwestern, die Ärzte, von denen einer Albert war. Vielleicht wäre es besser, wenn sie es nicht wären, wenn sie sie anschreien würden.

»Ich weiß«, sagte Albert immer wieder, »ich verstehe.« Und wenn sie so im Bett lag, nahm er sogar ihre Hand oder strich ihr über das Haar. Das war in Ordnung. Das ließ sie zu.

Aber sie musste sich übergeben, wenn das Ding an ihrer Brust saugen wollte.

Sie konnte es nicht.

Sie hatte es drei, vier Mal versucht, es hatte nicht funktioniert.

Dann war eine Frau gekommen und hatte ihr so ein komisches Gerät gegeben. Anschließend hatte sie ihr gezeigt, wie sie die Milch aus ihren Brüsten absaugen musste. Erst war es ihr peinlich gewesen, aber jetzt war es ihr egal.

Sie weinte nicht einmal mehr.

Sie dachte nur an das dunkle Wasser, mit der großen Stadt auf der anderen Seite, deren Lichter sie nach Einbruch der Dunkelheit sehen konnte.

Das Ding schrie wieder. Aber sie konnte nicht. Sie konnte es nicht einmal ansehen.

»Ich weiß«, sagte Albert, nahm das Ding aus seinem Bettchen und verließ ihr Zimmer.

5.

Das Erste, was Isobel störte, war der Geruch im Wohnzimmer. Sie wartete, bis sie allein war, und hielt ihre Hand über die Kohlen im Kamin. Eine leichte Wärme war noch zu spüren. Das Nächste war die Hilfsbereitschaft, die Douglas Roth zur Schau stellte. Letzte Woche noch geduldeter Untermieter bei Cedric Darney, heute schon Hauseigentümerallüren. Noch ein paar Tage, und er würde einen Hofknicks von ihr erwarten und seinen amerikanischen Akzent gegen die glasklaren Vokale der Queen eingetauscht haben. Seinen angemessen verzweifelten Gesichtsausdruck hatte er erst vor dem Spiegel geübt, bevor er die Polizei gerufen hatte, davon war Isobel überzeugt.

»Selbstmord«, sagte McCallum, als er zu ihr ins Wohnzimmer kam. »Rechtsmediziner und Coroner werden auch nichts anderes feststellen. Er ist allerdings schon mindestens sechs Stunden tot. Er hing auf dem Speicher. Abschiedsbrief hat dein Constable.«

Sie nickte und ging die Treppe hoch zu Petes Zimmer, aus dem gerade Garreth Leslie kam. Er trug den Computerausdruck mit gerunzelter Stirn in einer Klarsichtfolie vor sich her und gab ihn ihr. Sie las den Brief durch, schüttelte den Kopf und sah Douglas Roth im Türrahmen stehen, die Hände zusammengefaltet, die Augen weit geöffnet, einen Seufzer auf den Lippen.

»Mr Roth?«

»Ich wollte Sie fragen … Wer verständigt denn nun seine Familie?«

»Das machen wir«, erwiderte sie knapp und widmete sich

wieder dem Brief. Roth zögerte eine Weile, bevor er ging. Sie hörte seine Schritte auf der Treppe.

»Mach bitte die Tür zu«, sagte sie zu Leslie.

»Ich will ja nicht meckern, aber ich bin schon seit vier Stunden zu Hause überfällig, und ehrlich gesagt sehe ich nicht ganz, was es hier noch zu tun gibt. Außerdem muss *jemand* in Edinburgh Bescheid geben, damit die Kollegen bei den Eltern vorbeifahren, und *jemand* muss Manzi und seinen Anwalt informieren, dazu ist *jemand* noch nicht gekommen.«

»Gut, *jemand* kann gehen«, sagte sie und lächelte ein wenig. Als er weg war, las sie Petes Brief durch, nicht nur einmal, sondern mehrmals, bis sie ihn fast auswendig konnte.

Ich, Pete Rollins, gestehe hiermit den Mord an der Prostituierten Sandra Robertson. Ich war am Tag der Totenwache für Matthew Barnes ihr letzter Kunde. Sie kam kurz nach Mitternacht in dieses Haus und wartete in meinem Zimmer auf mich. Ich sah sie erst, nachdem alle Gäste gegangen waren. Es kam zu Missverständnissen, und sie beleidigte mich. Ich verlor die Kontrolle und schlug sie in einem Wutanfall tot. Danach fuhr ich sie im Kofferraum des Wagens von Lord Darney, den dieser hier hatte stehen lassen, nach Crail und warf sie die Steilküste hinunter, in der Hoffnung, die Flut würde sie hinaustragen. Ich habe in der Zeitung gelesen, dass ein anderer des Mordes verdächtigt wird. Ich möchte nicht, dass ein Unschuldiger angeklagt wird. Ich ertrage aber auch nicht den Druck, der auf mir lastet. Ich bin ein sehr unglücklicher Mensch, und jetzt, da ich erleben musste, wozu ich fähig bin, ziehe ich die Konsequenzen. Ich gestehe außerdem, Matthew Barnes erschossen zu haben, weil er mich gedemütigt hat. Die Waffe habe ich weggeworfen. Ich bitte meine Eltern und meine Geschwister um Verzeihung. Pete Rollins.

Einfacher Stil, einfache Sätze, ungelenke Formulierungen, das passte zu Pete Rollins. Es passte auch, dass man, wenn man den ganzen Tag am Computer saß, einen Abschiedsbrief darauf tippte. Die Zeiten, in denen man seine Korrespondenz mit der Hand erledigte, waren vorbei. Selbst Tagebücher wurden auf dem Computer geschrieben. Ein Wunder, dass sie den Kindern in der Schule überhaupt noch beibrachten, was ein Stift ist.

Isobel setzte sich vor Petes Laptop, der noch eingeschaltet war. Der Bildschirmschoner lief, eine Star-Trek-Animation. Sie bewegte die Maus, der Bildschirmschoner verschwand, und das Word-Dokument mit Petes Abschiedsbrief erschien. Er hatte ihn unter »Abschied« gespeichert. Nachdem sie sich einige Minuten mit dem Inhalt des Computers vertraut gemacht hatte, wunderte sie sich nicht mehr darüber. Pete war sehr ordentlich und systematisch gewesen, was die Ablage seiner Dateien betraf. Sie öffnete andere Word-Dokumente, Essays für die Uni, von denen sie kein Wort verstand, weil es um Physik ging. Dann sah sie in der Kategorie »Eigenschaften« des Abschiedsbriefs nach und machte einen Screenshot: Letzter Aufruf des Dokuments: 20:06. Pete war mindestens seit dem Nachmittag tot. Sie klickte in der Symbolleiste des Word-Dokuments so lange auf »Rückgängig machen«, bis sie die zuletzt gespeicherte Version sah. In dieser fehlten drei entscheidende Sätze:

Danach fuhr ich sie im Kofferraum des Wagens von Lord Darney, den dieser hier hatte stehen lassen, nach Crail und warf sie die Steilküste hinunter, in der Hoffnung, die Flut würde sie hinaustragen.

Und:

Ich gestehe außerdem, Matthew Barnes erschossen zu haben, weil er mich gedemütigt hat. Die Waffe habe ich weggeworfen.

»Das Original haben Sie verbrannt, bevor wir kamen, richtig?«, sagte sie zu Douglas Roth, der im Wohnzimmer auf dem Sofa neben dem Kamin saß und immer noch seine Betroffenheitsmiene zur Schau trug. Nun wechselte er zu unschuldiger Überraschung.

»Die Glut im Kamin. Kein Mensch macht bei dem Wetter den Kamin an. Und dann noch die Speicherzeit des Dokuments und die Rechtschreibung, all das hat Sie verraten«, erklärte sie. »Warum haben Sie den Computer nicht heruntergefahren? Hatten Sie keine Zeit mehr? Oder haben Sie es einfach vergessen?«

Douglas sagte nichts, sondern sah sie nur an.

»Pete Rollins«, fuhr sie fort, »war sicherlich kein unentdeckter Poet, aber er beherrschte Rechtschreibung, Grammatik und Diktion, und zwar die britische und nicht die amerikanische.«

Douglas sagte noch immer nichts. Er stand nur von dem Sofa auf und stellte sich vor den Kamin, die Hände tief in seinen Hosentaschen. Das musste er sich bei Cedric abgeschaut haben. Isobel sprach weiter:

»Sie haben übrigens nicht nur Matthew Barnes umgebracht, sondern auch Sandra Robertson. Sie hat nämlich noch gelebt, als Sie sie die Steilküste hinuntergeworfen haben. Douglas Roth, ich verhafte Sie hiermit wegen des dringenden Verdachts, für den Tod von Matthew Barnes und Sandra Robertson verantwortlich zu sein. Alles, was Sie …«

Sie kam nicht weiter. Sie hatte nicht verstanden, warum er sich in den Kamin gebückt hatte, aber jetzt wusste sie es: Er besaß immer noch die Waffe, mit der er Matthew Barnes getötet hatte. Er hielt sie in der Hand.

6.

Eine Stadt, die einer Comicfigur ein Denkmal setzte, war Loughlin Brady suspekt. Wenn es sich bei dieser Comicfigur auch noch um *Desperate Dan* handelte, gab es eigentlich keinen einzigen vernünftigen Grund, einen Fuß in diese Stadt zu setzen. Es sei denn, man war auf der Flucht und der Einzige, der einem helfen konnte, wohnte in der Stadt von *Desperate Dan.*

»Flieg mich irgendwie raus«, sagte er zu James Cunningham, aber der lachte nur. Lachte, weil er keine Probleme hatte: Er war der mächtigste Mann der Royal Air Force in Schottland, verdiente viel Geld, hatte eine junge Frau und zwei Kinder und für das Fotoalbumglück auch noch ein großes neues Haus im Nordwesten der Stadt.

»Das geht nicht«, antwortete Cunningham und goss sich einen doppelten Whisky ein, ohne Brady etwas anzubieten. »Wie stellst du dir das vor? Wo willst du überhaupt hin?«

»Ich dachte … Dublin vielleicht. Da kenne ich mich aus, da wird so schnell niemand nach mir suchen.«

Jetzt lachte Cunningham richtig laut. »Ein Flugzeug der Royal Air Force unangekündigt über der Hauptstadt der Republik Irland! Drei Tage später hat sich die IRA neu formiert und jagt die Jubilee-Linie in London in die Luft!«

»Oder auf den Kontinent?«

»Ah?« Cunningham starrte ihn an, als sei er schwachsinnig. Aber er hatte natürlich Recht: Dublin. Wie dämlich.

»Sollen wir dir einen Fallschirm geben, oder woran hattest du gedacht?«

»Du kannst doch sicher was regeln!«

»Denk mal eine Minute nach!«

»Wo fliegt ihr denn hin? Ihr fliegt doch sicher irgendwelche Militärflughäfen irgendwo in Europa an, oder etwa nicht?«

»Es geht nicht!«

»Aber ich muss weg.«

»Du brauchst kein Flugzeug, du brauchst Papiere.«

Brady schöpfte Hoffnung. »Da kann mir doch Art …«, begann er und sah an Cunninghams Gesicht, dass Art ganz sicher nicht konnte. Oder vielmehr: Art konnte schon, er würde nur nicht. »Ich hab ein echtes Problem«, drängte er.

»Genau. *Du* hast eins. Nicht ich«, sagte Cunningham ungeduldig. »Um diese Zeit sollte ich friedlich neben meiner Frau im Bett liegen. Das ist mein einziges Problem im Moment. Zu wenig Schlaf.«

»Aber wir hängen doch alle drin!«, versuchte Brady.

»Wir? Alle? Brady, ich habe keine Ahnung, was du da faselst, wirklich nicht.« Er kippte den Whisky in einem Zug herunter. Brady hatte er immer noch nichts angeboten, dabei hätte er auch einen Schluck gebrauchen können.

»Hör zu, Darney war heute da, um sich selbst anzuzeigen, weil er, wie er sagte, unwissentlich eine Illegale eingestellt hätte. Er sei getäuscht worden, blabla. Was ist denn in den gefahren?«

»Du hast den Falschen erpresst«, sagte Cunningham.

»Ich hab ihn nicht erpresst! Ich habe nur …«

»Nur was?«

»Ich dachte, er ist ein Kunde, ich wusste nicht, dass er auch dazugehört. Das hätte er mir ruhig sagen können!«

»Warum hätte er das tun sollen?«

»Na ja, weil … Wir sind doch auf derselben Seite, oder?«

»Ach wirklich?«

»Es war jedenfalls kein Grund, gleich alles auffliegen zu lassen!«

»Er hat gar nichts auffliegen lassen. Eines solltest du dir merken: Niemand weiß alles, außer Art Fisher. Entweder man hält sich an seine Regeln, oder man lässt es bleiben und sieht, was man davon hat. Du bist Polizist, du glaubst doch nicht wirklich, dass Art dir irgendetwas Wichtiges anvertraut hat? Er spielt mit uns allen, er hat jeden von uns in der Hand, aber du weißt am wenigsten. Hast du das etwa noch nicht selbst herausgefunden?«

Brady verdrehte genervt die Augen, um so zu tun, als hätte er das alles natürlich die ganze Zeit gewusst. »Ich muss weg«, wiederholte er. »Mein Sergeant hat was gewittert. Ihre Mutter hat gesehen, dass die beiden Bulldoggen von Art das Haus von der Williams angezündet haben und ...«

James Cunningham hob eine Hand. »Stopp. Da ist noch etwas, das du nicht weißt. Mina Williams ist meine Tochter.«

Brady hatte das Gefühl, als befände er sich im freien Fall und nicht auf einem Polstersessel im Wohnzimmer des Air Commodore James Cunningham. »Warum hast du nichts gesagt? Ich versuche seit Tagen, dieser Frau einen Mord anzuhängen!«

Cunningham zuckte die Schultern. »Wenn du dir sicher bist, dass sie es war, was soll ich dann sagen?«

»Ich hätte doch nie ...«, stammelte er. »Warum hat mir denn niemand ...?«

»Die Frauenleiche in Largo«, sagte James Cunningham. »Hast du die schon identifiziert?«

Brady schüttelte den Kopf. »Wieso, das ist nicht mein Fall, was hat das denn jetzt ...«

»Margaret Williams. Das hat dir auch keiner gesagt.« James Cunningham stellte die Whiskyflasche zurück in den Schrank, nahm sein leeres Glas und brachte es in die Küche.

Loughlin Brady verstand, dass er die Leute, mit denen er sich eingelassen hatte, unterschätzt hatte. Er hatte gedacht, er als Chief Inspector hätte die Sache im Griff, und sie hätten Respekt vor ihm. Er hatte gedacht, er wüsste, wie das Spiel gespielt wurde und dies sei eine gute Gelegenheit, ein wenig Geld dazuzuverdienen. Er hatte auch geglaubt, dass er weniger verwundbar war als all die anderen, die Art Fisher in der Hand hatte, weil er ihnen Drogenkonsum oder Geldwäsche nachweisen konnte oder weil er Fotos und Videos besaß, die sie beim Sex mit Minderjährigen oder Prostituierten zeigten. Brady hatte sich nie auf Arts Angebote, auch mal eins von den Mädchen auszuprobieren, eingelassen. Er hatte immer gedacht, er sei besonders clever und könnte auf dem Vulkan tanzen, ohne dass er auch nur ins Schwitzen kam. Jetzt wusste er, dass er schon lange auf den Abgrund zutanzte und ihn niemand aufhalten wollte. Er konnte nicht mehr zurück.

Cunningham kam aus der Küche zurück und sah Brady mit gespieltem Erstaunen an. »Was denn, du bist immer noch hier?«

Er wagte einen letzten, verzweifelten Versuch. »Bring mich aus diesem Land raus, bevor sie anfangen, mich zu suchen, bitte! Dann sorge ich vorher noch dafür, dass nicht mehr gegen deine Tochter ermittelt wird.«

Cunningham verzog keine Miene, und Brady konnte spüren, wie die Situation immer aussichtsloser wurde. »Du versuchst die falschen Dinge bei den falschen Leuten«, sagte er. »Dein Fehler ist, dass du einfach nicht weißt, wo die Prioritäten anderer liegen. Das ist das Erste, was ein guter Erpresser wissen sollte. Und jetzt: Gute Nacht.« Cunningham blieb abwartend in der offenen Tür stehen. Brady ging durch den Flur zur Haustür und überlegte, ob es noch irgendetwas gab, was er sagen könnte. Aber ihm fiel nichts ein. Cunningham hatte Recht: Er hatte keine Ahnung von den Prioritäten des Air Commodore. Seine Tochter Mina gehörte ganz offensichtlich nicht dazu.

7.

Der Mann auf der Rückbank drückte ihr den Lauf seiner Waffe in die Rippen. Weder er noch der Fahrer sprachen ein Wort, bis sie am Ziel angekommen waren. Mina hatte den Eindruck, dass sie kreuz und quer durch die Stadt gefahren waren, denn sie waren ungefähr eine halbe Stunde unterwegs gewesen, und Arthur's Seat war immer noch sehr nah. Nur, dass sich der Vulkan jetzt westlich von ihnen befand, wie Mina durch einen Blick in den Himmel feststellte.

Sie hatten an der Rückseite eines Gebäudes gehalten und es durch eine Tür betreten, die in den Keller führte. Mina wurde durch verschiedene Gänge geführt, dann stiegen sie mehrere Treppen hinauf, bis sie vor einer Wohnungstür stehen blieben. Es gab kein Namensschild. Der Mann mit der Pistole klopfte, und wenige Sekunden später öffnete die Frau, mit der sie telefoniert hatte: Anna.

»Etwas dramatisch, ich weiß«, sagte sie mit einem nonchalanten Lächeln.

Mina antwortete nicht. Sie folgte Anna in ein ganz in Cremetönen gehaltenes Wohnzimmer. Die beiden Männer blieben im Flur.

»Sie wollten mit mir sprechen«, sagte Anna herausfordernd.

»Verabreden Sie sich immer so?«

»Nur beim ersten Mal. Man weiß doch nie, mit wem man es zu tun hat, und ich habe mich nach unserer Begegnung natürlich ein wenig bei den Mädchen umgehört. Sie sind wohl kaum an einer Arbeit bei mir interessiert.«

»Ich bin an einem Ihrer ... Kollegen interessiert. Eines seiner Mädchen ist ihm weggelaufen. Sie hatte die Adresse einer, wie sie sagte, guten Frau. Ich vermute, dass Sie das sind.«

»Wie heißt das Mädchen?«

»Pepa.«

Anna lächelte. »Suchen Sie Pepa?«

»Ja. Auch. Ich suche vor allem ihn.«

»Warum?«

Mina zögerte. Sie hatte sich den ganzen Tag überlegt, wie viel sie dieser Frau sagen sollte. Sie hoffte, dass sie das Richtige tat. »Die Polizei sucht mich wegen Mordes an Matthew Barnes, dem Golfspieler. Pepa weiß, dass ich es nicht war. Deshalb suche ich sie. Der Mann, Arthur, hat den Mord begangen. Er hat auch mein Haus angezündet und meine Mutter umgebracht. Und jetzt ist er hinter mir her.«

Anna schien weder erschrocken noch verblüfft. Sie nickte einfach nur. Willkommen in der Unterwelt, dachte Mina. Mord und Brandstiftung täglich im Angebot.

»Was wissen Sie über diesen … Arthur?«

»Ich weiß nur, wie er aussieht. Sonst nichts. Ich war in der Nacht, als er Matthew Barnes getötet hat, in dessen Haus.«

Anna stand auf und ging zu einem kleinen Tischchen, auf dem verschiedene Flaschen standen. »Und so sind Sie in die Sache hineingeraten. Die bekannte Schriftstellerin Mina Williams.« Sie lächelte. »Es hat ein wenig gedauert, bis ich Sie erkannt habe.«

»Oh?«

»Sie suchen also nach Arthur. Warum lassen Sie nicht die Polizei suchen?« Anna hielt Mina einen Gin Tonic hin.

»Arthur hat Freunde bei der Polizei.«

»Brady«, sagte Anna. »Sie sehen, ich weiß alles, aber ich will herausfinden, ob Sie ehrlich sind.« Sie lächelte immer noch, und Mina fragte sich, ob sie wirklich die richtige Entscheidung getroffen hatte. Sie musste daran denken, dass niemand wusste, wo sie gerade war. Cedric hatte nur eine vage Vorstellung, wen sie treffen würde, aber sie hatte nicht daran gedacht, ihm die Visitenkarte der Frau zu geben.

»Dieser Arthur ist wirklich ein sehr unangenehmer Mensch«, sagte Anna und setzte sich wieder hin. Sie hielt ebenfalls einen Gin Tonic in der Hand.

Sie setzt sich wie eine Dame, dachte Mina. Sie bewegt sich, als wäre sie auf einer Mädchenschule gewesen, wo man ihr genau das beigebracht hatte. Sie kleidet sich wie eine Geschäftsfrau, nicht wie eine Zuhälterin. Andererseits – was wusste sie schon darüber, wie sich Zuhälterinnen kleideten? Und waren sie denn nicht auch nur Geschäftsfrauen, wenn man es genau nahm?

»Sie kennen ihn also? Und er heißt Arthur? Arthur Docherty?«

»Er heißt Arthur Docherty, aber er nennt sich Art Fisher. Er ist ein sehr unangenehmer Mensch«, wiederholte Anna.

»Er handelt mit minderjährigen Mädchen, nicht wahr?«

»Mädchen, Jungs, Waffen, er handelt mit allem, womit sich Geld verdienen lässt, und ich bin sicher, er hat vor, seine Geschäfte noch auszuweiten. In Richtung Drogen oder Organhandel, es hängt ganz davon ab, welche Kontakte er knüpfen kann. Ich sage immer, es ist nicht gut, überall mitmischen zu wollen. Man muss sich auf eine Sache konzentrieren und diese Sache richtig machen. Aber er denkt, er kann alles gleichzeitig.« Sie schüttelte pikiert den Kopf, als ginge es um die falsche Abendgarderobe und nicht um organisierte Kriminalität.

»Darf ich fragen, was Sie …«, begann Mina vorsichtig.

Anna nickte. »Natürlich! Ich habe keine Probleme, darüber zu reden.« Sie lachte kurz auf. »Außer natürlich mit der Polizei, aber Sie werden nicht mit der Polizei über mich reden, nicht wahr? Diese Pepa ist so ein nettes Mädchen.«

Mina schüttelte den Kopf, und ihr wurde ganz flau. Sie

nahm einen Schluck von dem Gin Tonic und dachte an ihr braunes Fläschchen.

»Ich habe vier Kinder. Das jüngste ist achtzehn.«

Mina war ehrlich überrascht. »Sie sind doch erst … Sie sind doch noch gar nicht so …«

»Alt? Nein, ich bin dreiundvierzig. Ich werde Ihnen jetzt meine Geschichte erzählen, damit sie mich besser verstehen.« Mina nickte. »Nun, ich stamme aus Odessa, meine Familie war sehr arm. Ich habe mein erstes Kind mit fünfzehn bekommen. Der Bruder meiner Mutter war der Vater. Alle wussten es, aber niemand hat etwas unternommen. Ich musste mein Kind weggeben, und es wuchs in einem Waisenhaus auf. Meine Eltern haben mich danach gezwungen, einen Cousin zu heiraten. Mit ihm hatte ich noch drei Kinder. Ich arbeitete in der Küche einer Schule und verdiente weniger Geld im Monat, als Sie für ein Abendessen ausgeben! Eines Tages fragte mich jemand, ob ich etwas dazuverdienen wollte, und eine Woche später schmuggelte ich Zigaretten über Ungarn nach Österreich. Weil ich sehr gut und sehr zuverlässig war, bot man mir nach einer Weile an, Pelze zu schmuggeln. Das ist wie eine Beförderung. Also schmuggelte ich Pelze. Man bot mir an, Drogen zu schmuggeln, aber das ist ein ganz anderes Geschäft. Ich sagte, nein, das kann ich nicht. Lasst mich etwas machen, das ich gut kann. Eine Weile war ich im Goldgeschäft, aber das lag mir ebenso wenig wie Drogen. Also spezialisierte ich mich auf Mädchen.«

»Seit wann machen Sie das?«

Anna überlegte kurz. »Zehn Jahre. In Schottland bin ich erst seit einem Jahr.«

»Aber schon gut im Geschäft.« Mina ließ ihren Blick über die exklusive Einrichtung schweifen.

»Ich war *immer* gut im Geschäft. Sehen Sie, die Menschen in der Ukraine sind sehr arm. Einige sind sehr reich, aber es gibt nicht viel dazwischen. Viele hübsche Mädchen wollten auch etwas von dem Reichtum und haben sich von Männern wie Arthur eine schöne, bunte Zukunft im Paradies versprechen lassen. Dann wachten sie in einem Bordell irgendwo im Westen auf, hatten am Tag zehn Freier und verdienten keinen Penny. Ich wollte, dass es den Mädchen besser geht.«

»Sie versprechen Ihnen also keine Stelle als Hausmädchen oder Putzhilfe oder behaupten, Sie würden sie als Model ganz groß rausbringen, sondern sagen ihnen, worauf sie sich einlassen?«

»Natürlich. Und glauben Sie mir, die Mädchen wollen es machen. Sie machen es freiwillig. Und wenn sie es freiwillig machen, sind sie natürlich besser in ihrem Job. Am Anfang war die Türkei mein Gebiet. Ich hatte Beziehungen zu einigen Edelbordellen. Meine Mädchen sind mit mir in die Türkei gefahren, hatten eine Woche Probezeit, um sich alles anzusehen, und dann konnten sie sich entscheiden, ob sie wieder mit mir zurückkommen.«

»Und genauso machen Sie es jetzt mit den Mädchen, die Sie nach Schottland bringen?«

Anna nickte und trank ihren Gin Tonic aus. »Die Türkei war kein attraktives Ziel mehr. Die meisten Mädchen wollten in den Westen, auch wenn sie in der Türkei mehr verdient hätten. Also habe ich mich hier umgesehen, und seit einem Jahr ist das mein Reich.« Sie breitete so graziös die Arme aus, als spräche sie von Buckingham Palace. »Meine Mädchen bekommen einen fairen Anteil. Sie bekommen ausgesuchte Kunden, die sehr gut zahlen. Sie müssen nicht in dreckigen Zimmern oder Hinterhöfen arbeiten, sondern haben saubere Apartments, die sie sich selbst einrichten. Sie können sich ihre Arbeitszeiten aussuchen, und sie sind alle sehr glücklich damit. Sie haben Geld, das sie an ihre Familien schicken können, und sie gehen in den teuersten Läden dieser Stadt einkaufen.«

Minas Blick fiel auf die Guccihandtasche, die auf Annas Sofa lag, auf Annas Pradaschuhe, ihr Kostüm von Yves Saint Laurent. Diese Frauen kaufen sich ihre Würde mit teurer Designerware zurück, dachte sie, wagte aber nicht, etwas zu sagen. Anna deutete ihren Blick falsch und fragte mit einem Augenzwinkern: »Haben Sie Interesse? Falls sich Ihre Bücher nicht mehr gut verkaufen, Sie haben meine Telefonnummer.«

Edelprostituierte, das wusste sie, verdienten hervorragend. Sie verbrachten einen Abend in Begleitung eines amerikanischen Topmanagers und verdienten dabei mehr als die Mädchen auf dem Straßenstrich in einem halben Jahr.

»Warum erzählen Sie mir das alles?«, fragte Mina.

»Damit Sie sehen, dass ich anders bin als dieser Arthur. Ich beschütze die Mädchen vor Männern wie ihm. Bei mir wird keine vergewaltigt oder geschlagen.«

Und was ist mit den Kunden, dachte Mina, die Frauen zum Vergewaltigen und Schlagen wollen? Was ist mit den Mädchen, die nicht hübsch genug sind, um in Annas exklusiven Edelclub aufgenommen zu werden? Für die gibt es die Arthurs dieser Welt.

Sie sagte nichts davon. Sie wusste, es würde sie nicht weiterbringen. Im Gegenteil, sie würde nur den Missmut dieser Frau auf sich ziehen.

»Ich bin froh, dass Sie sich um die Mädchen kümmern. Besonders wegen Pepa«, sagte sie deshalb. »Wo ist sie, geht es ihr gut?«

Anna beugte sich etwas zu ihr vor. »Pepa ist an einem sicheren Ort, weit weg von hier. Ihr ging es gar nicht gut wegen dieser … Sache, ich musste sie wegbringen, verstehen Sie? Aber ich kann Ihnen mit Arthur weiterhelfen. Sie brauchen Pepa nicht.«

»Wie haben Sie sie kennengelernt, wenn Arthur sie ins Land geholt hat?«

Anna lächelte geheimnisvoll. »Ich habe Mittel und Wege ... Seine Agentur war im Internet – und damit natürlich nicht nur für Kunden zugänglich, sondern auch für mich. Als ich davon hörte, fing ich an, mich um die armen Geschöpfe zu kümmern. Sehr diskret natürlich. Und so ist Pepa zu mir gekommen. Freiwillig, wie Sie wissen.«

Mina nickte und dachte an das tote Mädchen aus Leven, das sie in Pittenweem gefunden hatte. Hatte sie nichts von Anna gewusst? Oder hatte sie sich nicht getraut, mit ihr Kontakt aufzunehmen? Hatte Arthur vielleicht herausgefunden, dass sie Kontakt mit Anna hatte? Aber nein, das Mädchen hatte sich umgebracht ...

»Sie helfen mir also, Arthur zu finden?«, fragte Mina.

»Wie hätten Sie ihn gerne?«, fragte Anna zurück, und Mina brauchte einen Moment, um zu verstehen, dass sie einen Witz machte.

»Sie wollen ihm wohl kaum alleine begegnen, nehme ich an? Das wäre naiv.«

»Ehrlich gesagt habe ich keine Ahnung, wie ich ...«

»Sie wollen ihn der Polizei übergeben, nicht wahr? Aber Sie haben nicht genug Beweise für das, was Sie mir erzählt haben. Also muss ihn die Polizei auf frischer Tat ertappen, wie man so schön sagt, damit sie ihn festhalten kann. Dann haben Sie genug Zeit, von den anderen Dingen zu erzählen und Beweise zu sammeln. Haben Sie sich das so vorgestellt?«

»Oh, das hört sich ...« Mina kam sich vor wie bei einem Immobilienmakler. Lieber eine ruhige Gegend? Nein, Sie sind der Typ für das pralle Leben. Erdgeschoss? Kommt nicht in Frage, Sie sind Belle Etage, und ich habe genau das Richtige für Sie!

»Sie müssen schnell sein. Arthur holt heute Nacht wieder Mädchen ab, die er in und um St. Andrews einsetzen will. Das ist ein guter Markt, wissen Sie? Nur im Sommer, aber dann ist es ein sehr guter Markt. Dann sind die reichen Männer da. Es sind so viele reiche Männer da.«

»Wo holt er die Mädchen?«

»Sehen Sie, die Mädchen, sie kommen in LKWs auf einer Fähre nach Großbritannien. Nun, es sind auch einige Jungs dabei, unter sechzehn, verstehen Sie? Die Kinder werden so lange versteckt, bis Arthur sie untergebracht hat. Sie müssen wissen, er ist schon seit einigen Monaten dabei, sich auf Kinder zu spezialisieren.«

»Kinder«, wiederholte Mina.

»Oh ja, der Markt für Kinder ist sehr groß. Die Nachfrage ist enorm! Ich nehme natürlich keine Kinder auf, das ist nicht richtig.«

»Aber Pepa«, begann Mina.

»Pepa? Pepa ist kein Kind mehr! Sie sieht vielleicht etwas jung aus, aber sie ist selbstverständlich volljährig. Arthur hat sie nur in seine Agentur aufgenommen, weil sie noch für vierzehn gelten könnte. Das arme Ding, sie hat immer so wenig zu essen bekommen zu Hause …« Anna faltete ihre Hände in ihrem Schoss, senkte den Blick traurig auf ihre Knie, und Mina glaubte ihr kein Wort.

»Und diese Kinder, die Arthur jetzt holen will?«, fragte sie weiter und spürte, wie ihre Aufregung stieg.

»Die armen Geschöpfe, jemand muss sie retten. Ich würde es selbst tun, aber Sie wissen ja, das geht nicht. Selbstverständlich lasse ich der Polizei manchmal anonyme Hinweise zukommen. Aber ich muss vorsichtig sein, sonst erfährt Arthur, dass ich dahinterstecke. Sie wissen, wie er ist.« Sie seufzte. »Die Kinder sind im Keller eines Pubs untergebracht. Im Keller! Zwischen den Bierfässern, verstehen Sie? Es gibt ein einsames Landgasthaus zwischen Ladybank und Springfield. Dort sind sie. Ich habe gehört, er will die Kinder im Morgengrauen abholen. Sie haben nicht mehr viel Zeit, meine Liebe.« Sie erhob sich und streckte Mina eine schlanke weiße Hand mit teuren, aber geschmackvollen goldenen Ringen entgegen. Mina stand ebenfalls auf. »Viel Glück«, sagte Anna und drückte Minas Hand mit einem ernsten Gesichtsausdruck. »Passen Sie auf sich auf. Meine beiden ... Assistenten bringen Sie wieder in die Stadt zurück. Passt Ihnen die Waverley Station? Dort finden Sie um diese Zeit sicher noch ein Taxi.«

Als sich Mina in der Princes Street wiederfand – diesmal hatte man ihr keine Pistole zwischen die Rippen gepresst –, wusste sie nicht mehr, was sie tun sollte. War dies die Gelegenheit, den Mörder ihrer Mutter zu fangen? Oder verhalf sie dadurch nur einer Zuhälterin zu einem größeren Revier? Rettete sie ein paar Kinder vor der Hölle des sexuellen Missbrauchs und der Ausbeutung, oder schickte sie minderjährige illegale Einwanderer in das Elend ihrer Heimat zurück, nur damit sie eine Woche später vom nächsten Schlepper für noch mehr Geld in ein anderes Land gebracht wurden?

Sie musste mit Cedric reden. Und mit Isobel. Isobel würde ihr sagen, was zu tun war. Vielleicht sollte sie auch gleich zur Polizei gehen. Aber dort alles zu erklären, würde vielleicht zu lange dauern. Sie nahm ihr Handy aus der Manteltasche und wählte Cedrics Nummer, während sie die Waverley Bridge hinunterging, um sich eines der Taxis zu nehmen, die am Bahnhof standen. Während sie darauf wartete, dass die Verbindung hergestellt wurde, hörte sie einen Wagen langsam die Straße hinunterfahren und halten. Eine Autotür schlug zu. Dann fuhr der Wagen langsam weiter.

»Entschuldigung, könnten Sie mir helfen? Ich habe mich verfahren«, rief ihr ein Mann zu. Mina drehte sich um und sah einen silbernen Golf. Der Mann am Steuer winkte ihr zu, dann traf sie ein harter Schlag auf den Kopf, und sie stürzte mit dem Gesicht auf das Straßenpflaster.

8.

Er löschte die Lichter im Haus und stieß sie hinaus in den Garten.

»Ich liebe diese alten Häuser«, sagte Doug und sah zufrieden aus. »Wie im Film! Und diese Gärten, ist Ihnen schon mal aufgefallen, wie ruhig es hier ist?« Er schwieg einen Moment. Isobel konnte in der Dunkelheit kaum sein Gesicht erkennen, was ihre Angst noch verstärkte. Sie zitterte. Nebenan war es ebenfalls dunkel. Cedric wartete im Haus ihrer Eltern auf sie. Hätte sie ihn doch nur mitgenommen. Auf der anderen Seite gab es nur eine Kirche. Hinter dem Garten lag das Universitätsgelände: Sportplätze, Wohnheime, die größtenteils leer standen, weil im Sommer die meisten Studenten zu Hause waren. Vielleicht würden Nachbarn auf der anderen Straßenseite einen Schuss hören. Aber würden sie ihn einordnen können? Würden sie nicht eher denken, sie hätten sich verhört? Oder es sei die Fehlzündung eines Motors gewesen? Wer würde an einen Schuss denken? Niemand. Und selbst wenn, für Isobel war es dann längst zu spät.

»Mörder sind eitel, heißt es. Sie wollen, dass alle ganz genau erfahren, wie gerissen und klug sie sind. Ich weiß nicht, ob ich das will. Aber ich kann es Ihnen erzählen. Sie werden es doch niemandem verraten.« Er lachte leise. »Was wollen Sie wissen?«

Alles, dachte Isobel. Und noch viel mehr, denn solange Doug redete, erschoss er sie nicht. Sie hatte Hoffnung, wilde, wahnsinnige Hoffnung, jemand würde sie retten. Cedric. Er würde sich Sorgen machen, es würde ihm zu lange dauern. Er würde kommen und nach ihr sehen. Sicher würde Cedric kommen. Sie musste nur auf Zeit spielen. Also sagte sie: »Fangen wir vorne an: Matthew Barnes, was hat er Ihnen getan?«

»Matt. Der Supergolfer, der jede Frau haben konnte und der sich alles leisten konnte.«

»Waren Sie neidisch auf ihn?«

»Neidisch? Nein. Sie verstehen das nicht. Ich bin fünfundzwanzig. Älter als der durchschnittliche britische oder auch amerikanische Student. Wissen Sie warum? Weil ich jahrelang arbeiten musste, um genug Geld zusammenzukriegen. Ich habe keine reichen Eltern, die mir alles vorschießen. Und mir hätte auch keine Bank einen Kredit gegeben.«

»Also waren Sie neidisch auf seine finanzielle Lage?«

»So einfach ist das nicht. Kennen Sie Glen Cove? Auf Long Island? Da hat Matt Golfspielen gelernt. Er hatte Zeit dafür, er musste ja kein Geld verdienen. Wissen Sie was? Seinem Vater gehören so viele Firmen, dass es leichter wäre die Unternehmen aufzuzählen, in denen er kein Geld drinstecken hat. Und wissen Sie, was mein Vater von Beruf ist?«

Isobel zuckte die Schultern. »Ich vermute, er arbeitet für Matts Vater?«

»Richtig. Sehr richtig sogar! Er ist der verdammte Poolreiniger von William Scheiß Barnes! Von ihm und von allen reichen Säcken zwischen Long Island und Nantucket!« Douglas schwieg einen Moment, um seine Fassung zurückzugewinnen, dann fuhr er fort: »Er nahm mich mit, damit ich mir ein paar Dollar Taschengeld verdienen konnte. Und eines Tages fragte mich dieser William Scheiß Barnes, ob ich nicht der Caddie seines Sohns sein wollte. Ich hatte gerade die Highschool hinter mir, und Geld fürs College hatte ich nicht. Also sagte ich ja.«

»Aber das war doch ein sehr großzügiges Angebot?«, warf Isobel ein.

»Großzügig? Großzügig am Arsch! Drei Jahre lang bin ich mit ihm durch die Welt getingelt, von einem Turnier zum nächsten. Er flog erster Klasse, ich saß irgendwo zwischen den Touristen. Er fuhr mit der Limousine zum Hotel, ich per Anhalter mit den anderen Caddies zum Zeltplatz. Wenn es geregnet hat, bin ich fast weggespült worden, während er seinen Arsch im Trockenen hatte. Drei Jahre lang habe ich ihm seine verschissenen Schläger hinterhergetragen, mit ihm rumdiskutiert, welches Eisen das beste wäre, den Idioten im Hintergrund gegeben. Drei Jahre lang habe ich mich nicht beschwert, sondern jeden Cent gespart, bis ich genug Geld für das College hatte. Und eine Lektion hatte ich für das College gelernt: Sag nie, wo du wirklich herkommst. Jedenfalls nicht, wenn du der Sohn eines Poolreinigers bist. Wenn mich jemand fragte, was ich nach der Highschool gemacht hatte, dann sagte ich vage, ich sei in der Welt herumgereist. Wenn mich jemand fragte, was mein Vater beruflich machte, sagte ich, er hätte mit Leuten wie Barnes zu tun. Ich zählte die Namen seiner Kunden auf, und keiner kam auf die Idee, mein Vater sei etwas anderes als ein Geschäftsmann, dessen Sohn sich eine dreijährige Weltreise vor dem College geleistet hatte.«

»Und diese Geschichte nahmen Sie mit nach Schottland?«, fragte Isobel, die langsam verstand.

»Die Geschichte nahm *mich* mit. Es ist eine alte Weisheit: Geld kommt zu Geld. Da alle dachten, mein Vater sei ein mysteriöser reicher Geschäftsmann, bot mir mein Professor ein von meiner Universität voll finanziertes Auslandsjahr für einen weiterführenden Wirtschaftsabschluss an. Natürlich spekulierte er darauf, dass mein Vater aus lauter Dankbarkeit und Verzückung dem Lehrstuhl viel Geld spenden würde, aber das, was er sich so erträumte, war ab da nicht mehr mein Problem. Ich setzte mich in den Flieger nach Europa, lebte mich ein, alles lief gut. Ich wohnte sogar bei dem Sohn eines Lords! Diese idiotischen Briten denken, jeder Amerikaner müsse reich sein. Ich war gleich in bester Gesellschaft. Dass ich mir nicht die teuersten Klamotten leisten konnte, sahen sie als Understatement. Ich kam mir vor wie im Himmel: Hier wusste keiner, wo ich herkam, hier konnte ich sein, wer und wie ich wollte! Lord Darney war sogar richtig begeistert von mir. Nahm mich unter seine Fittiche, bat mich, mich ein bisschen um seinem Sohn zu kümmern … Es fehlt nicht viel, und der Mann adoptiert mich, glauben Sie mir! Er hat mir schon angeboten, für eine seiner Zeitungen zu arbeiten. Natürlich nicht in so einer lächerlichen Redaktion. Schreiben interessiert mich nicht. Als Geschäftsführer!«

»Und dann tauchte Matt auf.«

»Dann tauchte Matt auf, richtig. Ich ging sofort zu ihm, um mit ihm zu reden. Erklärte ihm meine Lage. Er sagte, kein Thema, ich versteh das, von mir erfährt keiner was. Damit war die Sache für mich erst mal erledigt. Wir taten so, als ob wir uns nicht kennen würden. Bis Pepa kam.«

»Sie wollten sie – und er auch«, stellte Isobel fest.

»Nicht ganz. Das mit Pepa war meine Idee gewesen. Lord Darney hatte mich gefragt, ob Cedric Freundinnen hätte. Ich sagte ihm, dass ich ihn noch nie mit einem Mädchen gesehen hätte. Er vertraute mir an, dass er Angst hatte, sein Sohn sei homosexuell. Aber den Eindruck hatte ich nicht. Verklemmt, ja, aber kein verkappter Schwuler. Ich sagte zu Darney: Wenn Cedric eine Frau direkt vor der Nase hat, dann funkt's vielleicht mal bei ihm, kann doch sein, dass er nur schüchtern ist. Man könnte ihm auf die Sprünge helfen!«

»Daraufhin schleppte Darney das Mädchen an?«

»Dummerweise ja. Ich dachte, Darney nimmt ihn mal mit ins Bordell, etwas in der Art. Aber Darney hatte eine bessere Idee, viel subtiler. Also kam Pepa.«

»Und Sie verliebten sich in sie?«

Stille. Doug antwortete nicht, und Isobel dachte, dass er vielleicht aufgegeben hätte und abgehauen sei. Ein Düsenjäger zerriss die Stille, und erst, als der Lärm des Fliegers abgeebbt war, sagte Doug: »Matt wollte sie haben. Er sagte, sie sei von Darney bezahlt, Cedric wolle sie offenbar nicht, also könne er sie sich doch nehmen. Matt hatte gar kein Interesse an dem Mädchen, er wollte sie nur, weil sie da war. Wir hatten Streit, und danach fing Matt an, mich mit meiner Herkunft aufzuziehen. Er ging so weit, dass er Darney sagen wollte, woher er mich kannte. Und alles nur, weil ich ihn gebeten hatte, die Finger von Pepa zu lassen. Es war wie ein Spiel für ihn, das er gewinnen wollte, sonst nichts.«

»Hat er mit ihr geschlafen?«, fragte Isobel sanft.

»Er hat an ihr herumgetatscht, wann immer ich in der Nähe war. Ob mehr lief, weiß ich nicht.«

»Was war zwischen Ihnen und Pepa?«

»Nichts, aber es wäre mit der Zeit bestimmt etwas entstanden.«

Was übersetzt so viel hieß wie: Er hatte sich rangeschmissen, und sie hatte ihm die kalte Schulter gezeigt. »Wusste keiner von Ihnen, dass das Mädchen minderjährig ist?«, fragte Isobel weiter.

Wieder diese Stille, und dann sah Isobel, wie in Cedrics Haus die Lichter angingen.

»Ah, der kleine Lord ist zurück«, sagte Doug, aber es schien ihn nicht wirklich zu interessieren. Isobel musste das Gespräch in Gang halten, wenn sie überleben wollte. Cedric würde herüberkommen und nachsehen. Ihr Auto stand noch vor dem Haus. Er würde nach ihr suchen, das wusste sie.

»Er duscht mal wieder. Er duscht am Tag dreimal. Wenn das reicht. Und wäscht sich dauernd die Hände. Der Typ ist so was von krank, wissen Sie das?«

»Zwangshandlungen«, erwiderte Isobel, »wer weiß, was die

Ursache ist. Aber es ist offensichtlich, dass es ihm nicht gut geht.«

»Nicht gut geht! Er hat Geld zum Scheißen, kann machen, was er will, und musste sich im Leben noch nie anstrengen, und Sie sagen, dem Kleinen geht's nicht gut! Mir kommen die Tränen!« Sie hörte, wie er ausspuckte. »Sein Vater ist ein guter Kerl, wissen Sie? Er würde alles für seinen Sohn tun. Und Cedric interessiert sich nicht mal dafür!«

»Sind Sie Darneys Beispiel gefolgt, als Sie Sandra Robertson für Pete bestellt haben?« Es war ein Schuss ins Blaue.

»Vielleicht haben Sie Recht. Ich dachte, der Junge soll auch mal was Gutes im Leben bekommen. Fängt immer an zu sabbern, sobald er eine Frau sieht, aber kommt nie zum Zug. Kann ja keiner wissen, dass ein Triebtäter in ihm steckt.«

In Cedrics Haus wechselte die Beleuchtung. Im ersten Stock wurden Lichter gelöscht, im unteren gingen andere an. Gleich würde er kommen. Douglas würde nicht schießen, wenn Cedric so nahe war.

»Wo haben Sie die Waffe her?«, fragte sie, denn mittlerweile gingen ihr die Fragen aus. »Es war wahrscheinlich nicht einfach, sie zu besorgen. Und Sie haben sie ja wohl kaum aus den USA hergeschmuggelt?«

Doug lachte leise in sich hinein. »Schmuggeln? Wozu? Waffen kann man überall kaufen, auch in diesem Land. Warum haben Sie keine?«

Ihre Pistole schlummerte friedlich in ihrem Spind. Sie hatte nicht gedacht, dass sie sie heute brauchen würde.

»Mit dem nötigen Kleingeld und den richtigen Beziehungen bekommt man alles«, fügte Doug selbstzufrieden hinzu, als sie nichts sagte. Unruhig sah sie zu Cedrics Haus hinüber, wo immer noch die Lichter im Erdgeschoss leuchteten.

»Noch Fragen? Sie sind so still!« Doug klang amüsiert. »Oder habe ich Ihre Neugier befriedigen können?«

Ihr Kopf war leer. »Cedric ist nebenan«, stammelte sie endlich.

»Das kommt vor. Schließlich wohnt er dort.«

»Er wird den Schuss hören!«

»Und? Was dann?«

»Dann wird er nachsehen und Sie hier finden!«

»Wenn Ihnen irgendetwas an Cedric liegt, sollten Sie beten, dass er genau das nicht tut. Stellen Sie sich vor: Sie tot im Garten – und Cedric tot daneben, die Waffe in der Hand, mit der auch noch Matt erschossen worden ist. Der arme Lord Darney … Nun, er würde natürlich darüber hinwegkommen. Er hätte mich.«

Er packte sie und zog sie näher an sich heran. Isobel spürte den Lauf der Waffe an ihrer Schläfe und presste die Augen zu. Die Lichter in Cedrics Haus gingen aus.

9.

Island, dachte Mina. Da hatte sie schon immer mal hingewollt. Oder zu den Shetland-Inseln. Färöer. Dort musste es schön sein. Sie kannte nur Fotos. Wie wunderbar Mittsommer sein würde. Immer hatte sie davon geträumt, immer hatte sie in den Norden gewollt. Aber das war nun vorbei.

Sie war vor drei Monaten dreißig Jahre alt geworden und hatte gedacht, ihr stünden noch alle Möglichkeiten offen. Nun saß sie in einem dunklen, modrigen Keller, und das Einzige, was ihr blieb, war ihre Fantasie. So lange er sie noch am Leben ließ.

Aber ihre Fantasie hatte sie schon vor langer Zeit im Stich gelassen. Seit der Geschichte mit Neil war alles, was sie früher am Leben gehalten hatte, verschwunden. Der Schock, die Zeit in der Klinik, die Tabletten, die man ihr verschrieben hatte, schienen Minas Innerstes getötet zu haben. Einer der Therapeuten hatte ihr gesagt, nach Sigmund Freud sei die Libido die Triebfeder für die Kreativität. Die Tabletten sorgten dafür, dass ihre Libido so gut wie nicht mehr vorhanden war. Sex interessierte sie nicht mehr. Aber sie dachte: Ohne Tabletten wäre es genauso. Das Bild von Neil mit der anderen Frau in ihrem Bett ließ sie nicht los. Es tauchte nachts in ihren Träumen auf. Sie sah die beiden vor sich, sobald sie auf der Straße ein Liebespaar erblickte. Ihr Gehirn fand immer einen Anlass, dieses Bild in immer neuen Varianten vor ihrem inneren Auge zu erzeugen. Dagegen konnten auch die Tabletten nichts tun. Es war ihr nur sehr viel gleichgültiger.

Nur, dass sie mit dieser Gleichgültigkeit nicht schreiben

konnte. Deshalb hatte sie unterrichten wollen. Klare, geregelte Bahnen, ein geordnetes Leben. Irgendwann würde der richtige Zeitpunkt kommen, es ohne Tabletten zu versuchen. Die Depressionen würden wegfliegen wie ein Schwarm schwarzer Krähen, der Nebel würde für immer verschwinden, und dann würde sie wieder zurückkehren, die Kreativität. Die Libido.

Was für ein Traum, was für ein Unsinn. Dass ihre Kreativität sie verlassen hatte, dass sie sterben würde, ohne die Chance gehabt zu haben, sie zurückzuerlangen – das machte sie wütend, auch wenn sie wusste, dass diese Wut nutzlose Energie war. Die Wut ließ sie an den Fesseln zerren, die er ihr um Hände und Füße gebunden hatte. Dadurch schnitten sie jedoch nur noch tiefer ins Fleisch, und die Haut fing an zu bluten.

»Es ist nur eine Phase«, hatten die Therapeuten in der Schweizer Klinik gesagt. »In drei Jahren können Sie vielleicht schon ohne zurechtkommen.« Mina würde nicht mehr erleben, ob die Prognose zutraf.

Dreißig Jahre, und alles, worauf sie zurückblicken konnte, waren Trümmer. Was nutzte die Erinnerung an eine gute Zeit, die Gewissheit, dass es sie einmal gegeben hatte? Man konnte die Vergangenheit nicht zurückholen. Und ihre Gegenwart, ihre Zukunft – nun.

Es war vorbei.

Mina hörte, wie sich die Falltür öffnete. Ein schwacher Lichtstrahl fiel durch das Loch, aber außer dem gestampften Lehmboden konnte sie nichts erkennen. Er ließ die Leiter hinunter und stieg zu ihr hinab.

»Na, aufgehört, um Hilfe zu schreien?«, fragte er und lächelte sie an. Als sie nicht antwortete, fuhr er fort: »Ich habe dir gleich gesagt, es bringt nichts. Der Keller ist zu gut isoliert, und der Zoo ist viel zu nah. Die Tiere im Zoo machen die interessantesten Geräusche, auch und besonders nachts. Warst du schon einmal im Zoo von Edinburgh? Ein sehr schöner Zoo, er lohnt sich.«

»Gut zu wissen. Wie wär's mit einem Ausflug, gleich morgen?«, sagte sie. Sie war seines Spiels schon müde, bevor es begonnen hatte.

»Dieser Keller ist der eigentliche Grund, warum ich mich für das Haus entschieden habe«, sagte Arthur im Konversationston und sah sich um, als wären sie im Tower und er zeigte ihr die Kronjuwelen. »Hier kann man wunderbar Wein lagern. Dort drüben, das sieht man gerade ein wenig schlecht bei dem Licht, steht mein Weinregal. Ich habe ein paar sehr gute Tropfen, das kannst du mir glauben. Der Architekt hatte ein Gasthaus im Sinn, als er dieses Haus bauen ließ. Sonst haben die Häuser hier nicht unbedingt einen Keller. Aus dem Gasthaus wurde dann nichts, und seither ist es ein Wohnhaus. Ich habe es vor zwei Jahren gekauft. Da war dein letztes Buch gerade frisch in den Bestsellerlisten. Hat mir übrigens gut gefallen, das Buch. ›Wasser und Blut‹, ein guter Titel für eine Familiensaga.«

Sollte es denn wahr sein, dass dieser Mann der Erste und Einzige aus ihrer Familie war, der je ein Buch von ihr gelesen hatte? »Du hast meine Karriere schon länger verfolgt«, sagte sie. Es war mehr eine Feststellung als eine Frage.

»Von Anfang an, meine Liebe. Immer aus dem Abseits zwar, aber frag mich, was du willst, ich weiß alles.«

»Ich weiß gerade nicht so genau, was ich von dir wissen will«, antwortete sie und versuchte, Verachtung in ihre Stimme zu legen. Es fiel ihr schwer, denn sie fühlte sich gerade nur müde, verängstigt und schwach. Die Wut, die sie eben noch gespürt hatte, war allzu schnell wieder verflogen.

»Wir haben Zeit, meine Liebe. Möchtest du etwas essen oder trinken? Lass es mich wissen. Hier unten gibt es auch ein kleines Waschbecken und eine Toilette. Du siehst, im Grunde ist es ganz komfortabel. Nachher bringe ich dir noch eine Matratze. Nur die Fesseln, die kann ich dir nicht abnehmen, ich nehme an, das verstehst du. Vielleicht in ein paar Tagen, wenn wir uns besser kennen.«

Besser kennen? Wollte er sie nicht umbringen? Die Hoffnung schoss ihr mit viel Adrenalin ins Blut, und sie richtete sich auf.

»Hast du keine Angst, dass mich jemand findet?«

Arthur lächelte wieder. »Hier? Ach, nein. Wer sollte denn hier suchen? Niemand weiß außerdem, dass es diesen Keller gibt. Der hat schon mehr als eine Hausdurchsuchung überstanden. Weißt du, die Falltür ist sehr clever in das Parkett eingearbeitet, und natürlich liegt ein Teppich darüber. Kein Mensch kommt auf die Idee, hier nach einem Keller zu suchen. Das erinnert mich an etwas … Man hört immer wieder von diesen Serienkillern, die ihre Opfer im eigenen Garten vergraben oder im Haus einmauern, und jahrelang findet die Polizei nicht den kleinsten Hinweis.«

»Heute nicht mehr. Heute ist die Technik besser. Die Forensik ist weiter.«

»Nur, wenn sie wissen, wo sie suchen müssen«, gab Arthur zu bedenken, und sie wusste, dass er Recht hatte. »Aber ich will dir keine Angst machen. Ein dummer Gedanke von mir.« Er sah auf seine Armbanduhr, eine Breitling, wie Mina trotz des schwachen Lichts erkennen konnte. Im Profil sah er Minas Großvater wirklich sehr ähnlich. Sie wusste nun, was Margaret gemeint hatte.

»Schade, ich muss dringend telefonieren. Dabei plaudern wir gerade so nett. Keine Bange, ich bin in zehn Minuten wieder da, dann reden wir weiter.« Er begann, die Leiter hochzuklettern. Bevor er die letzte Sprosse nahm, beugte er sich noch einmal nach unten. »Nicht, dass Missverständnisse aufkommen: Ich kann dich natürlich nicht einfach laufen lassen. Ich möchte allerdings, dass du zunächst ein paar Dinge weißt. Das bin ich meiner Lieblingsnichte schuldig.«

Die Falltür fiel mit einem dumpfen, sanften Laut zu, und es war wieder stockdunkel. Mina legte zitternd ihren Kopf auf die Knie und versuchte, nicht zu schreien. Sie biss sich stattdessen so fest in den Oberschenkel, dass sie ihr Blut schmecken konnte.

10.

Desperate Dan, dachte Brady und überlegte, wie er wohl heißen würde, wenn er eine Comicfigur wäre. Laughable Loughlin, der lächerliche Loughlin.

»Hey«, brüllte einer der Gäste, der weiter unten an der Bar stand. »Wenn das mal nicht unser Chief Inspector Hunt ist! An zwei Orten gleichzeitig, wie macht er das?« Jetzt starrte ihn das gesamte Pub an, und das Gelächter war bis Loch Ness zu hören.

Brady wusste erst nicht, was der Mann damit meinte, dass er an zwei Orten gleichzeitig sei, bis sein Blick auf den Fernseher fiel, der in einer Ecke neben dem Eingang hing. Gerade lief »Life on Mars«, eine Wiederholung der ersten Folge. Sam Taylor, Chief Inspector bei der Polizei in Manchester und ein smarter Typ, wird von einem Auto angefahren und wacht im Manchester der siebziger Jahre auf. Da ist nicht mehr er der Chief Inspector, sondern eben Gene Hunt, und Hunt bringt dem Weichei Taylor erst mal bei, was es heißt, ohne den ganzen technischen Schnickschnack ermitteln zu müssen. Taylor bringt Hunt natürlich auch bei, dass Instinkt nicht das Einzige ist. Trotzdem war Hunt die coolere Figur, keine Frage. Politisch unkorrekt durch und durch, die witzigsten Szenen, immer die besten Sprüche.

Brady versuchte, sich etwas aufrechter hinzustellen, was ihm nach dem vierten Bier und dem fünften doppelten Whisky allerdings nicht mehr ganz so elegant gelang.

»Was Taylor kann, kann ich schon lange!«, rief er dem Kerl am Ende der Bar zu, und wieder lachten alle, aber diesmal nicht über ihn, sondern mit ihm.

»Kannst wohl auch in der Zeit reisen«, war die unvermeidliche Antwort.

»Problemlos, Kumpel. Problemlos! Gib dem Mann einen aus, auf meine Rechnung«, rief er dem Barkeeper zu. »Und mir noch mal dasselbe.« Er wollte sein Whiskyglas hochheben, doch er griff ins Leere. Er versuchte es noch einmal. Diesmal bekam er es zu fassen, aber nicht lange, denn das Glas glitt ihm aus den Fingern, fiel hinter die Theke und zerschellte vor den Füßen des Barkeepers.

»Ups«, sagte Brady und kicherte, noch ganz beflügelt von seinem fünfzehnsekündigen Starruhm.

»Lassen wir 's gut sein für heute.« Der Barkeeper verzog keine Miene, kehrte nur die Scherben zusammen.

»Einen noch«, bettelte Brady, auch wenn er wusste, dass er nichts mehr bekommen würde. Der Barkeeper ignorierte ihn und sprach schon längst mit anderen Gästen. Also verließ Brady das »Rat and Parrot« und stolperte hinaus in die frische Nachtluft, die ihn mit einem Schlag noch betrunkener machte. Schwankend hielt er sich an einem Laternenpfosten fest und versuchte, sich zu orientieren. Ein anderer Gast, der kurz nach ihm herausgekommen war, blieb kurz stehen und zündete sich eine Zigarette an. Brady überlegte, ob er ihn nach dem Weg fragen sollte. Sein Auto hatte er irgendwo in einer Seitenstraße stehen lassen. Dann war er auf eine Hauptverkehrsstraße gekommen, irgendwas mit Market …

»'tschuldige, Kumpel, ich such mein Auto.«

Der Mann mit der Zigarette lachte. »Dann lass es mal lieber beim Suchen. So kannst du nicht fahren.«

»Nee, nee, schon gut«, beruhigte Brady ihn. »Ich brauche nur ein paar Sachen. Ehrlich, ich fahr heut nicht mehr. Ich muss nur was rausholen.«

Der Mann glaubte ihm kein Wort, fragte aber trotzdem: »Na, wo steht's denn?«

»Marketgait, ’ne kleine Seitenstraße irgendwo«, antwortete Brady, stolz, dass ihm der Name eingefallen war.

Jetzt lachte der Mann richtig laut, und Brady kam sich vor wie ein Trottel. »Marketgait? So heißt der Straßenring, der um das Zentrum führt. South? East? Hast du dir nicht noch irgendwas anderes gemerkt?«

Brady schüttelte den Kopf und hielt die Laterne noch etwas fester. Sie schienen in Dundee nicht viel von Laternenpfählen zu verstehen. Das Ding schwankte, als sei es ein dünnes Ästchen in einem Tornado.

»Bist nicht von hier, was? Wo kommst du her?«

»Glenrothes«, murmelte Brady und merkte, wie ihm langsam schlecht wurde.

»Na, komm mit, ich bring dich ein Stück, dann nimmst du dir ein Taxi und fährst den Ring ab. Sonst kriechst du hier morgen früh noch auf allen vieren rum und suchst dein Auto. Aber nicht mehr fahren, klar?«

Brady schüttelte den Kopf und überlegte, ob die Laterne wohl umstürzen würde, wenn er sie losließ.

Er folgte dem Mann durch eine Einkaufsstraße und vorbei an den City Churches, bis sie an eine große Kreuzung kamen.

»West Marketgait«, sagte der andere und grinste. »Taxi?«

Brady nickte und sah sich nach etwas zum Festhalten um. Stehenbleiben war ganz schwierig. Es war sehr windig. Während er sich nach einem neuen Laternenpfosten umsah, glaubte er, die Ecke zu erkennen, in der er geparkt hatte. »Da!«, rief er. »Da muss ich hin!« Er konzentrierte sich, machte einen Schritt nach vorne und merkte, dass er den Halt verlor. Diese Bürgersteige in diesem Dundee, dachte er noch, als er merkte, wie ihn der Fremde packte und etwas rief. Brady hörte, wie Autos von rechts gefahren kamen, und konzentrierte sich wieder, versuchte, den Blick scharf zu stellen. Er sah James Cunningham in seinem Wagen.

»Cunningham!«, brüllte Brady. »Cunningham, warte!«

Er konnte nicht sagen, ob er stolperte und der Fremde noch versuchte, ihn festzuhalten, oder ob er stolperte, weil der Fremde ihn stieß. Aber Brady taumelte auf die Straße und lief direkt vor eines der fahrenden Autos.

Nicht nur Sam Taylor kann sich vom Auto überfahren lassen, dachte er, als er auf dem Pflaster lag und sich nicht mehr bewegen konnte. Was Taylor kann, kann Gene Hunt schon lange.

11.

Die Wohnung der Hepburns mochte nett, ordentlich und sauber sein, aber nichts war sauber genug für Cedric, wenn er sich unwohl fühlte. Ihm steckte die Zugfahrt noch in den Knochen. Er fühlte sich widerlich in seinen Kleidern und brauchte unbedingt eine Dusche, besser noch ein Bad, um den Geruch all der fremden Menschen von seiner Haut und aus seinen Haaren zu bekommen. Fünf Minuten nachdem Isobel weggefahren war, verließ er das Haus, zog die Tür vorsichtig hinter sich zu und schlug den Weg in Richtung Donaldson Gardens ein.

Sie hätte ihn mitnehmen sollen, dachte Cedric, als er den Tom Morris Drive entlangging und verstohlen die Vorgärten und Häuserfronten der Anwohner inspizierte. Vereinzelt brannte noch Licht in den Vorderzimmern, und Cedric konnte sehen, wie die Menschen dort lebten. Ganz anders als er.

Nach zwanzig Minuten war er endlich in Donaldson Gardens angekommen. Er stellte mit Schaudern fest, dass er geschwitzt hatte. Ein Grund mehr, so schnell wie möglich unter die Dusche zu gehen.

Im Dunkeln rannte er die Treppe zu seinem Zimmer hoch. Er holte sich frische Kleidung und ging dann ins Bad. Dort zog er die Kleider aus, warf sie in den Wäschekorb und duschte heiß. Danach ließ er sich ein Bad ein.

Der Anruf von Mina kam, kaum, dass er sich angezogen hatte. Er nahm das Gespräch an, doch Mina antwortete nicht. Er glaubte, von Ferne eine Männerstimme zu hören, die etwas sagte wie: »Entschuldigung, könnten Sie mir helfen? Ich habe mich verfahren.« Dann folgten ein dumpfer Seufzer von Mina und ein lautes Scheppern. Ihr Handy war zu Boden gefallen.

»Mina?«, rief Cedric. »Mina? Alles in Ordnung?« Er bekam keine Antwort. Er lauschte weiter. Autotüren. Motorgeräusche. Danach nichts mehr. »Mina!«, schrie er ins Telefon. »Mina sag etwas!« Vielleicht war das Handy in ihrer Tasche. Vielleicht war sie aus Versehen auf die Wähltaste gekommen. Vielleicht hatte das alles nichts zu bedeuten. Doch dann hörte er wieder Stimmen, mehrere Stimmen, Frauen und Männer. Sie lachten und sangen. »Mina!«, brüllte er. Es folgten Kratzgeräusche. Jemand hantierte mit dem Handy herum.

»Hallo!«, sagte eine Frauenstimme. Sie klang australisch. »Hallo! Wer hat dich denn weggeworfen?« Die Frau war betrunken.

»Wer spricht?«, fragte Cedric.

»Hier spricht das arme, einsame Handy, das jemand einfach weggeworfen hat«, sagte die Stimme in schleppendem, dramatischem Tonfall. Gelächter ertönte.

»Wo sind Sie?«

»In … Europa! Großbritannien!«

»Wo genau?«

Die Frau kicherte. »Da ist einer dran, der will wissen, wo ich bin!«

»Frag ihn, ob er gut aussieht, dann könnt ihr euch treffen!«, antwortete eine Männerstimme, und wieder ertönte Gelächter.

»Hallo? Da bin ich wieder.« Sie versuchte, nüchterner zu klingen, als sie war. »Mit wem spreche ich denn?«

»Wo sind Sie?«, wiederholte Cedric.

»Edinburgh. Mittendrin. Ivanhoe?«

Waverley. Am Bahnhof. Arthur hatte Mina gefunden und entführt.

Cedric löschte die Lichter und rannte zum Nachbarhaus. Isobel musste noch dort sein, ihr Wagen stand in der Einfahrt. Aber das Haus lag im Dunkeln.

Ein Schuss zerriss die Stille der Nacht.

12.

»Du warst bei meinem Großvater, kurz bevor er starb.«

»Bei Roland, meinem Vater. Ja.«

Mina konnte sein Gesicht nicht sehen. Er war zu nahe bei ihr, zu weit weg von der Öffnung der Falltür, durch die das einzige Licht eindrang. Sie hatte sich so gut es ging aufrecht hingesetzt und lehnte mit dem Rücken an der kalten Wand.

»Dein Vater.« Sie hatte es vermutet, seit er von ihr als seiner »Lieblingsnichte« gesprochen hatte. Aber bis eben hatte sie es nicht gewusst.

»Ich war acht Jahre alt, als Albert Harriet Docherty kennenlernte. Du hast sie auch kennengelernt, nicht wahr?«

Mina fragte nicht, woher er das wusste.

»Albert erzählte mir manchmal von meiner Mutter. Sie sei eine schöne Frau gewesen, ein sehr lieber Mensch, das Übliche, was man Kindern eben über tote Eltern erzählt. Sie kam aus Deutschland, er musste aus dem Militär ausscheiden, um sie zu heiraten. So gingen sie nach Schottland, und sie starb kurz nach meiner Geburt. Er reicherte es hier und da mit ein paar Details an, von denen ich mal vermute, dass sie gelogen waren. Zum Beispiel erzählte er einmal, wie sehr sie sich darüber gefreut hatte, als ich meinen ersten Zahn bekam. Zu der Zeit war sie längst tot. Ich habe nie etwas zu Albert gesagt. Er war ein guter Mann. Aber eben nicht mein Vater.«

»Hat er es dir gesagt? Dass er nicht dein Vater ist?«

»Nein, nie. Das habe ich selbst herausgefunden. Harriet und er dachten, ich sei noch zu klein, um zu verstehen, was sie sagten. Deshalb passten sie nicht immer auf, was sie in meiner Gegenwart besprachen, und natürlich lauschte ich auch oft an der Tür. Ich lauschte in erster Linie, weil ich Angst hatte, dass Harriet mich von Albert trennen und ihn mir wegnehmen wollte. Die böse Stiefmutter und so. Was ich hörte war, dass die beiden weitere Kinder planten. Eigene Kinder. Darüber war ich höchst erschrocken. Also lauschte ich weiter. Besonders nachts, wenn sie dachten, ich schliefe. Harriet sprach manchmal davon, dass sie Angst davor hatte, schwanger zu werden. Sie war eine junge Witwe, hatte mit zwanzig geheiratet und ihren Mann zwei Jahre später verloren. Er war im Suezkrieg gewesen und hatte sich die Gelbsucht eingefangen. Er starb noch dort unten. Während dieser Ehe war sie schwanger geworden, aber das Kind war eine Totgeburt. Albert war ein Mann voller Verständnis und Nachsicht. Er versicherte ihr, die Entscheidung liege bei ihr, sie hätten alle Zeit der Welt. Als sie sich für ein Kind entschieden hatten, passierte nichts. Natürlich dachten sie zunächst, es läge an ihr. Aber eines Tages, es waren Schulferien und ich kam gerade von Harrow nach Hause, da hörte ich ein Gespräch zwischen Albert und einem seiner Kollegen, der ihn zu Hause aufgesucht hatte. Dieser Kollege eröffnete Albert, dass er zeugungsunfähig sei. Und Albert erklärte ihm – und dadurch auch mir –, dass ich das Kind eines anderen sei und er die Frau damals geheiratet hatte, um sie vor der Schande zu bewahren, die ein uneheliches Kind bedeutet hätte.«

»Aber du wusstest nicht, wer dein richtiger Vater war. Ich weiß, wie sich das anfühlt.«

»Deshalb, meine Liebe, erzähle ich es dir. Ich hatte keine Ahnung von Alberts Familie. Er hatte seinen Namen geändert, als er nach Schottland zurückgekehrt war. Es war unmöglich für mich herauszufinden, dass ich ein Barrington war. Bis Albert starb und mir einen Brief hinterließ, von dem niemand, nicht einmal Harriet, etwas wissen sollte. In diesem Brief erklärte er mir, dass sein Bruder, Roland Barrington, mein Vater war. Dass er eine Deutsche geschwängert hatte und die Konsequenzen nicht tragen wollte. Mehr erfuhr ich erst einmal nicht. Den Brief erhielt ich vor gut acht Jahren, und da fing ich langsam an, mich für meine werte Familie zu interessieren. Langsam.« Er machte eine Pause und kam ein Stück näher an Mina heran. »Ich bin nämlich im Grunde ein ganz sensibler Kerl, meine Liebe.« Er lachte wieder, doch diesmal leise, mehr für sich. »Ich sammelte Informationen. Ich wollte diese Sache gut vorbereiten. Ein paar Monate länger auf den Tag zu warten, an dem ich mich in die offenen Arme meiner eigentlichen Familie werfen würde, machte mir nichts aus. Aus den Monaten wurden Jahre. Ich informierte mich nämlich so gut ich konnte über die Barringtons. Die vorbildliche Karriere meines Vaters bei der Royal Air Force. Lustig, dass auch dein Vater so erfolgreich im selben Metier ist, nicht wahr? Und dann erst meine Brüder: Robert, Erbe und Finanzgenie in London. David, angesehener Richter in Edinburgh. Eines Tages las ich eine Meldung in einem Fifer Regionalblatt. Du kennst die Vorliebe der Schotten für Geister und Gespenster. Kein Neubaugebiet, das nicht spätestens nach drei Monaten seinen eigenen Geist verpasst bekommt, von den alten Gemäuern ganz zu schweigen. Die Überschrift lautete: ›Das Gespenst von Pittenweem‹. Der Wirt einer Kneipe behauptete, dass er in der Nacht zum ersten Mai am Hafen einem jungen Mädchen in einem langen, weißen Gewand begegnet sei. Der Redakteur stellte gleich die Verbindung zu einem Selbstmord her, der sich fünfzig Jahre zuvor in der Gegend ereignet hatte. Eine junge Frau hatte sich in ihrem Nachthemd im Firth of Forth ertränkt. Sie war in Kirkcaldy ins Wasser gegangen und in Pittenweem angeschwemmt worden. Etwas später stellte sich heraus, dass der Kneipenwirt vor fünfzig Jahren als kleiner Junge diese Frau gefunden hatte und nun wohl neue Kundschaft mit dieser Geschichte locken wollte. Ich verstand recht schnell: Kirkcaldy vor fünfzig Jahren. Da war ich geboren worden, da war meine Mutter gestorben. Ich hörte mich ein wenig um, und es wurde getuschelt, die Frau von damals sei eine Deutsche gewesen, die nach der Geburt eines Sohnes an postnatalen Depressionen gelitten hatte. Es gab noch weitere Gerüchte, dass diese Frau gar keine Frau, sondern ein minderjähriges Mädchen gewesen sei. So fügte ich meine Puzzleteile zusammen: Eure Lordschaft, der 3. Earl of Herton, hatte in Deutschland eine Minderjährige geschwängert und sitzengelassen. Albert kümmerte sich um sie, heiratete sie und brachte sie nach Schottland. Sie kam nicht klar und nahm sich das Leben. Meine Mutter.

Der schneidige Offizier mit lockerer Moral, den ich mir als Vater vorgestellt hatte, wurde zu einem miesen, geilen Schwein, das sich an Minderjährigen verging. Ich hatte eine Weile gedacht, die Barringtonfamilie hätte sich von Albert abgewandt, weil er mit einer Bürgerlichen verheiratet war, noch dazu mit einer Deutschen. Aber in Wirklichkeit hatte sich Albert von den Barringtons abgewandt und wollte nie wieder etwas mit ihnen zu tun haben.

Irgendwann fand ich heraus, dass ich nicht der Einzige war, der die Wahrheit kannte. Deine Mutter Margaret hatte das Geheimnis ihres Vaters ebenfalls gelüftet, und zwar schon fünfundzwanzig Jahre vor mir, mindestens. Und ich hatte meinen Spaß daran zu sehen, wie Margaret ihren Vater – unseren Vater! – damit quälte.«

»Margaret wusste das alles über ihren Vater?« Mina schüttelte den Kopf. »Das kann nicht stimmen. Nach Rolands Tod haben wir noch darüber geredet, wie schwer es für sie ist, dass sie von ihm nie richtig geliebt worden ist. Von den anderen Sachen hat sie mir nie etwas erzählt.«

»Dann hat sie ihr Geheimnis lange und gut auch vor dir gehütet. Wenn überhaupt, dann litt sie darunter, die Tochter eines solch verlogenen Schweins zu sein, das es bis zu seinem Tod nicht fertig brachte, die Wahrheit zu sagen. Ich dachte kurz darüber nach, mich mit Margaret zu verbünden, verwarf den Gedanken aber. Die Söhne zu verderben, daran hatte ich mehr Interesse. Ich fing mit Robert an, dem ältesten. Kennst du sein Laster? Nein? Aber du kennst seine Ehefrau. Eine wunderschöne Frau, ein Gesicht wie eine Porzellanpuppe, so fein und weiß und zerbrechlich. Ein schlankes, elfengleiches Wesen, ein Rätsel, wie sie drei Kinder von ihm bekommen konnte mit diesem zarten Körper. Aber wenn seine Frau nicht hinschaut, lässt er sich am liebsten von großen schwarzen Männern auspeitschen.« Arthur lachte. »Je dicker sie sind, desto besser.«

»Und das alles hast du fotografiert oder gefilmt, um ihn zu erpressen, nehme ich an. Und David?«

»David! Dein neuer Lieblingsonkel! Er ist der Grund, warum du hier bist. Er hat mich über jeden deiner Schritte informiert. Ist dir das nicht selbst aufgefallen? Du hast zu wenig kriminelle Energie, meine Liebe. Schade. David, der ehrenwerte Richter, ist vergleichsweise langweilig. Er bekam von mir einen VIP-Pass für meine Saunen und Clubs in Edinburgh. Seither schleicht er sich regelmäßig in ein Striplokal, fasst den Mädchen an die Brüste, und dreimal in der Woche verschwindet er mit einer im Séparée.«

»Für das Ende seiner Karriere würde es ausreichen.«

»Natürlich. Aber David ist ein wichtiger Mann für mich. Ich bot Robert und David nach einer Weile übrigens eine finanzielle Beteiligung an einigen meiner Geschäfte an. Denn ich wusste, wenn es um Geld geht, sind sie zu allem bereit. Sie verdienten in ihren Berufen schon viel Geld, aber sie wollten mehr. Und so investierten sie in die organisierte Kriminalität und fühlten sich als die großen Fädenzieher.«

»Wussten sie, dass du ihr Bruder bist?«

»Nein! Das wussten sie anfangs nicht! Sie dachten, ich sei

ein etwas trotteliger Zuhälter. Nach zwei Jahren sagte ich es ihnen dann aber. Wie gesagt, der Untergang der Barringtons sollte langsam vonstattengehen. Ich hatte keinen Blitzkrieg geplant.«

»Wann hast du mit deinem Vater, mit Roland gesprochen?«

»Oh«, Arthur lachte. »Ich wollte mir erst einmal ansehen, wie er auf das, was seine Söhne so treiben, reagiert. Also ließ ich Roland, anonym, versteht sich, wohldosierte Informationen über das Treiben von David und Robert zukommen. Sicher hat er sich gewundert, dass er niemals Geldforderungen bekam. Ein Erpresser, der nicht sagt, was er will? Wann kommt das dicke Ende? Diese Ungewissheit hat ihn fast noch kränker gemacht als die Entgleisungen seiner Söhne.«

»Kurz vor seinem Tod warst du bei ihm. Eine Nachbarin hat dich gesehen. Sie hat gesagt, Roland hätte sich selbst ins Gesicht gesehen.«

»Ich bin der einzige Sohn, der ihm ähnlich sieht. Ist das nicht wundervoll? Ja, ich war bei ihm. Zum ersten Mal habe ich ihn persönlich gesprochen. Er sah mich an und wusste sofort, wer ich war: sein Sohn. Ich sagte ihm, dass die Fotos und Briefe, die er all die Jahre erhalten hatte, von mir waren. Und ich sagte ihm auch, was ich tat. Ich sagte: Vater, eines haben wir gemeinsam, nämlich Minderjährige. Du hast sie gefickt, als du noch ficken konntest, und ich bringe sie in unser schönes Land zu Perversen wie dir. Ich sagte ihm: Es liegt an dir. Wenn du öffentlich zugibst, was für Söhne du in die Welt gesetzt hast, dann höre ich auf. Sofort! Dann packe ich bei der Polizei aus und nenne alle Namen. Das wäre der größte Schlag aller Zeiten in Großbritannien gegen die organisierte Kriminalität, gegen den Menschenhandel, gegen die Pornoringe, gegen jedes Verbrechen, das dir einfällt! Er sagte: Niemals werde ich das tun! Und ich machte ihm klar, dass die Verantwortung für all die armen kleinen Kinder nun bei ihm lag.«

»Das tat sie nicht. Die Verantwortung hattest du. Und du hast sie noch«, rief Mina.

»Habe ich? Wenn ich es nicht mache, macht es ein anderer. Und ich suche den Kindern wenigstens ein halbwegs vernünftiges Umfeld aus. Sie müssen nicht auf der Straße schlafen, sie fangen sich keine schlimmen Krankheiten ein, nein, für sie ist gesorgt.«

Er hörte sich an wie Anna, dachte Mina. Sie beruhigen alle irgendwie ihr Gewissen. Wenn sie noch ein Gewissen haben.

»Roland ist also nicht auf deine Forderung eingegangen?«, fragte sie.

»Nein. Er hat das getan, was man in seinen Kreisen wohl ›die Konsequenzen ziehen‹ nennt. Ich nenne es Feigheit. Er hat Selbstmord begangen, einen Tag, nachdem ich bei ihm war.«

»Ich dachte, es war ein natürlicher …«

»Diese Ärzte heutzutage …«, seufzte Arthur, »für ein bisschen Kleingeld schreiben sie dir alles auf den Totenschein. Einfach alles.«

»Und meine Mutter? Hast du sie umgebracht, weil sie dir auf die Schliche gekommen war?«

Arthur gab einen Laut des Erstaunens von sich. »Meine Liebe, ich dachte, ihr stündet euch etwas näher! Ich hatte keinen Grund, sie umzubringen. Ich bedaure ihren Tod mehr als alles andere, denn ich hatte immer gehofft, sie einmal besser kennenzulernen.«

Wenn nicht Arthur, wer dann?, dachte Mina. Oder log er? Er hatte keinen Grund zu lügen. »Aber der Stein mit der Nachricht«, sagte sie, »das warst doch du?«

»Ich wollte euch beide warnen. Zieht euch zurück, seid vorsichtig.«

»Warum? Weil du Matt getötet hattest?«

»Was denn, den auch noch? Meine Liebe, ich bringe niemanden um. Ich stelle manchmal Menschen vor die Wahl, was sie mit ihrem Leben machen wollen, aber ich bringe niemanden um. Ein anderer hatte Matt getötet, und ich wollte euch aus der Schusslinie bringen. Brady, der Idiot, war nicht aufzuhalten und wollte dich ans Messer liefern. Ich hatte gehofft, Margaret und du, ihr würdet euch zurückziehen, aber ich habe das genaue Gegenteil erreicht. Margaret hat angefangen, nach mir zu suchen. Wie kam das?«

Sie erzählte ihm von dem Foto von Matts Party, auf dem Margaret ihn erkannt hatte, ohne zu sagen, wen sie da erkannt hatte. Arthur nickte.

»Margaret wusste, dass es mich gab und was es mit meiner Mutter auf sich hatte. Margaret wusste das alles!«

»Aber woher?«

Arthur lächelte. »Sie hatte Alberts Namen in einem alten Familienstammbaum gesehen und daraufhin ein wenig recherchiert. So hat sie schließlich einen Weg gefunden, unseren Vater zu quälen.«

Mina nickte. »Das hat sie mir gesagt. Sie ging ins Ausland, bekam ein uneheliches Kind und lebte so weit weg von ihm, wie sie konnte …«

»Sie hat ihn gedemütigt, oh, das hat sie! Sie suchte sich einen Royal-Air-Force-Mann, um schwanger zu werden, und nannte ihr Kind nach meiner Mutter.«

»Was?«

Arthur kam noch einen Schritt näher. Er stand nun direkt neben ihr, sie konnte ihn nicht nur riechen, sondern auch fühlen. Er legte eine Hand auf ihren Kopf und begann, über ihr Haar zu streichen. »Meine Mutter, sie hieß Hermine Fischer. Deshalb nenne ich mich Fisher, und deshalb heißt du Mina.«

13.

»Vater!«, rief Cedric, als er um das Nachbarhaus in den hinteren Garten gelaufen war.

»Ich musste«, sagte sein Vater heiser. Cedric konnte sein Gesicht im schwachen Mondschein kaum ausmachen. »Ich musste auf ihn schießen, er hätte sie sonst umgebracht.«

Und Cedric sah, was er meinte: Zwei Gestalten kauerten auf dem Rasen, nur wenige Yards von ihnen entfernt. Eine davon bewegte sich: Isobel. Sie stand auf und kam zu ihnen.

»Er hat keinen Puls mehr. Gibt es hier eine Außenbeleuchtung? Cedric, weißt du, wo man sie einschalten kann?« Sie klang ganz wie eine Polizistin, doch eine halbe Minute später, als er das Licht eingeschaltet hatte und ihr Gesicht sehen konnte, sah er die Angst, die noch nicht aus ihren Augen gewichen war.

»Er wollte sie gerade erschießen«, sagte sein Vater und ging auf dem Rasen auf und ab, »ich musste das tun!«

Isobel rief ihre Kollegen über Handy, dann verschwand sie, um etwas aus ihrem Wagen zu holen.

Seit wann besaß sein Vater eine Waffe?, fragte sich Cedric.

»Er hat Matt erschossen, und jetzt wollte er sie erschießen, deshalb musste ich doch …«, begann er wieder.

Es war nicht Arthur? Was war dann mit ihm? Nichts in Cedrics Kopf passte mehr zusammen. Er dachte an Mina, und sofort fiel ihm ihr Anruf wieder ein, den er für einen Moment ganz vergessen hatte. Er musste ihr helfen. Er musste nach Edinburgh. Dazu brauchte er ein Auto. Und er brauchte die Adresse von Arthur. Denn er konnte sich nicht vorstellen, wo sie sonst sein sollte.

»Gib mir deinen Autoschlüssel«, sagte er zu seinem Vater. Bis er in Edinburgh war, würden zwei Stunden vergangen sein. Zwei Stunden zwischen Minas Anruf und seiner Ankunft in der Hauptstadt. Zwei Stunden, in denen alles passieren konnte.

»Junge, wo willst du denn jetzt hin? Sie wollen dich sicher als Zeugen vernehmen, dann musst du ihnen sagen, dass es Nothilfe war. Weißt du, Doug wollte sie gerade erschießen, und da *musste* ich doch …«

»Gib mir deinen Autoschlüssel!«, schrie er ihn an. Das erste Mal, dass er seinen Vater angeschrien hatte. Zögerlich kramte dieser in seiner Hosentasche und reichte ihm ein Schlüsselbund. »Du kannst jetzt nicht einfach …«

»Wo hast du die Pistole her?«, fragte Cedric, aber Isobel kam mit einem kleinen Koffer zurück, aus dem sie Handschuhe und kleine Plastikbeutel hervorholte. Sie ließ sich die Waffe geben.

»Sie ist registriert«, sagte sein Vater. »Es hat alles seine Ordnung.«

Isobel antwortete nicht. Sie ging zu der Stelle, an der Doug lag, und kniete sich wieder ins Gras.

»Die Adresse von Arthur«, zischte Cedric.

»Welcher …«

»Ich weiß, dass ihr euch kennt. Ich weiß alles über die Agentur, und dass ihr unter einer Decke steckt. Also?«

Sein Vater sah ihn mit einem Blick an, den er noch nie an ihm bemerkt hatte: Interesse. Für Cedric. Er nannte ihm eine Adresse in Corstorphine, und Cedric rannte los. Er hörte, wie Isobel ihm etwas hinterherrief, aber dafür hatte er jetzt keine Zeit. Er lief auf die Straße und suchte den Bentley seines Vaters. Er sah ihn nicht. Cedric lief die Straße in beide Richtungen ab. Sein Vater würde nie weiter als fünfzig Yards entfernt parken. Aber der Bentley war nirgendwo zu sehen. Cedric sah auf den Schlüssel in seiner Hand, sah das Zeichen des Herstellers, drückte auf den Knopf der Fernbedienung. Keine drei Yards von ihm entfernt fingen die Blinker eines schwarzen Range Rovers an zu leuchten.

Arthur hatte geduldig neben ihr gesessen, während sie geweint hatte. Er hatte sogar den Arm um sie gelegt. Nun war sie erschöpft und müde und hatte keine Tränen mehr. Sie sah ihn an.

»Wer hat sie umgebracht? Wer hat meine Mutter getötet? Und Matt? Ich will das alles verstehen, aber ich kann es nicht.«

Er stand vom Boden auf und drehte sich von ihr weg. »Es kam eben im Radio, Matt wurde von einem Studenten aus der Nachbarschaft erschossen. Mehr haben sie nicht gesagt.«

Aus der Nachbarschaft?, dachte sie. Da gab es nur Pete und Doug und – Cedric.

»Ich weiß nur, dass es nichts mit mir zu tun hatte oder mit meinen Geschäften«, fuhr er fort. »Persönliche Motive, hieß es.«

Mina konnte nicht glauben, dass alles, was in den letzten Tagen geschehen war, was man ihr angetan hatte, was ihr Leben auf ein Neues zerstört hatte, auf persönliche Motive eines Studenten aus Matts Nachbarschaft zurückgehen sollte.

»Was deine Mutter betrifft – warum dachtest du, ich sei es gewesen?«

»Cedric ist einem schwarzen Range Rover gefolgt«, antwortete sie. »Wir dachten, das wärest du. Er fuhr von der Party weg, die zu Ehren von Matt gefeiert wurde.«

Arthur ging vor ihr auf und ab, die Hände auf dem Rücken, den Blick starr geradeaus gerichtet. Sie musste an Cedric denken, an dessen kontrollierte Körperhaltung, an seine Hände in den Hosentaschen, an seinen Blick, der stets bemüht war, anderen Blicken auszuweichen. Nach einer Weile blieb Arthur stehen, inspizierte seine Fingernägel in dem schwachen Licht, antwortete, ohne sie dabei anzusehen, und obwohl seine Gesten wirkten wie die eines schlechten Lügners, klang das, was er sagte, ganz anders.

»Ich war nicht da. Ich weiß aber, wer dort war. Wer den Bentley stehen ließ, weil er später in seinem neuen Range Rover noch einen kleinen Abstecher nach Edinburgh machen wollte, wie er es nennt. Deshalb war er mit zwei Autos gekommen.«

»Bentley?«

Arthur nickte und lächelte, als er sie ansah. »Sie spielen alle so gerne Jekyll und Hyde. Meine Brüder lieben es. Aber er liebt es von allen am meisten. Ihm gehören fast alle Immobilien, in denen Annas Mädchen untergebracht sind. Sie sagt immer, es seien ihre Wohnungen, aber das stimmt natürlich nicht.«

Er machte eine Pause, um ihr Zeit zum Verstehen zu geben. Zeit zu begreifen, von wem sie sprachen.

»Verstehst du jetzt?«, fuhr er fort. »Er hielt es für besonders amüsant, eins meiner Mädchen über die Au-pair-Agentur zu mieten. Falls auffliegen sollte, dass Pepa eine minderjährige Illegale ist, dann wäre ich dran. Aber niemals er.«

»Lord Darney«, flüsterte Mina.

»Lord Darney«, bestätigte er. »Darney liebt sein Doppelleben und nimmt die Rolle des Hyde zu ernst für meinen Geschmack. Ich bin mir nicht sicher, wie viel er mit Matts Tod zu tun hat, aber ich hatte ein schlechtes Gefühl und wollte nicht, dass ihr ihm früher oder später über den Weg lauft. Noch ein Grund, warum ich euch aus St. Andrews weghaben wollte.«

»Margaret hat die Botschaft verstanden und dich gesucht«, sagte Mina und fühlte, wie ihr eiskalt wurde.

»Sie ist dem Falschen in die Arme gelaufen, ja.«

Mina schwieg und starrte auf das Weinregal, auf die dunklen Flaschen, die schwach schimmerten und sie an das schwarz glänzende Gefieder eines Raben erinnerten, ein Bild, das ihr nun keine Angst mehr machte, weil sie wusste, dass ihr Schicksal bereits geschrieben stand. Trotzdem fragte sie: »Und ich?«

Seine Haltung änderte sich. Er wurde wieder der, der ihr zu Anfang gegenübergetreten war. Zog sich hinter die lächelnde Maske, hinter die großzügigen Geste zurück, um der Welt zu sagen, dass er nichts anderes tat, als ebendieser Welt ihren Lauf zu lassen.

»Du hast Hoffnung, nicht wahr? Weil ich dich mag, denkst du, ich lasse dich laufen. Warum bist du nicht schon viel früher einfach abgehauen, statt nach mir zu suchen?«

Er hatte eben erst gesagt, er brächte niemanden um. Er würde auch sie nicht umbringen, so viel hatte sie verstanden. Arthur brachte Menschen dazu, sich selbst umzubringen. Wie ihren Großvater. Wie das Mädchen, das sie am Strand von Pittenweem gefunden hatte. Wie würde er versuchen, sie so weit unter Druck zu setzen, dass sie bereit wäre, sich umzubringen?

»Du wolltest schon immer einmal deine Halbschwestern kennenlernen, richtig? Ich kann dir Fotos zeigen, wenn du magst. Entzückende Mädchen, alle beide«, sagte er, als plötzlich ein gleichmäßiger, dunkler Alarmton erklang.

Das Lächeln verschwand aus seinem Gesicht, und Arthur ging ohne ein weiteres Wort zur Falltür und öffnete sie.

Jemand war im Haus. Das kann nur Cedric sein, dachte Mina und fing an, seinen Namen zu schreien. Sie schrie immer noch, als sich die Falltür schon längst wieder geschlossen hatte und jeden Laut aus dem Kellerraum nach außen hin verstummen ließ.

KIRKCALDY, APRIL 1950

Viel zu kalt war es. Und der Wind erst. Sie trug nur ihr Nachthemd. Sie trug seit Wochen nichts anderes als ihr Nachthemd. Der weiße Stoff flatterte im Wind. Unter ihren Füßen fühlte sich der Sand kalt an. Kleine kalte Nadelstiche.

Niemand war am Strand. Die Stadt lag still hinter ihr. Wenn sie nach rechts sah, konnte sie die Lichter der großen Stadt auf der anderen Seite des Wassers sehen. Vor ihr die Nordsee, endlos, bis zum Horizont, wo der Himmel schon blau war, und sie wusste, es dauerte nicht mehr lange, dann würde die Sonne aufgehen, genau vor ihr, genau da, wo das Meer in den Himmel floss.

Sollte sie noch warten?

Warum warten? Sie würde der Sonne entgegengehen. Das war einfach. Es war auch gar nicht mehr kalt. Immer nur geradeaus, mitten durch das Wasser.

Sie sah nach unten. Dunkler Matsch quoll zwischen ihren Zehen hervor. Als sie das nächste Mal nach unten sah, war das Wasser schon an ihren Knien, das Nachthemd nass bis zu den Hüften.

Sie spürte weder die Kälte noch die Nässe. Sie sah nur, wie die ersten Sonnenstrahlen den Himmel röteten, und sie wusste, dass es nichts Schöneres mehr auf der Welt für sie geben würde. Sie musste einfach nur immer weitergehen. Mitten durch das Wasser.

14.

Die Suche nach Mina hatte Stunden gedauert. Erst um acht Uhr morgens fand er die Falltür. Da hatte die Polizei das ganze Haus schon mehrfach abgesucht. Sie hatten ihn immer wieder gefragt, was zwischen Art Fisher und ihm vorgefallen war, warum Art Fisher verschwunden war, wie er Art Fisher überhaupt ausfindig gemacht hatte. Es hatte ewig gedauert, ihnen alles zu erklären, und obwohl Isobel versucht hatte, die Lücken zu füllen, war sich Cedric sicher, dass noch lange nicht alle Fragen beantwortet waren. Die Befragungen aber hatten sich längst nicht so endlos lange angefühlt wie seine Suche nach Mina, von der er wusste, dass sie in diesem Haus sein musste, von der es aber nicht die geringste Spur gab.

Bis ihm die Regulierungsschalter für die Klimaanlage aufgefallen waren. In dem Haus gab es keine Klimaanlage. So kam er auf die Idee, nach einem Keller zu suchen. Als er um das Haus herumging und eine gut versteckte Lüftung entdeckte, wusste er, dass er Recht hatte, und die folgenden Stunden verbrachte er damit, unter den spöttischen Bemerkungen der Edinburgher Kriminalbeamten jeden Inch des Bodens zu inspizieren, um den Kellerzugang zu finden. Zum ersten Mal kam ihm sein zwanghafter Drang nach Symmetrie zu Hilfe: Er sah sofort, dass mit dem Parkettboden etwas nicht stimmte, nachdem er die Teppiche von den Polizisten hatte wegräumen lassen. Trotz aller Sorge um Mina hatte Cedric sich nicht dazu überwinden können, die Teppiche selbst anzufassen. Er hatte die Polizisten darum gebeten. Sie hatten sich zwar beschwert, sie seien nicht seine Hausangestellten, aber sie hatten es schließlich getan.

Er sah die Einlassung im Boden, die geschickt in die Fugen des Parketts eingearbeitet war, fand nach einigem Suchen den Knopf, der den Öffnungsmechanismus auslöste, und in dem Kellerraum fanden sie Mina, heiser vom Schreien, erhitzt und aufgelöst vom Weinen, an Händen und Füßen gefesselt.

Nach dem Trubel der Erleichterung, sie endlich gefunden und befreit zu haben, fand sich Cedric plötzlich allein in dem Kellerraum. Die Polizisten waren oben und kümmerten sich um Mina. Er würde dort nur stören, also beschloss er, noch ein wenig hier unten zu bleiben. Viel zu sehen gab es allerdings nicht. Er inspizierte das Weinregal, den ursprünglichen Grund für den Einbau einer Klimaanlage, wie er vermutete. Daneben stand ein unauffälliger alter Holzschrank. Er war nicht verschlossen, und als Cedric ihn öffnete, hatte er Arthur Fishers eigentlichen Schatz gefunden: seine DVD-Sammlung.

In fein säuberlichen Stapeln alphabetisch sortiert, lagen darin die DVDs all der Leute, die Arthur erpresst hatte, damit seine Geschäfte so lange und so gut laufen konnten, wie sie es getan hatten.

Als kurz darauf der leitende Detective Chief Inspector, dessen Name Cedric bereits in dem Moment wieder entfallen war, als er ihn gehört hatte, zurück in den Keller kam, hatte Cedric eine DVD schon eingesteckt. Der DCI dankte Cedric für seine Hilfe und sagte ihm, er könne nun mit Mina ins Krankenhaus fahren, ein bekanntes Gesicht würde ihr sicher guttun.

Cedric hatte genau das getan und Mina ins Krankenhaus begleitet. Dort hatte er ihr in einem unbeobachteten Moment die DVD von James Cunningham zugesteckt. Er fand, dass nur Mina ein Recht hatte darüber zu entscheiden, was damit geschehen sollte. Darauf zu sehen war, wie er später erfuhr, wie Cunningham Waffen an Arthur lieferte und dafür im Gegenzug Geld bekam. Zu sehen war aber auch, wie er eine Pistole an Douglas Roth verkaufte, die Pistole, mit der dieser später Matt erschossen hatte.

Seit drei Monaten hatten sie sich nun nicht gesehen. Mina hatte viel erledigen müssen: die Beerdigung ihrer Mutter zum Beispiel, zu der niemand eingeladen gewesen war. Nachdem sie durch den Brand alles verloren hatte, hatte sie den Entschluss gefasst, noch einmal ganz neu anzufangen, und war nach Berlin gegangen, um zu vergessen und sich zu erinnern, wie sie es in einer SMS vor sechs Wochen ausgedrückt hatte. Was sie in Berlin machen würde, ob sie wieder anfangen würde zu schreiben, das hatte sie nicht geschrieben, und Cedric vermutete, dass sie es wohl selbst noch nicht wusste.

Er konnte das verstehen, denn auch er wusste noch nicht, was er in Zukunft mit seinem Leben anfangen würde. Den Abschluss hatte er in der Tasche, und die Verantwortung für ein großes Verlagsimperium lag ganz bei ihm, seit sein Vater verschwunden war. »Lord Darney macht den Lord Lucan«, texteten die Zeitungen seit der Nacht, in der sein Vater Douglas Roth erschossen hatte. Sie spielten damit auf das mysteriöse Verschwinden des berüchtigten Lord Lucan an, der 1974 seine Ehefrau attackiert und das Kindermädchen umgebracht hatte. Immer wieder wurde Cedric gefragt, ob er eine Vermutung habe, wo sein Vater sich aufhalten könnte, doch Cedric antwortete nie. Da auch eine von Lord Darneys Yachten verschwunden war, wurde darüber spekuliert, dass er quer über die Nordsee gesegelt sei und sich nun in einer einsamen Hütte im Norden Norwegens versteckte. Oder in Finnland. Oder in Island. In der Südsee. In Australien. Den ganzen Globus hatte die Presse per Schlagzeile schon bereist, und in den vergangenen drei Monaten waren immer wieder grobkörnige, verwackelte Fotos aufgetaucht, meist mit dem Handy aufgenommen, auf denen angeblich der Lord zu sehen war. Er war es nie.

Dass sein Vater und Art Fisher Feinde waren und nicht Geschäftspartner, hatte Cedric erst begriffen, als er mit dem schwarzen Range Rover nach Edinburgh gefahren war: Sein Vater und nicht Arthur hatte Margaret getötet, weil sie den Lord erkannt hatte. Cedric war in der Nacht seinem eigenen Vater gefolgt und hatte ihn in der Dunkelheit nicht erkannt, nicht erkennen können, weil er einen anderen vor sich zu sehen glaubte. Wieder und wieder hatte er die Nacht, in der Margaret gestorben war, vor seinem inneren Auge ablaufen lassen, doch er war sich sicher, nie das Gesicht des Mannes gesehen zu haben.

Für den Mord seines Vaters an Margaret hatte Cedric nur eine Erklärung gefunden: Margaret hatte Arthur gesucht, über den sie so viel mehr gewusst hatte, als sie zu sagen bereit gewesen war, aber sie hatte Cedrics Vater an seiner statt getroffen. Hatte ihn in seinem Doppelleben ertappt, vielleicht bei einem dunklen Geschäft gestört, und er hatte sie brutal ermordet, um ebendieses Doppelleben nicht preisgeben zu müssen. Wie wenig es manchmal brauchte, jemanden zu töten, wenn die Lust am Morden erst einmal von einem Menschen Besitz ergriffen hatte.

Als er Arthur in dessen Haus gegenübergestanden hatte, ohne Waffe, ohne Verteidigung, da hatte er in Arthurs Blick endgültig gelesen, dass er Recht hatte: Art und sein Vater waren Gegner, nicht Verbündete. Er hatte Arthur gesagt, sein Vater sei dabei, ihn auffliegen zu lassen. Er hätte Arthurs Aupair-Agentur bereits bei der Polizei angezeigt, und als Nächstes würde er ihm den Mord an Margaret anhängen. Lord Darney wolle gleich am Morgen zur Polizei gehen, um eine Aussage zu machen. Arthur, sicher, dass Cedric Mina niemals finden würde, hatte sich nicht lange mit dem Sohn seines Gegners aufgehalten, sondern hatte sich sofort auf den Weg gemacht, um Lord Darney zu stoppen. Cedric hatte nicht damit gerechnet, dass Arthur so schnell an seinen Vater herankommen würde, wähnte er ihn doch unter Isobels Aufsicht. Aber Arthur musste ihn gefunden haben. Und das getan haben, was er immer mit den Menschen tat, die ihm im Weg waren: Er hatte ihn gezwungen, die Konsequenzen zu ziehen. Cedric hatte keine Ahnung, wie er das gemacht hatte. Wohl kaum, indem er Cedrics Leben bedrohte. Oder doch? Eine Antwort auf diese Frage würde er niemals bekommen. Denn nicht nur sein Vater, auch Arthur war spurlos verschwunden.

Und beiden war es nicht möglich, je wieder zurückzukehren, dafür hatte Cedric gesorgt. Er hatte sich nach Minas Befreiung mit Gavin West vom *Scottish Independent* zusammengesetzt und mit ihm in bester Enthüllungsjournalisten-Manier die Geschichte von Art Fisher und Lord Darney aufgerollt: die beiden großen Gangsterrivalen Schottlands und ihre Machenschaften. Wozu besaß sein Vater schließlich all die Zeitungen? Und wozu konnte sein Sohn schreiben? Es waren weniger Rachegefühle seinem Vater gegenüber, die ihn dazu veranlasst hatten. Cedric wollte vielmehr geraderücken, was sein Vater verschoben hatte: sein Weltbild. Er wollte so vieles wiedergutmachen und wusste nicht wie, außer durch die Wahrheit.

Eine letzte Wahrheit jedoch behielt er für sich: seine eigene Geschichte, die er nun doch nicht als Thema für die Abschlussarbeit seines Kurses genommen hatte. Er hatte sich auf Professor Scott besonnen, der ihm gesagt hatte, dass ein richtiger Schriftsteller mehr als nur seine eigene Geschichte in sich trug. Also hatte er alles verworfen und etwas ganz anderes geschrieben. In nur einer Woche war ein ganz neuer Text entstanden, und Scott hatte gestrahlt vor Glück über seinen begabten Schüler.

Seine eigene Geschichte blieb weiterhin unerzählt. Alles, was in Eton geschehen war, verschloss er tief in seinem Innern, ohne zu wissen, ob das gut für ihn war. Aber noch fand er nicht die richtigen Worte.

Cedric stand nun an der Promenade von Kirkcaldy, fror im kalten Herbstwind und sah auf das Wasser des Firth of Forth. Zu seiner Rechten sah er die Lichter Edinburghs. Der Sommer war endgültig vorbei, die Sonne schien längst nicht mehr bis in die Nacht hinein, wie sie es an Mittsommer getan hatte. Er sah Mina auf sich zukommen, gab ihr aber kein Zeichen. Vielleicht wollte er ihr die Gelegenheit geben, sich wieder umzudrehen und zu gehen. Aber sie kam weiter auf ihn zu und lächelte sogar, als sie ihn sah.

So belogen sie sich beide bei der Frage »Wie geht es dir?«, aber Cedric erkannte in ihren Augen, dass der Schmerz nicht mehr so groß war wie noch vor drei Monaten, und auch sie schien zu spüren, dass er sich verändert hatte.

Mina erzählte ihm, wie sie nach Dundee zum Haus ihres Vaters, den sie nun nicht mehr Vater nannte, gefahren war. Wie sie ihm die DVD wortlos hingehalten hatte und einfach nur abgewartet hatte, was er sagen würde. Er sagte, dass er in der Nacht zu Art Fishers Haus gefahren sei, um ihr zu Hilfe zu kommen. Er sei aber zu spät gekommen, die Polizei sei schon dort gewesen. Er sagte, dass er sie niemals im Stich gelassen hätte, dass es aber so schwierig mit seiner neuen Familie sei. Er sagte, er hätte noch nicht den richtigen Zeitpunkt gefunden und dass alles ganz anders gelaufen wäre, wenn ihre Mutter ihn damals nur geliebt hätte.

Mina hatte nichts dazu gesagt, nur zugehört. Dann war im Hintergrund seine Frau aufgetaucht, eine unscheinbare, aber auf ihre Art doch attraktive Frau, nicht viel älter als Mina selbst. Sie hatte ein kleines Mädchen an der Hand, und irgendwo im Haus hörte sie die Stimme eines anderen kleinen Mädchens. Die Frau starrte Mina mit einer Mischung aus Neugier und Misstrauen an. Sie fragte sich sicher, was es zu bedeuten hatte, dass eine fremde junge Frau vor der Tür stand und ihr Ehemann keinerlei Anstalten machte, die beiden einander vorzustellen, stattdessen aber nervös eine DVD in den Händen drehte.

Mina war ohne ein weiteres Wort gegangen, sie hatte es nicht fertig gebracht, James Cunningham in Gegenwart seiner Frau, im Beisein ihrer Schwestern, die sie nun nicht mehr Schwestern nannte, herauszufordern. Sein Gewissen würde ihm Strafe genug sein, hatte sie sich gedacht, doch jetzt, heute, war sie sich nicht mehr sicher, ob es die richtige Entscheidung gewesen war.

»Ich dachte, er zeigt sich selbst an«, sagte sie zu Cedric.

»Er wird keine Chance mehr haben, wenn Brady aus dem Koma aufwacht.«

Sie sah Cedric überrascht an, und Cedric erzählte ihr, was er von Isobel Hepburn erfahren hatte: Brady war in Dundee von einem Auto angefahren und schwer verletzt worden. Er war – laut eines Zeugen – volltrunken auf eine viel befahrene Straße gestolpert, direkt vor ein Auto, doch der Fahrer hatte Fahrerflucht begangen. Kurz vor seinem Unfall hätte Brady Cunninghams Namen gerufen.

Mina war ehrlich erschüttert. »James hat ihn überfahren?«

Cedric zuckte die Schultern. »Es sieht nicht wirklich danach aus, sagt Isobel. An Cunninghams Wagen gibt es keine Unfallspuren. Aber Brady hat sicher mit ihm eine Rechnung offen. Dass Brady auf Art Fishers Gehaltsliste stand, ist mittlerweile bekannt, und er wird sicherlich so viele Leute wie möglich mit sich in den Abgrund ziehen.«

Mina schwieg einen Moment, dann fragte sie: »Was ist mit Pepa?«

»Ich habe mit Isobels Hilfe versucht, sie zu finden. Nichts.«

»Aber Anna …«, begann Mina.

»Anna war auf alles vorbereitet. Steuerprüfung, Polizei, niemand wird etwas bei ihr finden.«

Mina nickte langsam. »Isobel wird weiter nach Pepa suchen, nicht wahr?«

Cedric sah sie an. »Natürlich«, log er und wusste im selben Moment, dass auch Mina es wusste: Die Kapazitäten reichten nicht aus, um noch länger nach einem illegal eingereisten Mädchen zu suchen.

Sie standen beide auf der Promenade von Kirkcaldy, hinter sich die Scherbenhaufen ihrer Vergangenheit. Cedric fühlte sich zu jung, um schon so viel Vergangenheit zu haben. Er versuchte, sich klarzumachen, dass es nicht die eigene gelebte Vergangenheit war, die sich auftürmte und in der Abendsonne trügerisch glitzerte, wie es gebrochenes Glas nun einmal tat. Es fiel ihm schwer, aber er versuchte es.

»Ist das die Stelle?«, fragte Mina und sah auf das Wasser. Am Horizont die Nordsee, zur Rechten Edinburgh auf der anderen Seite des Firth of Forth.

»Das ist die Stelle, heißt es.« Cedric folgte ihrem Blick und spürte die Magie des weiten Meeres, spürte sie so unmittelbar, dass er glaubte, sich festhalten zu müssen, und als hätte sie seine Gedanken erraten, legte Mina den Arm um ihn. Er ließ die Nähe zu und dachte, wie er es seit einigen Wochen mühsam lernte, nicht mehr an seine Internatszeit zu denken und an früher und daran, was ihm so viele Jahre Angst gemacht hatte.

»Das ist die Stelle«, wiederholte er, während die Sonne hinter Kirkcaldy verschwand und er ihre beiden langen Schatten vor sich sehen konnte, so lang, dass sie fast die Wellen berührten.

Wer hilft dir, wenn alle glauben, dass dein größter Feind du selbst bist?

Zoë Beck
DAS ALTE KIND
Thriller
304 Seiten
ISBN 978-3-404-16443-1

Als Fiona zu sich kommt, liegt sie in ihrer Badewanne, das Wasser rot von ihrem Blut. Später behauptet sie, jemand hätte versucht, sie umzubringen. Doch niemand glaubt ihr. Wenig später wird die Leiche ihrer Mitbewohnerin gefunden, die Fiona auffällig ähnlich sah. Hat Fiona womöglich doch recht und jemand hat es auf sie abgesehen?

»Spannend, emotional, atmosphärisch dicht.«
SEBASTIAN FITZEK

Bastei Lübbe Taschenbuch

Überbevölkerung, Globalisierung, Genfood – der Thriller des 21. Jahrhunderts!

Fran Ray
DIE SAAT
Thriller
512 Seiten
ISBN 978-3-404-16411-0

In einem Labor der Pariser Universität wird die grausam zugerichtete Leiche des Wissenschaftlers Dr. Frost gefunden. An der Wand eine blutige Botschaft, die den Verdacht auf militante Umweltschützer lenkt. Am selben Tag findet der Schriftsteller Ethan Harris die Leiche seiner Frau. Sylvie hat sich das Leben genommen. Was hat der Tod seiner Frau mit dem Wissenschaftler und was hat der Agrarkonzern Edenvalley, für den Frost vor Kurzem noch gearbeitet hat, mit der Sache zu tun? Die gefährliche Suche nach der Wahrheit führt über Genf und Norwegen nach Uganda, wo sich langsam eine unheimliche Krankheit ausbreitet …

Bastei Lübbe Taschenbuch

Unangreifbar
Unverletzlich
Unmenschlich

Hilary Norman
SHIMMER
Thriller
Aus dem Englischen
304 Seiten
ISBN 978-3-404-16484-4

Ein Toter in einem Boot vor der Küste von Miami. Eine Leiche mit zerkratzter Haut und mit Bleiche übergossen. Ein seltsamer Mann in der Nacht, silbern von Kopf bis Fuß und schimmernd wie ein Engel des Todes. Ein Mann, der davon träumt, unverletzlich zu sein. Und den Schmerz, den er in seinem Innern verschlossen hat, an andere weiterzugeben.

»Für Fans von psychologischen Thrillern mit Herzrasen und Nägelkauen. ... Normans komplexer, beängstigender, schockerfüllter Plot, verbunden mit ihrer Fähigkeit, den Leser von der ersten bis zur letzten Seite zu fesseln, macht diesen Page-Turner zur Muss-Lektüre.« BOOKLIST

Bastei Lübbe Taschenbuch